二見文庫

ミッシング・ガール

ミーガン・ミランダ／出雲さち＝訳

All the Missing Girls
by
Megan Miranda

Published by arrangement with
the original publisher Simon & Schuster, Inc.
through Japan UNI Agency, Inc., Tokyo

両親に捧《ささ》ぐ

ミッシング・ガール

登　場　人　物　紹　介

ニコレット（ニック）・ファレル	スクールカウンセラー
タイラー・エリソン	ニックの元恋人
コリーン・プレスコット	ニックの親友
アナリーズ・カーター	タイラーの恋人
ダニエル（ダン）・ファレル	ニックの兄
ローラ・ファレル	ダンの妻
パトリック・ファレル	ニックの父親
シャナ・ファレル	ニックの母親
エヴェレット	ニックの恋人。弁護士
ベイリー・スチュワート	ニックの友人
ジャクソン・ポーター	コリーンの恋人
ジミー・ブリックス	巡査
マーク・スチュワート	巡査。ベイリーの弟

第一部

故郷へ

人は物事を忘れるのが下手で、いつまでも過去にとらわれる。
どんなに速く、また遠くへ走ろうと、過去の鎖はついてまわる。

フリードリヒ・ニーチェ

それは、危うくほったらかしにされかねなかった、たった一本の電話から始まった。ナイトテーブルが振動した。エヴェレットが日頃から暗めにしているベッドルームの中で携帯電話が光っている。彼はいつも遮光スクリーンを完全におろし、しかも窓ガラスにフィルムを貼って強い日差しと街の喧騒《けんそう》をさえぎっていた。わたしは携帯電話の画面に表示された名前を見てミュートボタンを押し、時計の隣でうつぶせになった。

それにしても――横になって目を開けたまま思案した。なぜ兄はわざわざ日曜の早朝から電話をかけてきたのだろう？　考えられる理由を思い浮かべてみた。父のこと。赤ちゃんのこと。妻のローラのこと。

わたしは暗がりの中、家具を手探りしつつ進み、バスルームの照明のスイッチを入れた。冷たいタイルの床を裸足《はだし》で歩き、携帯電話を耳にあてながら便座の蓋に腰をおろす。寒さで両脚に鳥肌が立った。

静かな空間にダニエルが残した留守番電話のメッセージが流れた。〝もう金がほとんどない。家を売らなければならない状況だ。父さんは承知しないだろうが〟そこで少し間が空いた。〝ニック、父さんはかなり状態が悪い〟

兄は協力してほしいとは言わなかった。それはあからさますぎるから。わたしたちはそこまで仲のいいきょうだいではない。

メッセージの消去ボタンを押してベッドに戻ると、わたしはまだ眠っているエヴェレットのそばに寝そべり、そのぬくもりを感じた。

しかし同じ日、わたしは前日に届いていた郵便物の中から問題の手紙を見つけることになった。

封筒の表には見慣れた手書きの文字で〝ニック・ファレル〟と記されていた。宛先の住所はそれより濃い色のインクで、別の人の筆跡で書いてあった。

父は今ではもう電話をかけてこない。電話だと頭が混乱し、自分が理想とする人物像から遠ざかってしまうのだ。番号を押しているときは誰にかけているか覚えていても、こちらが電話に出たときにはすっかりわからなくなっている。そのとき、父にとってわたしたちは正体不明の怪しい声でしかない。

わたしは手紙を広げた。罫線《けいせん》入りのページを破り取ったもので、片側がギザギザしていた。父の文字は罫線からはみだし、わずかに左に傾いていた。まるで、頭に浮かんだことを忘れないうちに急いで書きとめようとしたように。

冒頭の挨拶はなかった。

〝おまえに話すことがある。あの娘。あの娘を見た〟

結びの言葉もなかった。

わたしは震える手で手紙を握りしめながらダニエルに電話をかけた。「たった今、メッセージを聞いたわ。家に帰る。状況を教えて」

一日目

荷物を車に積みこむ前に、わたしは最後にもう一度アパートメントを点検した。スーツケース類は玄関のドアの脇に並べてある。鍵は封筒に入れ、キッチンカウンターに置いた。直前まで使っていたものも、昨夜のうちにオープンボックス半分程度におさめて置いてある。細長いキッチンからアパートメントの隅々まで見渡せた。物がきれいになくなり、ほぼ空っぽだ。それなのに、何かを忘れている気がして落ち着かなかった。

この状態までこぎつけるのに、わたしは必死に荷造りをし、学期末の仕事をこなしてきた。同時進行でダニエルと連絡を取りあい、夏休みのあいだアパートメントを借りてくれる人も探した。立ちどまって考える余裕などなく、これから自分がしようとしていることの実感もないまま、ここまできた。わたしは帰ろうとしている。あの町へ。兄は例の手紙のことを知らない。ただ妹が手伝いに帰ってくると思っている。新学期が始まって、わたしがまたもとの生活に戻るまでの二カ月間だけ。

今、アパートメントはがらんとしていた。あらゆる飾りを取り払われ、鉄筋の箱のような姿で次の住人を待っている。次の住人はまずまず責任感のありそうな大学院生で、八月中はここを借りてくれることになっていた。食器を荷造りするのは面倒なので、わたしはそれらを彼のために残していくことにした。寝具も置いていく予定だ。相手がそう希望し、五十ドル余分に払ってくれた。

車におさまりきらないほかの荷物は、数ブロック先の貸し倉庫に預けた。自分でカラフルに塗り直したアンティーク家具や冬物の服など、これまでわたしと生活をともにした物が密閉された直方体の箱に詰まっている。

がらんとしたアパートメントの壁にふいにノックの音が響き、わたしは飛びあがった。次の借り手が来るのは数時間先で、こちらとは入れ違いになるはずだ。ほかの誰かが訪ねてくるにしても時間が早すぎる。

わたしは細長いキッチンを出て玄関のドアを開けた。

「驚いたかい」エヴェレットだった。「出発前に会えるかと思って」彼は仕事に出かけるときのスーツ姿だ。片腕を後ろにまわしたまま身をかがめてわたしにキスをする。コーヒーと歯磨き粉の香りがした。糊《のり》のきいたシャツと革製品の香りも。専門職に就くエリートの香りだ。エヴェレットは背後に隠していたテイクアウトのコーヒーを差しだした。「旅立ちの前に」

わたしは大きく息を吸った。「喜ばせるのが上手ね」カウンターにもたれてひと口飲む。

エヴェレットは腕時計に目をやり、眉をひそめた。「悪いけど、時間がないんだ。ちょっと遠いところで大切な会議があってね」

わたしたちは互いに進みでて最後のキスを交わした。体を引こうとするエヴェレットの肘をつかんでわたしは言った。「ありがとう」

エヴェレットが額をつけた。「きっとあっという間だよ」

わたしはホールの突きあたりにあるエレベーターへ向かうエヴェレットを見送った。きびきびした足取り、シャツの襟に触れる黒髪。エレベーターのドアが開く直前、エヴェレットが振り返った。わたしが玄関のドアに寄りかかると、彼はほほえんだ。

「気をつけて、ニコレット」

ドアがゆっくり閉まると同時に現実が戻ってきた。体が重く、指の感覚が麻痺《まひ》したようになる。

電子レンジについているデジタル時計の赤い表示が進んだのが見え、わたしは身をすくめた。
フィラデルフィアからクーリー・リッジまで、渋滞や食事や燃料補給やトイレ休憩の時間を除いてもゆうに九時間かかる。ダニエルにあらかじめ知らせておいた出発時刻より、すでに二十分遅れていた。わたしが実家の私道に入ったとき、玄関ポーチに座りこんで不機嫌そうに足で地面を踏み鳴らしている兄の姿が目に浮かぶ。
開いた玄関のドアをスーツケースで押さえながら、わたしはダニエルにメールを送った。〈今から出発するから、三時半頃になりそう〉
スーツケース類とオープンボックスを通りの先に停《と》めてある車まで運ぶのに二往復しなければならなかった。遠くから通勤ラッシュのざわめきが聞こえてくる。高速道路を行き交う車の音、ときおり響くクラクション。いつもの街の音だ。
わたしは車のキーをまわし、エンジンをかけた。わかったから、ちょっと待ってよ。携帯電話をカップホルダーに差し、兄からのメールを確認した。〈父さんはおまえと一緒に夕食をとるつもりだ。遅れるな〉
三十分遅れると伝えただけなのに、三時間遅れるかのようなこの反応。これはダニエルが習得した数ある技能のひとつだ。メールでやんわりと皮肉をきかせることにかけて、兄はすでに達人の域にある。長年の訓練のおかげで。

幼い頃、わたしは自分に未来を見る能力があると信じていた。おそらく父が哲学講義の怪しげな話をわたしに吹きこみ、ありもしないことを信じさせたせいだろう。子どもだったわたしは、すばらしい未来を念じながら目を閉じた。すると見えた――縁なし帽と卒業式用のガウンをまとったダニエルが。その隣でほほえむ母も。カメラのファインダー越しにふたりを見つめ、もっと寄り添うように手で合図するわたし。〝お母さんの肩に腕をまわして。お互いに大好きなふりをして！　それでいいわ〟何年かすると、今度はタイラーと自分の未来が見えた。ピックアップトラックにバッグを投げ入れ、ふたりで一緒に大学のある町へ行く。二度と故郷には帰らないつもりで。当時の自分には、町から出ていくことはピックアップトラックひとつですむことではなく、十年がかりのプロセスなのだとは理解できるはずもなかった。実際には、故郷は一キロ、一年と少しずつ遠ざかっていく。言うまでもなく、タイラーはクーリー・リッジを一度も離れなかった。ダニエルも大学を卒業しなかった。どのみち母は、兄が卒業するまで生きられなかっただろうが。

自分の人生を梯子《はしご》にたとえるなら、クーリー・リッジは一番下だ。グレート・スモーキー山脈の麓にひっそりと隠れた、アメリカのどこにでもある典型的な田舎町。

まるで取り柄のないちっぽけな町。どんな場所であれ、クーリー・リッジよりはましだ。大学があるのは三百キロも東で、大学院はひとつ北の州。わたしはインターンとして過ごしたフィラデルフィアに根をおろし、そこから動くことを頑《かたく》なに拒んできた。ここには自分のアパートメントがあり、職場には自分のネームプレートが置かれた専用のデスクがある。クーリー・リッジはできるだけ遠ざかっておきたい場所だ。

ただ、町を出たことでわたしはある事実を悟った——いったん故郷を出た者は二度と戻れない。もはやわたしはクーリー・リッジとどう向きあえばいいかわからなくなっていた。クーリー・リッジもわたしをどう扱ったものかわからないでいる。その隔たりは年々広がっていった。

〝きみの故郷は？　どんな子どもだった？　家族は？〟エヴェレットはよく質問してくる。わたしは懸命に故郷を思いだそうとするが、妙に作り物めいたイメージしか浮かばなかった。クリスマスに玄関テーブルに飾られるミニチュアの町のような。それでわたしはエヴェレットにひどく表面的な返事をする。〝十六歳のときに母が死んだの〟とか〝森の外れにある小さな町よ〟とか〝兄がひとりいるわ〟とか。

答えているわたし自身にさえ、故郷はなんの意味もないどうでもいい場所のように聞こえた。縁が褪《あ》せて色飛びしたポラロイド写真に写った、幽霊がさまようゴーストタウン。

しかしダニエルからの電話で家を売らなければならないと聞いたとき、足元の床が沈みこんだような気がした。家に帰ると言った瞬間、まぶたの奥で色褪せた故郷の写真の縁がめくれ、鮮やかな炎をあげて燃えだした。わたしの額に頰ずりする母。観覧車のてっぺんで自分たちの乗っているゴンドラを揺らすコリーン。わたしたちを隔てている川に渡された丸木橋の上でバランスを取るタイラー。

〝あの娘〟と父は書いた。彼女の笑い声が胸の奥に響いた。

〝おまえに話すことがある。あの娘。あの娘を見た〟

一時間後、いや一瞬のちには、父は自分で書いた手紙のことをおそらく忘れてしまっただろう。封をした封筒をチェストの上か枕の下に置きっぱなしにしたのを誰かが見つけ、父のアドレス帳でわたしの住所を調べて書いてくれたのだろう。なんにせよ、父がこの手紙を書くきっかけがあったことは間違いない。なんらかの記憶の断片、脳細胞のどこかで断ちきられた思考、行き場をなくした感情が父の中に残っているはずだ。

破り取られたページ、斜めになった筆跡、封筒に記されたわたしの名前――。

今、わたしの中にも得体の知れない鋭く荒々しいものが解き放たれていた。彼女の名前がこだまのように何度も聞こえる。

コリーン・プレスコット。

ここ数週間、父の手紙は小さく折りたたまれてわたしのバッグに入っていた。財布や車のキーを探そうとして手を入れると、その縁や尖《とが》った角が指に触れ、たちまち彼女がよみがえる。赤っぽいブラウンの髪を肩に垂らし、スペアミントガムの香りをさせ、わたしの耳元にささやきかける。

〝あの娘〟そう、彼女はいつも〝あの娘〟だった。彼女以外にそう呼ばれる少女はいない。

わたしが最後に帰省したのは一年あまり前だった。父を介護施設に入れなければならないとダニエルが電話をかけてきたのだ。ぎりぎり飛び乗れそうな飛行機もあったが、わたしはチケット代が惜しくて車で帰った。道中ずっと雨だった。行きも帰りも。

あのときとは打って変わり、今日はまさにドライブ日和だ。雨は降っておらず、雲は出ているが暗くはない。日差しもあるが、まぶしすぎない。わたしは休憩を挟まずに最初の三つの州を越えた。町や高速道路の出口の表示が飛ぶように過ぎていく――このスピード感こそ、わたしが愛してやまない北部のライフスタイルを表している。

手際よく仕事を片づけ、日々のスケジュールを精力的にこなし、自分の思いどおりに時間を操る都会の生活。自宅近くの角にあるドラッグストアに、神経質そうな店員がいる。彼はクロスワードパズルから顔をあげようとすらせず、客と目も合わさない。そんな匿名的な都会の空気をわたしは愛している。通りを行き交うのは見知らぬ人々ばかり。世界は果てしない可能性に満ちている。

最初の三つの州を越えるのもそれに似ていた。しかしドライブ後半は、前半に比べて格段にペースが落ちる。南下するにつれて高速道路の出口は減り、風景は単調になり、通り過ぎるものすべてがまったく同じに見えてくる。

カップホルダーに差しておいた携帯電話が鳴ったのは、ヴァージニア州のどこかを走っていたときだった。わたしはバッグに手を入れてハンズフリーの装置を探ったが見つからず、あきらめてスピーカーフォンにして声を張りあげた。「もしもし」

「やあ、聞こえる?」エヴェレットの声がした。声がひどく割れている。スピーカーフォンのせいか、受信状態が悪いせいかはわからない。

「ええ。どうしたの?」

エヴェレットが何か言ったが、言葉が切れ切れになってよくわからなかった。

「悪いけど、聞き取れないの。何?」わたしはほとんど叫んでいた。

「今、食事休憩に出てきたところだ」ノイズの向こうからエヴェレットが言う。「どんな状況かと思って。今回は車のタイヤは大丈夫かい？」彼の声はかすかに笑いを含んでいた。

「受信状況よりはましよ」

エヴェレットが笑った。「今日はこのあとずっと会議なんだけど、向こうに着いたらいちおう連絡してくれ。無事に着いたとわかるように」

わたしもどこかで昼食をとろうと思った。でも何キロ走りつづけても、目の前に見えるのは道路だけだった。

エヴェレットとは一年前に出会った。父を介護施設に移した日の夜のことだ。わたしは疲れ果ててアパートメントに帰ってきた。車を五時間走らせた地点でタイヤがパンクし、雨が激しく叩《たた》きつける中、自分でタイヤ交換をしなければならなかった。ようやく帰り着いたとき、わたしは今にも涙がこぼれそうだった。バッグを肩にかけ、震える手でなんとかドアの鍵穴に鍵を差しこもうとした。しかしなかなかうまくいかなかった。わたしは体が震えないよう、木のドアに額を押しつけて格闘した。間の悪いことに、そのとき4Aに住んでいる男性がエレベーターから出てきた。相手がこちらをじっと見ているのがわかった。わたしが今にも倒れそうに見えたのかもしれない。

4Aの人――彼についてわかっているのはそれだけだった。音楽をやたらと大音量で鳴らし、来客が多く、生活時間が不規則な住人。その人の隣にひとりの男性がいた。きちんとした身なりで、もの静かで、酒に酔った様子もなくて――4Aとはまるで正反対だった。

4Aは夕方たまにわたしとホールですれ違うと笑顔を見せた。一度はエレベーターのドアを押さえてくれたこともある。だけど、ここは都会だ。人の出入りが多く、いちいち相手の顔を覚えていられない。

「やあ、4C」男がふらつきながら酒に酔った声で言った。

「ニコレットよ」

「ニコレット」彼は繰り返した。「ぼくはトレヴァーだ」連れの男性がきまり悪そうにしている中、彼は言った。「こいつはエヴェレット。あんた、ちょっと飲んだほうがよさそうだな。いいじゃないか、隣人同士仲よくしよう」

隣人なら、こちらが引っ越してきた一年前に自己紹介してもよさそうなものだ。でも実際にそのとき、わたしは飲みたい気分だった。こちらとあちらの隔たりを感じたかった。ここに戻ってくるまでの九時間のドライブをなかったことにしたかった。

わたしが近づいていくと、トレヴァーは自分の部屋のドアを開けた。連れの男性が握手のために手を差しだした。「エヴェレットです」トレヴァーに紹介されたことなど関係ないかのように言った。

トレヴァーの家をあとにするまでに、わたしは父を介護施設に移したいきさつを残らずエヴェレットに話していた。エヴェレットは正しい選択だったと言ってくれた。ほかにもわたしの実家のこと、帰りの雨のこと、夏休みにしたいと思っていることに耳を傾けてくれた。すっかり話し終わったとき、わたしは心がとても軽くなり、リラックスしていた。ウオツカのせいだったかもしれないが、エヴェレットのおかげだと思った。トレヴァーはかたわらのソファでとうに眠りこんでいた。

「もう帰らないと」わたしは言った。

「送るよ」エヴェレットが言った。

ふわふわした気分で言葉少なにふたりで一緒にトレヴァーのアパートメントを出た。自分のアパートメントのドアに手をかけたとき、エヴェレットはまだそばに立っていた。さあ、こういうときの大人の作法とは？「寄っていく？」

返事はなかったものの、エヴェレットはついてきた。細長いキッチンからロフト付きのワンルームが見渡せた。高窓があり、むきだしの配管から薄いレースのカーテンがさがってベッドルームとリビングルームを仕切っている。レースの向こうに乱れたままのベッドが透けて見えた。もちろん彼も見ただろう。

「たいしたものだな」エヴェレットが言った。家具のことだ。アンティークショップや蚤《のみ》の市で見つけてきたものを、わたしが自分で色鮮やかに塗り直したのだ。「不思議の国のアリスになった気分だ」

わたしは靴を脱ぎ、キッチンカウンターにもたれた。「そう言うけど、読んだことないでしょう。十ドル賭けてもいい」

エヴェレットはほほえみ、冷蔵庫のドアを開けてミネラルウォーターのボトルを取りだして見つめた。「〝わたしを飲んで〟だって」エヴェレットが言い、わたしは笑いだした。すると彼は名刺を取りだしてカウンターに置いた。身を乗りだしてわたしに軽くキスをし、すぐに体を引いた。「電話して」

わたしはそのとおりにした。

ヴァージニア州を南下する旅は果てしなく長かった。丘陵に白い農家と藁塚《わらづか》が点在する景色がどこまでも続く。やがて道路は山間《やまあい》を縫うように曲がりくねっていき――

ガードレールやフォグランプの点灯を呼びかける表示が目についた——ラジオの音声が途切れがちになった。長く走れば走るほど、最初の頃に比べてあまり進んでいないような気がしてきた。

故郷と都会は異なるペースで動いている。田舎の生活はゆったりしており、十年単位で見てもそう大きく変わらない。人間関係も同じだ。このあと高速をおりてメインストリートに入っていけば、古びたドラッグストアの脇で、相変わらずチャーリー・ヒギンズが仲間とたむろしているだろう。クリスティ・ポートが昔と同じように兄に話しかけ、兄は彼女のことを相手にしないふりをするだろう。とはいえ、ふたりともほかの幼なじみに先駆けて早くに結婚したが。

高い湿度のせいだろうか、クーリー・リッジの空気は、足の裏についた甘くてべとべとしたシロップのように重苦しい。あるいは山が近すぎるのだろうか。地下プレートの気が遠くなるほど緩慢な動きによって造られた、わたしが生まれてから死ぬまで変わることのない景色がそう思わせるのかもしれない。

もしくはあそこで暮らしている限り、外の世界がまったく見えないせいだろうか。目に入るのは山、森、そして自分だけだ。

故郷まであと十年と百六十キロ。わたしは州境を越えた。〈ようこそノースカロライナへ！〉森はいっそう色濃く、空気は重くなっていく。いよいよ故郷が近づいてきた。

ぼやけていた映像がしだいに鮮明になり、過去の記憶がよみがえりだした。幽霊のようだった過去の自分たちに実体が伴いはじめる。わたしの前を駆けていくコリーン。親指を突きだし、脚を汗で光らせ、すぐ脇を通り過ぎる車の風にあおられてスカートがめくれあがる。ふざけてわたしの肩にぶらさがるベイリーの口から漂うウオツカのにおい。いや、ひょっとしたらわたしの息のにおいだったかもしれない。

ハンドルを握る指に力がこもった。手を伸ばして彼女たちに触れたかった。コリーンが振り返って〝しっかりしなよ、ベイリー〟と言い、わたしにほほえみかける。もう一度コリーンを見たい。しかしそうしたイメージはほかのいろいろな記憶と同様に急速にしぼんでいった。あとには痛いほどの恋しさだけが残った。

故郷まであと十年と三十キロ。まぶたに実家が浮かんだ。正面玄関。草が伸び放題になったアプローチ。砂利の隙間から雑草が顔を出している私道。ギイッと音をたてて開く玄関の網戸。〝ニック？〟と呼びかけるタイラーの声。いつも思いだす声より少しだけ深い。

もうすぐだ。

道のカーブに新しく標識が立てられ、杭《くい》の下のほうには乾いた泥がこびりついていた。〈郡の夏祭り《カウンティ・フェア》、今年も開催〉それを見たとき、胸の奥が震えた。

かつてのチャーリー・ヒギンズのように、ドラッグストアの駐車場では少年たちがたむろしていた。何軒か店が連なり、わたしの子ども時代とは異なるステンシル文字が窓に並んでいる。〈ケリーズ・パブ〉だけは変わらず目印になっていた。小学校の、通りを隔てた向かい側に警察署がある。あの建物のどこか奥のほうで、コリーンの事件の証拠が埃《ほこり》をかぶっている。わたしは片隅に追いやられた証拠保管箱を思い浮かべた。そこ以外にコリーンの居場所はない。長い月日が過ぎて彼女は忘れ去られてしまった。

町の歩道の上には電線が張られている。プロテスタントかどうかにかかわらず、人々が集う教会がある。隣は墓地だ。そこを通り過ぎるとき、コリーンはわたしたちに息を止めさせた。車で線路を横切るときは両手を天井に。教会の鐘が十二時を告げたらキスをする。死者のそばでは息を止めること。コリーンはわたしの母が死んだあとでさえ、そうするよう強要した。あたかも死が恐るべき呪いか何かで、肩に塩をまいて指で十字を作れば逃れられるかのように。

赤信号で停まったとき、わたしは携帯電話に手を伸ばしてエヴェレットに電話をかけた。予想どおり、留守番電話のメッセージが流れた。わたしは話しかけた。「なんとか着いたわよ」

実家は九時間のドライブ中に想像したとおりだった。私道と玄関ポーチをつなぐアプローチは草に覆われて庭の一部と化し、ダニエルの車はわたしの車が入れるようガレージ脇のカーポートの端ぎりぎりに寄せられていた。なめらかな踏み石を歩いていくと、伸びすぎた草が足首に触れた。過去が戻り、足が自然に動く。実家のクリーム色の外壁はところどころ黒ずみ、太陽にさらされて色が抜けていた。わたしは建物をよく見ようと目を細めた。車と家のあいだで足を止め、頭の中ですべきことのリストを考える。どこかで高圧洗浄機を借りる、電動芝刈り機を持っている若い人を探す、ポーチに色とりどりの花の鉢植えを置く……。

まぶしかったので顔に手をかざして立っていると、ダニエルが建物の向こう側から姿を見せた。

「車の音が聞こえたよ」前より髪が伸び、顎までの長さになっている——ここを出ていった頃のわたしのように。兄はずっと髪を短くしていた。一度伸ばしたときに、みんなから妹と同じに見えると言われたからだ。

　兄は髪の色が明るくなっていた。以前はもっとブラウンがかっていたが、よりブロンドに近くなっている――わたしは逆に、年々髪の色が濃くなっている。兄はわたしと同じように肌が白く、むきだしの肩は早くも赤く日焼けしていた。以前より肉が落ちて、顔の輪郭がくっきりしている。今のわたしたちはまずきょうだいには見えないだろう。

　ダニエルの胸には泥の筋がつき、両手は土まみれだった。兄は手のひらをジーンズにこすりつけながら近づいてきた。

「三時三十分より早く着いたわよ」われながらつまらない挨拶だ。わたしたちふたりのうち、兄のほうがより責任感が強い。母を助けるために学校を辞めたのも、父に支援が必要だと言いだしたのもダニエルだ。今では父の生活費にも目を光らせている。わたしが時間を守ったくらいで感心するはずもない。

　ダニエルは笑い、またジーンズに手をこすりつけた。「こっちも会えてうれしいよ、ニック」

「ごめんなさい」わたしは兄に抱きついた。これはやりすぎだった。いつもこうなってしまう。埋め合わせをしようとして極端から極端へ振れるのだ。抱きつかれた兄は動かなかった。わたしは自分が泥だらけになったことに気づいた。「仕事はどう？

ローラは元気？　兄さんも変わりない？」

「忙しいよ。ローラは臨月で気が立ってる。おまえが戻ってきてくれてうれしいよ」

わたしはほほえみ、バッグを取りに車へ駆け戻った。兄からやさしい言葉をかけられることにはどうしても慣れない。どんな反応をしていいのかわからなくなる。父の言葉を借りると、ダニエルは昔から何を考えているのかわかりづらい人だった。普段から無愛想なので、わたしは兄に何かを証明しなければならないように感じ、身構えてしまう。

「あのね」車の後部座席のドアを開け、たくさんのオープンボックスをかきまわしながら言った。「兄さんとローラにプレゼントを持ってきたのよ。赤ちゃんにも」いったいどこへ行ったのだろう？　動くと中がキラキラ光るガラガラが正面についている紙袋に入れて持ってきていた。「このへんにあるはずなんだけど」わたしはつぶやいた。紙袋の中の包み紙にはミニチュアのおむつがピンでとめてある。わたしにはまったく意味がわからないけれど、ローラならわかるだろう。

「ニック」ダニエルが開いた車のドアに長い指をかけた。「あとでかまわないよ。出産の前祝いパーティ《ベビーシャワー》は週末だ。つまりその、おまえが忙しくなくて、来たければの話だが」そこで咳払《せきばら》いをし、ドアから手を離した。「ローラはおまえに来てもらいたがってる」

「いいわよ」わたしは身を起こした。「もちろん行くわ」ドアを閉め、家に向かって歩きだす。ダニエルが追いついてきた。「どのくらいひどいことになってる?」わたしは尋ねた。

実家は去年の夏に父を〈グランド・パインズ〉に移したときに見たきりだった。あのときは父がまた戻ってくる可能性もあり、本人にもそう説明した。〝今だけよ、お父さん。もう少しよくなるまでのあいだだけ〟もはや父に改善の見込みがなく、一時的な入所にならないのは明らかだった。父の頭の中はひどいことになっていた。家計管理に至っては目もあてられない。だが、少なくとも父にはこの家があった。家族の家が。

「水道とガスと電気は昨日のうちに使えるようにしてもらった。だが、エアコンが壊れてる」

自分の長い髪が首に、サンドレスが肌に張りつき、素脚を汗が伝った。まだここへ来て五分も経《た》っていないというのに。板がそり返ったポーチにあがったとき、暑さのあまり膝から力が抜けた。「風がまったくないけど、どういうこと?」

「ここひと月はずっとこうだ」兄は言った。「送風機を何台か持ってきた。機械の故障はエアコンだけだ。あとはペンキの塗り直しと電球の交換、それに大掃除。もちろん家財道具の処分もしなければならない。自分たちですれば、かなり節約できるだろう」兄はこちらをちらりと見てつけ足した。わたしが呼ばれたのはそのためか。父の件で書類を準備するだけでなく、ダニエルはわたしに家の売却もしてもらいたいのだ。兄には仕事があり、近々赤ちゃんも生まれる。ここでの生活がある。

一方、わたしには二カ月の夏休みがある。アパートメントを又貸ししたおかげで臨時収入もある。婚約指輪をはめていて、週に六十時間働く婚約者がいる。わたしの頭蓋骨の内側で、〝コリーン・プレスコット〟の名前が跳ねまわった。

兄が玄関の網戸を開け、ギイッという耳慣れた音が体に響いた。昔と同じだ。おかえり、ニック。

ダニエルは車の積み荷をおろすのを手伝ってくれた。スーツケースを二階の踊り場へ運び、オープンボックスをキッチンテーブルに置いた。兄がキッチンカウンターを腕でぬぐうと埃が舞いあがり、窓から入る日差しに照らされて宙を漂った。兄は腕で顔を覆って咳《せ》きこんだ。「すまない。まだ中の掃除まで手がまわらないんだ。掃除道具は持ってきた」カウンターの上の段ボール箱を示した。

「いいのよ、そのために帰ってきたんだから」わたしは言った。

ここで二カ月過ごすなら、まずは寝る場所を確保するために自分の部屋の掃除から始めるべきだろう。わたしは二階の踊り場に置かれたスーツケースの横を通り、掃除道具の入った段ボール箱を腰の脇に抱えてかつての自分の部屋へ向かった。部屋に入るとき、手前の廊下の床板が小さく鳴った。これも変わらない。窓の外からカーテン越しに光が入り、室内のものがぼんやりと浮かびあがって見えた。壁のスイッチを入れたが照明がつかない。わたしは段ボール箱を部屋の中央におろしてカーテンを開けた。ダニエルが送風機の箱を抱えてガレージから戻ってくるのが見えた。

ベッドの足元に淡いヒナギク模様の上掛けが丸まっていた。まるでわたしがここを出ていったことなどなかったかのように。シーツにも寝たあとが残っていた――腰、膝、横顔――つい今しがたまで誰かが寝ていたように見える。ダニエルが玄関から入ってきた音を聞き、わたしはすばやく上掛けを広げてシーツのくぼみを隠した。

わたしはふたつある窓を開けた。一方の鍵はかかるが、もう一方は中学生の頃に壊れたきり放置してある。網戸もなくなっていたけれど、長年ひどい扱いをしたせいで穴が空いてたわんでいたので、なくても同じだった。当時わたしは毎晩のように網戸の下を乱暴に押し開け、急な勾配の屋根をこっそり進んで、根覆いをした花壇に飛びおりた。たまに距離を読み誤って足を痛めることもあった。十七歳のときはそれが一番の方法だと考えていたが、今から思えばばかげている。戻るときは屋根にのぼれなかったので、裏口から家に入ってこっそり階段をのぼった。それなら出るときも同じようにすればよかったのだ。わざわざ飛びおりて足を痛めたり網戸を壊したりせずに。

振り返ると室内に日が差しこみ、ダニエルがすでに作業に取りかかってくれているのがわかった。壁から写真が何枚か外され、黄色く変色したあとが残っている。クローゼットの高い場所に置きっぱなしになっていた古い靴の箱は部屋の隅にきれいに積みあげられていた。母が子ども時代から使っていた小さなラグはベッドの足元から部屋の中央に移されていた。

廊下の床がきしむ音がして、送風機を抱えたダニエルが部屋の入口に現れた。「ありがとう」わたしは言った。

兄は肩をすくめた。「いいよ」送風機を部屋の隅に置いてスイッチを入れる。一気に涼しくなった。「ニック、来てくれてありがとう」

「先に取りかかってくれてありがとう」わたしは落ち着かない気分で言った。よそのきょうだいはどうやって自然に振る舞うのだろう？　再会したとたんに子ども時代へと返り、堅苦しいことは抜きで接するにはどうすればいいのだろう？　このままではダニエルとわたしは空っぽの実家をぎこちなく歩きまわり、顔を見るたびにありがとうと言いつづけそうだ。

「なんだって？」ダニエルが送風機の出力をあげた。羽根の音が大きくなり、外の音が聞こえなくなった。

「ここの片づけよ」わたしは壁を示した。「写真を外してくれてありがとう」

「おれは何もしてない」兄は送風機の前でしばらく目を閉じた。「父さんだろう」

そうなのかもしれない。よく思いだせなかった。一年前、父を移すときにここへ来たのに、細かい部分について……何も覚えていない。あのとき靴の箱はおろされていただろうか？　写真は壁から外されていた？　それなら覚えていてもよさそうなものなのに、あの夜の記憶はすべておぼろげだ。

ダニエルはあのとき、わたしが言葉どおりにまっすぐ帰ったと思っていて――〝悪いけど仕事があるの。早く帰らないと〟――ここに戻ったことを知らない。実際には、わたしはこの家へ戻って部屋から部屋へとさまよった。カウンティ・フェアの会場で家族とはぐれた子どもが人ごみで知った顔を必死に捜すように、涙も流さずに身を震わせながら。空っぽの家でシーツにくるまっていると、しばらくして外からエンジン音が聞こえ、玄関のベルが鳴った。無視していると網戸がギイッと音をたてて開いた。

ドアに鍵が差しこまれる音がして、階段に靴音が響いた。やがて、タイラーがわたしのベッドルームの壁にもたれて言った。〝きみが恋しかったよ。大丈夫か？〟

「兄さんが最後にここへ来たのはいつ？」わたしは尋ねた。

ダニエルは送風機に近づきながら頭をかいた。「どうかな。車で通りかかったついでに中をのぞいたり、父さんに頼まれたものを取りに来たりすることはある。それがどうかしたのか？」

「なんでもないわ」嘘《うそ》だった。この部屋に正体不明の影が出入りしている様子が頭にちらついた。その何者かはわたしの靴の箱をあさり、ラグを動かしている。何かを調べている。捜している。自分の持ち物があるべき場所になく、よく見れば部屋の埃の積もり方も均一でない気がする。ただの思いすごしだろうか？　自分が成長したことで、たしかに実家は小さく感じられた。フィラデルフィアのアパートメントで、わたしはクイーンサイズのベッドで眠っている。エヴェレットはキングサイズのベッドを持っている。彼の巨大なベッドは巣作りの準備を連想させる。

もしマットレスのくぼみに身を横たえれば、他人が寝たとわかるだろうか。ひょっとして過去の自分の亡霊がいるのだろうか。わたしはベッドからシーツを乱暴に引きはがし、ダニエルの脇を通り過ぎた。こちらを見つめる兄の眉間のしわが深くなった。

洗い物を洗濯機に詰めこんで二階に戻ってみると、部屋は先ほどよりいくらか自分の部屋らしく感じられた。ダニエルとわたしの関係のように、部屋とわたしの関係も慣れるまでに少し時間がかかるのかもしれない。わたしは指輪を外し、ナイトテーブルに置いてある縁の欠けた陶製の器に入れ、バスルームとチェストの引き出しの掃除にかかった。ようやく終わると、送風機の前で肘を後ろについて寝そべった。

到着二時間にして、すでにわたしはすべきことをぐずぐずと先延ばしにしていた。本当は父に会いに行くべきなのだ。必要な書類を持っていき、延々と繰り返される父の話に耳を傾ける。父が何か覚えていてくれるよう祈り、手紙のことを尋ねる。父がわたしの名前を覚えていなくても、気にしないふりをする。

過去に同じことが何度あろうと変わらない。父に名前を忘れられると、わたしはいつも胸をえぐられる思いがする。

わたしは父の後見に関して病院に持っていくべき書類を準備した。ついに始まったのだ――子どもであるわたしたちが、父と父の財産を管理するという人生最大の皮肉が。わたしが出かける支度をしていると、外から小さく音が聞こえてきた――車のドアが閉まる音、低いエンジン音。庭仕事のことでダニエルが誰かに手伝いを頼んだのだろう。しかしそのあと、送風機の音にまじって網戸がギイッと鳴る音がした。

「ニック？」たった一音節でも、それは忘れようもない声だった。たったひとつの記憶に十年という時間が凝縮されているように。

わたしは窓から身を乗りだした。タイラーのトラックが、エンジンがかかったまま道端に停まっている。助手席に若い女性が乗っていた。ダニエルが日焼けした背中をこちらに向け、トラックの開いた窓にもたれかかってその女性に話しかけていた。

ちょっと待って。

わたしがはじかれたように振り向くと、ベッドルームの開いたドアの前にタイラーが立っていた。

「挨拶しないのは失礼だと思ってね」

わたしは反射的にほほえんでいた。タイラーとのお決まりのパターンだ。

「ノックをしないのと同じくらい？」わたしが言い返すと、彼は笑った――冗談に対してではなく、わたしのことを。心の内を見透かされているのがきまり悪い。

タイラーは〝元気か？〟とも〝どうしている？〟とも尋ねない。〝会えなくて寂しかったかい？〟とふざけることもない。オープンボックスやスーツケースのことも尋ねないし、去年より長くなってカールさせたわたしの髪についても何も言わない。でも、タイラーはすべてを余すところなく見ていた。わたしも彼に対して同じことをしていた。

タイラーの顔は前よりわずかにふっくらし、ブラウンの髪も少し伸び、ブルーの瞳も以前より輝いて見えた。かつての彼はいつ見ても目の下にくまをこしらえていて、一日じゅう寝たあとでさえ消えなかった。昔はそれがある種の魅力になっていたが、今はそのくまがすっかりなくなり、健康的だ。若々しくて幸せそうに見える。

「ダンは今日きみが来ると言わなかった」タイラーが部屋に入ってきた。

兄はわたしたちが互いに距離を置くことを好んだ。わたしが十六歳のとき、タイラーのような若者とつきあうと悪い評判が立つとも言った。わたしとタイラーのどちらを軽蔑していたのかは今もわからない。タイラーを誤解していたという事実を、兄はいまだに認められないらしい。

「わたしもあなたが今日来ると聞いていなかったわ」わたしは腕組みをした。

「ダンのために言っとくと、おれは今から五時間前の昼休みに芝刈り機を届けるはずだった」タイラーは肩をすくめた。「だけど、この時間についでの用事があってね。一石二鳥だろう？」

わたしは振り向いてトラックの助手席にいる女性を見た。とにかくタイラーから視線をそらすために。ダニエルとはもとどおり打ち解けるのに一定の時間がかかるが、タイラーとはあっという間だ。どれほど久しぶりだろうと、前にどんな言葉で別れていようと関係ない。彼が部屋に入ってきたとたん、二年前の春に時間が戻る。彼が一歩近づいてくると、大学を卒業した年の夏に戻る。彼に名前を呼ばれると、わたしは十七歳に戻る。

「デートなの?」ブロンドのポニーテールと、車の窓からさがる細い腕を眺めながら、わたしは言った。

タイラーがにやりとした。「まあ、そんなとこだ」

わたしは肩越しに振り返った。「戻ったほうがいいんじゃない? 兄さんは彼女を追い払うつもりかもよ」また車のほうに目をやった。ダニエルが上体を車内に入れたかと思ったらクラクションが鳴り、わたしは飛びあがった。「ところで、前のはデートじゃないから」

わたしが向き直ると、タイラーはさらにそばまで近づいていた。「もしおれが愚か者なら、ダンがかわいい妹におれを近づかせたくないのかと思うところだ」

わたしは際どい冗談に笑みを返さないよう気をつけた。タイラーの車に女性が乗っていて、まさにデートに出かけるところでも関係ない。わたしが故郷へ帰ってくるたびに同じことが起きる。たとえわたしがまたここを去り、タイラーが去らないとしても。自分たちが過去についても未来についても何も話さないとしても。彼がわたしのために何かをあきらめ、わたしがそれに気づかないふりをしていても。

「婚約したの」わたしは早口で言った。

「ああ、ダンから聞いたよ」タイラーは何もはめていないわたしの左手に視線を落とした。

わたしは薬指を撫《な》でた。「ナイトテーブルの上よ。汚したくなかったから」なんとも愚かしく傲慢なせりふだった。タイラーが女性と指輪全般を嫌いになってもしかたがないほどに。

しかし、彼は笑った。「そうかい。見せろよ」挑発するように言う。

「タイラー……」

「ニック……」

わたしは陶製の器を傾けて手のひらに指輪をのせ、どうでもいいもののようにタイラーに投げて渡した。彼は手の中で指輪をひっくり返し、目を丸くした。「やったじゃないか、ニック。相手は誰だ？」

「エヴェレットっていう人」

タイラーがふたたび笑いだし、わたしはつられて笑わないよう唇をかみしめた。同じことをわたしもエヴェレットに出会ったときに思ったのだ——隣人に同じ名前のアイヴィーリーグ出身者がいる。父の担当の法律事務所にも。あのとき思った。〝エヴェレットなんていう古めかしい名前でも驚かないわ。だって、彼にぴったりだもの〟しかしエヴェレットは最初の出会い以来、わたしをたびたび驚かせてきた。

「エヴェレットか。その男が指輪を買ってくれたんだな」タイラーが続けた。「なるほど。式はいつだ？」

「まだ決まってないわ……そのうちに挙げる予定よ」

タイラーはうなずき、わたしと同じように指輪を投げて返した。コインを投げて占いをするか、泉に願い事をするときのように。

「いつまでいる？」指輪を器に戻したわたしにタイラーが尋ねた。

「どうかしら。用事がすむまで。夏のあいだ、仕事が休みなの」

「じゃあ、また会えるな」

タイラーは部屋から出ようとしていた。「わたしの知ってる人？」わたしは窓のほうを頭で示した。

彼は肩をすくめた。「アナリーズ・カーターだ」

それでタイラーはこの家の近くに来ていたのだ。カーター家はわが家と境界を接している。アナリーズは長女だが、わたしやタイラーより年下だった。「何よ、子どもじゃない」

タイラーが笑った。わたしの心を見透かすように。「じゃあな、ニック」

アナリーズ・カーターは昔から人形みたいに目が大きく、純情そうに見えると同時にいつも驚いているかのようだった。今ちょうどその目が見えた——トラックの窓から身を乗りだし、わたしを見つめて、まるで幽霊でも目にしたかのようにゆっくりとまばたきをしている。わたしは片手をあげた——〝お久しぶり〟——そしてもう片方の手もあげ、〝何もやましいことはしていないわよ〟と伝える。

タイラーが運転席に乗りこみ、わたしがいる窓辺に向かって最後にもう一度手を振って車を発進させた。

アナリーズは何歳になったのだろう——二十三歳？　わたしの中では、彼女はいつまでも十三歳だ。タイラーは十九歳、コリーンは十八歳。すべてが変わったあの日のまま。コリーンが姿を消し、わたしが町を出たときのまま。

十年前のちょうど今頃——六月も残り二週間だった——カウンティ・フェアが開か

れた。あれ以来、同じ時期に帰省はしていない。しかしこれだけの時間と距離を隔てても、鮮明な記憶が残っている。故郷のことでエヴェレットに質問されたときは必ず最初に頭に浮かんでくる。その都度、頭の隅に追いやるのだが。

観覧車から身を乗りだしたわたしは、腹部に鉄の棒が食いこむのもかまわずタイラーの名を呼んだ。下にいるタイラーは遠すぎて顔が見えなかった。彼は両手をポケットに突っこんだまま動かず、その周囲を人の波が動いていった。タイラーはわたしたちを見ていた。わたしを。コリーンが耳元でささやいた。「やるのよ」ベイリーの引きつったような笑い声がしたかと思うと、ゴンドラが前後に揺れだした。クーリー・リッジ全体を見おろす高さで。「早く《チクタク》、ニック」

みんなスカートをはいていたが、わたしはゴンドラの縁を乗り越えて外に出て、そのせいでさらにゴンドラが揺れた。背後の鉄棒に肘をかけ、腰の高さの安全柵に両足で立つ。コリーンがわたしの肘を両手できつくつかんだ。耳元に彼女の息がかかる。タイラーが見つめる中、観覧車がゆっくりまわり、わたしたちを乗せたゴンドラはふたたび下降しはじめた。地面から風が吹きあげ、胃が落ちていくような感覚がし、心臓が激しく打つ。ゴンドラがきしみながら停止したとき、わたしは飛びおりるのが一瞬早すぎた。

金属製の乗り場におりたったとき、膝に大きな衝撃を感じたが、わたしはかまわずスロープを駆けおりた。頭がくらくらし、アドレナリンが体内を駆けめぐる。後ろで怒鳴っている警備員にわたしは大声で叫び返した。「わかってる、出ていくわよ！」出口で笑みを浮かべて立っているタイラーめがけて走る。彼は目で語りかけていた。〝あいつはおまえが悪癖に染まっていくのを見て見ぬふりをしてる〟ダニエルはそう言った。わたし以外の誰かに責任を転嫁するために。

〝逃げろ〟タイラーが口だけ動かした。わたしは息が切れて、笑いたくても笑えなかった。彼は唇の端だけを曲げていつもの笑顔になった。駐車場の外までは逃げられないと互いにわかっていた。タイラーのトラックまでがせいぜいだろう。

そのとき、ふいに誰かに腕をつかまれた。「出ていくってば」わたしは乱暴に振りほどいた。

しかし、相手は警備員ではなかった。ダニエルだった。兄はわたしをつかまえ、こぶしで頰を殴った。わたしは身をかばうように腕を下敷きにして地面に倒れた。

ショックと痛み、恐怖、屈辱――すべてが一緒くたになり、血と土の味とともに記憶に永遠に刻みこまれた。それまで兄から手をあげられたことはなかった。幼かった頃でさえも。あの日の出来事は十年経ってもなお、兄とわたしのあいだにわだかまっている。他人行儀なメールを送る、電話で居留守を使うといった具合に。

あの夜、カウンティ・フェアが終了してから翌朝六時までのあいだにコリーンが姿を消し、世界に新たな重みと意味合いが生まれた。数週間でコリーン死亡説が有力になった。確定したわけではないが、そうに違いないという重苦しい雰囲気ができあがっていった。とにかくコリーンは死んだのだ。そうなった経緯は誰にもわからないけれど。

ひょっとすると、コリーンは父親から虐待されて家出したのかもしれなかった。だから一年後に母親が離婚して町を出たのだ。

もしくは、当時コリーンとつきあっていたジャクソンが殺したのかもしれなかった。この手の事件の犯人はたいがい恋人と決まっている。実際、ふたりはよくもめていた。あるいは、彼女がフェアで気安く話していたホットドッグ売りの男が犯人かもしれない。誰も見たことのない顔だった。ベイリーは、その男がわたしたちをじっと見ていたと証言した。

またあるいは、帰宅しようとしたコリーンがミニスカートと透けるトップス姿でヒッチハイクし、通りすがりのよそ者に連れ去られ、乱暴されて捨てられた可能性もあった。

それとも、ただの家出だったのかもしれない。警察は最終的にそう結論づけた。コリーンは十八歳で、法的には成人だった。退屈な地元に嫌気が差して、自分の意志で出ていったのだろうと。

〝何があった？〟警察官は尋ねた。〝その時間帯、きみたちにいったい何が起きたんだ？〟午後十時から翌朝六時までのあいだに誰が何をどんな理由でしたか、警察官は取り調べた。わたしたちグループをばらばらにして尋問した警察官たちは、それでも親を呼びだすことなくそれぞれを家まで送り届けてくれた。彼らは同じ町でわたしたちの同級生とデートしたり、兄弟や父親たちと一緒にビールを飲んだりする地元の住人だった。わたしたちの秘密――午後十時から翌朝六時までどこにいたか、誰が何をどういう理由でしたか――が警察署内にとどめられることはなかった。バーで語られ、ベッドで語られた。町のあちこちで。

州警察から応援が来たときにはもう手遅れだった。わたしたちはすでに心を閉ざし、自分たちの仮説を立て、それを頑なに信じた。

警察の公式見解はこうだ。コリーンが最後に目撃されたのはフェア会場の入口のすぐそば。そのあと、行方不明になった。

しかし、実際はそうではない。わたしたちは別の場所でも彼女を見た。それぞれが警察に黙っていた。

ダニエルがコリーンを最後に見たのはフェア会場の外で、チケット売り場の後ろだった。

ジャクソンは、洞窟の駐車場だった。

わたしは、クーリー・リッジに戻る途中のカーブだ。

当時は町全体が恐怖に包まれ、誰もが答えを探し求めていた。しかし、同時に町は嘘つきだらけでもあった。


〈グランド・パインズ〉の食堂は予想と違った。堅木張りの床と黒い麻のテーブルクロスがかかったテーブルは、介護施設ではなく高級レストランにふさわしかった。食堂の隅にピアノがあったが、装飾的な目的で置かれているらしく、ディナータイムにはクラシック音楽が低く流れていた。介護施設の食事としては南部一と謳《うた》われているらしい。実際、ここを選ぶときにダニエルは代理人からそう告げられた。あたかもそのおかげで兄やわたしの気が楽になるかのように。〝大丈夫だよ、父さん。しょっちゅう顔を見に来るから。しかもここの食事は最高なんだ〟

受付近くにいた女性看護師が案内してくれて、父がふたり用のテーブル席についているのが見えた。父は看護師とわたしをしばらく見つめ、やがてパスタをからめた手元のフォークに視線を戻した。

「お父さんはあなたが来ることを教えてくれなかったんです。教えてもらっていたら、部屋で待つように言ったんですけど」看護師は悩ましそうに唇をすぼめた。

わたしが近づくと、父は顔をあげて何か言うことがあるように口を開きかけた。だが、看護師のほうが早かった。よく訓練された彼女の笑みにつられてわたしもほほえみ、父もわずかに顔をほころばせた。看護師は父に話しかけた。

「パトリック、娘さんが来てくれたわよ。ニコレット」彼女はわたしを見た。「また来ていただいてうれしいです」

「ニックです」わたしは看護師に言った。その名前が笑顔と同じように父に伝わることを祈りながら。

「ニック」父が繰り返した。指先でゆっくりとテーブルを叩く。ワン、トゥー、スリー。ワン、トゥー、スリー――やがて、父の中で何かがつながった。テーブルを叩く指が速くなる。ワントゥースリー、ワントゥースリー。「ニック」父がほほえんだ。記憶が戻ってきたのだ。

「こんにちは、お父さん」わたしは向かいの席に座り、父の手を握った。ああ、本当に久しぶりだ。同じこの部屋で前に会ってから一年になる。それ以前はよく電話で話したが、父はしょっちゅう混乱した。しまいにダニエルから、電話だと興奮させてしまうのでよくないと言われた。そこでわたしは手紙に自分の写真を入れて送った。それでも父は徐々に悪化し、最終的にここへ来ることになった。ダニエルが年を取ったような風貌だが、加齢と長年にわたるファストフードとアルコール摂取のせいでもっとふっくらしている。

父はわたしの手を強く握った。こういうことは昔から上手なのだ。愛情を示す仕草、よき父親らしい態度を示すのが。ほろ酔いで帰ってきたときのハグ。買い物に行く必要があるのにベッドから起きられないときの握手。〝すまん。クレジットカードを持っていってくれ〞握手とその言葉だけで父を許せた。

父がわたしの手に視線を落とし、薬指を叩いた。「どこだ?」

身がすくむ思いがしたが、父が覚えていてくれたことがうれしく、わたしはほほえんだ。父はわたしが手紙に書いたことを忘れずに覚えてくれている。思考を失ったわけではなく、ただ混乱しているだけ。そこには大きな違いがある。わたしは父の頭の中でたしかに生きている。そして真実もそこにある。

わたしは携帯電話を取りだし、ある画像を拡大してみせた。「家に置いてきたわ。

掃除をしていたから」

父は目を細め、美しく精巧なカッティングの指輪の画像を見つめた。「タイラーがくれたのか？」

胃が締めつけられた。「お父さん、タイラーじゃないの。エヴェレットよ」

また忘れられてしまった。でも、父は悪くない。今とは別の場所にいるだけだ。十年前。もしくは、わたしたちの子ども時代。タイラーは結婚してほしいとわたしに言ったことはない。ただその願いを抱いていた――〝行くな〟という言葉にこめていた。

一方、この指輪は……何を意味しているのか、わたしにはよくわからなかった。エヴェレットは三十歳で、わたしも三十歳に近づきつつある。彼は自分の誕生日にわたしにプロポーズし、互いの時間を無駄にしないことを約束しようと言った。わたしはイエスと答えたが、それがすでに二カ月前だ。あれから式の日取りの話も出ていないし、わたしのアパートメントの契約が切れたあと一緒に暮らす計画もない。つまり結婚は〝そのうちに〟の話。あくまでも予定だ。

「お父さん、ききたいことがあるの」

父はわたしのバッグから飛びだしている書類に目をとめ、こぶしを握った。「そのことならもう言っただろう。どんな書類にも署名しない。ダニエルにあの家を売らせるな。あの土地はおまえの祖父母が買った。わが家の財産なんだ」
わたしは裏切り者になった気がした。家はどのみち売らざるをえないのだ。

「こうするしかないの」わたしは静かに言った。お父さんがお金を使い果たしたのよ。いったい何に使ったのかは見当もつかないけど。本当に何も残っていなかった。お金になるのはコンクリートの厚板と四つの壁でできた構造物、放置された庭だけだ。

「ニック、頼む。売ったら母さんがどう思う？」

父はまた混乱しかけていた。じきに意識が過去へ飛んでしまうだろう。いつもこうだ。母を思いだすことによって、父の意識は母の生きていた時間に吸いこまれていく。

「お父さん」わたしはなんとか父を今、この時間につなぎとめようとした。「そのことで来たんじゃないの」ゆっくりと息を吸って続けた。「半月ほど前にわたしに手紙をくれたのを覚えている？」

父はテーブルを指先で叩いた。「もちろんだ。手紙だろう？」これは時間稼ぎだ。口に出して言いながら、懸命に思いだそうとしている。

わたしは手紙を取りだし、広げてテーブルに置いた。父が目を細める。「お父さんがわたしに送ってきたのよ」

手紙を見つめていた父が顔をあげた。しょぼついたブルーの瞳は思考と同じく頼りなげだ。〝あの娘。あの娘を見た〟

頭の中で自分の鼓動がうるさく響き、同じく彼女の名前も何度も繰り返された。

「これは誰のこと？　誰を見たの？」

父は部屋を見まわし、テーブルに身を乗りだした。声を出す前に二回ほど口を開けたり閉じたりしてから、その名前をささやいた。「プレスコットの娘だ」

首筋の毛が一本残らず逆立った気がした。「コリーンのこと？」

父がうなずいた。「コリーンだ」捜していたものが見つかったかのように続ける。

「そう。その娘を見たんだ」

わたしは食堂を見まわし、身を乗りだした。「彼女を見たの？　ここで？」廊下を通り過ぎるコリーンが頭に浮かんだ。ハート形の顔、赤っぽいブラウンの髪、琥珀《こはく》色の瞳と弓形の唇――十年分、年を取った姿が。コリーンはわたしの首に腕をかけ、頬を押しつけ、こっそりささやく。〝史上最高のジョークでしょ？　やだ、怒らないでよ。あたしがあんたのことを大好きなのはわかってるでしょ〟

しばらくぼんやりしていた父がふたたび目に力をこめた。あたりをうかがい、わたしのバッグからのぞいている書類に目をやってから、わたしを見る。「いや、ここじゃない。家にいた」

「いつのこと？　お父さん、いつ？」コリーンは卒業直後にいなくなった。わたしが町を出ていく直前だ。十年前――カウンティ・フェア最終日の晩。〝早く《チクタク》、ニック〟わたしの肘をつかんだコリーンの冷たい手。あれが彼女に触れた最後だった。

　あれっきりだった。

わたしたちはコリーンの卒業アルバムの写真を木に貼った。恐ろしくて近づきたくない場所へも行き、見つけたくないものを捜した。互いの秘密を探った。そっとしておくべきだったコリーンの秘密も掘り返した。

「おまえの母さんに相談しないと……」父がまた遠い目をした。昔の記憶がよみがえったのだろう。コリーンがいなくなるよりも前の記憶が。母が亡くなる以前の記憶が。「彼女は裏のポーチにいた。だが、ほんのわずかなあいだだった……」父が目を見開いた。「森に目あり、だ」

　父は比喩を用いる癖があった。地域の二年制短期大学《コミュニティ・カレッジ》で長年哲学を教えてきて、酒に酔うと始末が悪くなった――本の一節を引用する、好きなように順序づける、前後の脈絡を無視して暗唱する。わけがわからず困っているわたしを見て笑い、肩を抱いて話しつづけた。しかし今、父は混乱し、普通に話すことができなくなっている。まともな思考が薄れつつあった。

わたしは父の腕をつかみ、こちらに意識を向けさせた。「お父さん。もう時間がないの。コリーンのことを教えて。彼女はわたしを捜していた？」

父はやりきれない様子でため息をついた。「時間ならあるとも。そもそも時間というのは、ただの概念だ」父はわたしの手が届かない自分の世界に入りこんでしまった。「物事を理解するために生みだした、距離を測るためのもの。インチやマイルと同じだ」論点を強調するように手振りを交えた。「あの時計」父は後ろを指さした。「あれは時間を計っているんじゃない。作りだしているんだ。その違いがわかるか？」

わたしは反対側の壁にかかっている時計を見つめた。黒い秒針が休みなく時を刻んでいる。「だけど、わたしは年を取りつづけているわ」

「ああ、ニック。そのとおりだ」父は言った。「おまえは変わった。しかし、過去は変わらずここにある。動いているのはおまえだけだ」

なんとか会話をしようと懸命になるうちに、自分がまわし車を走りつづけるネズミになった気がした。過去の経験から、わたしは言い争うより待つことを学んでいた。父を興奮させないために。興奮は混乱につながる。また明日、違う状況で話してみよう。「わかったわ、お父さん。さあ、もう行くわね」

父は体を引いてわたしの顔を見た。わたしは父にどう見えているのだろう。かわいい娘か、それとも見知らぬ誰かか。「ニック、よく聞くんだ」父が言った。頭の中で時計の音がする。〝早《チクタク》く、ニック〟

父がテーブルを指で叩いた。時計の秒針の二倍の速度で。そのとき、部屋の反対側で大きな音がした。わたしが椅子に座ったまま振り返ると、男性が床に落ちたトレイと食器を拾いあげていた。テーブルを片づけているときに落としたらしい。わたしが向き直ったとき、父は自分のトレイに視線を落とし、パスタをフォークにからめることに集中していた。さっきまでの数分間などなかったかのように。

「おまえもここのパスタを食べてみるべきだ」父はにこやかで他人行儀な笑みを浮かべた。

わたしは立ちあがり、書類の角をそろえ、同じようににこやかで他人行儀な笑みを浮かべた。「会えてよかったわ、お父さん」テーブルをまわり、父を抱きしめる。一瞬戸惑った様子になったものの、父はわたしの背中に手をまわして抱きしめ返した。

「ダニエルに家を売らせるんじゃないぞ」父が言った。そうしてまた会話が振り出しに戻った。

砂利敷きの私道に車を停めたときにはポーチに明かりが灯《とも》り、空はすっかり暗くなっていた。ダニエルからメールが届いていた。明日の朝また来るので、何か必要になったり、自分たちの家に泊まりたいと思ったりしたときは連絡するようにという内容だった。

風に揺れるランタンが建物の正面を照らすのを運転席から見つめながら、わたしはそのことについて考えた。今から車で町の反対側にある兄の家まで行って、使い古しのマットレスを引っ張りだし、まだ使われていない子ども部屋で眠ることについて。というのも、揺れるランタンに照らされたポーチで十年前に怪談話をした記憶がよみがえったのだ。

コリーンとベイリーはダニエルの話を喜んで聞いていた。幽霊は森にいる。目には見えないが肌で感じることができ、人に取り憑《つ》いていろいろなことをさせるという。わたしはでたらめだと思いながら聞いていた。コリーンはダニエルのほうに首を傾け、ポーチの手すりにもたれて胸を突きだし、長い片脚を曲げて横木に足をつけて言った。〝いろいろなことって、たとえばどんな？〟彼女はいつもそうやって人をけしかけた。いつでも。

過去の自分たちとここで向きあうのは不気味だった。しかしローラは臨月を迎えており、兄の家にわたしの居場所はない。ダニエルは親切に申してでてくれているが、わたしが遠慮するのを見越してのことだ。わたしにはここに家があり、部屋があり、好きに使える空間がある。もう兄に面倒を見てもらう年でもない。

玄関のドアを開けたとき、建物の反対側でドアが閉まる音がした。まるで何かの均衡が破られたかのように。

「誰かいるの？」わたしは立ちすくんで声をあげた。「兄さん？」

なんの反応もなく、ただ窓ガラスが夕風に吹かれて鳴っているばかりだった。ありがたいことにそよ風だ。

わたしは家の奥のキッチンに入っていってすべての照明スイッチをつけた。だが、スイッチの半分は壊れていた。

ダニエルはいなかった。家はまったくの無人だ。

キッチンの裏口のドアの錠を確認してみると、まわりの木が腐っていて、うまくかからなくなっていた。わたしが家を出たときのままだ。テーブルの上の箱のたぐい、シンクに置いたグラス、すべてが薄く埃に覆われている。

指輪が。わたしは階段を一段飛ばしにのぼり、心臓が激しく打つのを感じながらナイトテーブルの陶製の器を探った。手に金属が触れた。

指輪はあった。無事だった。薬指にはめ、震える手を髪にやる。大丈夫。深呼吸をして。

ベッドの準備はまだだったが、シーツが折りたたんで置いてあった。母ができなくなった家事を兄が引き受けたときと同じだ。わたしは靴の箱をクローゼットに、ラグをベッドの足元に戻した。宝石箱は鏡の下に置いた。そこなら埃がかからないし、少なくとも去年はそこに置いてあった。これですっかり落ち着いた。もとに戻った。思い出もあるべき場所に落ち着いたような気がした。捜査のこと。十年間記憶の底に封印してきたものすべて。

部屋を見渡し、長方形に変色した壁を見つめた。目を閉じると、それぞれの場所にかかっていた写真がまぶたに浮かんだ。

胸が締めつけられた。コリーンはすべての写真に写っていた。

偶然だ。コリーンの存在は子ども時代から切っても切れないもので、その気になって探せば彼女の影はどこにでも存在するだろう。

いったいどんな心の動きで父がわたしに手紙を書くことになったのか、解明しなければならない。今にも機能が止まろうとしている父の脳にどんな記憶がよみがえり、永久に失われる前に注意を喚起しようとしたのか。コリーンを、生きているコリーンを見たという。それはいつのこと？　突きとめなければ。

すべてはこの町に残されている。誰かが足を踏み入れ、あらゆる証拠や証言や事実関係を洗い直し、筋の通った話になるのを待っている。

父は正しい。時間というものの解釈について。過去が今でも生きているという点において。

わたしは木の段差をおりてキッチンに入った。床はリノリウムの隅のほうが縮んでいた。一瞬、赤っぽいブラウンの長い髪の少女が笑いながら裏のポーチに向かうのが見えた気がした。

〝早く《チクタク》、ニック〟

気をしっかり保ってこの家を整理し、出ていかなければならない。壁の奥から過去がしみだし、暖炉の火格子から話しかけてこないうちに。過去が箱からあふれでて、すべてを振り出しに戻してしまわないうちに。

第二部

過去へ

哲学は真実を語る——人生はさかのぼることでしか理解できない。

セーレン・キルケゴール

――二週間後――

十五日目

もし目を閉じたら、フィラデルフィアに帰るところだと思えただろう。エヴェレットが運転席にいて、後部座席には荷物が積んであって、バックミラーに映るクーリー・リッジは遠ざかっていく――行方不明の娘などおらず、覆面パトカーが町を巡回することもなく、恐れることも何もない。

「大丈夫かい？」エヴェレットが尋ねた。

ちょっと待って。時間が欲しかった。なんでもないふりができるようになるまで。

またクーリー・リッジで。もうたくさんだ。

深夜の森でふたたび女性が姿を消した。街路樹や店先にビラが――若い娘の顔写真が捜索への協力の呼びかけとともに貼られている。こんなことが実際にあるとは。

しかし目を開いて現実と向きあった瞬間、首筋の毛が逆立った。彼女の顔が視界に飛びこんできた。〈行方不明〉という赤い文字の下、大きなブルーの瞳がこちらを見つめる。アナリーズ・カーター。

「ニック？」エヴェレットが声をかけた。なんてこと。ここで数日を過ごすあいだに、彼もまたわたしをニックと呼ぶようになっていた。早くもこの土地に染まっている。

「ええ」わたしは窓の外を見ながら答えた。

次の信号でもアナリーズの写真が目に入った。〈ブティック・ジュリー〉の白い店名の下に貼りだされている。すぐ隣にハンドメイドの宝石とグリーンのシルクのスカーフが飾られていた。わが家の裏に住んでいたアナリーズ・カーターは、姿を消した夜、わたしの元恋人とデートしていた。彼女がいなくなって二週間になる。

「ニック」エヴェレットがためらいがちにわたしの肩に手を置き、力をこめた。「聞こえている？」

「ごめんなさい。大丈夫」わたしはエヴェレットに顔を向けたが、首の後ろにアナリーズの視線を感じた。まるで何かを訴えているかのように。〝見て。よく見て。わたしよ、わかる？〟

「きみが大丈夫とわかるまでここにいるよ」エヴェレットがわたしの肩を抱いたまま言った。長袖のボタンダウンシャツの袖口からシルバーの腕時計がのぞく。シルバーじゃない、スチールだと彼は言った。この人はなぜ汗だくにならないのだろう？

「これが目的だったんでしょう?」わたしはエヴェレットに向かって処方薬の袋を掲げた。「二錠飲んで、明日の朝、あなたに電話をかけるわ」わたしは笑みを浮かべたが、彼はわたしの何もつけていない薬指に視線を向けて顔をこわばらせた。「指輪は見つけるから」わたしは言った。

「指輪のことはいいんだ。ぼくはきみを心配している」

おそらくエヴェレットはわたしの見た目を言っているのだろう。髪はぼさぼさのまま、後ろでポニーテールにしている。二週間前にはぴったりだったショートパンツは、今はかろうじて腰骨に引っかかっている。クローゼットで見つけた古いTシャツは十年前のものだ。それにひきかえ、エヴェレットの髪はこざっぱりと整えられ、仕事のための服装をしている。まるで今していることも――夜眠れないというニコレットを病院に連れていくこと、未来の義理の父に関する書類作成をサポートすること、タクシーで空港へ行き、裁判の準備をすることも、こなすべき仕事であるかのように。

「エヴェレット、わたしは大丈夫だから」

彼は手を伸ばし、わたしの髪を後ろに払った。「本当に?」

「ええ、本当に」アナリーズの写真に目を戻したとき、目の奥が熱くなった。自分がどれほど危険な状況にあるか、気がつくことができるのは正常な人だけ。危険に近づいている自覚のなかったわたしの父は、わからなかったから深淵《しんえん》に落ちた。

しかし、わたしは知っている。自分たちがどれほど危険なところにいるかわかっている。だからわたしは大丈夫。タイラーによれば、それが気をしっかり持つ秘訣《ひけつ》だと言う。


「ニコレット、きみをここにひとりで残したくない」後ろの車にクラクションを鳴らされ、エヴェレットは飛びあがってわたしの車を発進させ、青信号の交差点を進んだ。

わたしは彼の横顔を見つめ、その向こうに過ぎていく町並みを見た。「ひとりじゃないわ。兄がいるもの」


エヴェレットがため息をついた。彼の無言の思いが聞こえる。

行方不明の若い娘は人々の心に取り憑く。わたしたちは誰を見てもそこにその娘を重ねあわせずにいられない。人はなんとはかなく無力なものか。今はここにいても、いつ店の正面のウインドーから見つめるビラの写真になってしまうかわからない。

自分の目の前で人が次々に消えていく不可解な現象——それは体が内側からじわじわとむしばまれていくような恐怖をもたらす。同様の言葉にならない焦りが周囲からも感じられた。タイラーの抑揚のない留守番電話のメッセージや、ますます読み取りにくくなっていくダニエルの表情から。〈グランド・パインズ〉に足を運ぶごとに人々の不安が強まっているのがわかる。わたしがクーリー・リッジに戻ってから二週間、町は今、次に誰が行方不明になるかわからない状態だ。

エヴェレットは砂利敷きの私道に駐車し、無言で車をおりた。わたしが最初に帰ったときのように家の正面を見つめている。

「父を〈グランド・パインズ〉から連れださないと」わたしは彼に近づきながら言った。エヴェレットのおかげで今のところ警察は尋問を控えているが、父が〝あの娘〟の話をやめなければ、そのうち手がかりをつかもうと必死になっている刑事がふたたび訪ねていくだろう。

エヴェレットはわたしの腰に手をまわした。わたしたちは一緒に家へ入った。彼はわたしのシャツの生地を握っている。「きみは自分を大事にすべきだ。ドクターは――」

「ドクターはどこも異常はないと言ったわ」

エヴェレットは一緒に診察室に入ると言って聞かなかった。医師はわたしに家族の病歴を尋ねた。気の滅入《めい》る質問だが無関係だった。次に医師は、症状が出たのはいつからかと尋ねた。エヴェレットが答えた。アナリーズ――わたしの隣人が行方不明になったのだと。すると医師は合点がいったとばかりにうなずいた。ストレス。恐怖。

そのどちらか、もしくは両方が原因だという。医師は抗不安剤と睡眠導入剤の処方箋をさらさらと書き、睡眠不足が続くと思考が鈍ったり緩慢になったりすると警告した。不眠が長引けば長引くほど、昼間に突然意識を失う危険性が高まると。そういうわけでエヴェレットがわたしの代わりに運転することになった。

あなたが寝てみなさいよと、わたしは医師に言いたかった。また女性が行方不明になって、正気かどうかも定かでない父親を警察に尋問されて、それでも眠れる？　自分の家に誰かに侵入されても眠れるの？　こちらが〝リラックス〟しさえすればすべて解決するみたいな言い方をして。

エヴェレットは相変わらずわたしを抱き寄せていた。そうしないとわたしが消えてしまうかのように。「一緒に帰ろう」彼は言った。帰る？　どこに？

「無理よ。父が――」

「ぼくがなんとかする」

エヴェレットがなんとかするのはわかっている。そのためにやってきたのだから。「この家のことだってあるでしょう」わたしは隅にある壊れた木箱や、修理が必要な裏口のドア、まだ手をつけていないすべきことのリストを示した。

彼は首を振った。「残りの作業についてはぼくが金を払って人を雇う。きみがここにいる必要はない」

わたしはかぶりを振った。問題は片づけでも修理でも掃除でもない。もはやそういう次元の話ではなかった。「離れるわけにはいかないわ。こんな状況では」町じゅうの電柱や店のウインドーに貼られたビラから大きな目の若い娘がこちらを見つめている。警察の捜査はこれから本格化するだろう。わが家の暗部がふたたび掘り起こされようとしている。

エヴェレットがため息をついた。「きみはぼくに助言を求めて電話をかけてきた。ぼくの助言はこうだ。きみにとってここは安全じゃない。警察官がハゲタカのごとく旋回し、周囲を嗅ぎまわっている。正当な理由もなく尋問する。まったく正気の沙汰じゃないが、それが現実に起こっていることだ」

エヴェレットは理由を知らなかったが、わたしは知っていた。アナリーズは姿を消した夜、スチュワート巡査の個人の携帯電話にコリーン・プレスコットの事件について話せないかとメールを送っていたのだ。翌朝彼が電話をかけると、すぐに留守番電話に切り替わった。そのときアナリーズはすでに行方がわからなくなっていた。

巡査たちは全員が地元出身で、十年前にコリーンが姿を消したときも町にいた。もしくはバーなどで話を聞いていた。ふたりの若い娘が町から忽然《こつぜん》と姿を消した。アナリーズの最後の言葉はコリーン・プレスコットに関することだった。クーリー・リッジのような場所に暮らす人々にとって、現在、町で起きていることはおかしくもなんともなかった。

コリーン事件の証拠がわたしの想像どおり箱ひとつに入っているとすれば、警察は次のようなものを保管しているはずだ。ごみ箱の底のほうに隠されていた、菓子の箱に入った妊娠検査キット。洞窟から発見された、血痕のついた指輪。事実と嘘とそれらがまじりあった、数時間に及ぶ尋問を録音したカセットテープ。コリーンの携帯電話の通話記録。そして名前。箱いっぱいの紙切れに殴り書きされたたくさんの名前。最近までその保管箱は厳重に密封され、片隅で新しい保管箱の後ろに隠れている気がしていた。しかし今、少しつついただけで箱がひっくり返り、蓋が外れ、たくさんの名前が埃だらけの床に散らばろうとしている。箱はまさに今のクーリー・リッジだ。過去は蓋をされて見えないところに追いやられていたが、決して遠いところではなかった。

アナリーズがコリーンの名前を口にして行方不明になったことから蓋が開かれる。目を閉じたまま中に手を突っこむ。名前が引っ張りだされる。

ここではそのようにして物事が進んでいく。

現に今、そうなっている。

わたしはエヴェレットに助言を求めた。父のために。介護施設にいる年老いた父に不意打ちをかけた警察への対応について、エヴェレットは電話口のアドバイスですませることもできた。しかし彼は三日前に飛行機に飛び乗り、法外なタクシー料金を払ってこの土地に駆けつけ、ダイニングルームに対策本部を設けた。到着したとき、エヴェレットは玄関ポーチに立ちつくした。わたしの姿に驚いたという。彼のそういうところがわたしは好きだ。来てくれたことがうれしかった。しかし、自分の過去を掘り起こすことはできなかった。それでいて、エヴェレットを巻きこまずにアナリーズに何が起きたのか解明することもできなかった。

わたしから彼への助言はこうだ。〝ここから去って。わたしたちがあなたを巻きこむ前に〟

「わたしの家族のことだから」

「きみをここに残していきたくない」エヴェレットは裏庭のはるか向こうの森を指さした。「若い女性があそこから消えたんだ」

「処方してもらった薬をのんで、なんとか眠るよう努力するわ。わたしはここに残らなければならないの」

エヴェレットはわたしの額にキスをし、髪に顔をうずめて低くささやいた。「なぜそこまでするのか、ぼくにはわからない」

どうしてわからないのだろう？　町じゅうにアナリーズがいるのに。すべての電柱に。すべての店のウインドーに。かつてわたしがコリーンのビラを貼ったのと同じ場所に。あのときは胸が詰まる思いで一心にビラをまいた。早くまけば少しでも結果が変わるような気がして。

今、ビラには大きな瞳のアナリーズの顔写真が載っていて、わたしにも目を開くよう訴えている。どこを見ても彼女がいる。〝見て。よく見て。目を離さないで〟

タクシー会社には二十分で着くと言われたが、四十分はかかりそうだった。エヴェレットは洗濯室のドアにもたれ、わたしが彼の服を乾燥機から取りだしてプラスチックのかごに入れるのを笑みを浮かべて見ていた。「そんなことはしなくていいんだよ、ニコレット」

わたしはかごを腰の脇で抱えながら咳払いをした。「わたしがしたいの」エヴェレットの服をきれいにたたみ、パッキングし、さよならのキスをして送りだしたかった。家に帰ってスーツケースを開いてからわたしを思いだしてほしい。今はとにかく出ていってもらいたい。

エヴェレットはわたしがダイニングテーブルの上で彼の衣類をきれいにたたむのを見守った。難しい外科手術を行うように、それらを慎重にスーツケースに詰めていくのを。「きみの部屋を引き払えないか?」エヴェレットが言った。最後のシャツをたたんでいるわたしに近づいてきて、腰に手をまわす。わたしのポニーテールを横にずらし、首筋に唇をつけた。「戻ったらすぐに、ぼくの家で一緒に暮らしてほしい」

わたしはうなずきながら手を動かしつづけた。簡単に答えられるはずだった。〝ええ、もちろんいいわよ〟簡単に思い描けるはずだった。彼のクローゼットの半分を占めるわたしの服。キッチンで一緒に料理するふたり。エヴェレットが部屋の温度をわたしが快適に思うより五度低くするから、赤いブランケットを脚にかけてカウチで丸くなるわたし。裁判の話をするエヴェレット。ふたつのグラスにワインを注《つ》ぎながら学校の生徒たちの話をするわたし。

「どうしたんだい?」エヴェレットが尋ねた。

「なんでもない。ここでしなければならないことを考えてただけ」

「何か必要なものはないか?」彼は体を引いた。咳払いをし、いつもどおりの声を保とうとしている。「金とか」

わたしは身をすくめた。これまでエヴェレットが金銭の援助を申しでたことはない。この話は互いに口にしなかった。彼は裕福で、わたしは裕福ではない。金銭にまつわる話はすぐに手に負えなくなってしまう火のように避けられてきた。だからこそ、わたしは自分から結婚の話をしなかった。結婚の話をすれば、エヴェレットは婚前契約の話をしなければならなくなる。わたしに婚前契約書に署名させるよう彼の父親が求めるだろうから。わたしは署名するだろう。しかしどこかで互いの違いが明らかになり、結局だめになるかもしれない。「いいえ、あなたのお金はいらないわ」

「そういう意味じゃない……ニコレット、ぼくは力になりたいだけなんだ。どうか力にならせてくれ」

初めて会ったとき、エヴェレットはわたしがまさに彼の目指す理想だと言ってくれた。自分で車を運転して職場に行き、学校で職を得て、立派に自活していると。そのときわたしはエヴェレットに言った。そうしたチャンスはただでつかめるわけではない、少なからぬ犠牲が伴うものだと。

「十年がかりの借金があるようなものよ」わたしは言った。

ときどき考える。もしわたしたちが結婚したら、エヴェレットはわたしが抱えている借金をきれいに清算してしまうだろうか。それでわたしは変わるだろうか。彼は同じようにわたしを好きでいてくれるだろうか。

「エヴェレット、ありがとう。でもお金で解決することじゃないわ」わたしはスーツケースを閉じ、壁に立てかけた。遠くで車の音がした。「タクシーが来たわよ」わたしはささやき、エヴェレットのウエストに腕をまわして胸に頭を預けた。

「考えてくれるかい？」彼は体を引いてわたしを見た。どちらのことを言っているのだろう？　エヴェレットの家に引っ越すことか、それともお金を受け取ることか。今、この場でそのふたつを持ちだされるのはいたたまれなかった。ここでわたしに会い、漠然とした危機を前にして、エヴェレットはわたしをますます求めている。

「ええ」わたしは言った。彼の表情を見たとき、自分が意図せず何かに同意してしまった気がした。

「もう少し長くいられたらいいんだが」エヴェレットがわたしを引き寄せてキスをした。「でも、きみの家族に会えてうれしかったよ」

わたしは笑った。「そう、よかった」

「嘘じゃない」エヴェレットは真剣な表情になり、小声で言った。「いい人たちだ」

「ええ」わたしはおとなしく引き寄せられながらささやき、襟の跡が頬に残りそうなほど強く抱きしめられた。「あなたもよ」彼がわたしを放したとき、わたしは言った。

エヴェレットはわたしの腕を撫でおろしながら体を引き、わたしの左手を取って顔に近づけた。「明日、被害届を出すよ」

「まだ見つかる可能性はあるわ」わたしは身をすくめた。「半分荷造りした箱から出てくるかもしれない。もう一度捜してみる」

「見つかったら知らせてくれ」エヴェレットが言い、スーツケースを玄関の外に引っ張りだした。「それからニコレット」心臓が止まりそうになるようなまなざしを向けてきた。「来週末までに戻ってこなかったら、迎えに来る」

エヴェレットを乗せたタクシーを見送ると、わたしはドアを閉め、錠をおろし、ノブをひねって確実に施錠されていることを確かめた。家の中を歩きまわって戸締まりを確認し、エヴェレットが開けたままにしていた窓を閉め、錠の壊れた裏口のドアノブの下にキッチンの椅子をかませた。何もかもがのろのろと進んでいくように思われた。わたしの息遣いさえも。この暑さのせいだ。エアコンはまだ修理できていなかった。わたしはおもむろにキッチンへ向かった——飲み物を求めて。何か冷たいものが、カフェイン入りのものがほしい。冷蔵庫に頭を突っこみ、何を飲むか考える。水。ゲータレード。缶入りソーダ。わたしは開いたドアの前で膝をつき、冷気を吸いこんだ――目を覚ますのよ、ニック――低い機械音が耳元で響き、冷蔵庫内の照明があたりを照らす。

突然、椅子が床を引っかく甲高い音がした。わたしが振り向くと、裏口のドアが勢いよく開いた。わたしは冷蔵庫に背中を向けたまま、武器になるものを手探りした。タイラーが裏口に立っていた。両腕を震わせ、汗と泥にまみれ、土か花粉のようなにおいを放っている。体内をアドレナリンが駆けめぐっているのか、全身を震わせていた。彼は転がったキッチンの椅子を見つめ、わたしの背後に視線をさまよわせた。

「タイラー？　どうしたの？」茶色の作業靴には泥が何層もこびりついている。タイラーは戸枠に手をついた。わたしは身を起こして冷蔵庫のドアを閉めた。部屋が気まずい沈黙に包まれる。「タイラー？　いったいどうしたの？　何か言ってよ」

「誰かいるか？」タイラーが尋ねた。〝誰か〟ではなく、特定の相手を指しているのがわかった。

「彼なら帰ったわ」タイラーの腕はまだ震えている。「わたしだけよ」

タイラーは普通の状態ではなかった。彼の兄の葬儀に参列した十五歳のときと同じだ。あのときタイラーの母親の膝の上には折りたたまれた星条旗があり、彼は静かに席についていた。しかし近づいてよく見ると、全身を細かく震わせていた。知らない人たちが大勢やってくると震えはますますひどくなり、タイラーは今にも砕け散ってしまいそうだった。十七歳で初めてデートの待ち合わせをし、わたしが自分の車のドアをタイラーのトラックにぶつけてしまったときの彼もこんなふうだった。当初、タイラーはすっかり頭に血がのぼっていたが、わたしが息を詰めて彼の言葉を待っていることに気づいて言った。〝こんなのはただの金属の塊だ〟

「わたしたちだけよ」わたしはささやいた。

タイラーが一歩、中に入ってきた。リノリウムの床に土の塊が落ちる。「すまない」彼は足元に視線を落として小声で言った。

「どこにいたの？」

タイラーは自分の靴と床を凝視している。わたしは彼が出ていってしまうのではないかと思った。出ていってそのまま姿を消し、二度と会えなくなるかもしれない。

「こっちへ来て」

わたしはタイラーの足元にひざまずき、作業靴の紐《ひも》をほどきはじめた。タイラーの呼吸は荒く、近づいてみるとズボンに細かくて黄色い粉をつけていた。わたしはふくれあがる不安を抑え、手が震えないように努めた。これはタイラー。いつものタイラーだ。片方の靴の紐をほどき終えたとき、テーブルの携帯電話が鳴り、彼もわたしも飛びあがった。タイラーはわたしが電話に出るため部屋を横切るのを見守りながら、もう片方の靴に取りかかった。

「兄さんだわ」わたしは携帯電話の画面を見て眉をひそめた。タイラーも同じ表情をした。わたしは携帯電話を耳に押しあてた。

「ニック」わたしが挨拶をする間もなくダニエルが言った。「今どこにいる？」

「家よ、兄さん」

「エヴェレットと一緒か？」電話の向こうから風を切る音が聞こえた。兄は移動しているのだ。高速で。

「いいえ、彼は帰ったわ。今、ここにタイラーがいるの」わたしがタイラーに目をやると、彼はこちらに歩いてきていた。会話を聞き取ろうと首を傾けながら近づいてくる。

「よく聞け」ダニエルの声の向こうからエンジン音が聞こえた。「逃げろ」

わたしは胃がよじれ、タイラーの作業靴を見た。

「逃げるんだ、早く」

わたしは手をおろした。「タイラー？」手から滑り落ちた携帯電話の画面が床にぶつかって割れた。花粉。土。

「なんだ？　ダンはなんて言った？」タイラーの声は大声ではなかったが、うろたえていた。

わたしはタイラーの手を見つめた。爪に土が入り、親指と人差し指のあいだに乾いた血がこびりついている。

「タイラー、あなた、何をしたの?」

タイラーは椅子に寄りかかって木を握りしめた。「時間がないんだ、ニック」

そのとき、遠くで鳴る甲高いサイレンが聞こえてきた。

〝早く《チクタク》、ニック〟

「何があったの?」

タイラーは目をつぶり、体を震わせた。「ジョンソン農場で遺体が見つかった」

ヒマワリ畑。花粉。土。

サイレンの音が大きくなった。

タイラーが近づいてくる。

時間が決定的に止まった。

それは人が作ったものにすぎない。距離を測る手段。理解する手段。物事を説明する手段。ときにそれはねじ曲がり、過去を見せる。

不意打ちをかけて。

――その前日――

十四日目

時間が刻一刻と失われていく。わたしはエヴェレットが寝るのを待ちながら父の古い本や教材が入った箱を捜し、ページに挟まれていた切り抜きや余白の書きこみを調べていた。真夜中をとうに過ぎていたが、これといったものは見つからなかった。全部捨ててしまったほうが楽だし、確実だ。朝になったらガレージに持っていくつもりで、わたしは箱をすべて廊下に出した。

開いたドアの向こうからシーツがすれあう音が聞こえ、わたしは裸足でベッドルームに戻った。エヴェレットはわたしのベッドの真ん中で手足を伸ばして眠っていた。黄色い上掛けはくしゃくしゃになって床に落ちている。彼は眠りが浅いほうだが、今は規則正しく寝息をたてていた。わたしが肩に手を置いてみると、背中も同様に一定の間隔で上下している。

ナイトテーブルの時計は三時四分を示していた。空白の時間帯――皆が寝静まり、

〈ケリーズ・パブ〉の最後の客も家路に就いている。一番の早起きもまだ眠っている。新聞配達も始まっていない。世界は完全に静まり返っている。

わたしは部屋を出て床のきしむところをまたぎ、爪先立ちで両親の部屋へ入ってクローゼットに近づいた。父のすりきれたスリッパと不要になった服が入っている。わたしはスリッパのひとつに手を入れた。例の鍵をそこに隠しておいた。どこの鍵か、なんのためのものかわかるまで取っておくつもりだった。フェイクファーのマットに足の形がついていた。握った鍵は冷たく、暗闇の中ではキーホルダーのデザインは見えなかった。しかし、握りしめるとその形がわかった。〝早く《チクタク》、ニック〟

自分のスニーカーは裏口に置いてあった。ふいに腕がひんやりとした。エヴェレットがまた一階の窓を開けっぱなしにしたのだろう。

わたしはカウンターに飛びのり、窓をおろして施錠した。

そして外へ抜けだした。

ここはわたしの森。

ここはわたしが育った森。実家から町の中を這《は》うように広がり、すべてを結びつけながら川に到達し、洞窟につながる。数年ぶりだが、何も考えずに心の赴くままに進んでも、数えきれない行き方が頭に入っている。昼でも夜でも大丈夫だ。森はわたしのもの、わたしは森のもの。自分に言い聞かせるまでもない。しかし、この時間は得体の知れないものが多すぎた。夜行性の小動物が駆けまわり、暗闇で生き延びるものたちがうごめいている。それらが呼吸し、成長し、朽ちていく。すべてが永続的なサイクルの中にある。

ここはわたしの森。

歩きながら木の幹に指を滑らせ、同じ言葉を心の中で繰り返す。ここは真夜中にタイラーと会うために何度も抜けだして向かった森だ。彼はトラックをドラッグストアの駐車場に停め、森の途中でわたしと落ちあった。昔、ダニエルが教えてくれた空き地で。兄とわたしは木の枝で要塞を作り、とげの生えたツタでまわりを囲った。怪物を遠ざけるためだと兄は言った。要塞はわたしが中学のときに嵐で壊れてしまったが、その頃にはダニエルはもう大きくなって興味を失っていた。空き地はわたしだけのものになった。

ここはアナリーズが最後に目撃された場所でもある。その十年前にはコリーンを捜した場所だ。先週もここを捜した。その場所をわたしはひとりで歩いている。闇と、闇を求める人々だけがさまよう空白の時間帯に。

懐中電灯が森陰を照らした。木の枝が重く垂れさがり、根が地面から突きだし、小さくすばしこいものが逃げていく。わたしは足音をたてないように細心の注意を払うことを途中でやめ、音を気にせず早足で突き進んだ。

樹木の様相が変わり、カーター家の土地に入った。アナリーズが大学院を目指す準備のために去年から住んでいるアトリエが母屋の裏手に立っていた。アトリエも母屋もそれほど大きくないが、庭と屋根以外はまずまず手入れされていた。母屋には外灯がついていた。アナリーズが今にも帰ってくることを期待するように。

彼女が暮らしていた場所は以前はガレージだった。父親がアトリエに改装したのだ。〝娘は有望なんだ〟とアナリーズの父親がわたしの父に話していた。まだ彼が仕事を失う前のことだ。〝人員削減でね〟飲み物片手にポーチに座って、父に話す前のこと。そのときはまだ離婚もしていなかった。〝女房が家を取っちまった。ずっと家族だったのに、家を取りやがったんだ〟仕事でミネソタだかミシシッピだかに行くことになる前。その頃は、未来はまだ明るかった。

さらにそれより前、わが家でもダニエルが同じようなことをした。クーリー・リッジで家を探すのは、北部で部屋探しをするほど簡単ではなかった。空き家がしょっちゅう出るわけでもなく、出ても多くは長期契約される。賃貸物件はメインストリート沿いにあり、地下室だけだとか、トレーラーハウスを借りたうえでさらに人の土地に借地料を払って住むといった条件が多かった。そこでダニエルは地元に残ると決心するにあたって、実家のガレージを改装するのが一番安上がりだという結論を出した。タイラーと父親が経営しているエリソン工務店が工事を請け負ったが、少しでも費用を浮かせるために兄と父も手伝った。

彼らはガレージと母屋のあいだにカーポートを造り、ガレージの床に配管用のスペースを残してコンクリートを敷いた。しかし結局、配管作業は行われなかった。コリーンが行方不明になったことで世界が止まってしまったのだ。ダニエルは改装をやめて母屋で父と同居することにし、数年後にローラと暮らす家を買った。

アナリーズはクーリー・リッジに根をおろすつもりなどなかったはずだ。実際、一度町を出ている。出て、そして戻ってきた。アナリーズとクーリー・リッジは互いにどう向きあえばいいかわからなくなっていたはずだ。このアトリエも今は彼女のものだが、いずれは高校生の弟のものになったかもしれない。〝今だけよ〟わたしにはアナリーズの心の声が聞こえた。〝チャンスがめぐってくるまでのあいだだけ。自分の道が見つかるまでのあいだだけ〟

建物がガレージだった頃からの私道が道から側壁に延びていた。アナリーズの車と別の二台が母屋の横の巨大なカーポートに並んでいた。

わたしは懐中電灯を消し、アトリエの裏口に向かって走った。鍵のギザギザした部分が手のひらに食いこむ。わたしは息をつき、鍵を鍵穴に差しこんだ。ドアにあてた手が震えた。鍵をまわすと、簡単に錠が外れた。

不安に全身を震わせながらも、わたしは中に入った。こんなところにいてはだめなのに。

ふたたび懐中電灯をつけ、窓を照らさないよう低い位置で持った。室内はわたしのアパートメントに少し似ていた。空間が途中まで壁で半分に仕切られ、ドアはない。白い羽毛の上掛けがかかったクイーンサイズのベッドが目の前にあった。反対側の壁際に作業テーブルが置かれ、絵の道具が入ったコンテナが整然と一列に並べられている。

仕切りの向こう側に壁掛けテレビとカウチが見えた。家具は少ないものの、とてもうまく配置されている。妙に目立つものがない簡素な空間だ。ただし壁は例外で、さまざまな絵で埋めつくされていた。すべて鉛筆画か木炭画だ。部屋にはいっさい色彩がなかった。

わたしは絵を一枚一枚、懐中電灯で照らしていった。フレーム入りのスケッチ——

アナリーズが描いたのだろう――の一部は有名な絵の複製だ。煉瓦《れんが》の壁を背景にフレームアウトしてこちらを見おろすマリリン・モンロー。くしゃくしゃの髪が風に吹かれて顔にかかっている小さな女の子。どこかで見た絵だが、思いだせない。知らない絵もいくつかあった。それらが複製なのかアナリーズのオリジナルなのかはわからない。

しかし、そこにはあるテーマがあった。若い女性だ。彼女たちはどの作品でも無防備で、悲しげで、何かを求めていた。遠い過去の女性、忘れられた女性たちが壁から見つめている。〝見て。わたしたちを見て〟

電柱に貼られたアナリーズのように沈黙している――いや、沈黙を強いられている女性たち。

アナリーズは名の通った美術大学に入った。それは驚くにあたらなかった。彼女は中学時代に写真コンテストの州大会で優勝し、地元新聞に取りあげられたことがある。いかにもそういうタイプに見えた――カメラを構える側の少女。おとなしくて華奢《きゃしゃ》で、大きすぎる目をしていて、何をするにもおどおどし、用心深く慎重に行動するタイプ。アナリーズは作品を作り、対象を見る側の人間であって、見られる側ではなかった。コリーンとは対象的に。

警察がここに入ったことは間違いないが、どこも整然と片づいていた。

アトリエに争った形跡はなかった。そもそもわたしたちはアナリーズが外に出ていたのを知っている。もし怪我《けが》をしているとしても、ここで何かが起こったのではない。バッグはなくなっているが、彼女が外出するときに持って出たのだろう。車はここにある。それが示すことは重要だ。車を置いて家出するなど考えられない。携帯電話も見つかっていなかった。どこかでアナリーズが持っていると考えられていた。電源は切られているらしく、位置の特定はできていない。

警察以外に、両親もおそらくここに来ただろう。なんらかの手がかりや証拠が見つかったという話はいっさい聞かない。しかし鍵は紛れもない決定的な証拠であり、途方もなく危険だ。

わたしはアナリーズのデスクを調べた。クローゼットも。バスルームのキャビネットも。コリーンの家で〈スキットルズ〉のキャンディの箱から妊娠検査キットが見つかったことを思いだし、ごみ箱も見た。

しかし、何もなかった。入っていたのはティッシュペーパー、空になった消臭剤、石鹸《せっけん》の包み紙だけだった。警察が来る前に誰かがここへ来て、彼女が恥をかきそうなものを片づけたとも考えられるが。

チェストの引き出しを開けた。きちんとたたまれた衣類がしまってある。すべてアナリーズのものだ。男物の服はない。洗面台に予備の歯ブラシもない。デスクに置き手紙もない。残るはケーブルの束の隣に置かれたノートパソコンだけだ。わたしは親指の横をかんだ。警察はすでにパソコンを調べただろう。今なら誰にも気づかれずにもとに戻せる。おそらく。

気が変わらないうちにパソコンを取りあげた。

部屋を出るときにベッドの下も調べた。スーツケースがあった——アナリーズが旅に出たのではないことを示すさらなる証拠だ。その脇に、大きな写真アルバムが入りそうな白い箱があった。わたしはパソコンを床に置き、箱をベッドの下から引っ張りだした。蓋を開けてみると、壁に飾られなかったスケッチがたくさん入っていた。あいだに何か挟まっていないかと思い、口にくわえた懐中電灯の青白い光に照らされたスケッチをぱらぱらめくった。警察が見落としたものが隠れていないかと。けれど、何もなかった。さらにたくさんの悲しげな女性の絵ばかりだ。目を開いたもの、閉じたもの。どの絵の女性もどこか取り残されたように見える。どの絵も顔の輪郭がぼやけていて、目を細めなければよく見えなかった。これらは下描きかもしれない。あとから色を濃くしたり、影を入れたりして深みを与えるのだろう。めくる速度をあげるうちにそれらの絵がぼやけた。

だが、わたしはふいに手を止め、何枚か戻った。懐中電灯を口から取り、見覚えのある構図を照らす。このほほえみ、右目の横にあるそばかす。弓形の唇、膝丈の農婦《ペザント》風ワンピース――。

コリーン。

それはコリーンのスケッチだった。いや、わたしの部屋に飾ってあった写真の複製だ。このとき、わたしたちはヒマワリ畑を訪れていた。ジョンソン農場だ。少しだけ離れた町にある観光地で、人々が遠くから車でやってきて写真を撮る。そこはベイリーのお気に入りの撮影スポットだった。

この写真は三年生になる前の夏にベイリーのカメラで撮られたものだった。その日、互いにポーズを取って、少なくとも百枚くらい写真を撮った。そのうちポーズを取っていることも忘れるほど長くいた。ベイリーはわたしたちがそれ以上無理というくらい速く回転しているところを長時間露出で撮影した。あとで現像されたフィルムを見ると、みんながぼやけて映っていた。幽霊のように。

わたしはその写真を選ばなかった。回転しているのが誰だかわからないのが気に入らなかったのだ。わたしはわざとらしい笑みを浮かべている写真を選び、壁に飾った。

何かの証拠にするように。

この写真にはわたしも映っていた。コリーンは目を閉じ、小さくほほえんでいた。アナリーズはコリーンだけを描き、わたしのいた場所はヒマワリの絵で埋めていた。わたしはその思い出の場所から消されていた。いらない要素としてあっさり切り捨てられた。わたしのいない絵の中で、コリーンは箱に入っているほかの女性たちと同様に孤独で悲しげに見えた。

そのスケッチをどけると、裏にもう一枚あった。またわたしの写真の複製だ。コリーンとベイリーとわたしが写った写真だった。ここでもスケッチされているのはコリーンだけで、横を向いている。写真では、わたしたちはベイリーを見ていた。ベイリーは頭を後ろに倒し、白いスカートの裾を褐色の脚にまとわりつかせてまわっていた。スケッチではコリーンがヒマワリ畑にぽつんと立っている。

いったいアナリーズはどうやってわたしの写真を手に入れたのだろう？　彼女は間違いなく家に入ったのだ。わたしの部屋に。長年、隣に住んでいたあの娘はいったい何者だったのだろうか？

アナリーズは五学年下で、当時わたしは彼女をほとんど気にかけていなかった。おとなしい子だったので、余計に印象に残っていない。覚えている限り、アナリーズは瘦せていて頼りなげで、学童期と思春期のあいだの中途半端な時期にあった。

それがアナリーズについて知っているすべてだった。わたしの母が死んだあと、アナリーズの両親がしばらく彼女に手料理を持ってこさせた。なんと言っていいかわからなかったのか、そのときのアナリーズはまったく無言だった。友だちも多くなかった。多かったはずはない。というのも、たまに彼女を見かけるといつもひとりだったから。アナリーズは写真コンテストで優勝したが、それをわたしが知ったのはベイリーもそこに出品していたからだ。アナリーズはイチゴのアイスクリームが好きだった。好きではないとしても、少なくとも十年前のカウンティ・フェアではイチゴのアイスクリームを食べていた。

わたしが観覧車から走って逃げてきたとき、彼女はフェア会場の入口付近にいた。最初、わたしはアナリーズに気づかなかった。自分を待ってくれているタイラーしか目に入っていなかった。ダニエルに殴られたわたしが横向きに倒れ、体の下敷きになった腕を引き抜いて頭をあげたとき、初めてアナリーズが見えた。溶けかけたイチゴのアイスクリームを手にしていた。舌を出してコーンをなめようとしたまま、凍りついたようにこちらを見ていた。

そのあと、何かを殴りつける音がした。わたしは振り向かなくても何が起こったかわかった。アナリーズのアイスクリームが落ち、彼女はフェア会場から駆けだしていった。わたしが頭を反対方向に向けると、ダニエルが体を折り曲げて鼻を両手で覆い、血が地面にしたたり落ちていた。タイラーが手を震わせながら自分自身に毒づいていた。

わたしは箱をベッドの下に戻した。ただし、コリーンのスケッチは折りたたんでノートパソコンに挟んだ。これはわたしのものと言っていいはずだ。

「ニコレット？」その朝、ベッドに腰かけたエヴェレットが声をかけてきた。わたしはかつて写真がかかっていた壁を見つめていた。「どうしたんだい？」

「ただの考え事」わたしはチェストの一番上の引き出しを開けて、着替えを取りだした。ノートパソコンとスケッチは、ベッドへこっそり戻る前に父のクローゼットに鍵と一緒に隠した。しかしわたしがベッドに潜りこんだとき、エヴェレットは目を開き、わたしの横顔をまじまじと見つめていた。

「少しでも寝たのか？　ぼくが目を覚ましたとき、きみはいなかった」

「少し寝たわよ。最近あまり寝られなくて、片づけをしていたの」わたしはバスルームに入り、エヴェレットが話をするのをあきらめることを期待してシャワーを流した。

「音を聞いたよ」彼はバスルームの入口に立ち、わたしが歯ブラシに歯磨き粉をつけるのを見つめている。

わたしは歯磨きを始め、エヴェレットに向かって眉をあげて時間稼ぎをした。

「きみが家に入ってくる音を聞いた。外で何をしていたんだ?」エヴェレットは森に面している壁のほうに手を振りあげた。彼は女性が夜に出歩くのが危険な都会で育った。森はよくわからない危険なもの、もしくは友人同士のレクリエーションでテントやビールの六本入りパックを持ちこむ場所だ。

わたしは洗面台に口の中のものを吐きだした。「散歩に行っただけよ。頭をすっきりさせるために」

エヴェレットの存在によって急に部屋が狭く感じられ、わたしは息を詰めた。エヴェレットは真実を吐きださせる方法を心得ている。それが仕事だ。その気になればあらゆる方面から問いつめてわたしに口を割らせるだろう。彼は有能だ。

しかし、エヴェレットはあきらめた。「午前中は図書館で過ごしたい。車を使っていいかな?」インターネット接続が必要になるたび、彼は図書館へ行かなければならなかった。この家には電話線すら引かれていない。

「もちろんよ。送っていくわ」洗面台の排水口に向かって渦を巻いて流れる水を見つめながら、わたしは森の向こう側にあるアナリーズのスケッチに思いをめぐらせた。エヴェレットが隣にやってきて、歯ブラシをくわえたままのわたしの顎を持ちあげた。わたしは頭を振って逃げた。「何よ?」

彼は手をおろしたものの、口を引き結んでわたしの顔を見つめた。「とても疲れて見えるよ。目もひどく充血している」

わたしは顔をそむけて歯ブラシを口から取りだし、シャワーを浴びるために服を脱ぎはじめた。エヴェレットの注意がほかに向くことを願って。

「何かしたほうがいい。眠れるように。明日、一緒に病院へ行こう」

取り仕切る。支配権を握る。計画を立案する。危機を回避する。

バスルームに湯気が立ちこめだした。エヴェレットは体を引きながらも、こちらを見つめていた。

そこが図書館だと知らなければとてもわかりそうにない建物の前に、わたしは車を停めた。昔のヴィクトリア朝様式の建物だった。二階建てで出窓があり、ぐるりとポーチが取り囲んでいる。一部は改装され、壁が取り払われてオープンスペースになっているが、ギシギシ鳴る階段や重厚な手すりや洗面台はそのままだ。

「どのくらいいる?」わたしは尋ねた。

「すまない、おそらく一日じゅういると思う。来週、公判があるんだ」

「あなたの主張が通らなかったの?」

エヴェレットはわたしを見つめた。

そう、わたしは何も知ってはいけない。「きみは何も知ってはいけない」

数日前、わたしは学期末に向けてカウンセリングの書類をまとめた。テーブルいっぱいにブリーフケースの中身を広げて仕事をしているエヴェレットの向かい側に座って。わたしは彼の書類に触れた。下線が引かれたり、余白に書きこみがあったりする書類に。

エヴェレットはにやりとして書類を引っこめた。テーブルの下に手を伸ばし、隣の椅子にのっているわたしのふくらはぎをつねった。わたしはいつも質問する。最近ではそれがゲームになっていた。彼は絶対に教えない。そういうところがわたしは好きだった。弁護士としてだけでなく、エヴェレットは人としても優れている。

「帰れそうになったら電話して」反対側の窓の反射がまぶしく、わたしは目を細めた。

エヴェレットはわたしの肘を握ってから車をおりた。「病院に予約を入れておくんだよ、ニコレット」

頭がぼんやりしているとき、わたしは行くつもりのなかったところに来てしまう癖がある。脳に記憶《マッスル・メモリー》された筋肉の働きみたいなものだ。店に行くつもりが、学校に来ている。銀行に行くつもりが、地下鉄の駅に行ってしまう。ダニエルの家に行くつもりが、コリーンの実家の前に来ている。今回もそれと同じことが起こったに違いない。家に戻るつもりだったのに、気がつけば〈ケリーズ・パブ〉の脇に車を停めていた。わたしの視線は店の正面から日よけ、そして上階へとさまよった。窓の端からウインドーエアコンが飛びだしている。ブラインドは開いていた。

とにかく鍵のことについて彼と話さなければならない。でも彼はわたしの電話に出なかった――責めることはできないが。

〈ケリーズ・パブ〉の入口につながるドアを押すと、頭上でベルが鳴った。奥にある狭い階段に向かって通路を歩いていくと、煙と肉の脂とかび臭いにおいがした。「あいつならいないぜ!」暗い店内から誰かが呼びかけ、笑い声がもれた。

わたしは階段を一段飛ばしにのぼり、ふたつのドアが向かいあった壁のくぼみ《アルコーブ》の右側のドアの前に立った。三回すばやくノックし、しばらく待ち、ドアに耳をあててまたノックした。同じ姿勢のまま電話をかけると、部屋の奥のほうで着信音がし、やがて留守番電話のメッセージが流れた。〝こちらタイラー。メッセージをどうぞ〟たぶん彼はシャワーを浴びているのだ。わたしは配管を流れる水音や人の気配を聞き取ろうと耳を澄ました。もう一度電話をかける。着信音、留守番電話のメッセージ、それだけだ。

また階下から笑い声がした。携帯電話で時刻を確かめる。日曜、午後一時。かつて、夏休みの夕方五時にここで父を見つけたことがあった。こんな早い時刻ではない。ここまでは早くなかった。

立ち去ろうと向きを変えたとき、誰かに見られている気配がした。うなじから背中にかけて視線を感じる。階段には誰もいない。階下のドアも閉まっている。近くで物が動いている気配がないかどうか、わたしは耳をそばだてた。壁の向こうでカサカサと音がする。通気孔からかすかなにおいが漂ってくる。廊下の向かい側の部屋のドアの隙間から光がもれ、その向こうに黒い影が見えた。影はずっと動かない。わたしはできるだけ静かに近づいた。

あの形は光なのか家具なのか——鍵穴からのぞこうとすると、金属部分に自分の顔がゆがんで映った。遊園地のびっくりハウスの鏡のように、大きすぎる目と小さすぎる口、細長く引き伸ばされてねじれた顔が。

静かにノックしたが、影は動かなかった。うなじの毛が逆立った。目を閉じて十まで数える。事件の捜査中はこういうことが起こる。そこかしこに自分を見つめる目がある気がするのだ。他人がすべて怪しく見えてしまう。自分を強く保たなければすべてが崩壊してしまう。自分を保たなければ。

わたしはうつろな靴音を響かせて階段を駆けおり、店の通路を抜けた。薄暗い中、人々がわたしのほうに顔を向け、ひとりの男性が隣の客に顔を寄せて何か言った。唇が動くのが見えた。〝パトリック・ファレルの娘だ〟言われたほうの男はビールのボトルを傾けた。

わたしはバーテンダーと目を合わせようとしたが、彼は気づかなかったか、気づかないふりをした。たぶん後者だ。わたしはカウンターを叩いて呼んだ。「ジャクソン」冷静な声を装う。

ジャクソンはカウンターの反対側で皿を洗って片づけていた。動きに合わせて腕の筋肉が盛りあがる。彼は近づいてきて、充血した目をわたしに向けた。「なんだ、ニック?」

「二階のもうひとつの部屋には誰が住んでいるの?」わたしは尋ねた。「タイラーの向かい側の部屋よ」

ジャクソンの目つきが険しくなった。彼は日焼けした手で髭《ひげ》を撫でた。「おれだよ。なんでだ？」

わたしはかぶりを振った。「なんでもないわ」家に帰らなければ。ノートパソコンを調べなければ。誰かが捜す前に、アナリーズのアトリエに戻しに行かなければ。

ジャクソンが目を細めてわたしの全身を見た。「座れよ、ニック。一杯飲んだほうがよさそうだぞ」ジャクソンは前の客の唇の跡がついたままのグラスに酒を注いだ。「ウオツカでいいよな？ 店のおごりだ」

わたしは胃がむかむかして、カウンターに出されたグラスを押し返した。「帰らなければならないの」

ジャクソンはわたしの手首をつかみ、いたずらっぽい笑みを浮かべた。「ブルーの車が来てるんだよ」ほかの客から顔をそむけて言った。「この三十分のあいだに前を三回行き来してる。タイラーを捜しているのはおまえだけじゃない。あいつはこの週末、ずっと帰っていない」

週末ずっと帰っていない。けれども、タイラーの携帯電話は部屋にある。「わたしはちょっと近くまで来ただけよ」

「ああ、そうだろうよ」

ジャクソンは何か知っているのかもしれないが、表情からは何もわからなかった。彼はわたしの手首をつかんだまま首を傾けた。

バーカウンターの一番奥にいた男性客がグラスを掲げた——父の古い友人。友人ではなくても、少なくともかつての飲み仲間だ。白髪まじりでリンゴのように赤い頬をしている。「親父《おやじ》さんによろしくな。おい、大丈夫か？」彼はわたしの手首をつかんでいるジャクソンの手に目をやり、ふたたびわたしを見た。

「ええ、大丈夫です」わたしは手を引っこめて言った。

ジャクソンが顔をしかめ、酒を飲み干してカウンターに戻した。「何かが起こりそうだ。ニック、そう思うだろう？」

取り沙汰される噂《うわさ》。包囲網。巡回。二週間にわたる調査で多くの嘘が明るみに出た。アナリーズが行方不明になり、コリーンの事件の証拠保管箱が揺さぶられ、ひっくり返った。すべての名前がまた飛びだした。

わたしは正面のドアからそれを見た。着色ガラスが入ったブルーのセダンが、目の前をゆっくりと通り過ぎていく。それが行ってしまうのを待って、わたしは自分の車に戻った。

アナリーズのノートパソコンはロックされていなかった。おかしいと思ったが、田舎でひとり暮らしをしていたのだからありえないことではない。それとも、警察がロックを解除して調べ、そのまま戻したのかもしれない。わたしは大学プロジェクトのフォルダーと大学院の願書類のフォルダーを更新日順に並べ、何か見つからないか調べていった。写真フォルダーも同様にした。

写真フォルダーには五年前から三週間前までの作品が雑多に入っていた。トラックに乗ったタイラーの写真に目がとまった。口を開き、わずかに手をあげている。笑ってと言うアナリーズに、タイラーは手を振ろうとしているのか、それとも撮るのをやめさせようとしているのだろうか。切り取られた一瞬。そこには無数の可能性が混在している。直近の写真は今年のカウンティ・フェアのものだ。そびえる観覧車、空っぽのゴンドラ。夕闇に浮かぶ明かり。口にピンクの砂糖をつけて綿菓子を食べる子ども。口についたとたん溶けていく。釣り銭やホットドッグに手を伸ばす露天商。彼らの指先は何かを持とうと曲がり、反対側にいる大人はわが子を見おろしている。もしくは、すでに半分向きを変えている。

わたしはそこに子どもの頃のアナリーズが立っている情景を想像した。物語の傍観者として、彼女は他人の行動を見ている。わたしは画像を閉じた。ファイルに目を走らせていくと、空白部分が見つかった。写真ファイルのタイトルは番号順になっているが、番号が少し飛んでいる。ごみ箱は空だった。できあがった作品をアナリーズが気に入らなかったのかもしれない。しかし誰かほかの人がこのファイルを調べ、見られたくないものを消した気がしてならなかった。わたしはファイルがなくなっている期間を書きとめた。四、五カ月前のものだ。

図書館まで迎えに来てほしいとエヴェレットから連絡がある頃には、わたしはパソコンの隅々まで調査し終えていた。スキャンで取りこんだに違いない画集や、アナリーズ自身の作品も。彼女が最近のぞいていたウェブサイトも確認した。ほとんどが大学のウェブサイトか求人サイトだった。

アナリーズ、いったいどこにいるの？

わたしはキーボードとそれ以外に触れた部分をきれいに拭き、鍵をパンツの前ポケットに入れた。日差しにあたっていたせいで鍵は温まっていた。わたしはそれらを父のクローゼットにしまった。人々が寝静まる夜がふたたび訪れるのを待って。

わたしがアナリーズと交わした会話は全部合わせても一時間に満たないが、彼女とは目に見えない糸でつながり、わたしの最も強烈な記憶と結びついている。

なぜならこちらの手の届かない警察署内のどこかにあるはずの証拠保管箱の中で、彼女の名前はわたしたちと永久に結びついているからだ。警察はわたしたちひとりひとりにあの夜のことを尋ねた。なぜダニエルが鼻を骨折したのか、なぜタイラーが手を怪我していたのか、なぜわたしが誰かに小突きまわされたような姿だったかを。覚えていたのはタイラーだった。「あのカーター家の子」彼は警察に言った。「〝A〟で始まる名前の娘だ。あの子があそこにいた。おれたちを見てたよ」

おそらく警察はアナリーズに事情を聞き、彼女の証言でわたしたちの話が裏づけられたのだろう。というのも、警察はそれきりわたしたちのところへ来なくなったからだ。

アナリーズがわたしたちのアリバイを証明してくれたのだ。

――その前日――

十三日目

「エヴェレットがいるの」わたしはバスルームの隅に向かい、シャワーを流しっぱなしにしながらひそひそ声で携帯電話に話しかけた。

「エヴェレットがどこにいるって？」ダニエルが言った。

湯気がこもり、鏡に細かい水滴が筋になってついていた。「ここよ」わたしは振り返った。「わたしのベッドルーム。父のことで電話をかけたら、力になると言って昨日やってきたの。いろいろ助けてもらってるわ」

電話の向こうでローラの声が聞こえた。ペンキのにおいと自分が妊娠していることについて何か言ったあと、〝窓を開けてったら〟と声を荒らげている。それが耳に入ったとき、ローラに少しだけ親しみを感じた。

「わかった。いいことだ」しばらく間が空いた。たぶん兄がローラから離れた場所に移動したのだろう。「エヴェレットになんて話したんだ？」

バスルームのドアを少し開けると湯気がベッドルームに流れだし、細い筋となって通気孔に吸いこまれていった。エヴェレットはまだうつぶせで眠っている。きっと二日酔いだ。わたしはドアを閉め、狭いバスルームを横切って反対側のダニエルの部屋に行った。

「ありのままを話したわ、兄さん。十年前の行方不明事件のことで、認知症なのもかまわずに警察が父を尋問しているって。それでエヴェレットは警察署と〈グランド・パインズ〉の両方に乗りこんでいって、また同じことが起きたら訴えると警告したの」

「それで終わりか？　騒ぎはおさまるのか？」

「まだ月曜になったらすることがあるって。ドクターから書類をもらうとか、そういうこと。でも、警察もそれまでは何もしてこないと思うわ」

「するとエヴェレットは月曜までいるんだな？」

「そうみたい」

またローラの声がした。〝誰が月曜までいるんですって？〟ダニエルが送話口を手で覆ったらしく、くぐもったやりとりが聞こえた。やがて兄が咳払いをした。「ローラが今夜の夕食に彼を連れてくるよう言ってる」

「ありがとうと彼女に伝えて。でも——」

「よかった。じゃあ、六時に来てくれ、ニック」


わたしは昼ぎりぎりまで待ってエヴェレットを起こした。仕事の書類がダイニングテーブルに山積みになっていて、彼が昨日の分の遅れを取り戻さなければならないことがわかっていたからだ。エヴェレットの肩を揺すり、ドラッグストアで買える鎮痛薬と水の入ったグラスを左右の手に持って差しだした。彼はうめきながら寝返りを打ち、自分がどこにいるのか確かめるように視線を室内に泳がせた。

「起きた？」わたしは笑った顔を見せないようにしながらベッドの脇に身をかがめた。寝起きのエヴェレットの顔がわたしは一番好きだ。ぼんやりして、まだ頭がよくまわっていないときの表情が。周囲の状況が理解できるまで、彼はいつも驚いたような顔をしている。カフェインを体内に取り入れて思考がシャープになるまで。

たまにわたしの部屋で目覚めて、自分の部屋で起きたつもりで身を起こし、携帯電話のアラームを止めようと手を伸ばしかけて、狭いワンルームと塗り直したアンティーク家具を見てぽかんとしているエヴェレットはもっと愛《いと》おしい。

「やあ」彼は言い、顔をしかめた。肘をついて起きあがり、鎮痛剤をのんでふたたびベッドにひっくり返る。

「もう少し寝てる？」

エヴェレットは時計を見てから、腕で目を覆った。「いや」

彼はほぼ十二時間意識を失っていた。そのあいだにわたしはダイニングルームにあったすべての箱をガレージに移し、きちんと整理して壁際に積みあげた。父のもの。ダニエルのもの。わたしのもの。

ほかはすべて捨てなければならない。それらはごみ袋に入れられて部屋の中央に山積みされていた。料理の本、ガラスの置物、去年の雑誌、色褪せた花柄模様のカーテン、古いクレジットカードの通知、インクの切れたペン。

「コーヒーは階下《した》よ。支度ができたらおりてきて」

わたしはキッチンの窓辺で自分のマグカップにコーヒーを注いだ。窓の外から裏のポーチが見え、その向こうは森になっている。エヴェレットが腕に触れてきて、わたしは飛びあがった。「すまない。驚かすつもりはなかった」彼がコーヒーポットに手を伸ばしながら言った。

わたしはマグカップに口をつけたが、コーヒーは時間が経ってまずくなっていた。

シンクに中身を捨て、コーヒーを注いでいるエヴェレットに言った。「新しく淹《い》れ直すわ」

　エヴェレットのカップから湯気が立ちのぼった。「これでいいよ。いい眺めだね」彼が隣に並んだ。

　ここは山間なので見えるのは木ばかりだが、ビルと空しか見えない都会に比べれば――わたしのアパートメントから見えるのは駐車場だ――ずっといいのだろう。家の裏手は丘陵になっており、そこからこちら側が見渡せる。丘の向こうは森が川まで続いていた。エヴェレットをそこへ連れていかなければ。どこかいい景色を見せてあげたい。〝ここの土地はね〟わたしは前に言った。〝わが家に三代伝わってきたの〟それほど昔からでもないが、父の言うことはもっともだった。小さくても自分たちの土地だ。カーター家の土地は川を隔ててわが家の土地に接している。川は何年も前に干からび、今はただの細い溝だ。そこにたまった落ち葉が腐葉土になり、溝は年々浅くなっていた。次の代になったらどこが境界かはっきりさせるために柵か目印を設けなければならないだろう。

　エヴェレットは窓辺に長居せず、キッチンの椅子に乱暴に腰をおろし、こめかみをもみながらコーヒーを飲んだ。「この土地の酒には何が入っているんだろう？　実は密造酒だったということなら、それほど自尊心が傷つかずにすむんだが」

わたしは食器棚を開けてカップを探した。「ここは南部なのよ。値段以上のいいお酒が飲めるわ。水で薄めた高いやつじゃなく」両親の結婚記念のカップを今夜ダニエルの家に持っていけば、キッチンの片づけもほぼ終わる。兄が気づかないようお祝いのお金をこっそり置いてくればいい。エヴェレットがここにいてくれるから、わたしのすることはそれで終わるだろう。「兄とローラが夕食に来てほしいんですって」

「いいね。向こうでインターネットに接続できるなら、なおありがたい」

「できるはずよ。でも、ローラは結婚式について山ほど質問してくるわよ。だから覚悟して」

エヴェレットは頭を後ろに倒しながらにやりとした。「山ほどかい?」

「インターネット使用料として」

「だったらしかたがない」

彼はノートパソコンとブリーフケースが置いてあるダイニングルームのテーブルに向かった。アルコーブを利用した、キッチンから見えるスペースだ。そこにあった箱はあらかた片づいていた。エヴェレットは空いた場所を見まわした。「だいぶ進んだね。いつから起きていたんだい?」

「しばらく前よ」わたしは返事をしながら食器棚の残りの扉をすべて開けた。空間が狭くなり、壁が迫って見える。「いろいろ点検してたの。まだすることがたくさんあるわ」

「ああ。少し待ってくれたらぼくが半分の時間で——」

「エヴェレット、やめて」わたしはさえぎった。

エヴェレットはペンでダイニングテーブルを叩いた。「きみはまいっている」

わたしは重ねた皿をテーブルの反対側に置いた。「まいって当然でしょう。自分の父親があんなふうに警察に尋問されるところを想像してみて」

「わかった。落ち着いて」エヴェレットが言ったとき、その実務的な言い方がふいに憎らしく思えた。なだめるような声が。彼が椅子の中で身じろぎし、椅子の脚が床をこする音がした。「ニコレット、きみのお父さんのことだが」

「ええ、何？」わたしはテーブルの脇に立って腕組みした。

「ぼくは警察が尋問するのをやめさせることができるが、お父さんが自ら情報を出す行為は止められない。わかるね？」

わたしは胃に痛みを覚えた。「でも父は自分でも何を言っているか理解してないのよ！　認知症なの。わかるわよね？」

エヴェレットはうなずき、パソコンの電源を入れ、わたしを横目で見てから画面に目を向けた。「お父さんが実際に関係している可能性はあるのかい？」

「何に？」

彼は画面から目を離さなかった。仕事をしているように見せかけているが、わたしはエヴェレットをよく知っている。「女の子だよ。十年前にいなくなった」

「ないわ、エヴェレット。いやだ、なんてことを言うのよ」わたしは言った。「それから彼女の名前はコリーンよ。ただの女の子じゃない。わたしの親友だったのよ」

エヴェレットがはっとしてわたしを見た。まるで塗り直された家具だらけのわたしの部屋で目を覚ましたかのように。「ぼくが知っていて当然だとばかりの態度だな。でも、きみが彼女について話してくれたことはない。ただの一度も。ぼくに話すのを怠っていたんだから怒らないでくれ」

〝怠っていた〟まるで話す義務があったかのような言葉だ。こちらの怠慢。落ち度。エヴェレットに話していないエピソードならいくらでもある。コリーンとわたしがふたりで校長室に呼ばれたこと。ふたりでわたしの母と一緒にキッチンに立ち、服を粉だらけにして口についた砂糖をなめたこと。高校二年のとき、町に着任して一カ月のブリックス巡査の車の後部座席にコリーンと一緒に乗ったこと。彼は真顔で言った。

〝タクシーじゃないんだぞ。次にやったら署まで連れていって両親に迎えに来させるからな〟幼い頃からのエピソードには必ずコリーンが登場する。その彼女の名前をエヴェレットは聞いたことがなかった。

エヴェレットは物事の細部をあとから知らされることを嫌う。一度、裁判で不意打ちを食らったことがあるのだ。クライアントがある事実をエヴェレットに隠していて、そのせいで裁判に負けた。まったく予期しなかった結果となり、エヴェレットはわたしにはうかがい知れないほどひどい落ちこみ方をした。家に引きこもり、誰も寄せつけなかった。鬱状態に近かった。きみにはわからないと彼は言った。たしかにわたしにはわからなかった。しかし三日後、エヴェレットは次の裁判の準備に取りかかり、完全にもとに戻った。そして以前の件については二度と口にしなかった。

もしコリーンがその場にいたら、相手の弱みを徹底的に突いて優位に立とうとしたはずだ。エヴェレットも裁判で同じことをするだろう。

わたしは相手の弱みには目をつぶる。人は誰でも心に闇を抱えている。もちろん自分自身も含めて。

「でも、わたしもあなたの高校時代のことを何も知らないわ。なぜだかわかる？　気にならないからよ」

「ぼくの身内は殺人の容疑などかけられていない」エヴェレットはわたしの顔を見ずに言った。責めることはできないが。

わたしはテーブルに汗ばんだ手をついた。「わかっているわよ。こんなことになって都合が悪いんでしょう？　非の打ちどころのない自分の名前に傷がつくから」

エヴェレットがテーブルに勢いよく手をついた。そこまで激しい動きをすると自分でも思っていなかったような表情になる。彼は髪に手をやり、椅子にもたれてつくづくとわたしを見つめた。「きみらしくないぞ」

悪いのはわたしだ。エヴェレットがわたしを本当に理解したことが一度でもあるのかどうか、正直なところよくわからない。つきあいだしたのは休暇に入った頃で、わたしはその夏、ほぼずっと恋人として過ごした。いつもエヴェレットの予定に合わせて行動した。事務所に昼食を届け、彼の父親にも会い、彼の家でたっぷり過ごし、昼まで眠った。妹の引っ越しも手伝ったし、蚤の市を見てまわった午後もエヴェレットの仕事が終わる夕方には予定を空け、相手の希望に合わせた。翌月職場に復帰してからは、短い時間に仕事を詰めこんでエヴェレットのために時間を作った。

わたしは自分を小さく見せ、控えめに振る舞い、エヴェレットのそれまでの生活に溶けこんだ。一年後、彼はわたしについてさまざまなデータを得た。裁判で扱われる証拠のように前後の脈絡から切り離され、分類され、番号を振られた事実の数々。ニコレット・ファレル。二十八歳。父、パトリック・ファレル。脳卒中の後遺症による血管性認知症。母、シャナ・ファレル。癌《がん》により死去。出身地、ノースカロライナ州クーリー・リッジ。心理学学士号、カウンセリング修士号取得。兄、ダニエル。保険会社の損害査定担当者。好きな食べ物、好きな番組、何が好きか、なぜ好きか。エヴェレットにとって、わたしの過去は事実の羅列でしかない。そこにわたしの実体はない。

「ぼくは喧嘩《けんか》をしに来たんじゃない」エヴェレットが言った。

「わかってる」わたしは大きく息をついた。「あの頃のコリーンはめちゃくちゃで、わたしは彼女の異変に気づかなかった。見過ごしていた。自分でもよくわからないわ。捜査もでたらめ。父は何もしていない」

「最初から聞かせてくれ」エヴェレットは言った。「きみの目から見た話《ストーリー》を」わたしがためらっていると、彼はわたしを落ち着かせるように両手をあげた。「大丈夫、これはぼくの仕事だ」

〝ストーリー〟今となってはまさにその言葉がふさわしい。辻褄《つじつま》が合うように穴を埋めるストーリー。ひとりの少女を中心に据えた、異なる話し手による異なる視点から語られるストーリー。

「当時わたしたちは十八歳で、高校を卒業したばかりだった」わたしの声は弱々しく、自分でも何かに取り憑かれているような感じがした。幽霊に。「十年前の、ちょうど今頃の季節だった。先週みたいにカウンティ・フェアが開かれたの。その夜、みんなで行ったわ」

「みんなとは？」

わたしは両手を振りあげた。「わたしたち全員よ」

「きみのお父さんも？」

ふいにある光景がまぶたに浮かんだ。わたしが証言台に立ち、エヴェレットが質問をする。真実を引きだすために。「いいえ、父はいなかった。兄とコリーンとわたし、それから別の友人のベイリー。一緒に兄の車で出かけたの。わたしの友人はみんな行くことになっていた」

「帰りも一緒だったのか？」

「エヴェレット、わたしに話をさせる気があるの？　それとも尋問するつもり？」

彼はテーブルの上で両手を組みあわせた。「すまない、癖なんだ」

わたしは胃がきりきり痛んだ。カフェインのとりすぎだ。痛みを紛らすためにテーブルの前に移動した。「いいえ、一緒じゃなかった。兄とわたしが喧嘩をしたの。それで予定が台なしになって、誰が残って誰が帰ったのかもわからなくなった。でもわたしが別の人と帰ったとき、コリーンはまだそこにいたわ」わたしは肩をすくめた。「それがわたしから見たストーリーよ。ベイリーはコリーンを見つけられず、わたしの兄の車で帰った。彼女はコリーンが元恋人のジャクソンとよりを戻して一緒にいると思ったの。でもジャクソンはその夜、コリーンと一緒ではなかったと言ったわ」

エヴェレットはコーヒーを飲み、黙って続きを待った。

わたしはふたたび肩をすくめた。「翌朝、コリーンがいないって彼女のお母さんが電話をかけてきたの。ベイリーとジャクソンの家にも。暗くなるまでみんなで森を捜したわ」

「それだけ?」

「そうよ」それ以上のことは、その場にいなかった人には説明できない。コリーンやわたしたちのことを知らない人には。今の話は、起きた出来事を極限まで単純化したものだ。ニュース番組のコメントのように簡潔で、つかみどころがない。

「ニコレット、ぼくはこの手のことをよく知っている」

わたしはうなずいたものの、椅子に座らなかった。エヴェレットに近づかなかった。

「捜査の手が入ったとはいえ、状況はどんどん悪くなっていったわ。みんながお互いを責め、コリーンのことを詮索したの……誰もが秘密を暴かれて、誰が何を考えているか、誰を疑っているかも筒抜けになって、めちゃくちゃになった。わたしは夏の終わりに町を出たけど、町の状況は変わらなかった。コリーンはとうとう最後まで見つからなかった」

エヴェレットは無言だった。パソコンの画面が暗転し、彼の顔から光が消えた。

「それで、誰がやったんだ？」

「なんですって？」

「仮にぼくがこの二日酔いから回復してバーに行ったとしよう……」エヴェレットは言いながら身震いした。「ぼくが店の客に酒を一杯おごり、コリーンの身に何が起きたんだろうと質問したら、みんなはなんと答える？　こういうときは必ず誰かしら名前が出るものだ。逮捕や裁判にまでは至らなくても、人は臆測する。誰の名前が出る？」

「ジャクソン」わたしは言った。「ジャクソン・ポーター」

「彼女の恋人？」

〝ゆうべ、あなたのお酒を作った人よ〟エヴェレットにそう教えたかった。ともかく、捜査によってジャクソンはコリーンの〝恋人〟ということにされた。

　エヴェレットはもうひと口コーヒーを飲み、分析に戻った。「普通はそういうことになるだろうな。警察は今回の女性の件についても彼を疑っているのかな？」

「アナリーズよ」わたしは窓の外を見ながら言った。「どうかしら。そうかもしれない」

「きみはどう思う？　彼がやったんだろうか？」

「わからない」反対尋問の証言台に立ったように答えるのは無理だった。話があまりにこみ入っていて、説明が追いつかない。「ただ、ジャクソンとコリーンはしょっちゅう喧嘩をしていたわ。よくあることよ」

　ふたりは会うたびに喧嘩して別れたり、またもとの鞘《さや》におさまったりを繰り返していた。コリーンが行方不明にならなければ、今も同じことをしていただろう。コリーンがジャクソンに悪いことをけしかける。ジャクソンがコリーンに愛想を尽かして別れる。コリーンがジャクソンを許す。ジャクソンが戻ってくる。そう、彼はいつも戻ってきた。

　コリーンがベイリーをけしかけて酔っ払ったジャクソンを追いかけさせ、彼がキスをするかどうか試したときも。コリーンが約束をしておきながら姿を見せないことが度重なっても。反対に、約束していないのにやってきて責めたてても。〝なんで忘れたりできるわけ？　頭がどうかしてんの？〟

コリーンはわたしたちが彼女に忠実であることを確かめようとした。

「彼女はジャクソンを試すのが好きだったの」わたしは言った。「わたしたちみんなを試すのが。それでもジャクソンはコリーンが好きだった」

エヴェレットが眉をあげた。「そんな子がきみの親友だったのか？」

「そうよ、エヴェレット。気性が激しくて、美人で、わたしが死ぬまで忘れられない友人。コリーンもわたしのことを誰よりもよく理解してくれていたわ」

「そうか」

彼は納得したように静かに仕事に戻ったが、わたしは気が立っていた。

エヴェレットに十八歳の少女のことはわからない――もしかしたら思春期の少年たちの友情にも似たものがあるのかもしれないが。ともかくはっきり言えるのは、コリーンのような魅力的な少女に好かれたとき、なぜだろうと考える人などいないということ。相手の心が変わらないことをひたすら願うだけなのだ。

でも、タイラーにはそれが通じなかった。必然的に、彼がわたしとコリーンの関係を変える原因になった。三年のときの冬休み、コリーンはわたしをあるパーティに連れていった。わたしはそもそも行きたくなかった。兄がいるとわかっていたからだ。〝タイラーには内緒よ〟コリーンは言った。〝驚かせてやるの〟彼女はわたしにジャケットを置く場所を探してくるように言った。わたしが建物の中から見ていると、コリーンはタイラーに抱きついた。タイラーはピックアップトラックの荷台に腰かけて脚を垂らしていた。彼は抱きついてきたコリーンを押しやった。それほど強い力ではなかったが、コリーンははずみで隣に停めてあった車にぶつかった。

「何すんのよ、この暴力男!」彼女が体をさすりながらわめくと、まわりに人が集まってきた。わたしはすでに表に出ていた。コリーンがタイラーに抱きついた瞬間、体が勝手に動いていた。

「悪いが興味ないね」

タイラーは集まった人の中からわたしを見つけた。彼は人だかりをかき分けてパーティ会場に入った。コリーンは集まってきた人たちに事の顚末《てんまつ》をまくしたてていた。

「おれがどうするか本気で気にしてたのか?」タイラーは言った。「おれはコリーンのおもちゃにはならない。ああいったことはやめてくれ、ニック」

「わたしは何もしてないわ。コリーンがあんなことをするとは思わなかった」

タイラーは人だかりに目を向けた。コリーンがにらみ返す。「きみはいつも彼女とつるんでる。その時点でぐるだ」

〝真実か挑戦《トゥルース・オア・デア》か。挑戦《デア》、挑戦《デア》、挑戦《デア》って言うのよ〟

〝早く《チクタク》、ニック〟

わたしは帰り際にコリーンと対峙《たいじ》した。タイラーは外でわたしを待っていた。「どういうつもりなの、コリーン？」わたしは尋ねた。

「あんたは知る必要があるわ」コリーンがほほえんだ。「でも、もうわかってるわね」腕をさすり、タイラーがこちらに注意を向けているのを見ながら身を乗りだした。

「彼っていつもあんなに激しいわけ？」

それがコリーンが姿を消す半年前のことだ。わたしは彼女と距離を置いた。少しだけ。大人になろうとしていた十八歳当時、わたしの心は不安定で、いつ内側から爆発してもおかしくない状態だった。自分ががんじがらめにされている気がした。クーリー・リッジから一日も早く逃げだしたかった。

コリーンの異変には気づかなかった。わたしはエヴェレットにそう言った。しかし実際は、タイラーと一緒にいるときにコリーンから電話がかかってきても出なかった。約束があるようなふりをして彼女が近づいてきたときも、無視してタイラーと出かけた。

わたしはコリーンにかまわなかった。そして彼女はいなくなった。

こうした小さなエピソードは目撃情報や人々の疑惑と一緒に、警察官の想像という証拠保管箱に入っていく。

タイラーがコリーンを突き飛ばした。

ベイリーがジャクソンにキスをした。

しかし、保管箱に入らなかったものもある。とても個人的なエピソードだ。わたしの隣の寝袋から聞こえたコリーンのささやき声。彼女の家のリビングルームの天窓にぶつかって、落ちてきた小鳥。あのときコリーンは顔色も変えず、物置からシャベルを取ってきて小鳥を殴りつけた。翼がコンクリートに叩きつけられたときの音が今も耳について離れない。そのときの彼女の〝どういたしまして〟という言葉も。

三年のときのキャンプで、コリーンはわたしを戸外のシャワーブースに引っ張っていった。〝お高くとまるのはやめてよ〟彼女はショーのようにスイングドアの下から脚をのぞかせ、壁に服を引っかけた。〝背中に石鹸をつけてくれる？〟まわりに聞こえるようにわざと声をあげ、誰かの口笛を誘った。コリーンがゆっくりと背中を向けたとき、背骨から肩甲骨にかけて、さらに腰の下のほうに、鋭利な刃物で切ったような細長い傷跡があった。わたしは何も言わず、その部分に触れないように石鹸を滑らせた。ジャクソンがやったのか、彼女の父親がやったのかはわからない。少なくとも、コリーンはそれをわざとわたしに見せたのだ。

シャワーから出たあと、湿った肌に乾いた服がまとわりつくのを感じながら歩いた。それからキャンプが終わるまでのあいだ、わたしはジャクソンが木々の向こうからじっと見ているのを感じていた。

コリーンはこの町におさまりきらなかった。行方不明になったことによってますます人々の注意を引いた。しかし彼女はまだ十八歳で、今にも爆発しそうな子どもだった。世界が自分に従うと思っていた。そうならないと初めて知ったとき、コリーンの中の善なるものが引き裂かれたに違いない。

エヴェレットが窓を押しあげると木枠が高い音をたて、テーブルの書類が眠気を誘うようにはためいた。

わたしは午後じゅう、指をインクで染めながら古新聞で食器をくるみ、ダニエルの家へ持っていくために箱詰めして車へと運んだ。ダニエルとローラを訪ねていく時間になると、わたしはエヴェレットが開けた窓を閉めた。

「帰ったとき、オーブンみたいに暑くなっているよ」エヴェレットが言った。

「夜は寒くなるわ。ここは山間部よ。いいから先に車のエアコンをつけてきて」わたしは呼びかけた。

エンジンのかかる音が聞こえ、わたしはキッチンの窓から外を確認した。それから椅子を引きずってきて裏口のドアノブの下にかませた。もし誰かが入ってこようとしたらこれでわかるだろう。椅子の位置が変わる。もしくは、窓の鍵が外される。

もし誰かが来れば。


エヴェレットに挨拶をしたとき、ローラは目の下に黒々とくまを作り、ダニエルも首の後ろを痛めたのか、しきりにさすっていた。だが、ローラは根っからの南部の女性だ。大きくせりだしたお腹《なか》を避けるようにエヴェレットが横から近づいてハグすると、彼女は瞬時に愛想のいい笑みを浮かべた。「あなたのことはたくさん聞いているわ」エヴェレットの首に太い指をかけ、頬にキスをする仕草をした。

「ぼくもです」エヴェレットは体を引き、ポケットに両手を突っこんだ。「やっとあなたたちに会うことができてうれしいですよ」

「わたしたちもよ」ローラが言った。「結婚式の話を早く聞きたいわ！　ニックは戻ってきてからずっと、家の片づけで忙しくしていたから」ローラがわたしにいたずらっぽくほほえみかけた。

エヴェレットが笑みを浮かべ、わたしは眉をあげた。「予定日はいつですか？」彼が尋ねた。

ローラは花柄のワンピースの腹部に手をやった。「三週間後よ」

「性別はわかっているんですか？」

ローラがわたしをちらっと見た。「女の子なの」

「じゃあ、もう名前も決まっているのかな？」

またローラがわたしを見た。わたしがエヴェレットに彼女のことをあまり話していないとわかったのだ。「シャナ」

「すてきな名前だ」

ローラは首を傾けた。「ダンとニックのお母さんの名前よ」

エヴェレットが焦った様子でうなずいた。するとダニエルがリビングルームに招き入れて助けてくれた。「何件かメールを送る必要があるとニックから聞いたが？」

ダニエルがエヴェレットをカウチに案内すると、ローラは壁にもたれて肩を落とした。

「タイミングが悪かったかしら。大丈夫？」わたしは尋ねた。

ローラはわたしをキッチンに引っ張っていった。「ああ、ニック」彼女の考えはわかる。義理の妹になったからには、わたしは自動的にローラの親友になるのだ。ダニエルとつきあいはじめた四年前まで、ローラは高校時代もそれ以降もわたしを完全に無視してきたが、この際それは関係ない。ローラは突如としてわたしと仲よくなろうと決心したのだ。何がどうあろうとも。

「どうしたの？」

オーブンのタイマーが鳴りだしたが、ローラは気づいていないらしい。「警察が来てたの」彼女はささやいた。わたしにくっつかんばかりに体を寄せる。タイマーがしつこく鳴りつづけ、わたしは目の奥に鈍い痛みを感じた。とうとうダニエルがリビングルームからやってきてタイマーを切り、ローラとわたしを怪訝《けげん》そうに見た。

「警察がなんの用で来たの？」わたしはダニエルに向き直った。

「早産になりかねないわ」ローラが腹部を撫で、ゆっくりと息を吐いた。「警察はあなたのところにも行った？」

「ローラ、警察は何を言ってきたの？」

「ただ質問してきたのよ。高圧的に。まるでわたしのことを――」

「ローラ」ダニエルが警告した。

エヴェレットがキッチンの入口に立っていた。ノートパソコンを小脇に抱えている。

「何かあったんですか?」

「もうすんだの?」わたしはローラから離れながらエヴェレットに尋ねた。

「送信ボタンを押すだけだから」エヴェレットはわたしとローラとダニエルを順に見た。

ローラが身じろぎした。「あなたは弁護士なんでしょう。だったら教えて。理由もなく人を尋問するのは違法ではないの?」

「ローラ——」わたしはエヴェレットを巻きこみたくなかった。こんなことにわたしとエヴェレットとの人生を巻きこみたくない。

「ちょっと待ってくれ」エヴェレットが言った。「これはきみのお父さんの話かい?」

ローラはカウンターにもたれた。「さっき警察がここへ来て、アナリーズ・カーターのことでわたしに質問したの。なんの理由もなく! そんなことが許されるの?」

エヴェレットが顔をこわばらせ、やがて表情をやわらげた。「逮捕するのでなければ、相手に権利を通知する必要はありません。あなたも話さなければならない義務はない。ただ、彼らが質問するのは自由です」

ローラは首を振った。「質問されたら答えないわけにはいかないでしょう」

「いや、法的には――」

彼女は笑った。「法的にはって言うけど」カウンターから身を離し、両手を腰にあてる。「話さなかったら余計に怪しまれるじゃない。そのくらいわたしにもわかるわ」

「何を話したの？」わたしは尋ねた。

「話すことなんてなかったわ。来たのはブリックスだった。ジミー・ブリックスよ、覚えてる？　それから、制服を着ていない人。知らない人だけど、話したのはほとんどそっちの男のほうだった。わたしたちが彼女を知っているかって質問したの。もちろん知ってるわよ。でも、よくは知らない。それくらいブリックスが教えられたでしょうに。それと、最後にアナリーズといつ話したかも尋ねられたわ。だけど、はっきり思いだせなかった。何週間か前に教会に行ったときかしら？　赤ちゃんのことをきかれたかもしれない。でも、覚えてないわ。あの子とは顔見知り程度だもの。そうしたらあの人たちは、ダンが彼女を知っているかどうかと質問してきたの」

「ただ探りを入れているんですよ」エヴェレットが言った。

「兄さんは？」わたしはダニエルに尋ねた。「兄さんは警察になんて言ったの？」

「おれは留守にしていた」兄が顔をこわばらせ、わたしは警察が何を追っているのか悟った。なぜローラが、警察が次にわたしのところへ行ったと思ったのかも。ダニエル。兄の名前が証拠保管箱から引きずりだされようとしているのだ。

「あの人たちが来たとき、わたしが何を考えたかわかる？　ダンの身に何か起きたと思ったのよ」ローラがまた腹部に手を戻した。大きく息をする。「あんなことは許されないわ」両手でこぶしを握る。「わたしたちの暮らしを引っかきまわして」

ダニエルがローラの背中をさすった。「もういい。終わったことだ」

「終わってないわ」ローラは目を光らせながら夫を見あげた。「あの人たちの仕事はこれからよ」

わたしも兄もローラをなだめることはできなかった。なんといっても、かつてわたしたちも同じことを経験したのだ。

アナリーズがわたしたちのアリバイを証言してくれて、ダニエルとわたしが喧嘩をした話やダニエルがわたしを殴った話が裏づけられても、それで兄の疑惑が晴れたわけではなかった。むしろ状況はさらに悪くなった。町に噂が広がったとき、みんな兄が家で妹にほかに何をしていたか臆測した。わたしの背中に痣《あざ》でもないか？　母親がいなくて、父親も半ば廃人のあの家で、いったい何が起きていたのやら。

ダニエルとコリーンがつきあっていたこともあるんじゃないのか？　人々は尋ねた。

彼にも、わたしたちにも。

ありえません、とダニエルは言った。

ありえない、とベイリーは言った。

ありえません、とわたしは言った。


夕食はバーベキューチキンと、ローラが家庭菜園で育てた野菜だった。彼女は甘いお茶も作ってくれた。表情からすると、エヴェレットにとっては初めての味らしかった。彼はひと口飲んでなんとも言えない表情になったが、なんとか取り繕った。わたしはテーブルの下でエヴェレットの脚をつねった。

「砂糖とお酒。ここでは普通のことよ」

エヴェレットはほほえみ、わたしはどうにか無事に終わりそうだと思った。しかし二度目の沈黙が流れ――ナイフの音、パンを咀嚼《そしやく》する音――ローラがまた話を蒸し返した。

「十年前の事件の関係者を調べるべきよ。わたしはそう言ってやったわ。ふたつの事件は共通点があるでしょう？」ローラの長いブロンドが料理に触れそうで、わたしはフォークの先で皿を示した。「あら」ローラは髪を肩の後ろに払った。「ありがとう」

「とてもおいしいわ」わたしは言った。

「バターを取ってくれ」ダニエルが言った。

「あの人たちはまるで見当違いなところを調べているわ」ローラが続けた。わたしはダニエルと目を合わせようとしたが、兄はチキンを骨から外すことに集中しており、表情が読めない。ローラは椅子をわずかに後ろへ引いてわたしのほうに体をひねった。

「はっきり言って、タイラーをもっと調べるべきよ」わたしは手が凍りついた。チキンの上でナイフが止まる。ローラが内緒話をするように身を乗りだした。「気を悪くしないでね、ニック。でもタイラーはアナリーズとつきあってたし、噂では彼女が最後に電話で話した相手だって――」

ダニエルが少し乱暴にカップを置いた。

「タイラーって誰ですか？」エヴェレットが尋ねた。

エヴェレットの真剣な表情を見て、ローラは笑いだした。

ダニエルが咳払いをし、代わりに答えた。「幼なじみのひとりだよ。アナリーズとつきあっていた。タイラーは父親と一緒に工務店を経営していて、おれたちの実家の修繕にも協力してもらってるんだ」

「〝ニックのタイラー〟よ」ローラが言った。それですべてわかるはずだと言わんばかりに。

「いやだ、やめて」わたしは天井を仰いだ。「昔の恋人よ、エヴェレット。高校時代の」

エヴェレットがローラにこわばった笑みを向けた。「〝ニックのタイラー〟?」そしてわたしを見る。「しかもあの家の修繕に協力してもらっている?」

「あら」ローラが口を挟んだ。「昔の話よ。とてもいい人だから、あなたも会えば気に入ると思うわ」

ダニエルがむせて腕で口を覆った。ローラが手を伸ばす。「大丈夫?」

皿の上でフォークが震え、わたしは両手を脚につけて震えを止めようとした。「アナリーズが行方不明になったことにタイラーが関係していると思っているの? そう警察に言ったの?」

「いいえ、そこまでは言わなかったわ。ただ、わたしたちでなくタイラーに事情を聞くべきだと言ったの。だって彼のほうがよく知っているでしょうから……あっ!」

ローラが息をのみ、わたしの手をつかんで腹部に押しつけた。わたしは凍りつき、邪険にならないようそっと手を引き抜こうとした。そのとき、手の下で何かがゆっくりうごめいた。わたしは一瞬、息を止め、身を乗りだして確かめるように手を動かした。

「わかる？」ローラが尋ねた。

わたしは彼女の顔を見た。美しいと言うには少々ふくよかなローラは、ダニエルの鋭さを中和している。そのときわたしは、生まれてくるこの赤ちゃんはなんて幸運なのだろうと思った。わたしの母と違い、ローラは長生きするだろう。そしてダニエルは責任に押しつぶされることなく家族を守っていくだろう。

「あなたたちもいずれこうなるのよ」ローラが言い、わたしは静かに手を引き抜いた。エヴェレットがようやく会話を聞かなかったふりをして料理に集中しだした。ダニエルも同じだった。

「とてもおいしいわ、ローラ」わたしは言った。

「まったくだ」エヴェレットが言った。

わたしはエヴェレットと一緒にテーブルを片づけた。「こっちで一緒に飲まないか？」ダニエルがエヴェレットに呼びかけた。

「すぐに行きますが、酒は遠慮しておきます」エヴェレットは言いながらわたしに笑いかけた。「ゆうべ、ニコレットに飲みに連れだされたんです。ここではめを外すのはまずいでしょう」

ダニエルが笑った。「ああ、そうだな。妹にどこへ連れていかれたんだ?」

「〈マリーズ・パブ〉だったかな?」エヴェレットが言った。「それとも〈ケニーズ・パブ〉?」

「〈ケリーズ・パブ〉だろう」ダニエルが言い、わたしはスポンジで皿をごしごしこすった。「本当かい?」

わたしは振り返った。「兄さん、彼に裏庭を見せてあげてよ。エヴェレット、わたしの実家の景色がよかったと思うなら、ここの家の庭も見て。本当に最高なの」わたしは手伝いに近づいてきたローラに毒づいた。「まったく」

「何もあなたをエヴェレットともめさせるつもりはないのよ」

「もめたりしていないわよ。ただ、わたしがエヴェレットに家のことをあまり話していないだけ。だから彼は驚いたと思うわ」

「そう。ごめんなさいね」ローラが言った。「わたし、警察がやってきて不安になったの。不安になると、やたらとしゃべってしまうのよ」

わたしはうなずき、ローラと自分の両方を驚かせる行動に出た。裏口に行こうとしたローラを抱きしめたのだ。わたしの両手は泡だらけで、ローラの髪の先には粉がついていた。脇腹にローラの大きなお腹があたった。「あなたと兄さんは大丈夫よ」わたしは言った。

わたしが体を引くと、ローラが目に涙を浮かべながらすばやくうなずき、咳払いをした。「一緒に行く？」彼女は裏のポーチを示した。ダニエルとエヴェレットが明かりの下に座り、沈む夕日を見ていた。

「あとで。トイレに行ってくる」

わたしはバッグをつかみ、裏口の網戸が閉まる音が聞こえるまで廊下で待った。子ども部屋の準備が進んでおり、階段下にあるダニエルの仕事場はウォークインクローゼットほどの大きさで、ほとんど物置代わりになっていた。わたしは現金が入った封筒を取りだし、ペンを取って表にダニエルの名前を書いた。ここにローラが入ってくるとは思わないが、念のために兄のデスクの引き出しに入れておくことにした。

わたしはダニエルに借りがあったが、小切手を送ってもきっと兄は換金しない。直接渡そうとしても受け取ってもらえないはずだ。ローラに渡す手もあるけれど、おそらく彼女は知らされていないだろう。今こんな話をしたら、兄がまだほかにも隠し事をしているのではないかとローラを不安にさせるだけだ。

ダニエルからもらったお金は、長いあいだ借りたままになっていた。家賃やリース代、おまけに教育ローンの返済もあったので、まとまった額をそろえるのに苦労した。

けれども夏のあいだはこちらに帰ってきているし、アパートメントを又貸しした大学院生は家賃を前払いしてくれた。車のローンの支払いをひと月分だけ遅らせれば、この封筒を兄に置いていける。赤ちゃんが生まれる前に借金を清算できる。すべてのつながりを断ちきれる。

わたしが町を出ていくとき、ダニエルは妙な責任感からわたしにお金をくれた。そしてガレージの改装をやめた。〝学費にしてくれ〟兄はわたしに行くよう言った。やさしい妹ならきっと受け取らなかっただろう。しかし兄は鼻の骨を折っていて、わたしはあの日を思いださないわけにはいかなかった。兄の黒い瞳を前に、いらないとは言えなかった。ダニエルはわたしに受け取るよう言った。もらってほしいのだと。

実際のところ、兄はわたしを出ていかせたかったのだ。

わたしはダニエルの引き出しを開けて入っていたメモ帳を脇にどけ、目につくように封筒を置いた。廊下から差しこむ光で奥のほうに何かが見えた。銀色にきらめいている。鍵だ。わたしはそっと振り返ってから手を伸ばした。それは家の鍵らしく、リングとシルバーの鎖がついていた。ホルダー部分に〝A〟のイニシャルがデザインされている。

まさか。

外から笑い声が聞こえてきた。網戸が開く音がした。

わたしは鍵を取りだした。封筒をデスクの上に置き、鍵をポケットに滑りこませる。

「エヴェレット?」わたしは声をあげた。「ちょっと気分がよくないの」

次に町へ来る日の相談をしながら三人がゆっくり戻ってきた。エヴェレットがダニエルに名刺を渡し、何か必要なことがあればいつでも連絡してほしいと言い、ダニエルが約束した。エヴェレットはわたしの腕に手を添え、夕闇の中、車に戻った。「楽しかったよ」

「嘘つき」わたしは言った。

わたしがすばやく振り向くと、ダニエルは正面の窓からわたしたちを見送っていた。

イニシャルが〝A〟のものはいくらでもあると、わたしは自分に言い聞かせた。鍵の用途はいくらでも考えられる。

特に決定的な意味があるわけではない。兄と決まったわけではない。

「それで、例のタイラーについて何も教えてくれないのかい?」

地図の上で直線をたどれば、家までは五分の距離だ。しかし道は曲がりくねり、森や山を迂回《うかい》し、帰るのに二十分近くかかる。

「まさか昔の恋人のことで尋問したりしないわよね？」わたしは冗談めかして探りを入れた。「あら、そうでもないみたい」

「はぐらかさないでくれ」

「何も言うことはないわよ、エヴェレット」

「ローラはそう思っていない」

「ここはそういう場所なのよ。十年前の噂がまだ尾を引いているの。誰もここを離れないから」

「しかし、きみは離れた」

「ええ」

エヴェレットは納得していないように顔をしかめた。

「あのときはまだ子どもだったのよ、エヴェレット」

彼は窓に頭を預けた。唇の端がうわ向く。「一緒に卒業記念のダンスパーティ《プロム》へ行ったのか？」

「やめてよ」そう言ったものの、エヴェレットがふざけたのだとわかり、わたしは笑いだした。「プロムはなかったわ」

「十六歳のときに、彼のピックアップトラックでバージンを失った?」

「いやな男ね」

「図星かい?」エヴェレットはにやにやしている。

「違うわ」十七歳のときだ。タイラーの部屋で。マットレスとボックススプリングしかないベッドで。彼はわたしが寒がると思ってカウチからブランケットを取ってきてくれた。あの日はわたしの誕生日だった。わたしの服のボタンを外そうとするタイラーの手が震えて、わたしは自分の手を重ねて手伝ってあげた。

車がしきりに揺れ、車内が暑く、わたしは窓を開けた。風が入ってきて髪をなびかせた。手の届かない思い出のように。

「もう遠い昔の話よ、エヴェレット」

わたしは私道に車を停め、ヘッドライトで誰もいない玄関ポーチを照らした。

「オーケイ。それで、そのタイラーがアナリーズに何かしたのか? きみはどう思う?」エヴェレットが尋ねた。

まだこの話を続けるつもりだろうか? わたしはヘッドライトを消した。あたりは漆黒の闇に包まれた。「彼女に何があったか、誰にもわからないの。アナリーズが森に入っていくのを彼女の弟が見ていた。アナリーズが戻ってきたかどうかは誰も知らない。たぶん戻ったのよ。そして自分の意志で出ていったんだわ」

「でも、彼がかかわっている可能性もあるのか？」

そんな可能性があるだろうか？　なんという質問だろう。

エヴェレットは黙っているわたしを見つめた。「きみをこれ以上ここでひとりにしておきたくない」

「冗談でしょう」

「きみの元恋人が、きみの実家の裏にある森で姿を消した女性が最後に電話で話した相手だった。今もきみの家の修理を手伝っている」

「タイラーはわたしを傷つけたりしないわ」エヴェレットと家に入りながら、わたしは言った。

「十年も経てば人は変わるよ、ニコレット」

「わかってる」ただし、その本質は変わらない。人はマトリョーシカと同じく入れ子になっている。現在の自分の内側に過去の自分がいくつも存在する。見えないだけで、変わらずそこに生きつづけている。タイラーはどこまでもタイラーだ。何があろうとわたしを傷つけたりしない。でも、彼は恋人が観覧車のゴンドラの外に立つのを楽しんでいた。人前でコリーンを押しやり、いっさい弁解しなかった。

わたしは裏口のドアにかませておいた椅子を確認した。少し位置が変わっていないだろうか？　横にずれているのでは？　本当にあの場所に置いただろうか？

「大丈夫かい？」エヴェレットが尋ねた。

あたりが妙に張りつめていた。空気も、壁も。「ちょっと考え事をしていただけ」

「ベッドへ行こう」

「疲れてないわ」窓に自分たちの姿が映っている。エヴェレットが近づいてきて、わたしの肩にかかる髪を撫でた。首筋に唇が押しつけられる。

「ぼくと一緒にベッドへ行こう」

わたしは窓に映った自分たちの向こう側に目を凝らした。「疲れてないわ」同じ言葉を繰り返した。

ポケットにある鍵の重み、その刻み目が肌にあたるのを感じたとき――あらゆる可能性が一気に襲いかかってくる気がした。

――その前日――

十二日目

この家には、何かがあるはずだ。

〝骸骨があるんだ〟昨日、父はそう言っていた。父がもはや正気ではないのは百も承知だ。でも激しい絶望に駆られると、人はおかしな言葉にも何か意味があるのではないかと考えるものだ。ちょうど今のわたしのように。しかも、こうして謎を探ろうとしているのは、わたしひとりではないのだから。

父のことで助言が欲しくてエヴェレットに電話をかけると、彼は自分がなんとかすると言ってくれた。だけどエヴェレットはフィラデルフィアにいて、わたしはここにいる。そのうえ昨日、電話で話して以来、エヴェレットからはなんの連絡もない。この事態をどう食いとめるかエヴェレットから名案を授けてもらえなければ、やがてこの家にも捜査の手が入ることになるだろう。わたしが昨日、ひと晩かけて家捜ししたように。そうして家じゅうをくまなく調べているうちにようやく気づいた。父が言いたかったのはクローゼットなのだと。それも、父自身のクローゼットに違いない。わたしのクローゼットはすでに調べあげた。ダニエルのクローゼットは空っぽだ。

父が言いたかったのはここだ。マスターベッドルームにある、明かりがつかないクローゼット。そうに違いない。

けれども見つかったのは、もはや袖を通すことのない父の古い仕事着と、みすぼらしいスリッパ、それに木製の床に埃にまみれて散らばっていた数枚の硬貨だけだ。薄汚いスリッパを力まかせに投げつける。

半ばやけになって、かかっていた服をハンガーから引っ張ってみた。金属製のハンガーが揺れ、音をたててぶつかり、かび臭い服がすべて下に落ちた。衣類の山の真ん中に座りこみ、途方に暮れる。

どうかしてるわ。もうろくした年寄りの話を真剣に受けとめるなんて。

結局、何も見つからないじゃない。

立ちあがって深呼吸をして、手の震えを止めようとする。しかし、指の震えはおさまらなかった。それでもうつむき、もう一度何か見つからないか捜そうとする。正面の漆喰《しっくい》壁に両手をつき、壁に額を押しあて、足元にある木の床を見つめた。

埃が積もった床にはヘアピンが転がっていた。母が生きていたときのものだろう。

左足の下、ちょうどクローゼットの隅にあたるところに二本の小さなねじが落ちていた。もし少しずつ正気を失っていっているとき、わたしなら誰にも見つけてほしくないものをどこに隠すだろう？　裸足の爪先でねじを軽くつつくと、コロコロと転がりはじめた。ねじの頭が白く塗られている。壁と同じ色だ。頭をあげてあたりを見まわし、エアコンの通気孔に目をとめる。下側のねじがなくなっていた。ちょうど二本。ねじがとまっているのは、通気孔上部の右隅だけだ。思わぬ発見にはっと息をのみ、一縷《いちる》の望みにすがって、震える指先で残ったねじを緩めはじめる。緩んだねじが床へ落ちると、通気孔ががくんと奇妙な角度に垂れさがり、背後にある長方形のダクトがあらわになった。

この角度ではダクトの内部まで見ることができない。それでもダクトの中に手を突っこむことはできた。そのとき、指先に何かがあたった——紙だ。螺旋綴《らせんと》じのノートのようなものがある。手でかきだすと、床にどさりと落ちた。一番上に、ルーズリーフが数枚こぼれ落ちた。わたしは爪先立ちになってさらにダクトの奥へ手を伸ばし、指先に触れた紙を手あたり次第にかきだそうとした。クローゼットの床に紙と埃とノートが次々に散らばっていく。このダクトはどれくらい奥まであるのだろう？　この家のどの部分まで、父の秘密が隠されているのかしら？　ふいに、壁のあいだの空間に紙がまるで細かな骨のようにびっしり詰まっている光景が脳裏に浮かんだ。

衣類を壁沿いに積みあげてその上にのり、さらに高い位置から暗闇をのぞきこむ。まっすぐ伸びたダクトは一番奥できっかり九十度上方に曲がっていた。わたしは思いきり手を伸ばして、中にまだ残っている紙を取りだそうとした。黄色く変色した紙に指先が触れた瞬間、玄関のベルが鳴った。

なんてこと。

どうしてこんなに早く？　捜索令状はこれほど早く取れるものなのだろうか？　警察は知っているの？　何を捜すべきか、どこを捜すべきなのかを。

わたしは全身を凍りつかせ、息を潜めた。外に車を停めてある。わたしがここにいることを警察は知っている。

またしてもベルが鳴った。誰かがドアを叩いている。別に応える必要はない。言い訳ならなんとでもできる。散歩に出かけていたとか、シャワーを浴びていたとか、友人の車で出かけていたとか。でも、そもそもわたしがここにいるかどうかが重要だろうか？　捜索令状があれば、この家の住人の許可がなくても踏みこめるはずだ。

わたしは低くうめいた。すべてをダクトの中へ戻さなければ。紙の束を丸めてダクトの奥深くへ突っこみ、通気孔を二本のねじでとめた。またベルが鳴ったので、三本目のねじはポケットにしまって階段を駆けおりた。髪はぼさぼさだし、服もしわくちゃだ。まるであわててベッドから起きあがったみたいに。

ちょうどいい。

大きく息を吸いこんで、あくびをしているふりをしながら玄関のドアを開けた。

陽光の中、エヴェレットが立っていた。片方の手に携帯電話を持ち、またドアを叩こうとしていたらしく、もう片方の手を掲げている。安堵《あんど》感がどっと押し寄せ、わたしは彼の腕の中に飛びこんだ。エヴェレット。警察じゃなかった。エヴェレットだった。

わたしは両脚をエヴェレットの腰に巻きつけながら、懐かしい彼の香り――ヘアジェルと石鹸と、シャツの糊の香りを胸いっぱいに吸いこんだ。エヴェレットは笑い声をあげながら室内に入ってきた。「ぼくも会いたかったよ。起こすつもりはなかったんだが、驚かせたくてね」

わたしはずるずると彼の体から滑りおりた。エヴェレットはジーンズにポロシャツ姿で、スーツケースをポーチに置いている。「ええ、本当に驚いたわ」わたしは体こそ離したものの、手はまだエヴェレットの両腕にかけたままだ。彼の腕はがっちりとしていて力強い。これは夢ではなく、現実だ。「どうしてここへ？」

「助けてほしいと言われたから、手を貸しに来た。これは個人的に対処しなければならない案件だからね。それに、きみに会う口実も欲しかった」エヴェレットはわたしのだらしない身なりにすばやく目を走らせて笑みを消したが、わざと困ったふりをして困惑を隠そうとした。「スーツケースはどこに置いたんだったかな？ああ、あそこか……」戸口からスーツケースを運びこみ、ふたたびわたしを見つめる。その顔に浮かんでいたのはいかにもエヴェレットらしい、冷静そのもので落ち着いた表情だった。

「それで、これからどうすればいいの？」わたしは尋ねた。ひどく肩が凝っているし、頭も痛い。

「ここに来る途中、警察署に寄ってきた。書類を提出して、きみのお父さんに対する尋問をやめるよう要求した」

わたしは全身から力が抜けた。筋肉のこわばりが一気に緩んでいく。「ああ、エヴェレット、本当に愛してるわ」

エヴェレットはリビングルームの中央に立ち、あたりを見まわした。ダイニングルームと玄関ホールに雑然と積み重ねられた箱の数々。傷だらけのテーブル、古くてきしむ網戸、どこからどう見ても古ぼけた床、壁から不自然に離して置いてある家具類、明らかに塗り直す必要がある壁。そしてわたし。そう、エヴェレットはこちらをじっと見ている。わたしは腰に手のひらを押しあて、じっと立っていた。

「ぼくにまかせてくれと言っただろう？」

「ありがとう」

この家でエヴェレットとふたりきりだなんて。決して彼に見せることはないと思っていたこの家で。これからどうすればいいのだろう？

エヴェレットはもう一度、わたしの全身を見つめてから口を開いた。「お父さんのことは大丈夫だ、ニコレット」

わたしはうなずいた。

「だけど、きみは大丈夫か？」

そう尋ねられ、想像してみた。彼の目にわたしはどう映っているのだろう？　きっと目もあてられないほどひどい状態に違いない。昨日からシャワーを浴びていないし、夜じゅうクローゼットの中をあさっていた。コーヒーの飲みすぎで両手が小刻みに震えている。何も持っていられそうにないほど。「精神的にまいっていて」

「わかるよ。昨日、電話の声を聞いてそう感じた」

「仕事は大丈夫なの？」今日は何日だっただろう？　木曜？　金曜？　そう、金曜だ。

「どうやって事務所から抜けだしてきたの？」

「仕事を持ってきた。仕事を持ち帰るのは好きじゃないが、この週末で片づけようと思ってね」

「いつまでいられる？」わたしは尋ねた。エヴェレットはスーツケース――一泊旅行用のバッグよりも大きい――を引っ張って、室内へと移動させている。

「今日、きみのお父さんの主治医に会おう。うまくいけば、月曜までに必要な書類を用意してもらえるはずだ。だが、月曜以降は向こうに戻らなければならない」

ふと、通気孔の中にある紙の束のことを考えた。錠の壊れたドアのことも。昔も今も、この町で行方がわからなくなった女性がいることも。「ホテルに泊まるべきだわ。ここは息苦しいし、あなたが気に入るはずないもの」

「おかしなことを言わないでくれ。一番近いホテルでも、ここから四十キロも離れているんだぞ」つまりエヴェレットは近くにホテルがあるかどうか確認したのだろう。そしてこの町と隣町のあいだの道沿いにある、絶対に空いているはずの安モーテルは候補に入れなかったのだ。「さあ、中を案内してくれ」エヴェレットが言った。

突然、わたしは彼に家の中を見せたくなくなった。肩をすくめ、自分に言い聞かせようとする。この家も、家の中にあるものも、すべてがたいしたことはない。何も考えてはだめ。〝あれが父の椅子で、あっちが母のテーブル。母は祖父母が使っていたテーブルを塗り直したの……〟余計なことを考える代わりに、鬱蒼《うっそう》とした森に意識を集中させようとする。エヴェレットの目にはあれがどう映るだろう？

「どうってことないわ。ダイニングルームとリビングルーム、キッチン、洗濯室があって、あの廊下の先にはベッドルーム、建物の裏手にはポーチがあるわ。だけど家具はほとんど残っていないし、蚊がひどいの」

ノートパソコンを置く場所を探しているのだろう。エヴェレットがダイニングルームにあるテーブルに目をとめた。

「ほら、ここを使って」わたしはそう言うと、テーブルの上のレシートや書類をかき集め、つい先ほど空っぽにしたばかりのキッチンの引き出しに入れた。

エヴェレットは何もなくなったテーブルの上にノートパソコンとアコーディオン型のブリーフケースを置いた。「ここで仕事してもかまわないかな？」

「もちろんよ。ただし、インターネットは使えないわ」

彼は顔をしかめると、レシートを一枚つまみあげた。わたしがかき集めたときに見落としていた〈ホーム・デポ〉のレシートだ。レシートに記された購入日は黄色く変色していて読めない。そのレシートを見て、エヴェレットが眉をひそめている。

わたしは彼の手からレシートを取り、取るに足りないものだとばかりにくしゃくしゃに丸めた。「ここにはもう一年以上誰も住んでいないの。インターネット料金を払うのはお金の無駄でしょう？」そもそも、ここにインターネット回線を引いていないのは言うまでもない。この一帯は悪天候になると、衛星通信サービスが断続的に途切れてしまうのだ。しかも、父はそれを不便だとも感じていなかった。この地域に住む人たちの多くは携帯電話でメールを確認している。ただしサービス・プロバイダは一社しかなく、今エヴェレットが使っているプロバイダではない。「図書館を使ったら？　警察署のすぐ近くなの。そんなに遠くないわ。わたしが車で連れていってあげる」

「いや、大丈夫だ、ニコレット。だが、きみのお父さんに会いに行く途中で図書館に寄ることはできるだろう。そうすればファイルも送信できる」

「本当にいいの？　だって――」

「ぼくがここに来たのはきみに会うためだ。図書館でじっと座って仕事をするためじゃない。会いたかったよ」

たしかに、今までこれほど長い時間エヴェレットと離れたことはない。多少無理をしてでもなるべく一緒にいられるようにしてきた。けれども、ある種の勢いに乗じてそうしていたようにも思える。今までわたしたちは一歩退いたり離れたりしたことが一度もない。もし途中で立ちどまってひと息ついたら何が起きるのだろう？　そしてわたしを助けたかったから。

エヴェレットがここへ来たのはわたしに会いたかったから。とはいえ彼が来たのは抱えている裁判のせいもあるのではないだろうか？　それはよくわかる。きっとエヴェレットは休息を必要としているのだ。仕事から遠ざかりたかったのかもしれない。昨日の電話ではそんな様子が伝わってきた。

「警察はなんて言ったの？」

エヴェレットが髪に手を差し入れる。「ほとんど話を聞けなかった。警察がぼくを歓迎していなかったのは明らかだ。とはいえ、彼らが今、最優先すべきだと考えているのは別なことに思える。きみのお父さんの供述が現状解決の役に立っているとは思えない」テーブルの上に仕事の書類を広げながら、ちらりとわたしを見た。「この行方不明になった女の子について教えてほしい。至るところにビラが貼られているね」

「正確には女の子とは言えない年よ。名前はアナリーズ・カーター。最後に目撃したのは彼女の弟で、そのときアナリーズは歩いて森へ入っていくところだった。だけど次の日になっても家に戻ってこなくて、それ以来ずっと行方不明なの」不本意ながら、わたしは裏庭を見てしまった。その先に彼女が住んでいた場所がある。

「きみは彼女を知っていたのか？」

「ねえ、エヴェレット、こういう小さな町だと、住人同士はみんな顔見知りなのが当然なの。もし今の質問が友だちだったのかという意味なら、アナリーズとは友だちでもなんでもなかった。彼女はわたしより年下だったけど、わたしの家の裏手に住んでいたの」わたしは顎でキッチンを指し示した。エヴェレットが窓辺に近づく。

「森しか見えないな」

「そうね、言い方が悪かったわ。正確にはすぐ裏手とは言えない。だけど、アナリーズは一番近くに住む隣人なの」

「ふうん」エヴェレットは窓辺から離れようとしない。わたしはたちまち不安になった。あの森には秘密が隠されている。過去の秘密が森の中からよみがえり、現在と重なりあい、なんらかの動きを起こしているように思えてしかたがない。それはドミノ倒しのように誰にも止められないのだ。「それで、いったい何が問題なんだ？」エヴェレットがきいた。

問題なら山ほどある。消えたふたりの女性。警察とわたしの父、そして父が口走っている話。それにクローゼットの通気孔の奥にある紙の束。誰かに見つけられる前に、あれを処分しなければ。

「指輪をなくしてしまったの」浅い呼吸になっているのに気づき、わたしはこみあげてくるパニックをどうにか鎮めようとした。それなのにふいに涙が目を刺し、目の前のエヴェレットがかすみはじめる。「本当にごめんなさい。荷物を片づける必要があって、指輪を箱にしまったの。それからいろいろなものをあちこちに移動させたせいで、指輪を入れた箱がどこに行ったのかわからなくなってしまったのよ」またしても両手が震えだす。エヴェレットがわたしの両手を取って近くに引き寄せた。わたしは彼の胸に額を休めた。

「大丈夫だ。つまりは、この家のどこかにあるってことだろう？」

「わからない。なくしてしまったかも」家の中でうつろに響く。わたしの亡霊か、あるいは別の次元からここにやってきた、もうひとりのわたしの声に聞こえた。わたしは手を引っこめ、体の脇でこぶしを握りしめた。「きっと失ってしまったのよ」十年の歳月を経て、ふたりの女性が行方不明になった。あのカウンティ・フェアがまた町に戻ってくる。それにわたしたち全員もだ。十年もの歳月が過ぎたというのに、とてもそうは感じられない。まばたきするあいだぐらいに、あっという間に感じられる。それこそ、肩越しに振り返る一瞬ほどに。

「泣かないで」エヴェレットがわたしの頬に親指を滑らせ、涙をぬぐった。〝ただの金属の塊だ〟タイラーはそう言った。〝ただの金《かね》だ〟「保険付きだから」エヴェレットがつけ加えた。「そのうち見つかるよ」わたしはエヴェレットの胸に向かってうなずいた。彼はわたしの肩甲骨に両手を軽く押しあてている。「本当に大丈夫かい？」わたしはもう一度うなずいた。エヴェレットの胸から伝わってくる感触で気づいた。彼は笑っている。「意外だったよ。まさかきみが指輪をなくしたくらいで泣くなんて」わたしはゆっくりと息を吸いこみ、体を引いた。「だってとてもすてきな指輪だったんだもの」

エヴェレットがふたたび笑う。今回はさらに大きな本物の笑い声だ。「おいで」片方の腕でわたしの肩を抱き、もう片方の手でスーツケースを持ちながら、彼は階段をのぼりはじめた。「さあ、ツアーを始めよう。家の中を見せてほしい」

わたしは彼のかたわらで笑い声をあげた。「きっとホテルに泊まればよかったと後悔するはめになるわ」

わたしたちは階上へ行き、狭い廊下に立った。二階にはマスターベッドルームがひと部屋とそれより小さなベッドルームがふた部屋ある。マスターベッドルームにはバスルームがついているが、残りのベッドルームは隣接しており、バスルームを共同で使うようになっている。

「あそこが父の部屋なの」わたしは身振りでマスターベッドルームを指し示した。クイーンサイズのベッドと古ぼけたチェストが置かれている。エヴェレットを引っ張ってマスターベッドルームの前を通り過ぎながらドアを閉め、次のベッドルームへと向かう。「こっちが兄のベッドルームよ」次のドアの前でわたしは説明した。「だけど、兄は家具を全部持っていってしまったわ」ダニエルのベッドルームは今では物置と化している。古い小説や教材、授業計画が入った箱、読み古された哲学書、斜めになった手書き文字が記されたノート類。父もこれらの品々をどうしたらいいかわからなかったのだろう。「来週、大型のごみ容器が届くことになってるの。そうすれば、片づけもはかどるようになるわ」わたしは咳払いをした。「ここがわたしのベッドルームよ」黄色のベッドがいかにもくすんで見える。それにエヴェレットが一緒だと、この部屋が狭すぎるように思えてしかたがない。きっと彼もこんな手狭な部屋に泊まりたくはないだろう。そもそもエヴェレットがこの部屋をどう感じているのか、想像さえできない。

「マスターベッドルームで寝ようか？　ベッドも大きいし」エヴェレットが言う。

「わたし、両親のベッドで寝ているわけじゃないの。あなたにこのベッドは小さすぎるかもしれないわね。もしそうなら、わたしは長椅子で寝るわ」

エヴェレットはわたしを、続いてわたしのベッドを見た。「ああ、あとで考えよう」

〈グランド・パインズ〉へ向かう途中、エヴェレットは車のウインドーに携帯電話を押しつけると、皮肉っぽく〝ハレルヤ〟とつぶやいた。それに応えるかのように、彼の携帯電話がメールをダウンロードしはじめた。わたしたちはデータの世界に舞い戻ってきたというわけだ。

エヴェレットはあたりをすばやく見渡すと、メールを確認しはじめた。「もう一度ここを訪れるとしたら、秋にすべきだな。きっとすばらしい景色なんだろうね」そう言いながら、画面をタップする。コツ、コツ、コツ。

「ええ」

ここに戻ってくるはずはない。そうわかっていたものの、わたしは答えた。木々の葉の色が変わると、ここには厳しい秋がやってくる。冷たい強風が丸一日間吹きつづけ、葉がすべて落ち、まるで雪のようにあたり一面を覆ってしまうのだ。

「冬のほうがきれいよ」わたしは言った。

「ふうん」

「ただし、どこにも出かけられないけど。この道も豪雪地帯のドナー峠みたいに雪に降りこめられてしまうの」

「うーん」コッ、コッ、コッ。タップ音に引きつづき、シュームという音がした。メール送信が完了したのだ。

「それに、ここには怪物がいるのよ」

「ふうん。え、なんだって？」

わたしはエヴェレットににんまりしてみせた。「まあ、自分の目で確かめて」


わたしたちが正面玄関から入っていくと、受付にいた女性が居ずまいを正した。背筋を伸ばして髪をかきあげ、胸を突きだしている。いつものことだ。エヴェレットを見ると、人は無意識のうちにこういう反応をする。

エヴェレットはフィラデルフィアの資産家の息子だ。彼の家族はみんな、堂々としている。そう、由緒ある古い建物や敷石の道、あるいは建物にからまるツタのように、なんとも言えない風格を漂わせている。たとえ彼らに欠点があったとしても、世間はそれを興味深い個性ととらえる。初めて鐘が鳴らされた際にひびが入ってしまった、アメリカ独立のシンボルの自由の鐘《リバティ・ベル》のように。結果的に、彼らの人生にはさらに価値ある評価が与えられることになる。エヴェレットは文字どおり、その場にいるだけで注目を集めるタイプだ。そう、友人やわたしでさえ、一緒にいると彼の魔法にかかってしまう。エヴェレットは生意気さを感じさせずに自己主張できるし、ひとりよがりにならずに自信たっぷりな言動を取ることもできる。きっと彼の一族はそういう人生を歩むよう教育されているに違いない。古典やビールのごとく、いつの世も変わらぬ魅力を持つよう育てられているのだろう。もし少しでも道から外れたら、たちどころに戻されるに違いない。

〈グランド・パインズ〉に足を踏み入れたエヴェレットのかたわらで、わたしは確信に満ちて立っていた。彼らに勝ち目はない。わたしにはそうとわかっていた。

近づいてくるエヴェレットを見て、デスクの背後にいた女性施設長が片方の眉をあげてわたしに視線を移し、口角をあげた。〝すてきな人ね〟と言いたげに。

わたしはうなずいた。〝ええ、そうなの〟

けれども次の瞬間、彼女は値踏みする目でわたしを見た。わたしは非難がましい視線を浴びて、ふと気づいた。きちんとした服を着ていないし、髪もぼさぼさだ。それにカフェインのとりすぎで手がまだ震えている。

「父に面会に来ました」

「ええ、案内させましょう」施設長はそう言うと、受話器を取った。

最初の日と同じ看護師に案内され、わたしは談話室に足を踏み入れた。父はそこでカード遊びをしていた。ひとり遊びをしているようだが、どんなルールなのかはさっぱりわからない。

「パトリック、ほら、娘さんよ」

父は顔をあげると、満面に笑みを浮かべた。わたしも同様に笑った。「やあ、ニック」

短いけれど、美しい言葉だ。

「今日は本当に人気者ね」看護師はそう言うと、談話室から出ていこうとした。わたしはとっさに彼女の腕に手をかけた。「誰かがここに来たんですか？　警察ですか？」

「な……なんですって？」看護師は袖口にかけられたわたしの指先を見つめている。わたしは急いで手を離した。「いいえ、男性が一緒に昼食をとりに来たんです」看護師は腕に手を滑らせ、制服のしわを伸ばした。

「兄でしょうか？」わたしは看護師から父に視線を移しながら尋ねた。

看護師はかぶりを振った。「いいえ、お兄さんじゃありません。ねえ、パトリック、毎週金曜日に昼食をとりに来る男の人は誰だったかしら？」

父は指先でテーブルをコツコツ叩くと、わたしを見てかすかに笑みを浮かべた。

「おまえには教えられないよ、ニック」

わたしは看護師ににんまりしてみせた。まるで父の言葉をちゃめっけたっぷりで、おもしろいと考えているかのように。「お父さん、いったい誰なの？」

「話してはいけないんだ」父は厚かましくも笑い声をあげた。

看護師は父に向かってウインクすると、わたしに向き直った。「とてもハンサムな男性ですよ。ブルーの目にブラウンの髪で、いつもジーンズと作業靴を履いていて……」

わたしはあわてて父を見つめた。父は今、頬の内側をかんでいる。「タイラー？」わたしはきいた。

看護師は父の肩を軽く叩いて立ち去った。父がカードをすくいあげ、わたしと自分のあいだに熱心に積み重ねはじめる。わたしは配られたカードをどうすればいいのかわからなかった。父はキングのカードを出し、わたしが次にカードを出すのを待っているようだ。

「どうしてタイラーが？　ここで何をしてるの？」

「どうしてタイラーが来ちゃいけない？　タイラー・エリソンと仲よくしていいのは

おまえだけじゃないだろう。さあ、おまえの番だ」父が身振りでわたしのカードを指し示す。

わたしはエースのカードを投げ、肩の力を抜こうとした。父の記憶はあっという間に薄れてしまう。そうなる前に、なんとしてもこの会話を続けなければ。

「へえ、知らなかったわ。ふたりがそんなに仲がよかったなんて」

父はしかめっ面をしながらトランプを積み重ね、ダイヤの5のカードを出した。

「集中するんだ」

「ちゃんと集中してるわ。タイラーは何か要求してきたの?」わたしはゲームを中断し、父と目を合わせようとした。

父は肩をすくめ、彼女の視線を避けている。「いや、何も要求なんてされていない。ただここにやってくるだけだ」父が身振りで促したので、わたしは適当なカードを放った。「彼はいいやつだ、ニック。きっとここの食事が好きなんだろう」一瞬混乱したようにあたりを見まわし、言葉を継ぐ。「あるいは金曜にここで働いている若い看護師が好きなのかもしれない」わたしは肩越しに、さっき入口から現れて受付近くにたたずんでいる看護師をちらりと見た。制服姿なのでこれといった特徴が感じられない。強いて言えば、わたしよりも背が低いことと、唇からはみだすように口紅を引いていることくらいだろうか。魅力的な女性だ。黒髪はきれいだし、若くて生き生きしている。

「それがわたしに話してはいけないことなの?」わたしは尋ねた。

「ああ、絶対に」ハートの2。

「どうしてタイラーはわたしには黙っているように言ったのか、何か理由はない?ねえ、お父さん、よく考えてみて」スペードの2。

「おまえは集中していない」父はカードの山を指し示した。それがカードにか、それともタイラーにか、わたしにはわからなかった。

別の入居者たちのグループが新たに部屋へ入ってきて、クリップボードを小脇に抱えた看護師数人が出たり入ったりしている。時間切れだ。父は手持ちのカードをすべて重ねた。わたしはその上に自分のカードをのせた。「お父さん、話しておかなければならないことがあるの」

「今、わたしと話しているじゃないか」

「お父さん、よく聞いて。わたしたちにまかせてほしいの。警察はもうお父さんを尋問できないわ。というより、誰もお父さんを尋問できないの。誰かに何かきかれたら、すぐわたしたちに教えて。看護師か、ドクターでもいいから。とにかく警察の尋問は許されないの。お父さんは警察官に何も話す必要はないのよ。わたしの言っている意味はわかる？」

「わたしは……もちろん何も話さない。話さないようにする」父が答える。

　でも実際は話してしまったくせに。

「ニック、わたしがもっといい父親だったらよかったんだが」

「お父さん、やめて――」

「本気でそう思うよ。過ぎたことだとはわかっている。あの頃に戻ることはできないんだろう？」

　わたしはうなずいた。そう、戻ることはできない。

　父は頭を軽く叩いた。「これはわたしに与えられた罰なんだ。そうは思わないか？」

まるでいい父親ではなかった代償として認知症になったかのような言い方だ。

「いいえ、お父さんは意地悪な父親でも、ひどい父親でもなかったわ」そう、そんな父親ではなかった。父はわたしを笑わせてくれた。雨露をしのぐ家を与えてくれたし、キッチンには常に食べ物があった。わたしに対して手をあげたことも、声を荒らげたことも一度もない。多くの人にとって、父は申し分のない人物に見えたはずだ。よき父親であり、善人でもあると。

父はテーブル越しに身を乗りだし、わたしの手を取った。「おまえは幸せかい、ニック?」

「ええ」わたしは答えた。フィラデルフィアにはわたしの望むすべてがある。完璧な人生が。

「よかった、よかった」

わたしは父の手を握りしめた。「お父さんがこんな目に遭うなんておかしいわ。こんなつらい目に遭うべきじゃないのに」

父はまたしても指先でテーブルをコツコツ叩きはじめた。同じリズムを二回繰り返すと身を乗りだし、声を潜めてかすれた声でささやいた。「ニック、わたしの話をよく聞いてくれ。わたしは代償を払わなければならないんだ。どうしても」

「すべてわたしがなんとかするわ。とにかく、これ以上そのことは話さないで。誰にも、ひと言も話してはだめよ。わかった?」

「ああ」父が答える。

だけど、わたしにはわかっていた。父は一時間もすれば、言われたことを忘れてしまうだろう。「意識を集中して。どうしてもこれだけは覚えておいてほしいの」

「ああ、覚えているよ、ニック」父は顔をあげ、説明を待っている子どものような目でわたしを見つめた。

わたしは父の手に重ねた自分の手を見おろした。父の手の甲には加齢によるしみが、わたしの手にはそばかすが散っている。「彼らはお父さんを警察署へ連れていきたがってる。だから、もうこれ以上話さないで。ねえ、お願いだから」

父が口を開いて何か話そうとしたが、わたしは片手をあげて父を制した。父の肩越しに、エヴェレットが立っているのが見える。食堂の入口を入ったところだ。彼はすぐにわたしの姿を見つけた。わたしは片手を掲げた。父がわたしの視線の先をたどる。「お父さんに会わせたい人がいるの。エヴェレットよ」彼が近づいてくるのを見ながら、祈るような気持ちだった。どうかエヴェレットのことを思いだして。お願いだから。

父はエヴェレットを見つめ、それからわたしの手に目をやると笑みを浮かべた。「ああ、ああ、会えてうれしいよ、エヴェレット」

エヴェレットが父の手を握った。「ぼくもです、パトリック。クリスマスは本当に残念でした」

わたしたちは去年のクリスマスイブに、飛行機でフィラデルフィアからここへ来て、その日にすぐとんぼ返りする予定だった。残りの休みはすべて、エヴェレットの家族と過ごすつもりでいたのだ。ところが吹雪のせいで、その計画は頓挫した。飛行機の予約変更ができず、来られなかったのだ。だが、父がそんな細かいことを思いだせるはずもない。案の定、父はあいまいな声を出した。おそらくエヴェレットにはそれが不機嫌な返事に聞こえたのだろう。

エヴェレットはわたしに向き直った。「ここでの仕事はすべて片づいた。夕食までここに残りたいというなら話は別だが」

その瞬間、わたしはいきなり十七歳に戻った気がした。キッチンに座り、父からここに残るのか、それとも出ていくのかと尋ねられたあの日に。〝わたし、出ていく〟そう答えた。常にそうだ。わたしはいつも、その場から出ていくほうを選んできた。母が生き長らえるかもしれないと自分に言い聞かせるのをやめたあの瞬間、わたしはキッチンのドアから出ていったのだ。

「いいえ、しなければならないことがまだたくさんあるから」わたしは答えた。「お父さん、それじゃあ、またね」

エヴェレットはテーブルに自分の名刺を置いた。「施設長や主だった看護師たちにも事情は話しておきました。だけどもし誰かが話をしにやってきたら……どこの誰であろうと、ぼくに電話をください」

立ち去ろうとしたわたしに、父は片方の眉をあげてみせた。わたしが肩越しに振り返ったとき、父はまだこちらを見つめていた。わたしは一度だけかぶりを振りながら、祈らずにいられなかった。どうか父が今、言われたことを覚えていますように。

エヴェレットが受付の女性としゃべっている隙に、わたしは断ってトイレに立った。個室のドアをすばやく閉め、タイラーに電話をかける。今や不安が全身を駆けめぐっていた。「出なさいよ、ろくでなし」携帯電話に向かって悪態をつく。しかし、タイラーは電話に出なかった。

わたしは一瞬、考えた。番号案内に電話をかけて〈ケリーズ・パブ〉の番号を調べ、タイラーが店にいるかどうか確かめようか？　だがそのとき、トイレの外からエヴェレットのかすかな声が聞こえた。「パトリック・ファレルは正確にはなんて言っていたんですか？」

わたしはあわててトイレの個室から出た。「エヴェレット？」大声で叫ぶと、受付デスクからゆっくりと振り返るエヴェレットの姿が見えた。「もういい？」

事件の捜査において、最も危険なのは噂話だ。噂話は絶対に避けられないものだし、あっという間に広まっていく。スクールカウンセラーになる前から、わたしはそれを痛いほどよく知っていた。

噂話が危険なのは、それが現実になってしまうからだ。噂がひとたびこの世に種を植えつけると、種そのものに命が吹きこまれる。そういう種が複雑にからみあって、やがて真実なのか嘘なのかわからなくなる。そのふたつの境界線がなくなり、ときにはどの部分が真実なのかさえわからなくなる場合もある。

コリーンが姿を消し、捜す場所も、話を聞く人も、手がかりもついえたとき、人々に残されたことはひとつ。噂話をすることだけだった。

コリーンとベイリーとわたしに関する噂話だ──向こう見ずで、酒浸りで、結果を考えて行動などしたことがない。洞窟の外にある空き地で酒のボトルをまわし飲みし、男たちを洞窟の中へ招き入れていた。ドラッグストアで（度胸試しと称して）キャンディバーを万引きして、他人の財産や権威者に対して敬意を払わない。とにかく見境がなくて、いつも三人で手足や髪をからめあい、日に焼けた素肌を重ねあわせていた。恋人も交換して、やりまくっていたらしい。

あの箱の中を見れば、証拠はきっちりそろっていた。ジャクソンがベイリーにキスをした。わたしの見ている前で、コリーンがタイラーに言い寄った。ヒマワリ畑の中で戯れている幽霊のように、わたしたち三人がくるくると回転する姿がぼんやりと見える。そして観覧車のゴンドラの外側から、迫りくる死をじっと見守っているわたしの姿もだ。わたしたちはあまりに親密になりすぎた。息苦しくなるほど近くにいたせいで、境界線がわからなくなっていた。向こう見ずすぎてこれ以上はだめだという歯止めもきかなくなり、魂を近くに寄せあいすぎていた。純粋すぎて自分たちの死さえわからなくなるほどに。ある意味、あの噂話はわたしたち自身が招いたものと言えるのかもしれない。

きっとそうなのだろう。

わたしたちの噂話につきものだったのは、ダニエルとジャクソン、そしておそらくタイラーだ。いつも慎重な目で現実を見ていた三人。わたしたちのまわりにいて、常に見つめながら待っていた三人。その三人のうち、怒りをほとばしらせ、行動に移していたのは誰か？　わたしたちと別れたのは誰か？　不機嫌なとき、わたしたちを冷たく押しやったかと思えば、よりを戻したのは誰か？

客観的に外側から内情を見つめてみたとき、本当に驚いたのは誰か？

すべての噂を耳にしたあと、わたしは不思議でならなかった。どうしてこんな噂が生まれ、まことしやかにささやかれていたのだろう？

わたしはゆっくりと運転していた。理由はいくつかある。まずは沈みかけている夕日がまぶしかったせいだ。さらにゆったりと蛇行しているこの道に、突然鋭いカーブを描く箇所が出てくるせいもある。突然シカが飛びだしてきて、黄色の二重線の上で立ち往生するときもあるからだ。だけど一番の理由は、エヴェレットがメールの送受信で苦労しているのを知っていたから。次のカーブあたりで、衛星通信サービスが途切れるはずだった。

わたしが見守る中、エヴェレットが携帯電話に悪態をつきはじめた。「もう一度図書館に寄りたい？」

「いや」彼はウインドーに頭をもたせかけながら答えた。「明日まで待てる案件だ」

「お腹が減った？」

「ああ、腹ぺこだよ」

「それならいい店があるわ」すばやくエヴェレットを一瞥《いちべつ》し、つけ加える。「今、家にあるのは、電子レンジで温める冷凍ディナーだけなの。明日、食材を買いに行きましょう」

「きみはもっと食べたほうがいい。痩せたみたいだ」

たしかにパンツのウエストが緩くなっている。きっと体重が落ちたのだろう。これまで忙しすぎて、ろくに食事をとっていない。何か食べる代わりにコーヒーとソーダで胃を満たそうとしてきた。おかげで、今では喉元まで吐き気がこみあげている。何を食べても金属っぽい味か、腐ったような味しか感じられなかった。

わたしは〈ケリーズ・パブ〉の裏手にある駐車場に車を停めた。表通りに面した駐車場はすでに満車だったからだ。そこは居住者用の駐車場でもあるが、タイラーのトラックは見あたらない。しかし、ジャクソンのバイクが隅に停められていた。

金曜の夜にこの店に来る客は、日中の客とは違う。地元に帰ってきた大学生たちは、何かおもしろいことを探しにやってくる。仕事帰りの大人たちは、家族のもとへ戻る前に何杯かのアルコールを求めてやってくる。だが、この店に漂うにおいはいつも同じだ。アルコールと脂、香水と汗臭さが入りまじったにおい。

バーカウンターの向こうに人がふたりいた。ジャクソンは奥の隅にいて、少し離れた場所にもうひとり女性がいる。なんとなく見覚えのある女性だ。体にぴったりしすぎたトップスを身につけ、ストレートヘアを腰まで伸ばしている。女性はわたしに気づくと、好きな席に座るよう言い、顎でテーブルを指し示した。まるでわたしがこういう店でどう振る舞えばいいのか知らないかのように。

わたしは窓のそばのふたり掛けのテーブル席に座った。このテーブルからなら玄関ホールが見渡せる。玄関ホールは階上にあるアパートメントにつながっていた。「メニューを見ていて。飲み物を頼んでくるわ」わたしは立ちあがった。エヴェレットが引きとめるように、店内をまわっているウエイターやウエイトレスたちを身振りで示したが、わたしは首を振った。「こうしたほうが早いの。わたしを信じて」

わたしはバーカウンターにいるジャクソンに近づいていった。彼が顔をあげようとしないので、カウンターをコツコツと叩いて注意を引く。

「驚いたな。今日はどうしたんだ、ニック？」ジャクソンが気取った笑みを浮かべる。

「ウオツカトニックを」わたしは注文した。「ダブルでお願い」

「大変な一日だったのか？」

「それと水も」

ジャクソンがわたしの肩越しにエヴェレットを見つめた。薄暗い明かりの下、熱心にメニューを眺めている。「あいつは誰だ？」

「エヴェレットよ。わたしの婚約者」わたしが答えると、ジャクソンは血走った目でわたしをふたたび見つめた。「タイラーを見た？　彼とどうしても話す必要があるの」

「つまり、あの婚約者をやつに会わせるつもりか？　いくらなんでも残酷すぎるだろう」

わたしは体をこわばらせた。「緊急事態なのよ」

「今日はタイラーを見かけてない、ニック」ジャクソンが飲み物をわたしの前に滑らせながら言う。「だがこれが」頭を傾けてエヴェレットを指し示した。「あいつの関心を引く一番いいやり方とは思えない」

わたしは自分の飲み物をすすった。「お願いがあるの」ウオツカトニックを指し示しながら言葉を継ぐ。「どんどんお代わりを持ってきて」

テーブルに戻ったわたしは、エヴェレットが見守る中、食事を注文した。ウエイトレスが立ち去ると、エヴェレットは口角を持ちあげてにやりとした。アルコールに酔ったせいではない。「きみがあんな話し方をするのを初めて聞いたよ。とてもキュートだ」

ここに住んでいる人たちに比べると、わたしの訛《なま》りはほとんどない。父はこの町の出身ではないし、母はこの町の出身だが、一度、町から出ている。よその町にある学校へ通い、父と出会って結婚したのだ。そして仕事に就き、残りの人生をここではない町で過ごすはずだった。ところが結局、母は幼いダニエルを連れてここへ戻ってきた。自分が育った町で子どもを育てたい、かつて自分の両親が暮らし、息を引き取り、埋葬されたこの町で、と考えたのだ。そして今、母は両親の隣に埋葬されている。

この町から出たのをきっかけに、わたしはさほどきつくはなかったものの訛りを直そうとした。母音を伸ばさず、〝わたしは〟という言葉を強調し、〝A〟を強めに発音して、いかにもきびきびとした話し方をするよう心がけたのだ。結果的に、訛りから出身地がわかるようなことはなくなった。

アルコールが入ると訛りが出るが、そもそもそんなに酒は飲まない。今もさほど飲んではいないけれど、自然に出てしまったのだろう。「さては、ぼくをべろべろに酔わせて思いどおりにしようとしているんだな、ニコレット？」エヴェレットが尋ねる。わたしはどうにか笑みを浮かべた。

夕食の最中、わたしは正面のドアを見つめたまま、いらだちを募らせていた。なぜタイラーは姿を見せないのだろう？　どうしてわたしの父を毎週訪ねているの？　どうしても彼から答えを聞きださなければならない。タイラーは携帯電話の着信に気づき、わたしの名前が表示されたのを見て無視しようと決めたのだろう。

ハンバーガーをほとんど食べ終え、エヴェレットが三杯目のダブルのウオッカトニックを飲み終えたとき、タイラーが姿を現した。入口で一瞬立ちどまって客をざっと見渡し、わたしに気づいてエヴェレットの姿を目にするなり、店から出ていった。

「すぐに戻るわ」わたしはエヴェレットに言った。「ちょっとトイレ」

エヴェレットは入口に背を向けている。だからわたしが客をかき分けて店の反対側にあるトイレではなく、玄関ホールへ向かったことに気づかれずにすむ。

「ねえ！」わたしは叫んだ。だがタイラーは立ちどまることなく階段をのぼっていく。

「話がしたいの！」

タイラーは階段の途中で足を止めたが、振り返ろうとはしなかった。「あいつなのか？」

わたしは階段をのぼって彼に追いつくと、声を潜めた。「ねえ、どうしてわたしの父を訪ねてるの？」タイラーが振り返った。近すぎる。わたしは手すりに背中を押しつけた。

「それがなんだ？　あそこの近くで仕事がある。だから週に一度、昼食に立ち寄っているんだ。人が来れば、親父さんも喜ぶだろうと思って」

「人が来れば喜ぶ？　あなた、わたしに罪悪感を覚えさせたいの？」

「まさか、そんなことは思っちゃいない」タイラーはわたしとの距離が近すぎることに気づいたのか、息を吸いこんで後ろにさがった。「きみのおふくろさんは亡くなっていて、親父さんは認知症だ。それを知っているし、おれはここに住んでいるから立ち寄ってる。親父さんに関して、きみは何も悪くない。誰もきみを責めやしない」

「そういうことじゃ……わたしには自分なりの仕事があるし、人生もある。こうなるのを止められなかっただけよ。父が文字どおり酒に溺れて、どうしようもない状態になってしまったから」

タイラーはうなずいた。「いいんだ、ニック。おれに言い訳する必要はない。おれは自分がそうしたいから親父さんを訪ねている。好きでしてるんだ」

「父はあなたから口止めされたと話していたわ。あなたが訪ねてきていることをわたしに言うなって」わたしは言った。そのことに何か意味があると思ったからだ。タイラーはわたしに何か隠している。そんな予感が今は確信に変わっていた。「父といったい何を話してるの？　父から何を聞いたの？」

タイラーは頭を後ろに倒し、天井を見つめた。「別に何も。おれたちは……ただ話しているだけだ。親父さんがきみに話しちゃいけないと考えたのは、話せばこんな状態になると考えたからだろう。ニック、それこそが理由だよ」

わたしはタイラーの胸の真ん中に指を一本突きたてた。「嘘はやめて」

タイラーが顎に力をこめる。「嘘なんかついていない。わかってるはずだ」

かつてはそう考えていた。タイラーほど信頼できる相手はほかにいなかった。だけど今、厳然たる事実がここにある。タイラーは父を訪ねていることをわたしに話そうとしなかった。わたしには知られたくなかったのだろう。「どうしてなのか教えてよ、タイラー」

「もうこの話はやめだ。これ以上話すことは何もない！」タイラーが一歩進みでる。「親父さんはきみの家族だし、きみはかつておれのものだった。きみはこの町を出ていったが、親父さんは違う。自分にふさわしくないからといって相手との縁を断ちきるなんて、おれにはできない。簡単なことだよ、ニック」

　わたしは自分の腰に片腕をまわした。「わたしがあなたのものでなくなってから、もう十年経ってるのよ。あなたにとってわたしの父のことはなんの問題でもないはずだわ。だから簡単なことだなんて割りきれない」

　タイラーは反論してくるだろう。わたしは一瞬そう考えた。わたしの考えが間違っている理由を示し、きみは何もわかっていないと非難するに違いない。だけど、そんな予想は見事に外れた。タイラーは笑った。目を閉じて笑い声をあげ、それからしかめっ面をした。「たしかになんの問題でもないよな」さらに一歩進みだし、キーホルダーを取りだす。「もう十年か。あっという間だった」タイラーはキーホルダーから鍵を――わたしの実家の鍵を外し、こちらに放り投げた。わたしは受け取ろうとはしなかった。鍵が階段の吹き抜けに音をたてて落ちる。「よく聞け。おれには気にかけなきゃならない相手がいる。頼むから放っておいてくれ」

その瞬間、わたしは腹部にパンチを見舞われたような衝撃を感じた。絶対に手放してはいけない大切な何かを失ってしまった――そんな喪失感に襲われた。またしても。

わたしは片手をあげ、タイラーを引きとめようとした。けれども彼は目を閉じたままだった。

「すぐに店からあいつを追いだしてくれ。階下《した》に行って酒が飲みたいんだ。だが、あいつの顔は見たくない」

「タイラー――」

「やめてくれ、ニック」タイラーは身振りで店を指した。「おれには……」腕をおろして言葉を継ぐ。「なあ、こう考えれば簡単だ。かつてきみは、おれにひとりにしてくれと頼んだ。そして今、おれはきみに同じことを頼んでいる。それがおれたちふたりともが望んでいることだ、そうだろう？ とても簡単な話だ」

わたしはその場に立ちつくした。恋人と別れたばかりの十八歳の少女の気分だ。こんな薄汚いコンクリートと金属でできた階段の吹き抜けで、ふたりの関係が終わりになるなんて。わたしたちは決定的な別れの瞬間を一度も体験していなかった。挨拶もせずに町から出ていったわたしが悪いのかもしれない。それとも、わたしに置き去りにされたことなどなかったふりをしてきたタイラーが悪いのかもしれない。そんなことを今さら考えるなんてばかげている。ふたりのあいだで粉々に砕け散った瞬間をつなぎあわせたら、わたしの人生にとって一番意味のある、最も長い関係が生みだされていたのかもしれない。もしかするとこの十年間、わたしたちは無意識のうちに互いに寄り添っていたのかもしれない。なぜなら、決定的な別れ話をしていなかったから。そう、わたしはあのとき、ただ黙って町を離れた。自分にふさわしくないからといって、相手との縁を断ちきったのだ。

この感情は、当時を思いだすたびに常々感じていた胸苦しさと同じだ。なぜ真夜中に、さよならも言わずに立ち去ってしまったのだろう？　そんな苦しさをぬぐえずにいた。だけど十年経った今も何も変わっていない。こみあげてくる吐き気を止めることもできないし、タイラーの顔に浮かぶ表情を変えることもできない。

わたしは体の向きを変えた。タイラーには、今の彼の言葉でわたしがどれほど衝撃を受けたか知られたくない。

どうにか鍵を拾いあげ、階段をおりて店に戻ると、バーカウンターに片手を叩きつけた。

ジャクソンが横目でわたしを見ている。「首尾よくいったみたいだな？」

「嫌みを言わないで」わたしは答えた。「お願い」

ジャクソンは最後のウオッカをカウンターに置いた。「これはおれからだ。もう出ていってくれ」わたしはウオッカのグラスを手に取ったが、ジャクソンはわたしの腕をつかんだ。「頼むから出ていってくれ」

わたしはグラス半分のウオッカを飲むと、エヴェレットが待つテーブルに戻った。

「まったくもう」わたしはエヴェレットを店から車まで引きずっていかなければならなかった。彼は完全に泥酔していた。鍵を見つけるべく、バッグの中を引っかきまわしていると、エヴェレットは車の屋根に両手をつき、わたしが動けないようにした。

「やあ」わたしが見あげると、エヴェレットはそう言ってキスをした。歯と歯をぶつけ、わたしの体の脇に片手を滑らせてくる。

「今はやめて」わたしは彼の体を押し返した。タイラーのアパートメントからはこの駐車場がよく見える。先ほどジャクソンに言われたように、わたしはそこまで残酷ではない。

「なんだか」エヴェレットが言う。「酔っ払ったみたいだ」

「ええ、そのとおりよ」助手席に座らせるべく、わたしは彼に手を貸した。

エヴェレットがわたしの肩に片手をかけたまま立ちどまり、顔をあげて建物を一瞥した。「誰かがぼくたちを見ている」

「車に乗って、エヴェレット」

「今日一日、ずっと感じていたんだ」エヴェレットは体をふらつかせながら助手席に座った。「誰かに見られているような気がしていた。きみは感じなかったかい?」

「あなたは木々に囲まれたこういう田舎の環境に慣れていないだけよ」わたしはそう答えたものの、背筋が凍りついた。わたしもずっと誰かの視線を感じていたからだ。暗い窓の外、森の中から誰かが見つめている気がした。しかもどこへ行ってもその感覚が消えることはなかった。


玄関ポーチのランタンが風に揺れ、幽霊のような影を落としている。

「暗いと、ここはゆらゆらして見える」わたしのあとに続きながら、エヴェレットが言う。

「そう見えるのは、飲みすぎてるからよ」わたしは家の中へ入るよう彼を促した。

長椅子に座りこんだエヴェレットがぬいぐるみのように両腕を伸ばすあいだに、わたしは家の様子を確認した。それぞれの窓に異変がないかどうか確かめ、裏口をふさぐようにドアノブの下に椅子をかませ、鍵が壊れたわたしのベッドルームの窓も確認する。変わったところは何もない。最後にマスターベッドルームの入口に立ち、携帯電話の明かりを頼りに室内を確かめてみる。父のクローゼットの通気孔はわたしが戻したとおりのままだった。だけど、この状態がいつまで続くかわからない。

「ニコレット？」階下からエヴェレットの声がした。

もう時間がない。

「今、行くわ！」わたしは叫んだ。

エヴェレットをベッドへ連れていくと、彼はわたしをベッドに引き入れようとした。わたしはどうにか体をかわして声をかけた。「すぐに戻るから」

それからふたたびマスターベッドルームへ行き、通気孔のねじを外して中に入っていたノートや紙切れを取りだし、階下へ運んだ。音をたててはぜる火の前に座り、すべてにざっと目を通してみる。ノートは日記だと思っていたが、何かの台帳らしい――一瞬にしてパズルのピースがつながった。あとの紙切れはたいしたものではなかった。母の宝石の鑑定書やセール中のどこかの店のレシート、質店の項目別預かり証。わたしはノートのページを引きちぎり、くしゃくしゃに丸めて火の中へ放った。紙の端があっという間にめくれあがり、黒く焦げていく。

そのあとキッチンの引き出しに入れておいた紙類を取りだし、ダイニングルームのテーブルにすべてを並べた。なんとか意味を見いだそうと考えていた紙類だ。銀行預金の出金記録、二重線で強調されたレシート。全部まとめて暖炉へ放りこむと、あっという間にすべてが灰になり、煙となり、跡形もなく消えていった。もうそれらの紙を熟読し、時間をかけて意味を読み解く贅沢《ぜいたく》は許されない。報復が始まろうとしている。そう、秋の紅葉のように。葉が色づくのは警告のしるしだ。次に強風が吹きつけ、葉はすべて落ちることになる。

――その前日――

十一日目

空き地で騒いでいたティーンエイジャーたちがようやく寝静まると、わたしは空き缶や寝袋を慎重にまたぎながら、洞窟へ通じる狭い道を目指した。木々のあいだから、すでに夜明けの気配が忍び寄っている。空がほんのりとピンク色に染まりはじめていた。だが、洞窟の入口に漂っているのは暗闇だ。洞窟の中には時間が存在しないかに思える。岩肌がさまざまな角度でごつごつしているため、光はほとんど入らない。距離感も失われるので、自分の感覚と本能で進むしかなかった。タイラーの腰に両手をかけ、彼の後ろをついていく。コリーンの笑い声が奥深くから響き渡って――。

十年前、この洞窟はわたしたちのものだった。

車だと、家から洞窟まで十五キロほどある。けれども、森を通り抜ければ三、四キロだ。運転ができる年齢になる前は、コリーンとベイリーと一緒によくその道を歩いた。そうはいっても、洞窟へ行くためだけではない。洞窟はあとだ。いつも洞窟で肝試しをしたものだ。だけど、まず向かうのは空き地。そこでわたしたち全員が顔を合わせる。ちょうどこのティーンエイジャーたちのように。

かつてこの場所は民間企業によって運営され、維持されていたが、今ではすっかり寂れて荒れ果てていた。とはいえ、古いがトイレもあり、水道設備もまだ使える。野外での焚《た》き火やパーティをするにはうってつけの場所だ。だからティーンエイジャーたちがここへやってくる。そしてこの町を離れると同時に、魔法にかけられたかのようにこの空き地のことも忘れてしまう。

肝試しをするとき、わたしたちは錆《さ》びた出入口から洞窟へこっそりと入り、はるか奥まで続くロープが張られた本道をたどったものだ。懐中電灯を消すと、誰かに肩を叩かれたような錯覚を覚え、背筋がぞくぞくした。〝真実か挑戦か《トウルース・オア・デア》……〟

暗闇の中、わたしたちは全員で手をつなぎ、笑い声をあげたり、早口でささやきあったりした。互いの体にしがみついたり、湿った岩壁に体を押しつけたりしながら、友人たちよりも恐怖に耐えようとした。幽霊を見たふりをしたり、実際に幽霊のふりをしたりしながら、誰かが負けを認め、明かりをつけるまで根比べした。

公式の洞窟ツアーが中止になったのは、三十年くらい前に事故が起きてからだ。洞窟に入った夫婦が暗闇の中で道に迷い、翌朝生きて発見されたのはひとりだけだった。妻のほうがつるつるした岩で足を滑らせて頭を強打し、暗がりのせいで夫は妻を見つけられなかったという。夫は両手と両膝をついて洞窟内を這いまわり、妻の名前を呼びつづけたが、彼女が応えることはなかった。鍵がかけられた出入口から必死に叫んで助けを求めたものの、彼の叫びは果てしなく広がる森にのみこまれるだけだった。洞窟にひとたび入ると、方向感覚がわからなくなってしまう。この洞窟の中で道に迷い、一緒にいた相手とはぐれて捜しだせないなんてありえないと思う人もいるかもしれない。でも、実際に洞窟に入ったらわかるはずだ。ここではそういうことがありうるのだと。

警察官は血だまりで倒れている女性を発見した。彼女の夫が保護された場所から、二十メートルしか離れていない場所だった。

その夫婦は本道から外れた狭い脇道を探検していた。照明が完全に落とされるまで、ほかの人たちが洞窟を出たことには気づかなかったという。もとの洞窟に戻り、ようやくロープが張られた本道に出て、ロープをたどりながら出口へ戻ろうとしたとき、男性は妻を見失ってしまったのだ。

もちろんそれは夫側の言い分で、この事件にまつわる噂はあとを絶たなかった。夫が妻を殺した、わざとやったのだという噂もあれば、感情を高ぶらせた夫が妻の体を強く押しすぎて起きた事故だという噂もあった。ちなみにダニエルはわたしたちにこう説明した。〝怪物が彼にそうさせたんだ。怪物は森に住んでいて、洞窟は怪物の寝床なんだ。怪物はささやき声でしか話しかけてこない。だけどささやかれた人の頭の中では、怪物の言葉が何度もこだまして聞こえるんだよ〟

真相はどうあれ、洞窟は閉鎖された。発電機が止められ、それ以降、二度と明かりが灯ることはなかった。町の観光収入も減ってしまった。かつてはこの町にも観光客を引きつける魅力があった。洞窟が近くにあり、四方を山に囲まれ、川が流れている。しかも車で行ける範囲内にジョンソン農場とヒマワリ畑もある。首からカメラをさげた人たちが道路脇に車を停め、迷路のような町を散策していたものだ。

今でもその魅力は変わらない。山々に囲まれたこの町の景色は、どこか昔ながらの趣が感じられる。ところが三十キロほど離れた町に鉄道が敷かれ、漫画みたいな電車が走るようになった。一日で観光を楽しめるうえ、その町にも山と川があり、ジョンソン農場に似た施設もあった。すると、この町を訪れていた観光客はひとり残らずそちらの町に奪われてしまった。

洞窟の鋼鉄製の出入口はかんぬきをかけられた。鎖が巻かれ、南京錠《なんきん》がかけられ、その前には立て看板が立てられた。〈危険。立ち入り禁止。入るな〉それは、まるでバットマンを呼ぶときに空に照射されるバットシグナルのような役割を果たした。〝ティーンエイジャーたちよ！　来たれ！〟

実際、わたしたちも洞窟に引き寄せられるようにやってきた。

封鎖された出入口も南京錠も形だけのものだった。誰かが洞窟の出入口の鍵を持っていることは、みんなが知っていた。わたしたちが高校を卒業する頃には、異なるタイプの鍵のコピーが八つほども出まわっていた。そう、わたしたちは高校一年から三年のあいだの通過儀礼として、洞窟で肝試しをして誰が負けるか賭けたり、人目を忍んで真っ暗な洞窟に閉じこもったりした。卒業と同時に、そういったことに少しも魅力を感じなくなったのは言うまでもない。人目を避けて秘密を育みたい者たちは、洞窟の冷たい岩壁や湿った床ではなく、この町と隣町のちょうど中間にあるモーテルへ行くようになったのだ。

コリーンが姿を消したとき、地元の警察官たちは完璧な捜索をすることができなかった。この町には土地がありすぎたし、手がかりが少なすぎたからだ。本格的な捜索活動が行われるようになったのは、州警察から応援が来たあとのことだ。ある意味、いたしかたなかった。十八歳の少女が突然姿を消しても、そこに犯罪のにおいが感じられなかったのだ。警察はコリーンが自発的にこの町から逃げだした可能性を捨てきれずにいた。

ところが、洞窟はわたしたちの町とフェア会場をつなぐ本道の近くにある。郡の予算で造られた半舗装された連絡道路だ。死体を放置するにはうってつけの場所と言っていい。

それを警察官たちに教えたのはジャクソンだった。コリーンが姿を消してから二日後、警察がわたしたちをまとめて捜索隊を結成したときだ。〝あの洞窟は確認したんですか?〟いや、いくら確認したくても警察には確認できなかった。どうしようもない絶望感に駆られ、懐中電灯と違法な鍵を手にして洞窟に向けて出発したわたしたちの助けが必要だった。

警察官たちが洞窟の中へ入ったとき、わたしたちもその場にいた。ベイリーはジャクソンのかたわらにいて、彼の胸に顔を押しつけていた。ジャクソンのTシャツは、彼女のアイメイクですでに汚れていた。タイラーはわたしと指をからめていた。きつく握りしめられ、痛いほどだった。ダニエルは不機嫌そうに腕組みし、心配そうな顔をしていた。警察は出入口の鎖を切るためにたいそうな道具を用意していたが、その必要はなかった。南京錠はすぐに開いたし、鎖も巻かれておらず、入口はわずかに開いていた――その奥には誘いかけるような暗闇が広がっていた。

ジミー・ブリックス巡査が大きな投光器を抱えて洞窟におりていった。フレーズ巡査は集まった野次馬をさがらせようとしていた。その中にわたしたちも立っていた。待っている時間は永遠に続くかに思えた。わたしは喉を締めつけられるような苦しさを感じていた。夏の空気はあまりに濃厚で、何かが腐敗したようなにおいがあたりに漂っていた。

警察は一時間以上洞窟の中にいたが、結局ひとつの指輪しか見つけられなかった。その指輪はとても美しかった。シルバーのバンドが組みあわされ、そのあいだに小さなブルーの宝石が一列に並んでいる。翌日彼らは、その指輪が入った密閉されたビニール袋をテーブル越しに滑らせ、わたしに言った。

「よく見てくれ」フレーズが言う。

宝石のいくつかは黒ずんでいた。乾いた血がついているせいだ。わたしは目を閉じ、かぶりを振った。「彼女のじゃありません」

それから数週間、警察は血眼になってその指輪の持ち主を捜そうとした。わたしたちはその話をフレーズ巡査の妻から聞いた。フレーズの妻は学校の事務担当者で、彼は妻が所属する読書会で捜査のあれこれを話して聞かせたのだ。警察はレシートや質店に登録された身分証明書から、その指輪をコリーンと、さらにはジャクソンと関連づけようとした。とはいえ、その指輪が突然現れたことに変わりはない。ある意味、忽然と姿を消したコリーンと同じように。

何もないところから。

まったくの無の状態から。

ベイリーはその指輪がコリーンのものではないと言った。ジャクソンもだ。それなのに、警察は指輪がコリーンのものだという考えに固執した。まるでコリーンにわたしたちの知らない一面があったかのように。コリーンが何かに導かれるようにこの洞窟へやってきて、体ごと岩壁に吸いこまれてしまったかのように。彼女の骨がすべすべした岩と化し、彼女の歯はギザギザの石となり、服はばらばらになって暗闇にのみこまれてしまったかのように。そしてただひとつ残ったのが、血液のついたその指輪だけであるかのように。

なぜジャクソンは警察に洞窟を捜査するよう言ったのだろう？　罪悪感を覚えている者が罪の意識に押しつぶされそうになったときによくすることだ。話したいと思うのが人の性《さが》なのだろう。罪から赦《ゆる》されるために。

警察は洞窟を完全に封鎖した。鎖も出入口も鍵も新しいものに替えた。わたしが知る限り、それから十年間、この洞窟が開放されたことはない。

昨夜、空き地で寝ていたティーンエイジャーたちは洞窟に来たのではないだろうかと、わたしは考えた。かつてわたしたちがコリーンを捜したように、彼らもこの洞窟にアナリーズを捜しに来たのではないか。彼らは何か知っているのかもしれない。恐ろしくて口には出せない何かを。だが、そうではなかった。

コリーンが姿を消したとき、わたしたちはあたりを捜しまわった。警察が完璧な捜索ができず、そうする気もなかったときから、とにかく彼女を見つけようとした。コリーンの失踪事件について熱心に考えすぎるあまり、わたしたちの誰かが二度と現実世界に戻れなくなるのではないかとさえ思った。

〝ここには怪物が住んでるの〟コリーンはよくそう話していた。そしてわたしの手をつかんで洞窟に引き入れ、乾いた笑い声をあげた。〝わたしたちを見つけてみなさいよ〟コリーンが大声で叫ぶと、足音が聞こえてきた――ジャクソンか、タイラーの足音だ。わたしたちが飛びだすと、彼らの懐中電灯の細い明かりが洞窟の床を照らしだすのが見えたものだ。

今、わたしは洞窟の入口の前に立っている。錆びた鉄格子に腕を巻きつけ、かすかな風が暗闇に吹きこんで低いうなりとなって響く音を聞いている。鍵はかけられていた。鎖は苔《こけ》でびっしり覆われていたが、簡単にはがせた。手のひらにべっとりと苔がついた。

わたしは南京錠にしっかりと結びつけられている鎖を手でたどってみた。力まかせに鉄格子を前後に揺らしてみたものの、びくともしない。引っ張られた反動で、南京錠と鎖が抵抗する音が聞こえるだけだ。鉄格子を強く握りしめ、そばへ寄って鉄格子のあいだに顔を近づけてみる。はるか遠くの角に光がちらりと見えた気がした。「誰かいるの?」わたしは思わず小声できいた。声は岩壁に跳ね返された。咳払いをして、もう一度試してみる。「アナリーズ?」

声がむなしく響くだけだ。

別のやり方で試してみる。今度は鉄格子を左右に揺さぶってみると、ほんの少しだけ鉄格子が横に滑った。鉄格子をきつく握りしめて揺さぶりつづけているうちに、ふいに近くで少女のささやき声が聞こえた。「ねえ、今の音、聞こえた?」

少女に気づかれる前に、わたしは森の中へ身を潜めた。

一瞬、パニックに襲われた。家に戻る道がわからなくなったのだ。ひとりでここまで来たのはずいぶんと久しぶりだ。だが、すぐに記憶がよみがえった。洞窟から空き地へ戻る踏みつぶされた道をたどりはじめる。かつてタイラーとよく待ちあわせた空き地。川の流れの音を頼りに進めば、家へたどり着く。

どうしようもない暑さを感じていた。実家の裏庭に着いたときには、全身が汗と埃にまみれていた。

そこで全身が凍りついた。私道にダニエルの車が停めてある。わたしはキッチンに通じる裏口まで行き、ダニエルの様子をうかがうことにした。いったい兄はどこにいるのだろう？　硬い木の床を行きつ戻りつしながら、ダニエルが携帯電話で話している声がした。「もしそこにいたら教えてくれ。それだけでいい」

兄が一瞬黙りこむ。またしても行きつ戻りつする足音がした。

「くそっ、ニックがいるなら、そう教えてくれ。たしかに妹とは喧嘩をした。それでニックは……いや、知らない。うまくいってない」

足音が速くなる。

「いや、ニックの車はここに停めてある。だから家にいるはずなのに、どこにも見あたらないんだ」

「兄さん？」わたしは裏口から家に入った。出ていったときと同じだ。

ダニエルが部屋の隅から姿を現した。耳に携帯電話を押しあてている。「いや、いいんだ」そう言うと、ポケットに携帯電話を滑らせた。「やあ、ニック」語尾を伸ばすようにゆっくりと言うと、腰に両手をあてた。わざとらしくリラックスしたふりをする。「どこに行ってたんだ？」

「ちょっと散歩に」

兄はわたしの服に目をとめた。昨日のままだ。そして眉をひそめた。「森に行ったのか？」

「いいえ、道をぶらぶらしてたわ」わたしは咳払いをして続けた。「ねえ、誰かあの洞窟を確認したの？」

ダニエルは眉間のしわを深くし、口を引き結んだ。「いったいなんの話だ？」

「あの洞窟よ。警察は洞窟の中を調べたの？」

ダニエルはすばやくわたしの全身に視線を走らせた。わたしは両のこぶしを握りしめ、手のひらについた土と苔を隠した。

「捜査は警察にまかせておけばいい。首を突っこんでもろくなことがない」

「だけど、誰かがあそこを確認すべきだわ」

「ニック」ダニエルが手を振った。「話があって来たんだ」兄が首をまわす。もしかして、わたしに謝りに来たのだろうか？　わたしは一瞬そう考え、自分も兄に謝るための心の準備を整えた。「父さんのことだ。いい知らせと悪い知らせがある」

なんだ、予想と全然違った。

「まず」ダニエルがふたたび口を開く。「出廷する日が決まった」父が認知症であると証明するために、わたしたちは二通の宣誓供述書を提出した。エヴェレットの申し立てのおかげで、ダニエルが父の第一後見人になる予定だ。仮にダニエルが亡くなった場合、わたしが第一後見人になる。「だが、あと二カ月も先だ」

「二カ月も？」

「ああ。もし父さんがこの家を売却するための書類に署名するのを拒んだら、おれたちが後見人としてふさわしいかどうかという審判が下されるまで家が売れなくなってしまう」

「わたしがお父さんと話すわ」

ダニエルは咳払いをした。「おまえはもう自分の家に戻るべきだ」

わたしは兄を見つめた。いつもそうだ。わたしがそこにとどまるべきか、出ていくべきかを指図しようとする。そして今、わたしはその理由を心から知りたいと考えていた。なぜ兄はわたしにここから立ち去ってほしいのだろう？

「てっきりわたしの助けが必要だと思っていたわ。兄さんがそう言ったのよ。すぐに来てほしいって」

「いや、おれひとりでなんとかできそうだ」ダニエルは答えた。無表情で何を考えているのかわからない。いつもそうだ。

「わたしがお父さんに話すわ」わたしは答えた。「きっと書類に署名してくれるはずよ。そうしたら、この家を売却できる」

ダニエルはうなずき、ぼんやりと森を見た。「今度外出するときは携帯電話を持っていってくれ。そうすれば心配せずにすむから」


〈グランド・パインズ〉の半分空いた駐車場の最前列に、一台のパトカーが停まっていた。とっさにわたしは駐車場の最後列近くに車を停めた。意味のないことだとわかっているが、そうせずにいられなかった。

わたしが車からおりると、警官がひとり、建物から出てきた。わたしは車のドア脇に立ち、書類の順番を入れ替えるふりをした。どこか見覚えのある警官だ。ポケットに両手を突っこんで足元を見おろしながら、駐車場に向かって歩いてくる。彼の髪のつややかな黒さが褐色——シナモン色——の肌を引きたてている。ジャクソンがベイリーの肌の色をそんなふうに表現していた。ベイリーの肌からシナモンの香りが漂っているかのように。

「あなた、マーク？」わたしは車の陰から飛びだした。「もしかしてマーク・スチュワート？」アナリーズが行方不明になる前にメールを送った警官だ。〈コリーン・プレスコットがいなくなった事件について、いくつか疑問に思っていることがあるの。ちょっと話せない？〉

マーク・スチュワートがここにいる。

彼は自分の車へ戻る途中で立ちつくしている。ブルーの線で仕切られた障がい者用駐車場で立ちどまったままだ。

わたしは走って近づいた。わたしの足音があたりに響き渡る。脇に抱えた書類が崩れそうになり、肘と腰のあいだでしっかりと持ち直すと、身振りで自分を指し示した。心臓が激しく打っている。「ニック・ファレルよ。覚えてる？」

マークは驚いた顔で目を見開いたが、すぐにうなずいて笑みを浮かべた。「やあ、ニック、驚いたな。何年ぶりだろう……」そこで口をつぐんだ。

「そうね」わたしは答えた。「まあ、背が高くなったのね」わたしは探るような視線でマークの顔を見つめた。だが、彼は無表情のままだ。懐かしい顔だけど、何を考えているかわからない。ベイリーはいつも魅力たっぷりだった。一度見たら絶対に目を離せないタイプだった。ベイリーたちの母親は日本人で、海軍にいた父親が日本に赴任していた四年のあいだに知りあったのだという。ベイリーは母親の気取ったアクセントを完璧に真似《まね》することができた。

ベイリーと弟のマークは外見的な特徴がまったく同じだ——黒髪、ブラウンの瞳、シナモン色の肌をしている。それなのにどういうわけか、マークは姉とはまるで違う印象だ。彼は集団の中に溶けこみ、誰の目を引きつけることもない。もしかしてマークはアナリーズと親密な関係だったのだろうか？　彼は今、明かしている以上の何かを知っているのかもしれない。なぜアナリーズがコリーン・プレスコット失踪事件について尋ねたがっていたのかも。

わたしがここを出ていったとき、マークは十四歳だった。当時の彼についてわたしが覚えているのはただひとつ。自分の家の中では、信じられないほどわがままで愚かな振る舞いばかりする少年だったということだ。ところがいったん外に出ると、おとなしくて寡黙になる。だから偶然、家の外でマークに出くわすと、彼はわたしを見るなり赤面したものだ。わたしに別の姿を知られていることを恥じるように。

「ここで何をしているの？」わたしは尋ねた。

マークの頬がたちまち赤く染まる。わたしはうれしくなった。わたしはまだ彼に影響を及ぼせるようだ。マークはそんな自分に戸惑い、必要以上の情報を明かしてくれるかもしれない。「聞き込みだよ」彼はわたしの背後を見た。「看護師にね。犯罪の可能性がないかどうか尋ねたんだ。その線を追及しなければならなくてね」

わたしはうなずき、手が震えださないよう、ゆっくりとした呼吸を心がけた。聞き込みの相手はいくらでもいる。この施設に住んでいるのは何人だっただろう？パンフレットにはなんて書いてあっただろうか？　六百二十人？　いや、たぶん二百六十人だ。それでもなお、父が聞き込みの対象である可能性は一パーセントにも満たない。

「元気だった？　まだ町に住んでるの？」

「ああ。この町で仕事をしてるんだ。姉とは数キロ離れた場所で暮らしてる。知ってのとおり、とってもいいところだよ」

まるでわたしがまだベイリーと連絡を取りあっているかのような言い方だ。彼女が今どこに住んでいるのか、何をしているのか、わたしは知らない。あえてきこうとも思わない。そんな質問をすれば、気まずい事実をマークに知られてしまうはめになる。そう、ベイリーとは音信不通だ。コリーンが行方不明になってからずっと。

警察署にあるあの箱は、この町の人々に大きな影響を及ぼしている。あの中には、知り合いについて話をきかれたときの記録が保管されている。相手を裏切る話をして、その下に自分の名前を署名した記録が永遠に残されているのだ。

「それじゃあ、会えて本当によかったわ、マーク」

玄関のドアから中へ入ろうとしたとき、マークが叫んだ。「なあ、ニック」これまでの彼からは聞いたことのない声色だ。警官としての声。「しばらくここにいるのか？」

わたしは肩をすくめた。「さあ。とにかくやり残している仕事を片づけようと思って」脇に抱えた書類を強く握りしめ、手が震えないようにした。

マークは尋ねなかった。わたしがここに来た理由も、訪ねようとしている相手の名前も。

すでに知っているからだ。

ドアが背後で閉まった瞬間、わたしは父の部屋めがけて走りだした。

父は混乱していた。ひどく興奮しているようにも見えた。あるいは、そのどちらもあてはまる状態だった。

ベッドの隅に腰かけ、壁を見つめながら、体をかすかに前後に揺らしている。わたしが開かれたドアをノックしても、応えようとしない。「お父さん？」わたしは声をかけた。父は振り向いてわたしを見たが、すぐに壁に視線を戻し、体を揺らしはじめた。完全に自分の世界にこもっている。

差し迫った危険は感じられない。施設長にしてみれば、ダニエルに電話をかけたり、新たに面談の予定を入れたり、施設長としての懸念を家族に説明したりする理由はどこにもないのだろう。施設側にとって、きっとこれはなんでもない状態に違いない。だけどわたしには、これが前より恐ろしい状態に思えてしかたがなかった。父はなんとか正気を保とうとも、何かを必死に理解しようとも、不慣れな環境に腹を立てようともしていない。ただぼうっとしているだけだ。

ベッドの反対側の壁に、わたしたちの写真が飾ってある。わたしとダニエル、それに看護師と医師たちの写真。今の父がまったく恐れを感じていない人々ばかりだ。そして父が覚えている人々でもある。父は今、その数枚の写真をまっすぐに見つめている。わたしは自分の写真のかたわらに立った。写真の中のわたしは今より髪が短く、にっこり笑っている。父がわたしの肩に片腕をまわしていた。昨年父をこの施設に入所させたとき、この部屋で撮った写真だ。というのも、最近父とふたりで撮った写真が一枚も見つからなかったからだ。写真の下にはダニエルの手書き文字が記されてい

た。〈娘のニックと〉

　父は体を揺らしながら、何かつぶやきつづけている。自分に言い聞かせるように繰り返しているが、まったく意味をなしていない。「お父さん」わたしはもう一度話しかけた。父はわたしの背後をぼんやりと見つめたままだ。

　それから突然体を揺らすのをやめて押し黙ると、目の焦点を合わせた。「シャナ?」

　壁に母の写真は一枚も飾っていない。つらい決断だった。ダニエルとわたしはそのことであれこれ迷ったものだ――母の写真を飾って、まだ母が生きているという希望を父に持たせるべきだろうか? それとも、母は最初からこの世に存在していなかったかのようなふりをするべきか? どちらのほうが最悪なのだろう? 父をここへ入所させる前の夜、わたしとダニエルは夕食をとりながらずっと話しあった。結局、わたしが母の写真を一枚も飾らないという決断をくだした。なぜなら、喪失の痛みを知っていたから。そこにいるのがあたり前だと思っていた誰かを失うほど最悪なことはない。

　わたしは室内から廊下へ出た。明かりがまぶしすぎる。どこかの部屋からもれ聞こえてくる低い笑い声と、蛍光灯のブーンという音しか聞こえない。「すみません」わたしは廊下に最初に姿を見せた、この施設の関係者と思われる女性に声をかけた。看護服ではないがカジュアルな仕事着姿で、髪は結んでおらず、鳥のような顔をした女性だ。前回ここへ来たときに見かけた覚えがある。硬い笑みを浮かべて通り過ぎようとした彼女の腕をつかんで、わたしは尋ねた。「父に何をしたんですか？」

わたしに腕をつかまれたからだろう。あるいは、わたしの目つきのせいかもしれない。女性はゆっくりまばたきをして答えた。「すぐにドクターを呼びます」

「いいえ、カレン・アデルソンと話したいんです」わたしはきっぱりと言った。エヴェレットのような堂々たる印象を与えるべく、施設長の名前をフルネームで呼んだ。

「施設長は今、面談中です」

もしエヴェレットがここにいたら、カレンをその面談からすぐに退席させただろう。それも、彼自身の考えではないかのように見せかけてだ。エヴェレットなら、この女性にこう言わせるよううまく持っていくに違いない。〝いえ、面談はそれほど長くかからないはずです。たしかに大変な事態ですよね。面談室をちょっとのぞいて、施設長が抜けだせないかどうか確認してきます〟そう、すべてがこの女性の考えであるかのように。

「どうしても話さなければならないんです」わたしは言った。

「面談が終わり次第、施設長に伝えます」

「今すぐによ。今すぐ、話さなければならないの。もしかして、誰かが父を訪ねてきたんですか？　父がベッドで体を小刻みに揺らしているのはそのせい？　これがあなたたちの言う……」わたしは両手を掲げ、入所時に聞かされた言葉を皮肉っぽく引用してみせた。「〝非常に優れた患者管理〟というわけ？」

女性は赤面した。「わかりました。待合室で座っていてください。あなたが待っていると施設長に伝えます」

わたしは彼女のあとについて廊下を進みはじめた。「どうして警察がここへ？」

女性は足取りを緩めたものの、進みつづけた。「わかりません。一時間前、警官がここへ来て――」

「警官は複数？　それともひとり？」わたしは鋭く尋ねた。「マーク・スチュワートじゃないんですか？」

彼女は控え室のドアの前で立ちどまると、もの問いたげなまなざしでわたしを振り返った。「警官はひとりだけです」咳払いをしながら続ける。「たぶんアジア系じゃないかしら」それからまた赤面した。差別的な表現をしてしまったと考えたのだろう。

マーク・スチュワートは、取るに足りない男だ。単なるまぬけで、むっつりとした少年だった。

「その警官にわたしの父と話すことを許したんですか？　すべての責任はあなたにあることになるんですよ。もしこのせいで……」わたしは片腕を広げ、父の置かれた状況を示した。「父の具合がいっそうひどくなってしまったら」

女性は控え室の長椅子を指し示すと、デスクに腰かけた。「わたしはここにいたんです。何が起きたのかは知りません」受話器を手に取り、ボタンを押した。「パトリック・ファレルのお嬢さんが控え室でお待ちです」

カレン・アデルソンは隣接するオフィスからすぐに出てきた。男女ふたり連れにオフィスから出るよう促しながら、面談を中断したことを詫《わ》びている。それからわたしのほうへ手を伸ばした。「ミズ・ファレル、どうぞ入ってください」まるでわたしが来るのを予想していたかのようだ。

オフィスにはいくつかの観葉植物が置かれていた。コーヒーテーブルの上には、ミニチュアの枯山水が配されていた。ゆったりとした数本の曲線が砂地に熊手で描かれている。「父に何をしたんです？　さっき、駐車場でスチュワート巡査に会いました。そのあとすぐ父の部屋へ行ってみると、明らかに様子がおかしかったんです。いったい何があったんですか？」

「まずはおかけください」施設長は言った。

施設長から長椅子に座るよう促されたものの、わたしは彼女の正面にある背もたれの高い椅子に腰かけた。ゆったりとした長椅子に座らされ、目の前にあるミニチュアの枯山水を見せられていたら、今の一方的な怒りを感じつづけるのは難しい。

施設長はゆっくりと時間をかけてデスクの背後へまわると、自分の椅子に座り、デスクの上にある吸い取り紙に両手を重ねてのせた。カレン・アデルソンの手の甲には無数の青い静脈が浮かんでいる。もしかして、彼女はわたしが考えていたよりも十歳以上年上なのかもしれない。そうだとすれば六十代、父と同年輩だ。ああ、父をここへ入所させるべきではなかった。

「ミズ・ファレル」施設長が口を開いた。「そんな事態が起こらないことを心から望んでいますが、もし警察に患者から話を聞きたいと言われたら、わたしにそれを止めることはできません。しかも二、三の質問だけだったんです。明らかにあなたのお父様はなんらかの犯罪を目撃しているようです」

わたしは乾いた笑い声をあげた。「だとしたら、警察は祈る気持ちでしょうね。父が証人席で立派に証言できるようにって」

「ミズ・ファレル。たとえあなたのお父様の病状が思わしくなくても、わたしたちは警察の捜査に手出しなんてできません。彼らが患者に質問することを禁じる法的な権利は、わたしたちにはないんです。そういう責任はご家族であるあなたたちにあるはずです」

「父の状態を見ました？　ひどいものだわ。意味のないことばかり口走っているんですよ」

「いいですか。あなたのお父様は看護師に四六時中話しかけていました。その看護師のことをニックと呼んで、行方不明になった女性について話しつづけていたんです。何が起きたか知っていると言ったそうです。そう聞かされたら、その看護師が警察に報告しなければならないと思うのは当然でしょう？」

わたしは驚きの表情を必死に隠そうとした。だけど、嘔吐《おうと》してしまいそうだ。吐き気がみぞおちから喉元へこみあげてくる。「わからないんですか？　もし父が別人をわたしだと考えているとしたら、父にはもう自分の言っていることがわからないはずでしょう？　あなたの話はおかしいわ。そう思いませんか？　父が何を言おうと、まるで意味をなさないはずです」

「いいえ、むしろその逆です。あなたのお父様はとても頭がいい方です。彼の言葉は常に真実だと感じられます。あなたからお父様にきいてみるべきではないですか？　行方不明になった女性について尋ねて、お父様がどうおっしゃるか確かめてみてください」

「あなたはその場にいたんですか？」

施設長は一瞬、押し黙った。冷静さを保とうとしているのだろう。エヴェレットと同じ戦略を用いようとしている。絶えず冷静な態度を貫き、落ち着いて状況をおさめる。感情的にならず、相手より優位な立場に立つ──それがエヴェレットの流儀だ。

「いいえ、お父様はふたりきりで話したいとおっしゃいました。つまるところ、相手は警察ですから。わたしに打つ手はありません」

わたしはテーブルから立ちあがった。怒りを感じると、どうしても涙を抑えられなくなる。今、わたしの中でふたつの感情がせめぎあっていた。そのせいで、怒りは募る一方だ。エヴェレットのように自信たっぷりに自分の要求を押し通さなければならないこんな大事なときに、どうしようもない弱さを感じるなんて。今のわたしにできるのは、せいぜい芝居がかった様子でオフィスから足音も荒く立ち去ることだけだ。

父の意識が正常に戻るまで、一時間以上かかった。わたしはそのあいだずっと父の部屋に座り、その瞬間を待った。それは突然やってきた。父は壁の写真を見つめ、部屋の隅にある来客用の椅子に座っているわたしを見ると、ぽつりと言った。「ニック」

チェストの表面を指で叩きながら続ける。「ニック、おまえの友だちが来た。おまえの友だちの弟だ。あの子が警官になったなんて知っていたかい？　わたしはちっとも——」

「大丈夫よ、お父さん。わたしがなんとかするから。彼に何をきかれたか教えて。それに、彼になんて答えたのかも」わたしは立ちあがり、部屋のドアを閉めた。父はそんなわたしを横目で見ている。

「あの娘についてだ。いなくなったあの子だよ」

わたしは体を震わせた。「答える必要はないわ。だってもう十年も前の話だもの。それにマークは覚えてさえいないはず——」

「いいや、コリーンのことじゃない。つまり、彼女のことだ。だけど、もうひとりについてもだ。もうひとりの娘。たしか……」

「アナリーズ・カーターのこと？　お父さんが何か目撃しているはずがないわ。だって、すでにここにいた……」わたしは咳払いをした。「彼女が行方不明になったとき、お父さんはもうこの施設に入っていたんだから」

「どれくらいだ、ニック？　わたしはここにどれくらいいる？　それが重要なんだ」

わたしは一瞬、口をつぐんだ。「一年くらいよ」

父が息を吸いこむ。「手遅れだ」

「お父さん、警察に何をきかれたの？」わたしは尋ねた。なんとしても、父の意識を保たなければならない。

「彼らが知りたがったのは、わたしが彼女をよく知っているかどうかだ。それと、おまえの兄さんについてもだ。いつだってダニエルだ。あんなことをすべきじゃなかったのに」父はわたしの横顔を見つめた。そうすれば、十年前ダニエルがわたしの顔につけた傷が見えてくるかのように。つい一瞬前の出来事のように、ありありと思いだせる。思いだすと、とたんに胸がちくりと痛んだ。わたしは思わず頬の内側に舌を這わせた。そうしているだけで血の味がしてきそうだ。あのときわたしを殴りつけたせいで、ダニエルは常に何かあると疑われる運命にある。「それに関係があると思うかと質問された。コリーンとアナリーズにだよ。ああ、あの警官が知りたがっていたのはそこだ。ニック、あの家にはあまりに多くのことがありすぎる」

「あの家には何もなかったわ、お父さん。本当よ」

「たくさんある」父が繰り返す。「わたしはどうしても……記憶にとどめてあるんだ。記録がある。思いだせるように。それで――」

看護師がドアを開けた。「施設長がお父様にドクターの診察を受けさせたがっています。さあ、パトリック、行きましょう」彼女はわたしと目を合わせようとせず、父に話しかけた。

父が立ちあがり、わたしの前を通り過ぎた瞬間、肩にがっしりとした手を置いた。「骸骨があるんだ」身を乗りだし、わたしに向かってささやく。「あれを取りださないと。一刻も早く」


施設から帰る道すがら、わたしは何人かに電話をかけた。だけど、誰ひとり電話に出ようとしなかった。ダニエルはどこかで仕事中なのだろう。タイラーも仕事で忙しいに違いない。エヴェレットは電話に出なかったが、面会に手こずっているからあとで連絡するというメールをくれた。

実家の私道に車を停めると、ローラがポーチで待っていた。両肘をついてポーチにもたれ、木製の階段の上で居心地悪そうに左足から右足へ重心を移動させている。

何かがおかしい。わたしたちは外出のついでに気軽に家を訪ねるような間柄ではない。ベビーシャワー以来、ひと言も話していないのだ。それに電話ではすませられないとしたら、ローラの用件はいったいなんなのだろう？　わたしは息を詰めて階段に向かって歩いた。鼓動が跳ねあがっている。近づいたとき、ポーチに土の入った植木鉢やコンテナが広げられているのが見えた。

「こんにちは」ローラが言った。やや自信がなさそうな声だ。「ダンから、あなたたちが庭の手入れをする人手を必要としているって聞いたの。やる気満々だったのに、庭の手入れをするための道具を何も持っていなくて。とりあえず、自分なりにやってみようと思ったら、よろけて倒れそうになってしまったの。本当に恥ずかしいわ」

「ありがとう。そんなことをする必要はなかったのに。でも、本当にありがたいわ」

「それに」ローラが続ける。「土曜日のことを謝りたかったの。わたしの友だちのことを」

わたしはすばやく首を振った。「いいのよ。なんでもないわ」

「なんでもなくないわ。あの人たち、考えなしにずけずけものを言うときがあるのよ。本当はいい人たちなの。だけど、あんな振る舞いをした言い訳にはならないわね」

「大丈夫よ」わたしはそう言うと、ローラの背後にある階段に腰をおろした。「家の中でゆっくりしてほしいんだけど、ここよりもっと暑いの。何か飲み物はどう？」

「いいえ、おかまいなく」ローラは答えた。「今、忙しい？　それともわたしを助けてくれる時間はある？　この鉢をいくつか運びたいんだけど」

ローラの声は希望に満ちていて、とても追い返すことなどできなかった。そんなふうにむげにはできない。特に今は。ほかの誰もつかまらず、脳裏に父の言葉が執拗《しつよう》に渦巻いている今は。〝骸骨があるんだ〟と父は言った。その言葉を思いだすたび、父のように見えない糸をたどって自分からウサギの巣穴に落ちてしまいたくなる。わたしは答えた。「ええ、時間ならあるわ」

ローラはいい香りがした。庭に漂っている香りがローラの中に根差して、彼女の全身から発せられているかのようだ。ローラ自身が花開き、生育しているかに感じられる香りだ。彼女の肌は透き通って見え、肌の下の静脈が勢いよく血液を運んでいるのがわかるほどだ。ローラの体内に描かれたすばらしい地図が、わたしにもありありと見える。これぞ新たに宿った命の輝きなのだろう。

「全部原色でしょう?」ローラが鉢を指し示しながら言った。「だから脇の庭にぴったりだと思うの」いったん言葉を切り、眉をひそめる。「ただ、動物に荒らされちゃうかもしれないわね」

わたしは階段から立ちあがると、片手を貸してローラが立ちあがるのを助けた。ローラがワンピースのしわを手で伸ばし、首を伸ばして家を見あげる。

「ここはもともと土壌がいいわ」ローラが言う。「だから庭作りもそんなに大変じゃないはずよ。ダンはあなたがここに戻ってくれたのを喜んでいるの」

「その喜びを不思議な方法で表現しているけれどね」ローラは手を振ってわたしの言葉を一蹴した。「今、ダンはすべきことがいっぱいなの。仕事もそうだし、あなたたちのお父さんのこと、この家のこと、それに赤ちゃんのことまで考えなければならないんだもの。それでストレスがたまってるだけなのよ」ローラはにんまりした。「ダンにうちの増築を頼もうと思っているんだけど、このすべてが終わるまで待ったほうがいいわね」ローラが頭の上で手をひらひらとさせる。彼女が言っているのはこの家の売却のことなのか、それとも本当にすべてのことなのか、わたしにはわからなかった。

「きっとそうね」わたしは大ぶりな花の鉢植えを手に取ると、家の脇に運びはじめた。ローラが小さな鉢植えをいくつか持ち、あとからついてきた。

「ダンが完璧な人じゃないってことはわかってるわ」ローラが言う。「それにあなたたちきょうだいが似てないことも。だけどダンはお父さんのことを気にかけていて、わたしたちのことも気にかけてくれている。本当にいい父親になるはずよ。そう思うでしょう？」

「ええ、もちろん」わたしは何も考えずに答えた。ここはそう答えるべきところだ。そうするのが正しい。

ローラはわたしの胸の内を見透かしたように眉をひそめた。「あのとき、ダンは子どもに戻ってしまったのよ、ニック。あなたも同じだったはずだわ」

彼ら夫婦で何か話しあったみたいな言い方だ。まるでダニエルがローラをわたしたち家族の歴史に引きずりこんだように感じられる。単に家族がひとり増えたというだけでなく、それ以上の存在として。ローラがわたしたち家族の未来だけでなく、過去の一部にもなったような気がした。ローラは家の横壁にもたれ、こちらを見つめている。

わたしはため息をついてうなずいた。「さあ、ローラ」パンツの両脇にこぶしをこすりつけながら言葉を継いだ。「どこから始める？」

携帯電話が鳴りだしたのはシャワーを浴びているときだった。土の塊が渦を巻いて排水口へ流れていく。シャワーカーテンのあいだから片手を突きだし、どうにか携帯電話の通話ボタンを押した。こうすれば携帯電話を濡《ぬ》らさずにすむ。「もしもし？」きっとダニエルかエヴェレットからだろう。

だが、聞こえてきたのはあの声だった。記憶していたよりもやや鋭く聞こえる。それに早口で硬い声色だ。どこか自信なさげにも聞こえる。「ベイリーよ」

「あら」わたしはばかみたいにそう答えた。シャワーを止め、裸のまま立ちつくす。髪からしずくが垂れ、全身に鳥肌が立ちはじめた。

「明日、警察があなたのお父さんを事情聴取のために署へ連れていくわ」ベイリーはゆっくりと息を吐きだした。「なぜあなたにこんなことを教えるのか、自分でもわけがわからないけど」

この町で秘密にできることなど何もない。ベッドの中でも、夕食のテーブルでも、バーでもだ。家族のあいだでも、友人のあいだでも、隣人のあいだでも。わたしたちのあいだでさえも。

わたしはたちまちパニックに襲われた。すべきことのリストが頭に次々と浮かんでは消えていく。でもリストの項目はどれもぼんやりとしていて、よく読めない。エヴェレットだ。まずはエヴェレットに電話をかけないと。「恩に着るわ。ありがとう。言葉にできないほど感謝してる」バスルームに声が響き渡る。ベイリーの答えを聞くために、わたしは息を潜め、耳を澄まさなければならなかった。

しばらくしてから、彼女はぽつりと言った。「わたしとかかわらないで」

もしわたしがベイリーに借りがあったとしても、もしそれを完全に返していないとしても、これは彼女の大きな借りだ。

わたしは全身にタオルを巻きつけ、エヴェレットに電話をかけた。リノリウムの床にシャワーのしずくがしたたっている。電話口で彼は言った。「ちょうど今、手が空いて、電話をかけようと思っていたところなんだ。遅くなってすまない」

「どうしてもあなたの意見が聞きたくて」

「わかった」エヴェレットは言った。「後見人についてかな？　宣誓供述書は用意できたんだろう？」

「警察が父の取り調べをしようとしてるの。ある犯罪についてよ、エヴェレット。父は正気じゃないのに」わたしは声を震わせた。「父が何を言っているのか、何を言おうとしているのか、わたしにはわからない。だけど、なんとしても取り調べを阻止しないと。どうすればいい？」

「経緯を聞かせてくれ。何があった？」

わたしはエヴェレットに断片的な情報を話した。十年前、ある少女が行方不明になったこと。そして今、別の女性が行方不明になり、十年前の事件が引き合いに出されていること。そのすべてがあっという間に起きたこと……。わたしは涙声で訴えた。

「ぼくにまかせてくれ」エヴェレットが言った。

「わたしはどうすればいい？　誰と話せばいいの？」

「ぼくにまかせてくれと言っているんだ。きみは介護施設に電話をかけてぼくの電話番号を伝え、もし誰かが、たとえ誰であれ、きみのお父さんと話そうとしたら、すぐぼくに電話をかけるよう言ってほしい。もしそうしないようなら施設側を訴えるつもりだと釘《くぎ》を刺しておくんだ。もちろん、そんなことをする気はない。だが、とにかく先方にはそう伝えてほしい」

わたしはエヴェレットの指示どおりにした。施設長のカレン・アデルソンに電話をかけ、留守番電話に揺るぎない声でメッセージを残した。鏡の前で、三回練習したとおりにできた。それからダニエルに電話をかけ、ベイリーから教えてもらったこととエヴェレットに言われたことを伝えた。

そのあと、もう一度タイラーに電話をかけた。メッセージを残そうかと一瞬考えたが、思い直した。いい考えとは思えない。警察が再捜査を通じてすべてを明らかにしようとしている今、少しでも記録を残せば証拠として扱われる可能性がある。警察はすでにタイラーには動機があるとにらんでいる。前のときと同じだ。わたしはコリーン失踪事件に関する事情聴取の最中の出来事をふいに思いだした。

コリーンはジャクソンの電話にメッセージを残していた。〝本当にごめんなさい〟

州警察の刑事はわたしの前でそのメッセージを再生し、なんの話か心あたりはないかと尋ねた。〝お願い、ジャクソン。お願いだから戻ってきて。あたし、ちゃんとするから。ここにいるから。なんだってする。だから、どうかこんなことはしないで。やめて。お願い〟

当時、ジャクソンは誓ってコリーンとは会っていないと言い張った。だけどもし会っていたら、もしコリーンとジャクソンが会ったあとにこのメッセージが残されたとしたら……それだけで充分だろう。懇願するメッセージを残したあと、コリーンを見た者は誰ひとりいない。誰が有罪かは火を見るよりも明らかだ。やはり、こういうときはメッセージを残さないほうがいい。

タイラーの電話が留守番電話に切り替わると、わたしはそのまま電話を切り、家捜しを始めた。どこかに骸骨がある。見つけださなければならない。誰よりも先に。

――その前日――

十日目

わたしは眠れずにいた。不安は募る一方だ。わたしは何か見落としている——この家の中に誰かがいる。もしかすると、家のすぐ外かもしれない。真夜中、何度か起きあがり、裏口から出てみた。涼しい空気にあたって頭を冷やしたかった。裏口の階段に座ったものの、外の照明は消したままにしておいた。そうしないと、誰かの目にさらされている気がしてしかたがなかった。父の言葉がずっと脳裏を駆けめぐっている。

〝森に目あり、だ〟

わたしは夜の闇を見つめた。暗がりの中、何かの影がぼんやりと漂っている。姿を見せたり隠れたりして、わたしの意識を刺激している。ちょうど視界の隅に入るか入らないかのところまで、暗い影が忍び寄ってきている。そう、まるで怪物のように。

警察はまだ何も見つけていない。確たる証拠は何もない。あるいは見つけていたとしても、それを公表していないのかもしれない。とはいえ、それは警察らしくない。警察は確たる証拠を発見すれば話したがるものだ。

フレーズ巡査は十年前、コリーン失踪事件を担当していた警官だ。当時、彼は自分の妻にジャクソンやベイリー、タイラー、わたしの話をしていた。学校の事務担当者である妻が、事件解決に役立つ情報を知っているかもしれないと考えたのだろう。だけど実際のところ、彼は情報をもらしていたも同然だった。〝ベイリーとジャクソン？　コリーンとタイラー？　ねえ、ダニエル・ファレルを覚えている？　彼らについて、わたしに教えて。なんでもいいから〟

ジミー・ブリックスはダニエルが高校一年だったときに三年で、この町から初めて大学に通った。高校時代のビールがぶ飲み記録の保持者でもある。その記録はわたしが高校を卒業するときまで破られなかった。わたしたちは学年が違っても親しくしていた。つきあう相手が重なっていた。だからジミーが大学の休みにこの町へ戻ってきたときには、パーティで彼を見かけることもあった。ジミーはコリーンにまつわる噂を警察の捜査で判明した事実であるかのように口にしていたものだ。

捜査にはずみがついたのは、州警察からハンナ・パードットが派遣されてきてからだ。ハンナは決して笑わない女性刑事だった。感じよく振る舞おうとしているときでさえ、射るような目で相手を見つめた。血のように赤い口紅を塗っていて、それが歯についていたこともある。わたしを一番不安にさせたのは、このハンナにほかならない。それはおそらく、彼女もかつて十八歳の少女だった時期があるからだろう。ハンナは、コリーンには周囲の誰もが語る以上の違う一面があることを知っているかのようだった。

あの頃、ハンナは三十代後半だったはずだ。カールした赤褐色の髪と、無表情なグレーの瞳の持ち主だった。きっと今では子どもがいて、家庭に落ち着いているのだろう。おそらく早期退職でもしたに違いない。あるいは、ほかにもいろいろと捜査が立てこんでいたのかもしれない。結局、彼女はわたしたちとずっと一緒にはいなかった。コリーンの捜査を最後まで手がけることはなかった。

ハンナは無口で几帳面《きちょうめん》で、厳然たる事実にだけ意識を集中させるタイプだった。もし事件発生当初から彼女が捜査していたら、コリーンの身に何があったのか探りだしていたかもしれない。

それにもしハンナが今ここにいれば、アナリーズの身に何があったのか探りだしていたかもしれない。

事実。事実だけを確実に見きわめるのは至難の業だ。事実はまるで実家のポーチから見える光景のようだ。暗闇に浮かぶさまざまな影や形のようにあいまいで、恐れと区別するのが難しい。

何かの動きが感じられた。落ち葉を踏みしめる音がどんどん大きくなり、近づいてくる――誰かが森の中を走っている。わたしは頭に血がのぼり、爪先までアドレナリンが駆けめぐるのを感じた。足音が速くなり、左側から近づいてくる。わたしは息を潜め、目を凝らして森の中を見つめた。けれども近づいてくる相手の姿は、木々の陰に完全に隠されたままだ。その人物はわたしの家を通り過ぎていった。一歩足を踏みだすごとに、枯れ葉が踏みしめられる音が聞こえる。着実な足取りだ。やがて足音が途絶え、少しの間があった。その人物は小川を飛び越えたのだろう。カーター家とわが家の境目にある小川は、今では完全に干あがっている。

とっさに携帯電話を探した――家の中だ――ほかの誰かをここへ呼んだほうがいいのではないだろうか？　自問自答しているうちに、足音は消えてしまった。

追わないと。

わたしは急いで草地に踏みだした。だけど森に入ったとたん、追いかけるスピードが落ちた。わたしは裸足だった。鋭い小枝に足首を取られ、思わず叫びそうになったが、どうにかこらえた。手近な木にしがみつきながら、足音がしないかどうか耳を澄ましてみる。でも、何も聞こえない。静寂が流れているだけだ。相手にはわたしの足音が聞こえたかしら？　それとも、もうここにはいないのだろうか？

わたしは息を殺して木を強く握りしめ、二十数えた。

それでも何も聞こえない。

わたしは慎重に足を踏みだした。数秒ごとに歩みを止め、あたりの様子をうかがいながら丘にたどり着いた。カーター家とわが家の境目にある丘だ。体をかがめ、両手と肘を使って丘を這いのぼりはじめる。木立のあいだからでも、もう少しあたりがよく見渡せる場所へ出たい。

ほら、光が見えた。改装されたアトリエの暗がりの中、何かの影が動いているのが見える。わたしは丘を横歩きし、さらに近づいた。かすかな光だ。照明器具の明かりのように強烈ではない。暗がりの中で小さく明滅している。きっと懐中電灯かテレビの画面、あるいはパソコン画面の光だろう。

わたしはさらにこっそり近づいた。けれどもぼんやりとした光は脇に移動し、影しか見えなくなった。月の光が差しこむ角度により、窓が反射して光って見える。わたしはすぐに目を閉じた。もしかすると月の光が同じようにわたしの目にも反射して、光って見えるかもしれない。一番近くにある木の背後に隠れ、背中を木の幹に押しつけ、呼吸を落ち着かせようとする。

そのときドアが閉まり、錠がかかる音がした。相手が外に出たのだ。わたしが耳を澄ますと、枯れ葉の中で何かが動く物音が聞こえた。相手はあたりをぐるぐるまわっている。最初はゆっくりした足取りで、足音はわたしのすぐ近くまでやってきた。次に足取りが速くなったかと思うと、一気に遠くへ走り去っていった。

それから数分間、わたしは微動だにせずそのまま待った。いや、もっと長い時間そうしていたかもしれない。そのあと、ようやく家に戻りはじめた。両脚が震えて力が入らず、足を引きずるようにしか歩けない。こんな真夜中に、何者かがアナリーズのアトリエに侵入していた。森のことをよく知っている人物だ。彼女のアトリエの鍵も持っている。しかも暗闇でも道を熟知していて走り去ることができる人物だ。

シャワーは冷たかった。体が震えているのがそのせいなのか、アドレナリンの名残のせいなのかはわからない。だけど、シャワーの水は心地よく感じられた。すでに気温があがってきている。それなのに、まだエアコンの修理さえ頼めていない。タイラーは冷却器のファンが原因ではないかと話していた。だけど、ダニエルはタイラー以外の人から意見を聞きたがっている。正確には、兄は〝本職の意見〟と表現していた。

わたしは服を着替え、コーヒーメーカーのスイッチを入れ、キッチンの椅子に沈みこんだ。頬杖《ほおづえ》をつきながら、コーヒーができあがるのを待つあいだに、どうにか気持ちを落ち着かせようとした。心の中を空っぽにして、このまま眠ってしまいたい。何も心配する必要がない無意識の状態になれたらどんなにいいだろう。けれども、まだすべきことがある。タイラーが出かけてしまう前につかまえなければ。そして彼の目を見据えて質問しなければならない。どうしてもタイラーから答えを聞きだす必要がある。

でも、あともう一分。あと一分休んだら出かけよう。

テーブルから立ちあがる頃には、コーヒーはすっかり冷めていた。まったく。朝食代わりにそれをすばやく飲み干すと、車に乗りこみ、まっすぐ〈ケリーズ・パブ〉に向かった。

タイラーのトラックはなかったが、店の汚れた窓から中に薄明かりがついているのが見えた。ジャクソンのバイクがいつものように駐車場の隅に停められている。水曜の午前中にもかかわらず、店にはすでに客が数人いた。ウイスキーが入ったグラス、ビールのボトル、それにミックスナッツのボウルが、彼らの座っているバーカウンターに置かれている。

正面のドアから店に入ると、ベルが鳴った。カウンターの背後にいたジャクソンがわたしを見つめて口を開く。「何か飲むか？」

さらに近づくと、ジャクソンが薄ら笑いをかみ殺しているのがわかった。わたしは思わず尋ねた。「ねえ、いつもここで働いてるの？」

「仕事だからな」ジャクソンはカウンターにごつごつとした両手を押しあて、身を乗りだした。Tシャツの上からでも筋肉が盛りあがっているのがわかる。腕に入れたタトゥーが今にも動きだしそうだ。「残念だったな。あと二、三時間早ければ、あいつに会えたのに」

ジャクソンとわたしはいつも慎重な態度を取ってきた。わたしに脅しめいた言葉を言うときでさえ、彼はあからさまではなく、なんらかの含みを持たせるのが常だ。わたしはジャクソンを知りすぎていたし、ジャクソンもわたしを知りすぎていた。あの捜査を通じて、わたしたちは互いを、さらにはコリーンをいやというほど知ることになった。親友だと思っていたコリーンは、実際はわたしにほとんど何も打ち明けていなかった。そう気づかされたのは、彼女が行方不明になったあとだ。ハンナ・パードットからの鋭い質問に、わたしは答えることができなかった。〝コリーンは自分の両親のことをどう考えていたの？〟〝彼女はジャクソンについてなんて話してた？〟〝コリーンがジャクソンと会う予定だったかどうか知っている？〟〝このメッセージで、コリーンはジャクソンに何を頼んでいるんだと思う？〟わたしは憶測でしか答えられなかった。わたしがコリーンに関して知っているのは、その程度の知識でしかなかった。〝コリーンが出会ったばかりの誰かと姿を消すとは考えられないかしら？〟〝彼女は自分の意志でこの町から逃げだしたんじゃないの？〟〝コリーンはあなたの恋人を奪っておいて、それがあなたのためだというふりをしていたとは考えられない？〟

一番答えにくかったのは、コリーンがどんな心理状態にあったと思うかという質問だ。誰にでも、その人なりの気質というものがある。本当に親しければ、具体的に答えられただろう。でもわたしにとってコリーンの気質はとらえどころがなく、理解しがたいものだった。わたしが知っていたのは、あくまで推測に基づいたコリーンだけ。彼女ならこうしただろう、こうできただろう、こうしたかもしれない――それほどあいまいなものだった。

わたしがコリーン・プレスコットについて知っていたことなど何ひとつない。ハンナ・パードットに徹底的に問いつめられて、初めてそう気づかされた。わたしが知っていたのは生身のコリーンではない。彼女の偽りの姿だった。

ジャクソンはとにかく何かを隠しつづけた。〝コリーンとは会ってません。彼女はおれを見つけられなかったんです〟〝このメッセージがどういう意味なのか、おれにはさっぱりわかりません〟

でもだからこそ、わたしはジャクソンを信じようとしなかった。

当時、周囲の人たちはジャクソンの話を信じたがっていた。〝ジャクソン・ポーター？　ああ、あの子はコリーンを心から愛していた。ジャクソンが犯人のわけがないよ〟

十代の頃、ジャクソンには何かがあった。彼の外見によるものだろう。ジャクソンを見ると、人は彼を信じたくなってしまうのだ。はっきり言って、ジャクソンは正直そうには見えない。それなのに、彼の容姿にはどこか人を信頼させる魅力があった。

ジャクソンはブラウンの目の持ち主で、その目は男性にしては長すぎるまつげで縁取られている。そのせいで、本当は聞いていなくても相手の話を聞いているような印象を与えることができた。それに目と同じ色の髪はどこか論理的な印象を醸しだし、相手はますます彼を信頼してしまう。ジャクソンに限って人をだますようなことはしないと思わせるのだ。コリーンが行方不明になり、警察の尋問が始まったとき、わたしは突然気づいた。ジャクソンならどんなものからでも逃げだせる。そして実際、これまでもいろいろなものから逃げだしてきたのだろうと。

それに、わたしはジャクソンが嘘をついていることを知っていた。わたしはジャクソンと同じ部屋にいたくなかった。彼について話すのもごめんだった。ハンナ・パードットが食らいついたのは、まさにその点だ。わたしの言葉そのものではない。わたしがジャクソンとのあいだに置こうとしていた微妙な距離感。とにかく当時のわたしは、ジャクソンが言っていることに対して意見を求められるのが苦手だった。肯定したくも否定したくもない。だから、よくわからないと答えることにした。どのみち、コリーンについても何も知らなかったのだ。

でも結局、わたしがどんな態度を取ろうが関係なかった。コリーンがバスルームで妊娠検査キットを試したことを聞くと、ベイリーはたちまち動揺した。警察署の保管箱の中にあるのは、わたしたちが互いを裏切った証拠と、恐怖にさいなまれたベイリーの発言にほかならない。ベイリーはハンナ・パードットが聞きたがっているとおりの答えを口にした。〝ニック？　あの子は自分のことをこの町にはもったいないほど優秀だと考えてる。だけどわたしたちがいなきゃ、あの子は何者でもないわ。そう、何者でも。それにわたしたちはコリーンが妊娠してたなんて知らなかった。だけど、ジャクソンの子どもに間違いないと思う。彼女はあの留守番電話のメッセージで、そのことについて言ってたんでしょ。もちろん、ジャクソンは産んでほしくなかったと思うわ〟ベイリーはハンナ・パードットに用意されたストーリーをそのままなぞり、ハンナが望んでいたとおりの答えを返した。コリーンには衝動的で向こう見ずなところがあったし、現にランダル家の納屋を全焼させたことさえあると話した。それに、あるパーティでコリーンがタイラーに言い寄っていたのを思いだすと、いまだに腹が立ってしかたがないのだとも。それから、いつもダニエルはわたしに厳しすぎたとも話していた——ベイリーは〝厳しすぎた〟という言葉をやけに強調した。そしてこうも言った。〝さすがのジャクソンも、今回はコリーンを許さないつもりだったんだと思う。だって、彼がわたしにそう言ったんだもの〟

ジャクソンよ。彼に違いない。ジャクソンはコリーンが邪魔だったの。それか赤ちゃんが。

ベイリーはストーリーを作りあげた。コリーンの一番の親友だったため、その話は本当らしく聞こえた。ほかのみんなは、ベイリーが作りあげたストーリーに自分なりの話を少しつけ加えた。〝トイレでコリーンが吐いてる音を聞きました〟〝そういえば、短い丈のTシャツを着なくなったわ。お腹を隠したかったのよ。よっぽど恥ずかしかったのかも〝〝ジャクソンがコリーンを捨てたんです。かわいそうに。なんてかわいそうなんだろう。まあ、自業自得と言えばそうですけど〟

その事実に気づいたとき、わたしは名状しがたい感情に襲われた。自分でもよくわからない。どうしてベイリーを責めたのか。なぜ大声で叫び、どういうわけでジャクソンの人生を台なしにしたのかと彼女を非難したのか。そもそも、どうしてあんなにむきになったのか。

それは、実際ベイリーがジャクソンの人生を台なしにしたからだ。結局、人々はベイリーの話を信じた。誰もそれが正しいとは証明できなかったのに。ジャクソンがあれから一度も女性とつきあおうとしないのはそのせいだ。ありえないほど長いまつげに縁取られたジャクソンの目が今では、話を熱心に聞きすぎる、聞き耳を立てているみたいだ、何か企《たくら》んでいるのではないかと思われている。それに彼の容貌もだ。左右対称の端整な顔立ちが、今では仮面のように思える。その仮面の背後に隠れているのは怪物だ。

ジャクソンにとって、この店は一番安全な場所なのだろう。

「ジャクソン、どうしてこの町から出ていかないの？」

彼は答えなかった。腕のタトゥーをうねらせながら、わたしたちのあいだにあるカウンターを拭いている。でも、わたしはその答えを知っていた。あなたはここに人々がやってくるのを待っている。人々が戻ってくるのを。すべての筋道が正しく通ることを。

「おまえはどうして帰ってきたんだ?」ジャクソンが尋ねる。

「父を助けるためよ」

「本当に親父さんのためだけか?」彼はまたしても薄ら笑いを浮かべ、わたしの視線を避けた。

わたしはスツールに腰かけた。「ねえ、朝食の時間にお酒を飲むのって、いつから許されるようになったの?」

ジャクソンは唇を引き結び、わたしを見た。少し長く見つめすぎだ。「もう昼だ」

わたしはバーカウンターの背後にある時計を確認した。秒針の動きはぎくしゃくしている。わたしはきっとキッチンテーブルで一、二時間寝こんでしまったに違いない。夜に眠れなかった分、うたた寝してしまったのだ。

「なんの用だ、ニック?」

わたしは父のように指先でカウンターを叩き、その動きを突然止めて手のひらを広げたままにした。カフェインのせいで震えませんようにと祈る。「タイラーがどこで仕事をしているか知ってる？」

「いつも同じ場所で仕事をしてるよ」

「わたしの言ってる意味はわかるでしょう？」

以前のタイラーは自分だけの事務所を持っていなかった。昔から父親と一緒に自宅で仕事をしてきた。親と同居する年齢はとっくに過ぎていたはずなのに、むしろ節約できるからいいのだと話していたものだ。

「あなたは女性を持ち帰るときは、モーテルに行かなきゃならないわけね？」わたしはからかうように言って、ジャクソンのすぐ近くで立ちあがった。

ジャクソンはにやりとした。「おれは女の家に行く」たしかにタイラーもかつてはわたしの家に来ていた。

だけど、タイラーは今ここに住んでいる。店の上にあるアパートメントに。彼がまだ両親の家で仕事をしているのか、今日は現場に出ているのか、わたしにはわからない。

ジャクソンはバーカウンターを拭いていた布を放ると、身振りで店の外に出るよう促した。話を聞かれない場所へ行こうという合図だ。わたしたちは正面玄関と階段のあいだにある玄関ホールへ移動した。ジャクソンが身を乗りだしてささやく。「今はあいつに近づくな。おれを信じろ」

「いったいなんの話をしているの？」バーカウンターに座っている男たちが前のめりになっている。わたしたちの話を聞こうとしているのだろう。今この瞬間から、いつ噂が生まれてもおかしくない。〝ジャクソンとニックが事件についてひそひそ話してたな〟〝ジャクソンとニックときたら、ずいぶん親しげにしていたよ〟

「アナリーズ・カーターだ」ジャクソンが言う。「警察はタイラーを疑ってる。それにおまえもここに戻ってきただろう？　タイラーにとって、いい流れとは言えない」

「どうしてそんなことを知ってるの？」

「どうやって知ったかはどうでもいい。ただ火に油を注ぐような真似はするな、ニック。噂が噂を呼ぶはめになる」

「噂って？」

ジャクソンは鋭い一瞥をくれたが、わたしは彼の言葉を無視した。

「わたしは婚約しているの。ただタイラーと話す必要があるだけよ」

「あいつに近づくな。アナリーズが……」ジャクソンの言葉は尻すぼみになった。何か考えこむような顔をしている。わたしの中で、アナリーズはまだ十三歳の少女のままだ。わたしがこの町を出ていってから、彼女はどんな女性になったのだろう?

「アナリーズが何よ?」

「あの子は取り憑かれてたんだ」ジャクソンが咳払いをする。「コリーンに。ここにもしょっちゅう出入りしてたよ。なれなれしすぎる態度でよく質問していた」

「コリーンが行方不明になったことについて?」

「いや、そういうわけじゃない。正確に言えば、アナリーズが取り憑かれていたのは、あの失踪事件じゃない。コリーンだ」ジャクソンはわたしの肩越しにバーカウンターを見つめ、さらに身を乗りだすとわたしの耳元にささやいた。「アナリーズはコリーンにそっくりな声でおれに話しかけてきた。ぞっとしたよ、ニック。本当に薄気味悪かった。アナリーズはコリーンの真似をしていたんだ」顎に力をこめ、全身の筋肉をこわばらせる。「あんなにぞっとしたことはない。とにかく、おれは何よりアナリーズを恐れてた。だけど、警察はまだおれから話を聞こうとしている。ちょうど今朝も、ここにやってきたんだ。今頃はタイラーのところへ行っているはずだ。警察のやつらもあいつがどこで仕事してるか知りたがっていた。タイラーのあとは、おまえの兄貴に話を聞きに行くだろう」

「兄さんに? どうして警察が?」

ジャクソンは唇を引き結び、揺るぎないまなざしでわたしを見つめ返した。

「冗談でしょう？　兄さんは関係ないわ」

ジャクソンは肩をすくめた。「アナリーズはダニエルによく電話をかけていた。ダニエルを捜しにここへ来たこともある。ちょうど今、タイラーを捜しに来たおまえみたいに。数カ月前、やつの奥さんがお姉さんの家に何日か、身を寄せていたと聞いたことがある……それが関係あるかどうかは知らないが。噂だよ。噂がどう広まるか、知ってるだろう？」

噂。噂はいつだって何かをきっかけに始まる。ダニエルからローラが留守にしていた話は聞いていない。でもよく考えてみると、話してくれていたのだろうか？

「タイラーがどこで仕事しているのか教えてよ、ジャクソン」

「本当に知らないんだ」そう言うと、彼は視線をそらした。

嘘だ。またしても。

ジャクソンはわたしを玄関ホールに残したまま、バーへ戻った。遠ざかる彼を見ているうちに、わたしは自分が必死にしがみつこうとしているものすべて――わたしの家族――が指先からすり抜けていくような感覚を覚え、ふいにパニックに襲われた。わずかなプライドなどどうでもいい。ジャクソンのあとを追ってバーカウンターへ戻り、店内がしんと静まり返っている中、大声で尋ねる。「タイラー・エリソンがどこにいるか、誰か知らない？」

ウイスキーを飲んでいた男がこぶしを口にあてて咳きこんだ。わたしはつかつかと彼に歩み寄った。不適切なほど近くに立ち、身を乗りだして尋ねる。「知ってるの？」男のウイスキー臭い息が感じられるほどの至近距離だ。

男はわたしとのあいだにグラスを盾のように掲げ、唇の前に持ってくるとにやりとした。「いいや。ただ、興味をそそられてね。あいつを捜しにバーへ突然入ってくる女がいるなんて」そう言ってひとり笑いをした。

ビールを飲んでいた男は彼を無視し、しかめっ面になってグラスをわたしのほうへ傾けた。「パトリック・ファレルの娘だろう？」

最初の男が黙りこむ。わたしはうなずいた。

「エリソン工務店は鉄道の仕事を請け負ってる。新しい駅ができるんだ。くそったれな町の資金援助でな」ビールをあおり、グラスをカウンターに置いた。「くそったれの観光客のためさ」もうひとりの男は金や資金援助、道路や学校について何かぶつぶつとつぶやきはじめた。「きっと新駅ができるあたりにいるはずだ。親父さんの具合はどうだい？」

「よくないわ。悪くなってる。日に日にね」

「実家を売るんだって？　そう聞いたが」

「わからないわ」わたしは答えた。またしても何もかもが不確実に思えてきた。父は家を売却するための書類に署名していない。けれどもあの家の売却は、今わたしが抱えている問題の氷山の一角にすぎない。

わたしが向きを変えて店から出ていこうとすると、ジャクソンがわたしの腕をつかんでぽつりと言った。「賢く立ちまわれよ」

そのとき、急に思いだした。川の下流で、タイラーがジャクソンに同じことをささやいていた。〝賢く立ちまわれよ〟タイラーはそう言った。わたしが近づこうと小枝を踏んだ瞬間、ふたりは振り返り、とっさに別のことを話していたふりをした。

〝ジャクソンは警察に、カウンティ・フェアのあと、コリーンには会ってないって言ったんだ〟タイラーにあとから聞いた話だ。〝あの晩、コリーンのことは一度も見かけなかったって〟

だけど、それは嘘だ。

わたしはジャクソンとコリーンの姿をこの目で見ている。しかもフェアのあとに。でも、もしわたしがそう話したら……どんな事態になるかは火を見るよりも明らかだ。

人はいくつかの真実──あの証拠保管箱の中に記録された真実──から勝手にストーリーを生みだすことができる。

警察は糾弾されるべき誰かを必要としていた。あいつが犯人だと特定して独房に閉じこめる相手を。そうすれば、みんながふたたび安全だと感じられる。誰かがその役割を果たさなければならない。怪物としての役割を。

わたしには言えなかった。だからこそ、あの証拠保管箱は永遠に封印されたのだ。そうしなければ、わたしがジャクソンに決定的な判決をくだす事態になっただろう。ジャクソンはコリーンに繰り返しひどい扱いを受けるようなつまらない男ではなかった。警察の捜査で言われていたみたいに、彼女に裏切られたと知って激怒するような子どもでもなかった。赤ちゃんも、言い争いも関係ない。コリーンのほうからその気にさせたくせに、あっさりとふられて押しのけられた時点で、ジャクソンの気持ちは彼女から離れていたはずだ──彼自身、その状況を楽しんでいた。

わたしたちみんながそうしてきた。だからこそわかる。

ジャクソンがその状況を楽しんでいたのは、次に何が起きるかわかっていたからだ。コリーンから戻ってきてほしいと懇願する電話がかかってくると。わたしたち全員が聞いたあの留守番電話のメッセージ。〝お願い、ジャクソン。お願いだから戻ってきて〝それがコリーンの愛し方だった。実際ジャクソンが戻ると、これ以上ないほど熱烈に、見ているこちらが恥ずかしくなるほど徹底的に愛した。何よりも相手が誰にも見せたくないと思う部分を心の底から愛するのがコリーンだった。

「ニック」わたしの母が死んだとき、コリーンは泣きながらわたしを胸に抱き寄せて言った。「愛してる。できるものなら代わってあげたい。あたしの言っている意味、わかるでしょ？」

わたしは無言のまま、コリーンにしがみついた。コリーンはよくそんな話し方をしたものだ。まるで人が交換できる物であるかのように。チェスボードの駒のごとく、その動きを支配できるかのように。

「何か燃えるのを見たくない？」コリーンは尋ねた。

その夜、わたしたちはランダル家のもう使われていない納屋へ行った。コリーンはガソリンの入った赤い容器を持ち、納屋のまわりにガソリンをまいた。

そしてわたしにマッチをすらせ、地面に火の手があがった瞬間、わたしの手を掲げた。わたしたちが立っていたのは納屋にあまりに近すぎる場所だった。木造の建物に火がつき、輝きを増し、次から次へと燃え移るさまが手に取るようにわかった。

コリーンはタイラーに電話をかけ、わたしを迎えに来させた。そしてひと晩じゅうふたりで一緒にいるようにと言い、〝さあ、行って〟と口にするなり、すぐに警察へ緊急電話をかけた。そして納屋に放火した罪で逮捕された。「警察には、火を熾《おこ》す方法を調べていたんだって話したの。ほら、ガールスカウトみたいにね。だけど火の勢いがすごくて、手に負えなくなったって言ったのよ」そう言うと、コリーンは満面の笑みを浮かべた。すべては彼女がちょっとした好意でしたことだ。結局コリーンは社会奉仕活動を半年間続け、父親の激怒を買うはめになったが、そうしてわたしが母の死を乗り越えられるようささやかなプレゼントをしてくれたのだ。

どうしてそんなコリーン・プレスコットを愛さずにいられるだろう？　愛せない人などいるわけがない。わたしはそういうものだと考えるようにした。自分が惹《ひ》かれているのは、コリーンの意地悪さではないと考えようとした。あるいは、彼女がためいもなく何か――小鳥や使われていない納屋――を破壊できるからではないと。コリーンがそういうことをするのは、彼女もわたしを愛してくれているからだと信じようとした。

歳月を経た今なら、前より少しは冷静な目で見ることができる。立場や視点を少し変えればわかる。たぶんコリーンが逮捕されるような事件を起こしたのは、わたしを思いやってのことだけではないだろう。〝これでまたひとつ貸しね〟という感情面での脅しのようなものが感じられる。そういう脅しは鎖のようにつながっていく。そしてある日、電話で呼びだされ、代償を払わされることになる。

コリーンは、人生とはどうにかして収支を合わせられるものだと信じていたのではないだろうか。そう、基本的に人生は平等にできていると考えていたのではないか。この世で過ごす年月はすべてゲームのようなもの。自分を犠牲にするリスクがあるのは当然。生きることは最終的な答えを見つけだす試練だ。敵と味方の人数を数えあげ、最終的な点数でその人の人生が決まると考えていたのだろう。今なら、わたしにもわかる。コリーンはわたしたちがしたことや言ったこと、さらにわたしたちがしなかったり言わなかったりしたことをすべて、心の中の台帳に書きこんでいたに違いない。そうやって常に背後から、わたしたちを観察していたのだ。

車でタイラーを捜しに行く途中、わたしはダニエルに電話をかけた。兄は最初の呼び出し音ですぐに出た。「もしもし?」背後でキーボードを打つ音が聞こえている。

「アナリーズ・カーターとつきあってないでしょうね?」

キーボードを打つ音が突然止まった。「何を言ってるんだ、ニック?」

「兄さん、ごまかそうとしても無駄よ。ねえ、何を考えているの? いったい何をしでかしたの？　それにローラは――」

「おまえが貞節について説教するために電話をかけてきたんじゃないのはわかってる。だがニック、絶対にそれはない」ダニエルは言った。「絶対にだ」さらに強調して言う。でも、わたしは兄を信じられなかった。これは詰問された人が口にする言葉だ。とりわけ、自分に不利な証拠がそろっている場合に。そういうとき、人は絶対にないと答え、自分の言葉を誰かが裏づけてくれるよう祈るものだ。

わたしもかつて一度、兄の言葉を裏づけてあげたことがある。

十年前、ハンナ・パードットがわが家のリビングルームで兄に質問しているのが聞こえた。〝あなたはコリーンと何か関係があったの？〟バスルームの格子窓に耳を押しあてていたわたしに、兄が答えるのが聞こえた。〝ありえません。絶対に〟

話をきかれる番になり、わたしは兄の言葉をそのまま繰り返した。〝ありえません。絶対に〟

「ニック？　聞いてるのか？」電話の向こうで、ダニエルが声を尖らせる。

「ジャクソンが言っていたけど――」

「ジャクソンは自分が何を話しているのかさえわからないやつだ。おれには片づけなきゃならない仕事が山ほどある。ほかに用はあるのか？　それとも、この電話はおれを問いつめるためにかけてきただけなのか？」
「はいはい、わかったわ」わたしは電話を切った。なんだか吐きそうだ。クモの巣にとらわれた、行方不明になった女性の姿が見えた。ジャクソンの言葉がからみあって警告と化していく。アナリーズはコリーン・プレスコットとかかわりのあった人たちに接触を試みていた。何かを捜しているかのように。赤信号で止まったとき、アナリーズのビラを視界の隅にとらえた。ビラの写真の彼女は目を大きく見開いている。何かを捜しているかのように。わたしは全身を震わせた。また両手が小刻みに震えだす。

わたしもまた何かを捜している途中だ。
果たしてアナリーズは捜していたものを見つけたのだろうか？

タイラーは鉄道の駅にはいなかった。そこから百メートルほど離れた場所にいた。線路を敷くために、すでに大型のフレームとセメントが用意されている。通りの向こう側で同じ格好の男性たち――すりきれたジーンズに、黄褐色の作業靴にＴシャツという十一年前と変わらない格好の男たち――に囲まれていても、わたしにはすぐにタイラーがわかった。彼以外の作業員たちは黄色のヘルメットをかぶっているが、タイラーだけ黒い野球帽姿だ。正面にゴシック体で〝ECC〟と書いてある。

ひとりの痩せた男性がタイラーの肩越しにこちらを見て、顎で示した。「お客みたいだ」

タイラーがゆっくりと振り返る。わたしに気づいても、表情ひとつ変えない。タイラーらしからぬ態度だ。これまでなら、わたしが姿を現すと、タイラーは振り返って笑みを浮かべ、〝やあ、ニック〟と話しかけたものだ。たった一日しか離れていなかったかのように。たとえ半年や一年、いや、一年以上離れていたとしてもだ。

だけど今、タイラーの表情はいっさい変わらなかった。「ああ」わたしが見知らぬ他人であるかのように言った。そして視線をすばやくそらすと、わたしたちの様子を見つめている痩せた男性に目を向けた。「何か用か？」

「あなたとどうしても話がしたかったの。緊急の用件で」わたしは心の中で自分を叱りつけた。〝緊急の用件で〟ビジネス会議でエヴェレットが言いそうな言葉だ。

「わかった」タイラーは身振りで小さなトレーラーハウスを指し示した。もしかして、彼の父親の前で話をすることになるのだろうか？　一瞬心配になったが、中に入って気づいた。そのトレーラーハウスはタイラー専用の事務所だった。デスクに積み重ねられた書類の上に、彼のトラックのキーが置いてある。デスクのまわりには背もたれの高い椅子が数脚置かれていた。コルクボードの壁にはところ狭しと計画書や許可証が貼られている。高校時代、さらに高校を卒業してからも、タイラーは父親の会社で働いていた。わたしはいつも、それが一時的なものなのだろうと考えていた。わたしと同様に、タイラーも今とは違う何かを求めているのだと。だけど、彼は高校を卒業しても大学に進まなかった。そのとき、わたしも気づくべきだった。タイラーはわたしが故郷に帰ってくるのを待つために、父親の会社で一時的に働いているわけではなかったのだと。

あれから十年が経ち、タイラーは工務店を経営している。わたしはたいして代わり映えしないのに。彼にうんと先を越された気分だ。

タイラーはわたしのあとからトレーラーハウスに入り、ドアを閉めるとそこに背中をもたせかけた。「すまない。まさかきみが来るとは思ってなかった」窓の外をちらりと見る。「今は本当に間が悪い」

「ごめんなさい。だけど、何かが起きているの」わたしはタイラーの顔をよく見ようとした。けれども帽子を目深にかぶっているため、彼の目が見えない。見えるのは口元だけだ。きつく引き結ばれている。

「何が起きているんだ?」タイラーが尋ねる。ドアにもたれたままだ。わたしはふたりのあいだの距離を痛感せずにいられなかった。彼がわざと距離を置いているように思え、ひどく気まずかった。

「ゆうべ、真夜中過ぎのことよ。アナリーズのアトリエに誰かがいたの」タイラーの顎の筋肉が引きつった。できるものなら、あの野球帽を脱がせたい。タイラーの目が見たい。

「どうしてそれを知ってるんだ?」

「わたしがこの目で見たからよ」

「ニック、あのいまいましい森にはかかわるな。放っておけばいい」

「タイラー……」

「なんだ?」

「あなたにきかなければならないことがあるの」わたしは口をつぐんだ。できればこれ以上何も言いたくない。タイラーに止めてほしい。

彼は帽子をかぶり直し、向きを変えて窓の外を見つめた。「きかなければならないことというのは?」

どう尋ねればいいだろう? わたしはタイラーに近づいた。だけどタイラーの顔は隠れたままだ。「あなたなの?」

タイラーが振り返ってわたしを見た。会話の流れに驚き、思わず振り向いた様子だ。

「何がおれなんだ？　いったいなんの話をしている？」

部屋にはふたりだけしかいないのに、わたしは声を落とした。「昨日の夜、真夜中過ぎにアナリーズのアトリエにいたのはあなたなの？」

タイラーは完全に窓に背を向けると、わたしと視線を合わせた。〝ニック、いったい何を言っているんだ？〟と言いたげに。わたしはいたたまれず、視線をそらした。

「鍵を持ってるの？」

「こんなときにおれをからかってるのか？」

「あなたはわたしに教えてくれなかった」わたしはぽつりと言った。「彼女とは真剣なつきあいだったのか、それともただの体の関係なのか」

タイラーは野球帽を脱ぎ、片手を髪に差し入れ、また帽子をかぶった。そして顎に力をこめた。「ただの体の関係だ、ニック。どうだ、そう聞いて幸せか？」

「いいえ、幸せじゃないわ」声が震えた。わたしはゆっくりと息を吸いこみ、気持ちを落ち着かせようとした。「誰かがあそこにいたの」

「たぶん警察だろう。少し前にここへ来た」

なんてこと。ジャクソンの言ったとおりだ。

「警察は何を知りたがってたの？　あなたはなんて答えたの？」

タイラーがふたたび窓の外を見つめた。「警察は何がなんでもアナリーズを見つけたがっている。おれのアリバイにほころびがないか、しつこくつつこうとしてたよ。おれの嘘を見破りたくてしかたがない様子だった」

わたしはしばし口をつぐんで考えた。「あなたにはどんなアリバイがあるの、タイラー？」

彼はしかめっ面をした。「そこが問題なんだ。おれには確固たるアリバイがない。ただおれは数時間前にはたしかにあの場にいたが、アナリーズが姿を消したときにはいなかった。それに、おれたちはどうしようもないほど激しい喧嘩をしたわけじゃない」

「警察はそう考えているの？」

タイラーは肩をすくめた。「それがやつらの考えたがっているストーリーだ。おれがアナリーズに電話をかけて言い争いになったというストーリーだよ。なんらかの理由でおれたちが森の中で会うことになって、そのとき彼女からきみと一緒にいたことを非難されて、おれが……何かしたんだろうって」彼は指先を丸めた。アナリーズのほっそりとした首を絞めるかのように。

「それを証明できるかどうかは警察次第だわ」

「本当に？　もし本気でそう信じてるなら、どうしてこんな昼間におれの仕事場に来たんだ？」

「ごめんなさい」わたしは顔が赤らむのを感じ、ささやくように言った。「こんなところまで来たりしてごめんなさい。ただ、どうしても知りたかったの」

タイラーはうなずいた。「いいんだ。おれのほうこそすまない。むしゃくしゃしていたんだ。警察のやつらにうんざりしてた。きみにうんざりしてたわけじゃない。アナリーズの家にいたのはたぶん警察だ、ニック」

「いいえ、警察じゃないわ。車は一台も停まっていなかったもの。何者かが歩いてきたのよ」その人物は誰にも姿を見られたくなかった。しかもアナリーズの家の鍵を持っていた。そして自由自在に歩きまわれるほど、森のことを熟知していた。

「だったら、彼女の家族だろう」

「わざわざ森の中を通っていたのよ、タイラー。木々のあいだを歩いていたの」

タイラーはわたしを見つめ、ドアに向かって歩いていくと野球帽をかぶり直した。今度はまっすぐにかぶり、一度だけうなずいた。「おれじゃない」もう一度わたしを見つめた。「さあ、家に帰るんだ。警察がきみを訪ねてくる前に、ここから帰ったほうがいい」

わたしはタイラーのあとに続いてトレーラーハウスから出た。外にはまぶしい光があふれていた。この仕事場はあまりに明るすぎる。まるで露出オーバーの写真のように。


時間とともに、口にした食事は胃の中で溶けあい、形を失っていく。まるで過ぎ去った日々のように。だけど、相変わらず眠れない。だから毎日のようにカフェインを過剰摂取することで、睡眠不足を補おうとしている。何か食べなければならないと気づいたときには、もう夜の九時だった。警察署にあるあの証拠保管箱の中のさまざまな名前や出来事が結びつき、心の中でもつれてからまりあっている。それだけではない。保管箱の中には、語られることのなかったストーリーも含まれている。当時わたしたちが決して互いに尋ねようとしなかったストーリーが、少しずつ明らかになろうとしている。

この謎を解くためには、この町での謎を解くためには、外側から客観的に見ているだけではだめだ。

ここには、口にした以上のことを知っている人々がいる。口をつぐんでいることを選んだ人々だ。コリーンと会っていたことを隠しているジャクソンのように。彼らふたりが一緒にいるところを見たのに話さなかったわたしのように。ジャクソンやわたし以外にもまだいるに違いない。そういう人々の沈黙の意味を読み解かなければならない。コリーンの失踪について考えていると、ついアナリーズのことを考えていた。アナリーズの失踪について考えていると、いつしかコリーンのことを考えていた。ふたつの失踪事件を考えるには、ひとつのフィルターを通したほうがいい。同じ視点に立って、関連するすべての出来事に焦点を絞りこむのだ。

窓の外、森の中で光が見えた。誰かがまたアナリーズの家の近くにいる。わたしは携帯電話に手を伸ばす必要はなかった。電子レンジの脇にある引き出しに懐中電灯がしまってあることを覚えていたのだ。

早くしないと見失ってしまう。それは許されない。いったい誰なのか知る必要がある。

州警察から来た新しい刑事だろうか？　町外れのモーテルに泊まっているはずだけれど。それとも別の誰か？　もしかしてアナリーズでは？

わたしは子どもの頃よくそうしたように、こっそりと裏庭を突っきり、音をたてないように進んで森にたどり着いた。遠くで懐中電灯がときおり揺れているのが見える。わたしは全力疾走でその光を追いかけた。ただ近づきすぎないよう注意するのも忘れなかった。自分の懐中電灯はつけていない。森の中を歩くには月明かりだけで充分だ。あるいは迷わずに森を歩けるのは、子どもの頃からの記憶のおかげかもしれない。

だけど、目指す光はもはやアナリーズの家には向かっていなかった。わたしの家にもだ。どういうわけか、光はそちらの方向から離れ、森の中を引き返している。確固たる足取りだ。相手ははっきりとした目的を持って森を移動している。きっと隠れ場所に向かっているのだろう。もしかしたら、道の外れに停めた車を目指しているのかもしれない。

そうして移動しながら少なくとも三十分が経ったとき、わたしはふいにパニックに襲われた。なんだか胸が苦しい。わたしは今、明らかに不利な立場にいる。ひとりで武器も持たず、わが身を守るものがない。携帯電話も、地図も、全世界測位システム《GPS》もだ。残された選択肢はこのままあの懐中電灯の明かりを追いかけつづけるか、それとも方向感覚を失って立ちどまるかのどちらかだ。

だけど……。

相手がどこへ向かっているのか、わたしにはなんとなくわかった。向かっている方向からではなく、歩いている時間でだ。前にも、こうして夜に森の中を歩いたことがあったからだ。

とはいえ、実際に確信が持てたのは空き地に到着したときだ。道路から奥まったところにある、巨大でがらんとした空間。交通が封鎖されたその空き地には、あの洞窟へ通じる細い道がある。わたしは森の中で身を潜めたまま、懐中電灯の動きを見つめた。道にもうひとつの明かりが見えている。もっとあの明かりが近づいてほしい。わたしが追いかけている人物が何者か照らしだされるまで。

一瞬、わたしは期待した。もしかしてほっそりした腕やブロンド、大きな瞳、汚れた服が照らしだされるのではないだろうか？　むなしい期待かもしれないけれど、そんな希望を抱いた。アナリーズだったらいいのに。

けれども、期待は見事に裏切られた。相手は十代の少年だった。アナリーズの弟だ。弟と一緒にいるのは、背が高くて濃い色の髪をした少女だった。懐中電灯の明かりをまともに浴び、目の前に手を掲げている。「ちょっと、わたしの目をつぶす気？　このばか！」

「デイヴィッドはどこだ？」

「飲み物を買いに行ってるわ。カーリーは車の中。外に出たくないんだって。ここは安全じゃないからって」少女は一瞬、口をつぐんだ。「お姉さんのこと、何かわかった？」

「いや」少年は答えると、懐中電灯の明かりを地面に落とした。

「がっかりね、ブライス」少女が言う。

ブライス。そう、それが弟の名前だ。姉が行方不明になっても動揺しているふうには見えなかった。それにきょうだいなのに、ふたりは似ていない。かつてダニエルとわたしが似ていなかったように。ブライスはがっちりした体つきだ。四角い顎と幅の広い肩は父親から受け継いだのだろう。

「ひょっこり出てくるかもしれない」ブライスが言う。

アナリーズが行方不明になって、もう九日が経つ。それなのに弟として、こんなことしか言えないとは。この少年のようなタイプをどう分類すればいいのだろう？　わたしにはわからない。自分たちの手ですべてを解決できると考える世代ではないのだろうか？　消えた人は絶対に戻ってくる、自分たちで事件の謎を解いてみせると考える年頃なのでは？　十年前、わたしたちはこの森をくまなく捜したものだ。警察官のあとをつけ、彼らが捜索した場所をことごとく捜しまわった。彼らが捜索しなかった場所もだ。だけど、この子たちは違う。明らかに彼らはアナリーズが消えたことを一笑に付し、口先だけの慰めの言葉を述べ、ビールの到着を待っている。

もしかすると、アナリーズは彼らの友人ではなかったのかもしれない。彼女はこの子たちとは年が離れすぎている。すでにこの町を出て大学へ通い、そして戻ってきたのだ。アナリーズは彼らのグループにも、わたしたちのグループにも属していなかった。ちょうど世代のはざまに埋もれていたせいで、誰も彼女を本気で捜しだそうとはしていない。

そのとき車のエンジン音が聞こえ、ヘッドライトが近づいてきた。わたしはとっさにあとずさりし、森のさらに奥へと身を隠した。「ほら、デイヴィッドが戻ってきたわ」少女が言う。「さあ、もう行きましょ。この森ってなんだか薄気味悪いわ。兄さんがよく言ってた。ここには怪物がいるんだって」

ブライスはうなずき、彼女を追って立ち去った。

もし伝説として語り継がれたいなら、単なる噂話で終わりたくないなら、コリーンのように跡形もなく姿を消すだけでは足りない。そんなことはこの国のあちこちで頻繁に起きている。真夜中の森の中では特にだ。実際コリーンのように、アナリーズも姿を消した。

森の中にいる怪物でさえ、伝説としては語り継がれない。怪物はじっとあなたを見つめ、あなたが何かしでかすのを待っている。ティーンエイジャーたちが火事騒ぎを起こせばその煙をひとなめし、彼らがすんなりと伸びた美しい手足をからめあっている姿を見つめている。待っているあいだ、爪のあいだに冷たい土が入りこむのを感じながら、若者たちが自分なりの理屈や武勇伝、でたらめな話を披露するのに耳を傾けている。やがて彼らが眠りに落ちるまで待ちつづけると、洞窟に戻っていく。そしてもし彼らに秘密があればそれがなんなのか見きわめようとする。

そんなに難しいことではない。ある意味、わたしがこうして彼らを見つめているのと同じだ。彼らは見つめられているなどとは思いもしないはずだ。

そう、今この瞬間、わたしは怪物と同じだ。

——その前日——

九日目

外にいる誰かの会話を盗み聞きする子どものように、わたしはベッドルームの壁に背中を押しあて、開けっぱなしの窓から聞こえる声に耳を傾けた。ダニエルが警察を追い返そうとしている。もう一度話を聞きたいと、警察官が家を訪ねてきたのだ。

ダニエルはわたしに出るなと言った。兄は正しかった。

わたしはすでにフレーズ巡査から話をきかれていた。少しも捜査の役には立たない供述だった。〝森の中で何か見なかったか？〟〝あの夜、何か聞かなかった？〟〝まったく何も？〟

〝ええ、何も見てないし、聞いてもいません。まったく何も〟

わたしはアナリーズとはなんの関係もない。わたしたちを結びつけるものは何もないはずだ。例外があるとすればただひとつ。十年前から警察署に保管されている、わたしたちの供述調書が保管されているあの箱だろう。書類にはアリバイが裏づけられたと記されているはずだ。それなのに、新たにやってきた警察官が家に来て、わたしと話したいと言っている。

その警察官はかすれた声で、遠慮がちに話していた。慎重に言葉を選んでいる。

「ほんの少しの時間ですみます。彼女に二、三質問したいことがあるんです。タイラー・エリソンとの関係について……」

ほら、来た。タイラーだ。タイラーとわたしを結びつけ、わたしとダニエルを結びつける。突然、わたしたちは複雑にもつれた関係にのみこまれ、その関係をつつかれたり詮索されたりするようになる。そしてわたしたちがうっかり何かを明かそうものなら、その何かを利用して相手との関係をばらばらにしようとする。それが警察のやり方だ。ハンナ・パードットはその達人だった。今、家に来ている警察官は達人とはほど遠い。ダニエル相手にすでに手こずっている。あるいは、ダニエルが警察官を圧倒しているのかもしれない。どちらにせよ、警察官はわたしと会うことはできないだろう。

「妹はまだ寝ている」ダニエルが言うのが聞こえた。「それにおれは仕事へ出かけるところだ。いつまでも、ここであんたの相手をしているわけにはいかない。今日の午後にでも、もう一度訪ねてみてくれ」

「重要なことなんです。ある女性が行方不明になっています。日数が経つにつれ、彼女が危険にさらされることになります。可能な限りの手がかりを追うのは道徳面での義務だと思うんです」

道徳面での義務。まるで〝初級事情聴取講座〟というテキストからそのまま引用したかのような言葉だ。この警察官は一カ月前にそういう研修を受けたばかりなのだろうか？　道徳面での義務。本当に笑える。誰かの人生のあらゆる面を切り裂くのが道徳面での義務だというのだろうか？　その人物の友だちの友だちにまで聞き込みをすることが。死者を見つけだすために、生きている者の人生を台なしにすることが。

アナリーズの行方不明が判明してから八日が経つ。今ここでタイラーに関してわたしに質問したからといって、アナリーズ失踪事件の結末が変わるとは思えない。警察はアナリーズを捜そうとしているのではない。タイラーに目をつけているのだ。ダニエルは善意からわたしに出るなと警告してくれたのだろうが、ここで出ていかなければ、警察はわたしが何か隠していると考えるかもしれない。

わたしは服を着替え、裸足のまま階段をおりていった。森と漆喰壁の背後から、話をする抑えた声が聞こえている。わたしは網戸を開けて外へ出た。太陽がまぶしくて、思わず目の上に手を掲げる。「兄さん？」

私道の中ほどに覆面パトカーが停められていた。この警察官はただ近くに来たついでにちょっと立ち寄っただけだ、だから深刻に考える必要はどこにもないという印象を与えたかったのだろう。車は着色ガラスのウインドーがついたネイビーブルーで、洗車の必要があることは明らかだ。

「どうかしたの?」わたしは尋ねた。

警察官は制服姿ではなかった。声の感じからわたしが予想していたよりも大柄で若い。わたしと同年齢かあるいは年下——アナリーズと同年代かもしれない——だとしたら、あまりに若すぎる。コリーン失踪事件の捜査を担当したはずがない。話し方から察するに、この近隣の出身ではないだろう。とにかくこの町の出身ではないはずだ。一時間ほど東へ行くだけで、ここことは何もかもが違ってくる。連なる山々と曲がりくねった一本の道によって、この町は陸の孤島のように周辺から切り離されている。

「ニコレット——」彼ははぎ取り式のメモ帳を確認した。「ファレル?」やはりこの町の出身でないのは明らかだ。若すぎて個人的にわたしを知らなかったとしても、この町の出身なら家族の名前でぴんとくるはずだ。何も難しいことではない。カーター家の敷地はファレル家の敷地の向こうにあり、その両隣にある土地はどちらもマケレイ家が所有している。ただし、どちらにもまだ何も建てられていない。小道の反対側にある家と土地は、もとの所有者であるパイパー家のマーティ・パイパーが三度目の心臓発作で亡くなったあと、ローソン家が入札で手に入れた。ところが煩雑な法律上の手続きや裁判書類のせいで、その家にも土地にもまだ誰も住んでいない。

わたしは森の木々のあいだをぼんやりと見つめた。マーティの家がある方向だ。そのとき、警察官に話しかけられた。「あの」

「はい?」わたしは答えた。

ダニエルは首をまわすと、ポーチに来てわたしの背後に立った。

「あなたがニコレット・ファレルですか?」

「そうよ」

「わたしは州警察のチャールズ刑事です。あなたにタイラー・エリソンとの関係について二、三質問したいんです」彼は何かを待っている様子に見えた。たぶんローラのようにいかにも南部の女主人らしい振る舞い――網戸を開け、彼を中へ招き入れ、紅茶をご馳走《ちそう》する――を期待しているのかもしれない。よそ者がここへやってくるのは、捜査員が交替するときだけだ。わたしは確信した。チャールズ刑事は新たなハンナ・パードットになるに違いない。

チャールズはためらいがちに家へ数歩近づいた。わたしはポーチの階段をおり、庭の真ん中で彼と向きあった。昨夜降った雨のせいで、地面がやわらかくなり、足裏が沈みこむ。

「モーテルの居心地はどう?」わたしは尋ねた。ただの確認だ。「それとももっとましな宿泊先を用意してもらったの?」

彼は口を引き結んだ。「すみませんが、前に会ったことがありましたか?」

「あなたはここの出身じゃないでしょう?」わたしは質問を返した。

「ええ、そうです」チャールズはメモ帳をぱらぱらとめくりながら答えた。わたしを見おろすほど背が高いので、メモ帳に何が書いてあるかは見えない。彼は咳払いをすると、紙の上でペンのバランスを取った。「すぐに終わります。いくつか質問をさせてもらいたいんです」そう話すあいだ、一度も顔をあげようとしなかった。わたしを見たのは、こう質問した瞬間だ。「あなたとタイラー・エリソンとの関係を教えてください」

「質問は本当にすぐに終わりそうね、刑事さん。わたしたちにはなんの関係もないわ。残念ながら、ここへ来たのは無駄足だったわね」

チャールズはわたしの目を一瞬見つめ、それからすぐメモ帳に視線を落とした。

「でしたら昔はどうです?」

「彼は高校時代、わたしの恋人だった。だけど、わたしはもう二十八歳よ」

刑事はうなり声をあげ、メモ帳のページを何度もめくった。そして目当ての箇所を探しあてる前に尋ねた。「それ以降、エリソンと会ったことは？　その後も、あなたと彼が一緒にいるところを目撃されているようですが」

わたしはチャールズに笑みを向けた。「わたしは今、フィラデルフィアに住んでいるの。だけど前にこの町へ戻ってきたときには、彼と会うこともあったわ」

「今はもう会っていないと？」

「わたしは婚約したの」わたしが答えると、チャールズはさりげなくわたしの左手の薬指を確認した。

彼がふたたびメモ帳のページをめくりはじめる。「そうそう、エリソンがあなたの家の近くで目撃されてます。最近のことです。つい最近ですよ」

わたしはしだいにいらだちはじめた。それを隠すつもりはなかった。「彼はただ手助けをしに――」

ダニエルが前に進みでて、わたしをさえぎった。「おれがタイラーに頼んだんだ。タイラーは工務店を経営していて、おれたちはちょうどこの家の修理をしているからね。ニックは少し前にここへ戻ってきたばかりだ。タイラーは好意でおれを手助けしてくれてる」

チャールズは兄と向きあった。「あなたたちは友人同士ですか？」

一瞬、間が空いた。ほんの一瞬だったが、わたしにはわかった。「ああ」ダニエルは答えた。〝賢く立ちまわれよ〟なるべく限定的な答えを口にするんだ。話を完結させるようにしろ。不必要なことを口走るんじゃない。そんなことをしたら、警察はすぐさま飛びついてくる。徹底的にその意味を追及しようとする。

「ということは、問題は……」チャールズがまたしてもメモ帳のページをめくりはじめる。そのとき、メモ帳の中身がちらりと見えた。まったくの白紙だ。なんていやなやつ。この男はわたしを、わたしたちきょうだいをもてあそんでいる。メモ帳には何も書かれていなかった。余白に二、三、走り書きがあるだけだ。この刑事はわたしたちの人となりや、これまでの人生をいっさい知らないふりをしているのだろう。実際は、そういう知識を丸ごと暗記しているというのに。この刑事はわたしたちを観察しつづけ、自分なりの角度から攻めてきている。チャールズがこの地に来てからどれくらい経つのだろう？

わたしはダニエルの腕に手を置き、指先にほんの少しだけ力をこめた。次の瞬間、チャールズがふたたび顔をあげた。「問題はアナリーズの携帯電話が見つからないことです。電源が入っていないと思われます。ただ携帯電話会社の記録を調べてみたところ、最後に彼女が電話に出たのは行方不明になる前の夜だったことがわかりました。タイラー・エリソンからかかってきた、深夜一時くらいの電話です」

「ふたりはつきあっていたんでしょう？」わたしは言った。

チャールズがペンでページを叩いた。「いいえ、それがそうじゃないんです。エリソンはアナリーズとは終わったと話してます。わたしはそこに注目しました。ある女性と別れたとたん、相手の行方がわからなくなった……なんという偶然でしょう。言いにくいのですが、あなたに何か関係があるのではないかと思いました。なぜあなたはあのふたりがつきあってると思ったんですか？」

わたしは顎が引きつり、手のひらがこわばるのを感じた。「これまでもそういうことが繰り返されてきたからよ。この町では、過去に起きた出来事がもう一度起きてもおかしくないの。刑事さん、もしここの出身だったら、あなたにもわたしの言いたいことがよくわかるはずだわ」

「そんなにむきになる必要はありません。わたしはただ、一連の状況を理解しようとしてるだけです」

「それならタイラーにきけばいいでしょう」

「ききました」彼が答える。「ですが、エリソンが何を考えているのか、さっぱりわかりません」

かつては心の中でタイラーの顔をありありと思いだせた。ほんの少し考えるだけで、その場に呼びだしたかのように生き生きとした姿を思い描けたものだ。だけど、認めざるをえない。今のわたしはタイラーを幽霊のように感じはじめている。わずかに長くまばたきしすぎたら、その隙に永遠に消えてしまいそうに思える。

チャールズがメモ帳を軽く叩いた。「エリソンの話では、アナリーズに深夜一時に電話をかけて、そのときに別れを決めたようです。彼の言葉によれば、〝彼女はおれが与えたいと思う以上のものを欲しがったから〟だそうです。この言葉にどういう意味があると思いますか？」

「言葉どおりの意味だと思うわ。タイラーは縛りつけられたくなかったのよ」

チャールズが笑みを浮かべた。人を不安にさせる笑みだ。この狡猾《こうかつ》な刑事は勝負に出ようとしている。「いや、わたしが聞いたのはそれとまったく違う話です。彼はここに縛りつけられたがっているふうに見えますけれどね」

わたしは片方の足からもう片方の足へ重心を移した。「ねえ、先週まで、わたしはタイラーと一年以上も話をしたことがなかったのよ。あのふたりの関係が本当はどうなっていたか、わたしにわかるはずがないでしょう？」チャールズはわたしの声の変化に気づいたに違いない。わたしはどうにか冷静な声を保とうとした。そのとき、背中にダニエルの手がそっと置かれるのを感じた。〝落ち着くんだ〟

「ミズ・ファレル、わたしはエリソンを面倒に巻きこもうとしてるわけじゃありません。ただ、あの夜のアナリーズの心理状態を知りたいだけです」

嘘だ。

「あなたとタイラー・エリソンが最後に……会ったのはいつですか？」メモ帳に視線を落としたまま、チャールズが尋ねる。

「もしその質問の意味がわたしの考えているとおりだとしたら、あまりに個人的な質問すぎない？」

「これは行方不明者の捜査なんです。当然、質問も個人的なものになります。行方不明になった女性のことも考えてみてください、ミズ・ファレル」

〝行方不明になった女性のことも考えてみてください〟「去年よ」わたしは答えた。

「先週ではないんですか？　あなたが実家に戻ってきた先週では？」

「違うわ」

「あなたは実家に戻ってきた。エリソンの話によれば、彼はその同じ日の夜にアナリーズと別れている。そしてその翌朝、彼女は行方不明になった。この一連の流れがどう見えるか、おわかりでしょう?」

わたしには警察がどんなストーリーをでっちあげようとしているか、手に取るようにわかった。彼らがわたしにどんな反応をしてほしがっているかもだ。けれどもわたしは前にも一度、これと同じ体験をしたことがある。わたしたち全員がそうだ。この年若い刑事はまだ、確固たる手がかりを得ていないのだろう。「手がかりがまるでない場合、警察は何もないところに意味を見いだそうと躍起になるものよ。無関係な点と点を無理やりつなぎあわせて、自分たちにも理解できるストーリーを紡ぎだそうとする。それが真実であれ、嘘であれ」

そのときダニエルの携帯電話が鳴りだし、兄は断りもせずにすぐさま出た。「もしもし? なんだって?」ダニエルは相手の話に耳を傾けつづけている。わたしは兄の顔に視線を向けたままでいた。そうすればチャールズの顔を見なくてすむからだ。だけど、刑事がわたしの横顔を穴が空くほど見つめているのは痛いほど感じていた。

「すぐに行く」ダニエルは答えると、刑事に告げた。「父の具合がよくない。すぐ行かないと。捜査がうまくいくよう祈ってる」

「なんてこと」わたしは家の中へ駆けこんでドアを閉め、靴とバッグをつかんだ。玄関から外へ出ると、ダニエルがすでに家の前に車を停めていた。兄は損害査定担当者として働いている保険会社に電話をかけている最中だった。今日は現場に行けないと説明している。

ダニエルは生活上で起きる損害の査定をしている。家で仕事をし、契約している保険会社数社のどこかから連絡があると、担当地域の現場に直行するのだ。あらゆる損害査定が一枚のチェックリストで行われる。そのフォーマット上で、担当地域内で起きた災害や不運、悲劇が事細かに評価される。すべての物事には価値と費用があるものだ。ダニエルは事実の中に埋もれているものを掘り起こし、非難すべき点を見つけ、不正がないかどうか捜しだす作業に慣れているのだろう。あるいは自分でもそういう作業が得意であることに気づいているのだ。コリーンの失踪事件をどうにかやり過ごしたことで、ダニエルは自信をつけたのかもしれない。自分は混沌《こんとん》とした状態からある種の論理を、真実を見つけだすことがうまいのだと。

「いや」ダニエルが電話に向かって言う。「今日はどうしてもだめだ。明日に今日の分も取り返す。ああ、病欠ということにしておいてほしい」

ダニエルは車を発進させると、今度はローラに電話をかけた。チャールズは自分の車の中に座り、熱心にメモ帳に何かを書きつけていた。そうやって車で走り去るわたしたちを見ないふりをしているのだろう。

父は食堂にいた。床に仰向けに倒れ、天井をぼんやり見つめたままだ。食堂には人が大勢いた。全員がこの介護施設で専門職として働いている人たちだ。ダニエルとわたしが駆けつけたとき、医師が父の手首の内側に指先をあて、脈を測っていた。父の手首はだらりと垂れ、太いクリーム色の紐で拘束されている。

「父に何をしているんですか？」わたしは医師を押しのけ、父の両手首に巻かれている拘束紐をほどこうとした。

「ミズ・ファレル」肩に誰かの手がかけられた。だが声ははるか遠くから聞こえてきた。「ミズ・ファレル」女性の声で、先ほどよりも強い口調だ。すると肩に置かれていた手が、今度は手首にかけられた。紐をほどこうとしているわたしの動きを制するように。「お父様の安全のためです。それにわたしたちの安全のためでもあります」

わたしは自分の手首にかけられた手を見つめた。長い指、関節が浮きでた手の甲、こぶ状の突起が目立つ手首、すらりとした腕。ダニエルの腕だ。

その瞬間、室内にいる人たちの様子に気づいた。女性看護師がひとり、怯《おび》えきった様子で立っている。ひとつにまとめていたはずの髪が半分、ほどけている。ほかに男性がふたりいるが、医師や看護師には見えない。彼らもまた慎重な目つきで、父を見つめたままだ。わたしの名前を呼んだ女性はビジネスーツに身を包み、入口の近くに立っていた。

「今は鎮静剤で落ち着いています」その女性が言った。「ですが目覚めたら、どんな状態になるかわかりません」

室内の空気はひんやりとしていた。これといった特徴が感じられない。薬品と洗剤、漂白剤のにおい。わが家を彷彿《ほうふつ》させる香りはどこにも感じられない。これは父にとってあまり好ましいとは言えない。とてもじゃないが、記憶の回復など望めないだろう。父に必要なのは木の床のにおい、そして家の裏手にある森の香りだ。古びた車のうんざりするにおいや〈ケリーズ・パブ〉の脂のにおいこそ、今の父が必要としているものにほかならない。「目が覚めたとき、自分が拘束されているのに気づくのが、父にとっていいことだとは思えません」わたしは反論した。

その女性は唇を引き結び、片手をわたしのほうへ突きだすと、有無を言わさずわたしの手を握った。「わたしはカレン・アデルソン、ここの施設長をしています。あなたにお会いできるとは思っていませんでした、ミズ・ファレル。さあ、どうぞ、おふたりともわたしのオフィスへ」わたしの手を放そうとせず、空いたほうの手でさらにわたしの肘を取った。「お父様は大丈夫です。スタッフがつき添っています」彼女は手をわたしの肘から背中へ移すと、食堂を出てオフィスへと向かった。ダニエルはわたしの横にぴったりくっついている。

カレン・アデルソンはいかにも仕事ができそうな装いをしていた。フィラデルフィアにいるとき、わたしが心がけている装いとそっくりだ。細身のスカートにはやりの黒いフラットシューズ、職場にふさわしいけれど女性らしさを忘れないブラウス。彼女は廊下をまっすぐ進み、右に曲がったところでわたしの手を放した。車椅子やキャスター付きのワゴンが置いてあるスペースを通りながら、硬い笑みを浮かべて肩越しに振り返り、わたしたちがついてきているかどうか確かめている。カレンは光沢のあるブラウスの下にキャミソールを合わせていた。化粧っ気のない顔やひっつめた髪とは不釣り合いに思える。彼女がどういう人なのか、まだよくわからない。

わたしはカレンのあとから控え室を通り抜けた。出窓の両側に鉢植えの植物が置かれており、デスクに座っている秘書がわたしたちにあいまいな笑みを向ける。「電話は取り次がないで」隣接するオフィスに大股で入りながら、カレンは秘書に命じた。オフィスに入ると、片側にはクッション付きの椅子が三脚と長椅子が一脚、その反対側にデスクが置かれていた。カレンが長椅子を身振りで指し示す。ダニエルは長椅子に腰かけたが、わたしは立ったままでいた。エヴェレットならこういう場合、絶対に座らないだろう。〝優位な立場を失うことになるよ、ニコレット〟耳元で彼がささやくのが聞こえた気がした。エヴェレットはいつもそうだ。そのときどきの状況にどう対処すればいいかをわたしに教えてくれる。まるでわたしを自分自身とそっくりに作り変えようとするかのように。きっと彼も父親から同じことをされたのだろう。どういう道を進むべきなのか、事細かく教えられたに違いない。幼いエヴェレットはうなずき、学び、父の態度を模倣し、今のエヴェレットになったのだ。

カレンは長椅子の向かい側にある椅子に腰をおろした。わたしは長椅子の脇、ダニエルの近くに立った。

「心配なんです」カレンが話を切りだす。「お父様は今朝、発作を起こしました」

「それはどういう意味です？」ダニエルが尋ねた。「発作というのは？」

「お父様はひどく興奮して騒いで――」

「それはここに父が記憶を取り戻す助けになるものがひとつもないからだわ」わたしはカレンをさえぎった。「目が覚めて知らない場所にいたら、わたしだって騒ぎだすはずです」

「そうかもしれません、ミズ・ファレル。お父様のそんなふうに感じる権利を否定するつもりはありません。ただし、お父様の感情の爆発は予想の範囲をはるかに超えています。実はお父様は偏執病ではないかと考えているんです。もしそうなら、特別なケアが受けられる施設に移られたほうがいいのではないでしょうか」

「偏執病？」ダニエルが尋ねる。

「ええ。お父様は何者かがお嬢さんをつけ狙っていると大声で叫ぶんです。それでここにいることをいやがります。まったく手がつけられません。暴れまわって、ここから出なければならない、あなたに会って助けなければならないと言い張るんです」カレンがわたしを見つめた。わたしは目をそらし、父が娘――わたし――のために叫ぶ姿を想像してみた。偏執病であろうとなかろうと、想像しただけでたちまち背筋に寒けが走った。

「男性がふたりがかりでようやくお父様を拘束して、それで医師が鎮静剤を投与できたんです。だけどそのあいだじゅう、お父様はわたしの娘が危ないと言いつづけていました」

ダニエルがわたしの顔を見つめている。わたしの背筋を冷たいものが這いあがってきた。みぞおちや肺までもえぐる冷たさだ。それはわたしの全身からにじみでて、室内を覆いつくそうとしていた。

「仮に過去に同じような出来事があったのなら理解できるんです」カレンが続けた。「お父様がそういう状態になったのも、その延長線上だと考えることができます。実際はどうだったんでしょう？　あなたはかつて身の危険にさらされたことがあるんですか、ミズ・ファレル？」

わたしはかぶりを振った。「いいえ。父の身に今、何が起きつつあるのか、わたしにはさっぱりわかりません」脳裏に父の言葉が繰り返し響き渡っている。まるでこの耳で実際に聞いたかのように。

「そうですか。もしお父様に偏執的な妄想を持つ傾向があるなら、ここがふさわしい施設かどうかは疑問です」カレンはそう強調した。

「おれのせいです」ダニエルがぽつりと言った。

「どういうことですか？」カレンが尋ねる。わたしたちはふたりともダニエルを見つめた。兄の頬は太陽の下で仕事をしすぎたかのように真っ赤だ。

「近所に住んでいた子が行方不明なんです。アナリーズ・カーターというんですが、ニュースで見たでしょう？　父にその話をしたんです。うっかりそのことを忘れていたが、今にして思えばあれは間違いでした。アナリーズが姿を消したのは実家の裏手にある森で、今、妹はその実家に泊まっている。父には失踪事件の話をニュースじゃなくて、おれの口から聞かせたかったんです。だけど、父に話すべきじゃなかった。本当に反省してます。ですが、父は偏執病なんかじゃない。ただ混乱してるだけだ。おれが事件の話を聞かせたせいなんです」

カレンは首をかしげて兄の言葉の意味を考えると、やがてうなずいた。「それなら理解できます。控えめに言っても、お父様は取り乱して当然です。ただし、今後もお父様の様子は継続して観察する必要があるでしょう。もしこういったことが繰り返されるようなら……」

「申し訳ない」ダニエルが言う。「おれから父に話しておきます」

「それならわたしが話すわ。父が心配しているのはわたしなんだもの」わたしはそう言って立ちあがった。自信たっぷりな態度を取れているのがうれしかった。

カレンも立ちあがった。「ええ、それがいいかと思います」

「ただし、拘束は解いた状態で」わたしは忘れずにつけ加えた。

ダニエルは三人分の昼食を注文しに食堂へ行き、あとから父の部屋へ戻ることになった。わたしはひと足先に父の部屋に着くと、隅にある椅子に座って脚を組んだ。父がようやく目を覚ましたのは、わたしがその椅子で自動販売機で買ったソーダを飲んでいたときだ。カレンの指示により、部屋の入口には用務員がひとり立っていた。

「お父さん」わたしはためらいがちに声をかけた。

父が無意識に手首をこすった。手首の骨に沿って赤いすり傷ができている。わたしはベッドにかがみこんだ。ここが自宅の部屋ではなく、ドアのところに見知らぬ男性が立っていることに気づく前に、まずは娘のわたしを見てほしかった。

「お父さん、大丈夫よ」わたしは話しかけた。「わたしは大丈夫」

父はベッドから起きあがり、しかめっ面をした。「ニック？」こちらを見つめて目を細めると、視線をさまよわせはじめた。

「お父さんは〈グランド・パインズ〉にいるの。お父さんは元気だし、わたしもここにいるわ。わたしも元気よ」

父が手を伸ばして、わたしの頬にあてる。「ニック、ああ、よかった。だが、ニック、おまえは安全じゃない」

「しいっ、お父さん」そう言いながら、わたしはドアの脇に立っている男性を見つめた。「わたしは大丈夫」そのとき、ダニエルが昼食を持って部屋に入ってきた。発泡スチロール製の容器が三つ重ねられている。「それにここには兄さんもいるわ。わたしたちは大丈夫よ」

ベッドにいる父は悪夢を見た直後の子どものようだった。夢だとわかって安心したものの、まだどこか恐怖をぬぐいきれていない。父はダニエルを、続いてわたしを、そしてドアのところにいる男性を見た。「おまえが妹の面倒を見ているのか?」父がダニエルに尋ねた。

ダニエルは昼食の容器を開けて中をのぞきこむと、それぞれに手渡した。「ああ、父さん」ダニエルが答える。わたしは喉元に熱い塊がせりあがってくるのを感じた。

「だから、むやみに取り乱してはいけないよ。わかったかい?」

父がもう一度、手首をこする。先ほどまでそこに何があったか思いだせないらしい。

「父さん」ダニエルが言った。「これは大事なことなんだ」

わたしは身を乗りだし、父の膝の上にナプキンを広げた。「お父さん、すべて順調にいってるわ」

父はダニエルを見つめた。「約束してくれ。おまえがニックを守ると約束してほしい」

ダニエルはすでに口に料理を詰めこんでいた。何物も兄の食欲を失わせることはできないらしい。ダニエルは父を見つめたまま答えた。「ああ、約束する」口の中のものを咀嚼しながら言う。

カレン・アデルソンが医師と一緒に部屋へ入ってきた。「すべて順調？　パトリック、気分はよくなった？」

「なんだって？　ああ、大丈夫、大丈夫だ」父は芝居をしているかのように手でサンドイッチをつまんだ。「これがわたしの娘なんだ。会ったことはあるかい？　ニック、この人が施設長だよ。施設長、これがわたしの娘だ」

「はじめまして」カレンとわたしは同時に言った。「さあ、パトリック」カレンが続ける。「ちょっと眠ったらどう？　昼食をとったら、ドクターがあなたに眠くなる薬を処方するわ。このことについては明日、話しあいましょう。それでいい？」

わたしは父を励ますようにうなずいた。ダニエルもだ。父はわたしたちふたりを見てうなずいた。カレンはそれを確認し、すぐに部屋から出ていった。父がわたしの手首を握りしめた。「約束してくれ、ニック」

「ええ、約束するわ」わたしは答えた。父が何を約束してほしがっているのかも、自分が何に同意したのかもさっぱりわからなかった。ただ、ここはそう答えたほうがいいと思えた。

カレンは受付デスクのところでわたしたちを待っていた。「明日、お父様の具合を詳しく診てみます。最善の策を考えましょう。来週末までに、もう一度お会いして計画を練りたいと思います」わたしに名刺を手渡しながら言葉を継いだ。「またご連絡します」

ダニエルとわたしは無言のまま一歩前に踏みだすと、受付係に別れの挨拶を告げ、ドアを開けてくれた男性に感謝の言葉を述べると車へ戻った。車内は蒸し風呂のようだった。エアコンが作動するまでのあいだ、わたしたちは車の窓を全開にして走らせた。

「いったいなんのこと？」わたしは尋ねた。

「知るか」両手でハンドルをまわしながら兄が答える。午後の陽光が反射し、道路が水に濡れたように光って見える。

「本当にアナリーズのことをお父さんに話したの？　それともあれは単に思いついたことを口にしただけ？」

「いや」ダニエルは答えた。「本当に話した」

「賢明とは言えないわね」

「ああ、まったくそのとおりだ」ダニエルがため息をついた。表情からは何を考えているのかわからない。人を寄せつけない雰囲気すら漂わせている。

「そんなことをすべきじゃなかったのに」わたしは言った。

ダニエルは手が白くなるほどこぶしをきつく握りしめている。首元がどんどん赤くなっていく。全身の血が逆流しているかのようだ。「ニック、おれだってよくわかってる。充分すぎるほどにな。明日、父さんの様子を見にここへ戻ってくるよ」

「わかったわ。何時に？」

兄はわたしをちらりと見て、ふたたび道路に視線を戻した。「心配しなくていい。実家に関するちょっとした用事がある。売却物件の一覧表を父さんに渡すつもりだ」

「まだ売る準備ができていないわ」

ダニエルが顎に力をこめる。「おまえはあの家を売る準備をするために、あそこに泊まってるんだろう？」

その瞬間、わたしはダニエルに対して感情を高ぶらせるのをやめた。いつもわたしたちきょうだいはこうして意思の疎通を図ってきた。口に出さないことで相手に対する気持ちを表現してきたのだ。母が病気になってから、そういうやり方を身につけた。本当に言いたいことは言葉にせず、言外に含みを持たせることで闘ってきた。

ただしわたしがタイラーのトラックに傷をつけた日は、兄と真剣に言い争った。わたしが助手席側のドアを勢いよく開けて傷つけてしまったのだ。「おまえはいつも注意が足りないんだ!」ダニエルはそう叫ぶと、運転席側のドアを乱暴に閉めた。

「兄さんの停め方が近すぎたのよ!」タイラーが見守る中、わたしは兄に叫び返した。声に出さなければならない肝心なことは、互いに口にしようとしない。父がどんどんよそよそしくなったこと、ダニエルが学校を中退したこと、母が亡くなったあとにわたしたちの身に起きたこともだ。そう、わたしたちが言い争ったのは、車を近くに停めすぎて車体に傷をつけたときや、わたしが予定の時間に遅れたり、ダニエルが早く着きすぎたりしたときだけだった。

わたしたちきょうだいはそうやって生きてきた。これがわたしとダニエルのストーリーだ。

「なんとかする」ダニエルが言った。「おれが手を貸すよ。そうすればはかどるだろう」

その言葉の奥底には、こういう意味が隠されていた。〝おまえはひとりじゃ何もできない〟

最初に気づいたのはわたしだった。わたしが家を出たときと、ものの置き場所が違っている。わたしは入口で呆然《ぼうぜん》と立ちつくし、そばを通りかかったダニエルに言った。「あいつが家の中に入ったみたい」

ダニエルが振り返る。「なんだって？　誰がだ？」

わたしはドアを叩きつけるようにして閉め、そこに背中をもたせかけた。息があがっている。「あの刑事よ。あいつがこの家に入ったんだわ」そう言ってダイニングルームのテーブルを指さした。テーブルの上にはさまざまなものが散らかっている。だけど、それはすべてわたしのものだ。わたしは箱の中身を種類別にではなく、期間別に分類しようとしていた。自分の子ども時代のものから、これまで見たこともない比較的新しいもの、十八歳のとき——コリーンがいなくなったとき——の記憶と結びつけられるものに。テーブルの上に散らかしていたのは、そのどれにもあてはまらない、自分でもよくわからない品々だった。

けれどもそれらの分類が、先ほどここから出ていったときとは明らかに違っている。引っかきまわされ、前とは違う場所に移動されたものがある。たとえばキッチンの引き出しで見つけた、ページの角が折れた自宅改装のための本。閉じたままテーブルの上に置きっぱなしにしたはずなのに、今はわたしがしるしをつけたページが開かれている。それに日付が薄れて見えないレシート類は、前とは違う順番に重ねられている。

「どうしてわかる？　こんなに散らかってるのに」

「あの刑事が家に入ったのは間違いないわ。いろいろなものの置き場所が違ってるの」

ダニエルがわたしと視線を合わせ、わたしたちはしばし見つめあった。やがて兄がぽつりと言った。「家の中を確認しよう」

わたしはうなずき、階段を一段飛ばしでのぼって自分の部屋にたどり着いた。もしあの刑事がタイラーに関する手がかりを捜しているなら、わたしの部屋を確認するはずだ。だけど、わたしの部屋は出ていったときと何も変わっていなかった。あの刑事と話すために急いでいたせいで、開けっぱなしにしたデスクの一番上の引き出しもそのままだ。父の部屋にはほとんど何もないし、クローゼットにもたいしたものはない。床に落ちたスリッパ、何もかかっていない鉄のハンガー、それに仕事着が数枚だけだ。だけどダニエルの部屋――父が昔から使っていた品々が置いてある部屋――が、誰かに荒らされていた。箱が移動され、積み重ねられ、書類が外へ飛びだしている。部屋を探った人物は捜した痕跡を隠そうとさえしていなかった。

階段をあがってくるダニエルの足音が聞こえ、やがて肩越しに兄の荒い呼吸を感じた。「これはいったいなんだ？」

「ここだわ。誰かがこの部屋に侵入したのよ」

ダニエルは散らかり放題の室内を見つめた。かつての自分の部屋だ。今では父の品々が放置されている。「つまり、侵入したのはタイラーを調べていたやつじゃないってことだな?」

「ええ」

ダニエルは戸枠にそっと片手を置いた。あのフェアの日以来、兄が壁にこぶしを叩きつけたり、地面や自分の車を蹴り飛ばしたりしたことは一度もない。誰かにそういう姿を見られないよう用心しているのだ。暴力的な行動を日常的に取っていると思われないために。でも、ダニエルはあまりにやりすぎている。自分を過剰に抑えているせいで、かえって全身から生々しい怒りがあふれでているようだ。ダニエルは無言のまま向きを変え、階下へ向かった。

わたしはダニエルのあとを追い、兄がすべての窓を調べ、鍵がきちんとかかっているかどうか確認するのを見守った。

「戸締まりはちゃんとしたのか?」ダニエルが向き直った。「無理に押し入られた痕跡はどこにもないが」

「ええ、ちゃんとしたわ」わたしはゆっくりと答えた。「だけど、キッチンの裏口の錠が壊れてるの」

ダニエルは目を見開き、小声で何か言うと、大股でキッチンを通り抜け、裏口の鍵を確認した。ドアノブを引くと、簡単に開いた。わたしが言ったとおりに。

「言ったでしょう?」わたしは腰に手をあてた。

兄はドアノブに手をかけ、何度もひねった。違う結果を期待するように。「前から壊れてたのか? おまえがここに来る前から?」

「ええ」

「たしかか?」

「たしかですって? ええ、そうよ、兄さん!」

ダニエルの顔は募る怒りで真っ赤になった。怒りを抑えつけているせいで、今では顔のあちこちに白いしみのようなものが浮かびはじめていた。「どうして何も言わなかった? なぜ修理しなかった? おまえはここでいったい何をしてたんだ?」

「修理をしたところで、たいした違いはなかったはずよ。ねえ、ちゃんと鍵を取り替えていたら、何者かが家に侵入するのを食いとめられたとでも考えてるの?」〝理性的に、冷静に〟エヴェレットの言葉だ。だけど、わたしたちの家族にはあてはまらない。これがわが家の流儀なのだから。

「いいや、ニック、おれだってそんなことは考えていない。だが、証拠にはなったはずだ。窓が割られて、ガラスに指紋がついて――」

「勘弁してよ、兄さん！　誰も住んでいなくて、盗むものも何もない家に鍵をつけるなんて、誰だってお金の無駄だと考えるわ。たとえ家に侵入されたとしても、子どものいたずらだと考えるはずよ。誰も気にしないわ」

「いや、実際にこうして誰かが気にしている」

わたしは息をのんだ。深呼吸をし、意識を集中させようとする。理論的な説明を考えださなければ。「タイラーかもしれない。何年か前に渡した鍵をまだ持ってるだろうし――」

ダニエルが喉の奥から絞りだすような声を出した。それがわたしに対してなのか、タイラーに対してなのかはよくわからない。

「きっとエアコンの修理に来たのよ。それで――」

ダニエルは両手を掲げてみせると、わたしに一歩近づいた。「それで、なんだ？　うちにあるがらくたの山に気を取られ、昔のおれの部屋にあった父さんの私物を確認して一日無駄に過ごしたっていうのか？」

わたしは悪態をついた。玄関ホールにあるスイッチを入れ、エアコンの調子を確認してみる。どうしても誰かが家に侵入したことが事実であってほしくなかった。タイラー以外の誰かがここに入ったと考えるだけで吐き気がしてくる。まるで警察署にあるあの証拠保管箱の中身を誰かに徹底的に調べられた気分だ。そのうち、その内容がもれ聞こえるようになる。さまざまな人たちの名前が口にされ、あっという間に広まっていく。悪意に満ちあふれた、絶望的なささやきとともに。

家に入ったのがタイラーであってほしい。安心できる答えはそれしかない。お願いだからタイラーでありますように。

わたしはエアコンのダイヤルをまわし、耳を澄ました。なんの音も聞こえない。エアコンが作動する音も、冷たい風が出てくる音も、通気孔がカタカタと小刻みに動く音も。

ダニエルはこぶしをきつく握りしめていた。わたしのすぐ横に立ち、薄気味悪いほど低い声で話しかけてきた。「タイラーは工務店を経営している。職業柄、こっそり家に入りこんだり、おれたちが外出している隙を狙って鍵を使ったりする必要はどこにもない。タイラーならうまいことを言って、簡単にこの家に入れるだろう。いや、あいつなら何も説明する必要すらないはずだ」

わたしはダニエルの胸を軽く押した。近すぎて息苦しい。あと三センチ離れてほしい。またしても、わたしたちはタイラーのことで言い争いをしようとしている。今までいやというほど繰り返してきた言い争いを。

「タイラーなら最初に電話をかけてくるはずだ」ダニエルが言う。「おまえにかけてきたのか?」わたしは何も答えなかった。「そうなのか?」

「いいえ。だけどわたしたちは……彼は今、わたしと話したくないはずだから」

ダニエルは大声で笑いだした。「なるほどな、ニック、ついにやっちまったんだな。おまえはこいつなら何をしても大丈夫と思える相手に対して、ひどく腹立たしい態度を取る。それでついにやりすぎたわけだ。おめでとう」

「兄さんはくそったれよ」

ダニエルがわたしをにらみつけた。わたしはダニエルをにらみ返し、頭を横に傾けた。兄は頰を真っ赤にし、首のしみを浮きたたせ、こぶしをきつく握りしめたままだ。その瞬間、わたしは静脈を通じて何か暗くて醜いものが自分の全身に流れるのを感じた。

「わたしを殴るつもり?」

ダニエルが重いため息をついた。荒い呼吸をしている。わたしたちがかろうじて立っていた足元の大地が、もろくも粉々に砕け散っていく。

その質問ひとつで、わたしたちのあいだはこれ以上ないほど隔てられてしまった。

けれども同時にその質問ひとつのせいで、わたしたちはふたりともちょうどこの場所に引き寄せられている。兄のこぶしがわたしの頬にあたった瞬間、始まるのだろう。すべての終わりが。

ダニエルはわたしを避けるようにまわりこむと、玄関のドアを開け放したまま家から出ていった。

わたしは肩を落として壁に寄りかかり、胸に携帯電話を抱きしめた。

この場所はわたしの心を乱す。本当のわたし自身を忘れさせてしまう。エヴェレットの携帯電話にかけたが、留守番電話につながった。彼の事務所に電話をかけ、できるだけ冷静な声を出すよう心がけながら、秘書のオリヴィアと話した。目下のところ、オリヴィアはわたしの親しい友人のひとりと言っていい。もともとエヴェレットの友人だったのだが、それでも友人は友人だ。

「エヴェレットは証人尋問の準備で忙しいの」電話の向こうでオリヴィアが言った。「ねえ、もっとおしゃべりしていたいんだけど、ここは今週、戦場みたいな状態なのよ。聞こえる？」わたしにも聞こえた。彼女の背後で電話がひっきりなしに鳴る音や、誰かが話している低い声がしている。オリヴィアは続けた。「ああ、女子会をしたいわ。いつ戻ってくるの？　あら、いけない、もう切らないと。あなたから電話があったこと、エヴェレットに伝えておくわね」

わたしは自分の携帯電話を見つめた。本来のわたし自身を取り戻すためには、いったい誰に電話をかけたらいいのだろう？　はっきり言って、親友作りは得意じゃない。浅い友だちづきあいはうまいほうだ。仕事のあとに会ったり、持ち寄りの食事会へラザニアを持っていったりする関係。エヴェレットの友人たちとも、それなりに仲よくしている。だけど携帯電話の番号を交換し、ただ話すためだけに電話できるような間柄の人はいない。

思えば、わたしはいつも人を置き去りにしてきた。住んでいたアパートメントにグリーティングカードが届いても、引っ越すときに相手に転居先の住所を告げることはない。メールにも返信しないし、電話も折り返さない。一種の習慣だ。そのほうが簡単だから。お別れパーティを開いてくれるグループには属しているけれど、そのメンバーたちと連絡を取りつづけたことは一度もない。わたしにはのぼらなければならない梯子の段がある。返さなければならない借りがある。これから作りださなければならない人生がある。

そうして引っ越しを頻繁に繰り返してきた今、わたしに残されているのは誰だろう？　エヴェレットとは一年のつきあいになる。あとは大学時代のルームメイトのアーデンだ。ただ彼女は医師だからとても忙しい。しかも常に生死にかかわる決断をくだしているため、わたしの話などどれも取るに足りないことに思えてしかたがないだろう。論文指導教官のマーカスはどうだろう？　彼になら電話できるかもしれない。マーカスはわたしの愚痴を聞いてくれる。ただし、愚痴といってもあくまで表面的なものだ。もちろん、こんな話はできない。〝わたしが十八歳のとき、親友が行方不明になりました。最近、そのときの記憶がことごとくよみがえってしかたがありません。そのうえ父が認知症だし、実家は誰かに押し入られました。警察かもしれないし、そうでないかもしれないんです〟

彼らは電話をかけて自分の人生のニュースを知らせたいと思える相手だ。〝ねえ、気になる男性に出会ったの〟〝婚約したのよ〟〝新しい仕事に就いたの〟――人生に起きたあらゆる出来事の話を聞いてほしいと思う相手だ。だけど、心の奥底にある暗い部分について打ち明けられるだろうか？　わざわざ電話をかけて、そんな深い話ができる友人だろうか？　いや、わたしの人生に、もはやそんな相手は存在しない。クーリー・リッジを出てからずっと。

夜になって、エヴェレットから折り返しの電話がかかってきた。ちょうど、実家の片づけをしていたときだ――わたしはダニエルに非難された罪悪感から掃除をしていた。エヴェレットは人けのないところに移動したのか、背後から聞こえていた人の話し声もいつしか消えていた。「すまない、もっと早い時間かと思ったんだ。もしかして寝ていたかい？」

「いいえ、大丈夫」わたしは答えた。「ずいぶんとにぎやかだったわね」

「退屈きわまりない法律上の仕事だよ。退屈なくせにきりがないときている」エヴェレットがため息をつく。「きみに会いたいよ。後見人の選任はどうなった？」

「書類を提出して、裁判所から呼びだされるのを待っているところよ。今は実家の片づけをしているの。あなたの裁判はどんな感じ？」

「わかるだろう？　きみがここにいなくて本当によかったよ。ぼくはまだ事務所にいるんだ。きっときみはかんかんに怒っていただろうね」

わたしは時計を見た。夜十時近い。「いいえ、きっとあなたの事務所に夕食を届けていたわ」

「ああ、きみに会いたいよ」そのとき、別の声が聞こえた。女性の声。マーラ・クロスだ。「ちょっと待っていてくれ」エヴェレットが言い、手で送話口を押さえる気配がした。「ああ、パッタイにしてくれ。ありがとう」それからわたしに話しかけた。

「すまない。夕食を注文しているところなんだ」

「マーラもそこにいるの？」

「みんないるよ」エヴェレットは間髪をいれずに答えた。彼は元恋人のマーラとごく健全な関係を続けている。少なくとも、エヴェレット自身はそう考えているはずだ。しかしマーラはわたしを見るとき、ひどくぎこちない笑みを浮かべる。それにエヴェレットのそばを通り過ぎるときは、いつも全身をこわばらせている。はた目にも、膝や肩や首筋が硬くなっているのがわかる。マーラとエヴェレットは本当の意味で友人にはなれないのだろう。エヴェレットはそうなれると信じたがっているみたいだけど。ちなみにオリヴィアは、マーラには我慢がならないと言っている。マーラが自分やわたしに対して見くだすような話し方をするのが耐えられないのだと。きっとオリヴィアとわたしが友だちになったのはそのせいだろう。

かなり前、エヴェレットにマーラと別れた理由を尋ねたことがある。マーラはいつも笑みを絶やさず、魅力的で頭も切れ、とにかく存在感があったからだ。

「相性が合わなかったんだ」エヴェレットは答えた。その答えを聞いても、わたしは最初はぴんとこなかった。エヴェレットとマーラの相性は完璧に思えたからだ。ふたりは対等と言ってよかった。マーラははっきりとした意見の持ち主だったし、エヴェレットよりも長時間働くことさえあった。それに彼らは不法行為、申し立て、控訴裁判所といった同じ話題について話しあうことができた。わたしもそういった言葉は理解できるけれど、自分にとってはなんの意味もない。

わたしはこう想像するのが好きだ。あのふたりは別の意味で相性が悪かったのではないだろうか――そう、ベッドで。マーラが親しげなまなざしでエヴェレットを見つめるたびに、わたしは心の中で〝相性が悪い〟という言葉を思い浮かべずにはいられなかった。きっとあのふたりのあいだには気まずくて満たされない何かがあったのだろうと想像してしまう。そのうちマーラの名前を聞くたびに、〝気まずくて満たされない何か〟を連想するようになった。だから彼女が勝訴したときなど、本当に驚いた。あのマーラが？　あんなにぎこちないのに？　たいした仕事もできないくせに。

エヴェレットがわたしを選んだのは、マーラが持っているものをわたしが何ひとつ持ちあわせていないからだろう。そう考えるほうがはるかに簡単だ。わたしには強さも、自分なりの意見も、他を圧倒するような存在感もない。そうでなければ、エヴェレットとわたしの相性が合うわけがない。あるいはこう考えると納得できる。エヴェレットはわたしの中にどんな特徴を見いだしたのだろう？　彼が一から創造し、周囲に紹介できる女？　自分の望みどおりに世界にぴたりとはまる女？　トレヴァーのアパートメントで交わした長い会話とわたしの部屋にあった色鮮やかな家具の中に、エヴェレットは何を見いだしたのだろう？　まっさらな状態？　〝チャンスはただでつかめるわけではない〟あのとき、わたしは彼にそう言った。もしかするとエヴェレットは文字どおり、金銭的な意味だと受け取ったのかもしれない。わたしがすでに何者かであることに、彼は気づかなかったのだ。

わたしがエヴェレットについて知っていることは、エヴェレットがわたしについて知っていることとたいして変わらない。エヴェレットがわたしに話してもいいと選びだした事実だけを知っている。または、彼の家族がそういえばこんなこともあったと笑いながら聞かせてくれた思い出話だけを。わたしにとっての骸骨のような、エヴェレットの秘密はどこにあるのだろう？

エヴェレットには友人がいる。ほとんどが男友だちで、程度の差こそあれ、彼らはみんな、いつまで経っても大人になりきれないタイプだ。それは不愉快な事実ではあるが、だからといって害があるわけではない。エヴェレットの友人たちはいつまでも記憶に残るような決定的な個性を持ちあわせていない。彼らから聞かされたのは、エヴェレットがビールをどれだけ一気飲みできるかを競うゲームをしたときの話や、金魚を丸ごとのみこんでしまったときの話だ。たしかに、聞けば気分が悪くなる話ばかりだろう。だけど一番の親友が行方不明になったり、家族がその事件の容疑者になったりする話とはわけが違う。もしコリーンがいなくならなかったら、わたしたち全員がこの町へ戻り、恋人や夫にまつわる話を聞かせあったことだろう。そしてベイリーがジョシュ・ハウウェルのスニーカーに嘔吐して……。

そこに違いがあった。単なる思い出話と、もう取り戻せない過去とのあいだには、厳然たる隔たりがある。

エヴェレットの中にも、そんな奥深い何かが存在しているのだろうか？

エヴェレットを特徴づけるストーリーはどこにあるのだろう？　彼をばらばらに壊し、丸裸にするストーリーは？

わたしが結婚に同意したこの男性は何者なのだろう？

「自分について何か話して」わたしは言った。「ほかの誰も知らないことを」

エヴェレットの椅子がきしむ音が聞こえた。椅子に寄りかかっているのだろう。彼が靴を脱ぎ、濃い色をした木製デスクの上に足をあげ、頭の上に両腕をあげている姿を想像してみる。シャツのボタンが引っ張られ、糊のきいた白い下着の輪郭が浮きでているはずだ。

「これはお遊びかい?」エヴェレットが尋ねる。あくびまじりの声だ。

「もちろんそうよ」わたしは答えた。「だけど、まじめに答えてくれてもかまわないわ」

「オーケイ。そうだな、笑わないでくれよ。中学のとき、父のクレジットカードを使って、インターネットでポルノ動画を買ったことがあるんだ。父からは何も言われなかったが、当時は購入履歴から父にばれるなんて思いつきもしなくてね」

「それは笑えるわね」わたしは笑い声をあげた。「もちろんお父様は気づいていたんでしょうね」

「思いださせないでくれ。そのことを考えると、いまだに父の目をまっすぐ見られなくなる」

「最高だわ。だけど、わたしが聞きたいのはそういうことじゃないの。もっと深い秘密よ。ほかの誰も知らないような」

エヴェレットは椅子を何回かきしらせた。きっと答える気がないのだろう。わたしは一瞬そう考えたが、彼は口を開いた。「一度だけ、人が死ぬのを見たことがある」

その言葉で、部屋の空気ががらりと変わった。エヴェレットが声を落とす。気配から、彼が携帯電話にさらに口を近づけているのがわかった。「高校時代だ。高速道路で車の事故現場を見た。あのとき、外に出るべきじゃなかった。何か手助けできないかという人たちで道路はすでにいっぱいだった。救急車が来るまで、結局ぼくは目を離すことができずにいた」

やっと彼の姿が見えた気がする。これこそ本当のエヴェレットなのだ。彼自身、そう感じているのだろうか？「あとは？」わたしは促した。

電話の向こうで、エヴェレットが深呼吸をする音が聞こえた。それから足音に引きつづき、ドアを閉める音、ふたたび椅子がきしる音が聞こえた。エヴェレットは何を言おうとしているのだろう？ 邪魔したくない。「この仕事が本当に好きかどうかわからなくなるときがあるんだ」エヴェレットは言った。「事実や法律を扱うのは好きだし、どんな人も最高の弁護で守られる権利があると信じている。公正な裁判を受ける権利があるとね。誤解しないでほしいんだが、ぼくは仕事の腕はいいほうだと思う。ただ、ときどきあるんだ。自分が弁護している人物が有罪だとふと気づいてしまう瞬間が。そのときには、もはや引き返すことができない。そうなると、正義というのは諸刃《もろは》の剣だ。父の言葉を引用すると、ぼくは弁護士として〝不屈の精神〟で正義を掲げているらしい。だが、いったい本当の正義はどっちなんだろう、ニコレット？ どっちだと思う？」

「パリートの裁判のこと？」

「誰の裁判でもだ」エヴェレットはため息をついた。「そう気づく前は、ぼくももっといい弁護士だったんだが」

「何か別の仕事に挑戦することもできるわ」

「そんな簡単にはいかないよ」

「いいえ、簡単よ。あなたがどんな仕事をしていようと、わたしはかまわない。わかるでしょう？　あなたが弁護士であってもそうでなくても、わたしは気にしない」

エヴェレットは一瞬、口をつぐんだ。「そうだね。きっとそうなんだろう。だけど、今さら仕事を変える贅沢は許されない。ぼくはもう三十歳だ。それにパートナー弁護士なんだ。これがぼくの人生なんだよ」

「わたしが言いたいのは、今の状態を無理に続ける必要はどこにもないってことよ」髪型を変えて、周囲の人たちを置き去りにして、どこか別の場所へ行って、二度と後ろを振り返らない。あなたならできるはず。わたしたちならできるはず。

エヴェレットが自嘲の笑い声をあげた。この会話を客観的な視点から見つめようとするように。「だったらニコレット、教えてほしい。カウンセラーになるのがずっときみの夢だったのかい？」

「まさか。わたしはカントリー歌手になりたかったの」

「待ってくれ。きみは歌が歌えるのか？　その話、もっと聞きたいな」

「たいした話じゃないわ」

エヴェレットがコットンみたいにやわらかな笑い声をあげた。

正直に言えば、実際のカウンセリングにおいて、わたしはひどいカウンセラーだ。間違ったことを口にするし、正しい忠告を与えたことは一度もない。ただし、わたしは相手の話を聞くのがうまい。それゆえ、自分からはあまり多くを語らないすべを学んだ。わたしは生徒たちを適切な方向へ導くことができるし、彼らが必要としている援助も探りあてられる。わたしには生徒たちが何を隠しているのか、そしてわたしに何を見せたがっているのかがわかる。わたしのカウンセリングに来る生徒たちは、知っていることを全部さらけだす。だから書類上では、わたしは優秀なカウンセラーということになる。

きっとそれは生徒たちがわたしの中に何かしら自分と似た点を感じるからだろう。かつてわたしがハンナ・パードットに感じていたように。そう、ハンナはわたしたちについてさらに多くを知っているように思えた。かつて彼女もわたしたちと同じ世代だったのだから。

たぶん、生徒たちは知っているのだろう。より後ろ暗い物事を見つめた経験があるからこそ、わたしには彼らの胸の内が理解できるのだと。あるいは、生徒たちは感じているのかもしれない。わたしが秘密を守るのがことのほか上手だと。

実際、そのとおりだ。

エヴェレットの夕食が届いたため、わたしは電話を切った。すでに彼が遠く離れた世界にいる手の届かない存在に思えてしかたがない。タイラーの場合、正反対だった。別れて以来、バーで飲んだあとや気まずいデートのあと、特にかなりいい雰囲気だったデートのあとは、衝動的にタイラーに電話をかけてしまわないよう携帯電話のアドレス帳から彼の番号を消さなければならなかった。

それに比べてどうだろう。エヴェレットの場合、電話を切った次の瞬間、彼とのあいだに距離しか感じられない。それでも、わたしはどうにか希望を持とうとした。エヴェレットといれば、わたしにとって何かいいことが起きるかもしれない。そんな実態のないわずかな希望にすがろうとする。

そのあと、うとうとしたものの、結局寝るのはあきらめた。頭の中でいろいろな考えが渦を巻いている。それに、あまりにたくさんの名前が浮かんでは消えていった。この家に侵入する動機があるのは誰だろう？　父の私物をあさったり、ダニエルが昔使っていた部屋をくまなく調べたりする必要があるのは？　十年分の歳月をさかのぼると、名前が次々と浮かんでくる。当時何が起きたのか、そして今、何が起こっているのか。謎を解けるかどうか自信がない。きっと父の言っていることは正しいのだろう。時間というのはただの概念で、実体のないものなのだ。わたしたちが前に進むために作りだしたものにすぎない。物事を理解するために生みだした、単に距離を測る単位のようなものなのだ。

「もしあたしが怪物なら」ランタンが揺れ、影が躍る玄関ポーチで、コリーンはわたしたちに言った。「人間のふりをする」

ベイリーが笑い声をあげる。ダニエルも笑みを浮かべた。コリーンはダニエルに歩み寄ると、彼の顎をつかんで左右から眺め、横目で見ながら言った。「あんたは違う。どこからどう見ても人間だね」

コリーンは次にベイリーを見ると、彼女の長い黒髪に指を差し入れた。ダニエルがそこにいるから、わざとそうしているのだ。コリーンはいつも見せつけるように触れてくる。コリーンは鼻先をベイリーの鼻先に軽くくっつけたが、ベイリーはたじろがなかった。逆らわずにつきあえばいい。そうしたらすべてが丸くおさまる。コリーンが何を考えているかは、コリーンにしかわからない。わたしたちは彼女の計画の一部なのだ。

「ふうん」コリーンが言う。「あんたも違うわ。だけど、怪物はここにいる。ときどきやってくるの。ねえ、ベイリー、怪物はあんたにどんなことをさせると思う？　誰かの恋人にキスさせたりするの？」それはあなたでしょう、コリーン。わたしはとっさにそう考えたが、口には出さなかった。ベイリーもだ。「怪物のせいで、こういうことをするのが好きになっちゃった？」コリーンは片手をベイリーの背中へあてると、シャツの下に滑らせた。ベイリーの体がコリーンの体にぴたりと押しあてられる。魔法をかけられたかのように、たちまちダニエルの瞳の色が濃くなり、ぼんやりとしはじめた。「ねえ、怪物のせいであんたは毎晩、夢を見るの？　自分のものじゃない男の夢を？」

コリーンはあとずさりし、魔法をかけるのをやめた。ベイリーが二度まばたきをしている。ダニエルは家の中へ入った。

コリーンは何事もなかったかのように笑みを浮かべた。そしてわたしの顎をつかみ、目の奥底までじっとのぞきこんだ。頭上で揺れるランタンの明かりに照らされ、コリーンの瞳の中に映るわたし自身が見える。コリーンはまばたきをし、わたしの頬に頬を押しあてると、ベイリーから顔をそむけ、わたしの耳元でささやいた。「ほら、見つけた」

――その前日――

八日目

ガレージを空っぽにして初めて、ダニエルがずっと前からここを改装したがっていた理由がようやくわかった。ガレージは両側に窓があって光がたっぷりと差しこみ、尖塔《せんとう》状の屋根をしていて、内側に梁《はり》が露出している。隅には物置スペースもある。まさにバスルームにうってつけの場所だ。わたしは入口に立ち、塗りかけのままの壁をぼんやりと眺めた。遠い日の記憶がよみがえってくる。十年前の六月初め、ダニエルとわたしの父、タイラーと彼の父親が一緒に壁を塗っていたときの記憶だ。あのあと、すべてががらりと変わってしまった。

外で低いエンジン音が切られたのが聞こえ、わたしはガレージの外へ出た。

「ニック？」庭の向こう側から低い声がした。最初は誰かわからなかった。だけど聞き覚えのある声だ。糸をたぐるように、その持ち主を思いだそうとした。

振り向くと、道の脇にひとりの男性が立っていた。バイクからおり、太陽を背に立っているため、影で隠れて顔が見えない。わたしは片手を目の上に掲げながら男性に近づいていった。近づくにつれ、最初は黒い影にしか見えなかった相手の姿形がわかるようになってきた。半袖シャツの袖口から親指にかけて、黒々とした文字が見えている。筆記体で流れるように刻されたタトゥーだ。

「ジャクソン?」わたしは尋ねた。まだ遠くて、顔までは見えない。

男性がうなずいた。「ああ。こんなふうに突然訪ねてきてすまない。タイラーを捜してるんだ」

「ここにはいないわ」

わたしは道の端に立ち、ジャクソンがぼさぼさのブラウンの髪に片手を差し入れるのを見つめた。腕に描かれたタトゥーがうごめいて見える。もしタトゥーを消し、髪を短く切り、服装を変えたら、ジャクソンは典型的なアメリカ人に見えるだろう。力強い顎に決然とした頬骨、幅の広い肩、贅肉のない体の持ち主なのだから。彼が今もコリーンを忘れられないのには理由がある。ふたりはマトリョーシカのごとく入れ子になった関係だったからだ。ジャクソンは左手を震わせながら、口の前へたばこを掲げると、吐きだした煙越しに探るような目でわたしを見た。「本当か?」

わたしは目をぐるりとまわした。「ちょっと、タイラーのトラックがここにある?」

肩越しに振り返り、両手を口のまわりにあてて叫んだ。「ねえ、タイラー、ここにいるの？」それからふたたびジャクソンと向きあった。たばこのにおいがきつくなっている。「ほらね、いないでしょう？」

「これはジョークじゃない」ジャクソンが言った。「おれはあいつをずっと捜してるんだ。それに捜してるのはおれだけじゃない。金曜日からずっと、あいつの姿を見ていないんだ」今日は月曜日だ。アナリーズが行方不明になってから七日経ったことになる。

「どうしてタイラーがここにいると思ったの？」

ジャクソンは黒のブーツのかかとを土にめりこませながら、バイクにもたれた。

「なあ、ニック、おれはバーで働いてるんだぞ。バーっていうのは人が噂話をする場所だ。しかもタイラーはあの店の上に住んでる」

「わたしは会ってないわ、ジャクソン。誓ってもいい。金曜日以来ずっと」

ジャクソンは言葉を切ると、草地と道路の境目にあるぬかるんだ泥を踏みしめた。

「あいつのアパートメントの外から携帯電話にかけると、室内で着信音が鳴ってるのが聞こえるんだ。それに……警察を呼びたくない。それがいい考えだとは思わないが、もしかして……鍵を持ってないか？　やつの部屋の確認だけしたいんだ」

わたしはたちまち落ち着かない気分になった。この三日間、タイラーには会っていない。彼からの連絡もない。タイラーがここ数日、姿を現さない理由をいくつも数えあげてきた。けれども今この瞬間まで、タイラーの身に何かあったのではないかとは考えもしなかった。

「鍵は持っていないわ」わたしは答えた。かつては持っていた。だけどタイラーが引っ越したのだ。わたしは自分の車のキーを取りに、すでに家のほうへ戻りはじめていた。「バッグを取ってくるわね」

ジャクソンがうなずいた。「ああ」

月曜の朝九時。バーは閉店している時間だ。わたしはそれをありがたく思った。ジャクソンが先ほど、すでにさまざまな噂が広まっていることを暗ににおわせていたからだ。「たしかにタイラーのトラックがないわね」店の裏にある砂利敷きの駐車場に立つと、わたしは言った。顔をあげ、タイラーのアパートメントの窓を見てみる。ブラインドがおりたままだ。

「ああ、この週末のあいだ、ずっとなかった。だけど携帯電話が……」

「ということは、あなたの話は本当なのね」

「大家に電話をかけてもよかったんだが、タイラーに関する記録を下手に残したくなかった。すでに警察官たちもここへ立ち寄ってるからなおさらだ。あいつはただ警察官たちを避けようとしてるんじゃないかとも考えてる。もしおれならそうするからだ。とはいえ……」

「携帯電話ね」建物の内側から携帯電話の着信音が聞こえているのに、タイラーがいる気配はないという。

「ああ、携帯電話だ」

ジャクソンは建物のドアの鍵を開けた。閉店中のバーは薄暗く、玄関ホールが閉所恐怖症を引き起こしそうだ。階段も狭く、ガラスのドアは汚れていた。ジャクソンはわたしの背後でドアの鍵を閉めると、身振りで階段を示した。

「先に行ってくれ」

わたしたちは足音を響かせ、かすかにたばこのにおいがする階段をあがっていった。一度だけ階段の手すりで、ジャクソンの手がわたしの手に触れた。踊り場の床がきしんで音をたてる。ジャクソンがわたしの背後に立って携帯電話をいじりだした。

「わたしにかけさせて」わたしは自分の携帯電話を取りだし、タイラーの番号にかけた。携帯電話を持ったまま、タイラーのアパートメントのドアに耳を押しあてる。

「聞こえるか？」ジャクソンが身を乗りだしてきいた。近すぎる。

「ええ、聞こえる」わたしは目を閉じ、携帯電話の着信音以外の音を聞き取ろうとした。蛇口からゆっくりと、一定のリズムで水が落ちている音が聞こえる。エアコンが作動するカタカタという音もだ。だけど足音は聞こえない。シーツがこすれる音もしない。助けを呼ぶ叫び声も。「人の気配がしないわ」

「だからそう言っただろう？」

電話で誰かがいなくなったと聞かされたり、街路樹に貼られた行方不明者のビラを見たり、ニュースでその人物の写真を目にしたりするのと、その人がいないことを実際に肌で感じるのとは明らかに違う。先ほどまで感じていた胸を刺すような不安が、今や紛れもない恐怖に変わろうとしていた。ありとあらゆる恐ろしい可能性が思い浮かび、頭の中がいっぱいになる。

わたしはもう一度ドアを叩いた。思えば、かつてもコリーンを捜して同じ場所を何度も確認したものだ。洞窟に戻り、見落としている岩陰はないか、暗闇に隠れている空間はないものかと捜しまわった。「タイラー、わたしよ」大声で叫んでみる。迫りくるパニックで声が震えた。「タイラー」わたしはこぶしでドアを叩いた。ジャクソンはそんなわたしをドアから引きはがした。

「行こう」彼はそう言うと、階下にある店へ向かった。先に立って人けのないバーカウンターを通り、収納室へ向かうと梯子をつかんだ。それを軽々と外へ運びだし、駐車場へまわりこんで伸ばして置いた。ちょうどタイラーのアパートメントの窓の真下だ。「おまえはおれのアリバイを証明してくれる。おれはおまえのアリバイを証明する。おれたちは家宅侵入するんじゃない。これからタイラーの様子を確認するんだ。それでいいか?」わたしたちはうなずきあった。これで契約成立だ。

ジャクソンは背後にある道路を確認した。今は誰も人がいない。わたしは梯子の段に両手をかけたが、ジャクソンから肩に手をかけられた。

「おれがのぼる。おれなら家の修理をしてるように見えるだろう。おまえが梯子にのぼったら、目立ちすぎる。おれなら誰に見られても不審に思われないはずだ」

ジャクソンの言うとおりだ。だけど、なんだか悔しかった。この目でタイラーの部屋の様子を確認したい。タイラーがあの部屋にいないことを、わたし自身が確認しなければならない。鳴りっぱなしの携帯電話の脇に、タイラーの死体が転がっている――脳裏に浮かんでいるそんな光景が間違いであることをこの目で確かめたい。タイラーは今も無事で、どこかにいるのだと。それに彼の携帯電話を確認して、持っていかなかった理由を知りたい。さらにクローゼットを見て、タイラーがどこに出かけているか知りたい。どうしても知る必要がある。

わたしが見守る中、ジャクソンは梯子をのぼり、ウインドーエアコンを器用に外して、そこから部屋へ入った。わたしはアパートメントを見あげ、ひたすら待った。窓に反射する太陽の光がまぶしくて目がちかちかする。募る不安で、呼吸が浅くなった。ジャクソンが窓の外へ体を乗りだして叫んだ。「誰もいない」それから時間をかけてエアコンを戻し、やがて梯子をおりてきた。梯子をたたみ、無言のまま中へ戻ろうとする。

「部屋の様子はどうだった？　タイラーはどこにいるの？　何かわかったんじゃないの？」ジャクソンのあとを追いながら、わたしは尋ねた。収納室まで戻ると、ようやくジャクソンが口を開いた。

「いや、あいつの私物をあさりたくなかった。とにかくタイラーはあの部屋にはいない。わかったのはそれだけだ。きっとキャンプか何かに出かけてるんだろう」

役立たずのジャクソン・ポーター。やはりわたしが確認すべきだった。わたしなら、タイラーの寝袋や水筒を確かめただろう。それに歯ブラシがあるかどうか捜し、彼の携帯電話の通話履歴も見てみたはずだ。さらにタイラーのパソコンにログインして、検索履歴も確認したはずなのに。

いや、ジャクソンもそうしたのかもしれない。ただ、そのことをわたしに教えたくないだけかもしれない。

わたしたちはがらんとした店の真ん中に立ちつくした。カウンターの上にスツールがあげてある。先ほどまでのパニックが少し和らいだように感じた。

「さあ」ジャクソンがスツールをおろした。「朝食を用意する。何か食べないと」

わたしはスツールに腰をおろした。ずっと神経が休まらないせいで、最後のエネルギーまで使い果たしたかに思える。心も体もばらばらになりそうだ。「コーヒーをお願い。とびきり濃いのを」

ジャクソンは店の入口に〈準備中〉という看板を出したまま、店内の照明もつけずにいる。明かりと言えるのは、窓から差しこむ太陽の光だけだ。ようやく目が暗さに慣れてきた。「ここで朝食も出してるの?」

「いや、自分のために朝食を作ってるだけだ。今日は午後から店を開ける。ただ店の照明をつけてると、入ってこようとする客がいてね」

「いまいましい消費経済のせいね」

「いや、いまいましいなんてとんでもない」ジャクソンは卵を割り、フライパンに落とした。「商売する身にはありがたいよ」

「あら、ご立派なこと。自分が経済を味方につけて優位に立ってる気分なのね？」

「そんなことは思ったこともない。考えすぎだ。おれは一国の経済を判断するような立場にない。とはいえ、この国で一番安定した職業についてるが」

「よかったわね」

ジャクソンは片面だけ焼いた半熟の目玉焼きを皿にのせて、わたしの前に置いた。わたしがフォークで目玉焼きをつつくと、黄身があふれだした。「どうした？」ジャクソンが尋ねる。「卵料理は好きじゃないのか？」

わたしは目玉焼きをすくって口に入れた。だけど変な味がする。どういうわけか、ほんの少し金属っぽい味わいだ。「ハンナ・パードットを覚えてる？」

「誰だ？」

「知ってるはずよ。コリーンが行方不明になったとき、捜査のためにここへ来た州警察の女性刑事」ジャクソンが忘れるはずがない。

「ああ、パードット刑事か。ファーストネームまでは知らなかった。へえ、おまえにはハンナって呼ばせてたのか？　きっとおまえを気に入ってたんだな」

そんなことはない。それにジャクソンが言ったこととは異なり、彼女が自分をハンナと呼んだり、わたしが彼女をハンナと呼んだりしたことは一度もない。〝はい、刑事さん〟〝いいえ、刑事さん〟〝ありがとう、刑事さん〟〝ごめんなさい、刑事さん〟それなのに、どういうわけか彼女のことをハンナ・パードットとして覚えている。

〝ニック、ハンナがおまえと話したがっているんだ〟かつて父はわたしの部屋の外に立ってそう言った。〝無理をする必要はないが、わたしは彼女と話すべきだと思う〟

〝もうブリックス巡査に全部話したわ〟

〝それなら、ハンナにも同じ話をするといい〟

彼女をハンナと呼んでいたのは父だ。〝助けになってくれてありがとう、ハンナ〟父は教養のある男性で、詩を暗唱することもできたし、気が向けば哲学の一説を引用することもできた。当時の父は男やもめとして、どうにか生きていこうとしていた。自分の息子が自分の娘を殴りつけてもだ。バスルームの格子窓から、ふたりが話す声が聞こえていた。〝いいかい、ハンナ……きみをハンナと呼んでかまわないだろうか？　これは結局、家族の問題だ。わたしはコリーンの件も家族の問題だと思っている。あの娘はいつもここにいたものだ。何かから逃げだしてきたように〟

わたしの父は、ハンサムだった。ちぐはぐな組み合わせのスーツにボウタイ、ローファーを合わせ、髪をわざわざセットすることもなく、いかにも教授らしい風貌だった。やさしい笑みを浮かべ、少しだけいたずらっぽく目を輝かせていたものだ。

「誰かが彼女をハンナと呼んでいるのを聞いたことがあるの」わたしはジャクソンに言った。「あの刑事はわたしを嫌ってたわ」

「それで、ハンナ・パードットがどうしたんだ？」

「警察はパードット刑事を捜査に加えるかもしれない。あるいは彼女みたいな誰かを。もしわたしたち全員がここにいたら、警察は誰を真っ先に追及すると思う？」

ジャクソンはしばらく答えなかった。朝食の残りを口に入れ、グラスに半分残っていたオレンジジュースを飲み干す。それから手で口のまわりをぬぐった。「おれたち全員、どこかへ長い旅行にでも出かけるべきかもしれないな」

わたしは笑みを浮かべた。「そんなことをしたら、かえって怪しまれるわ」

ジャクソンはわたしの皿を手に取り、自分の皿と一緒にシンクに投げこむと、目を合わせようとしないまま、水を流しはじめた。「おまえに言っておきたいことがある。何か答える必要はない」

「わかったわ」

ジャクソンはシンクに落ちる水を見つめたままだ。「おれはコリーンを傷つけてない。彼女を愛してた」

「知ってるわ」

ジャクソンが顔をあげた。彼の表情にわたしは胸を衝《つ》かれた。あわてて両手でグラスを持ちあげる。何かせずにはいられなかった。

「ニック、問題は赤ん坊がおれの子じゃなかったってことだ」

わたしは凍りついた。口に持っていきかけたグラスは止まったままだ。

「タイラーから何か聞いたことはないか？」

「いいえ、何も」わたしはどうにか声を振り絞った。

「おれはあのとき、タイラーにそう話した。タイラーが信じたかどうかはわからない。だが、タイラーは正しかった。おれは警察にその話をしなかったんだ。それもまた動機になるから。嫉妬っていう動機だよ。わかるだろう？」

わたしは無言のままうなずいた。川の下流に立つタイラーとジャクソンの姿がよみがえる。〝賢く立ちまわれよ〟タイラーはそう言っていた。

「だけど、わからないんだ、ニック。おれは知りもしなかった……どうしてコリーンはおれに話さなかったんだ？　なぜ打ち明けてくれなかった？」ジャクソンはバーカウンターに両手をついた。わたしのすぐ前だ。「おれたちは一度もセックスをしたことがなかったんだ、ニック」

わたしは頬がかっと熱くなった。手からグラスが滑り落ちそうだ。「そうだったの」

ジャクソンは頭を振ると、長いまつげの下からわたしを見あげた。「おれの話を信じてくれるのか？　もしかしてコリーンから何か聞かなかったか？　相手が誰なのか、コリーンは話したんじゃないか？」

「いいえ、彼女はわたしには何も教えてくれなかった」わたしは答えた。「ねえ、ジャクソン、警察にとって、これは喉から手が出るほど欲しい情報よ。またわたしたちを疑いたがっているんだもの。みんなを尋問して、もう一度あらゆることを引きずりだそうとするに決まってる。だから放っておいたほうがいい。コリーンのことはそっとしておくのが一番よ」

ジャクソンは蛇口をひねって水を止めると、両手をだらりと落とした。「それはできない。あの夜、コリーンがおれになんて言ったか知ってるか？」

ジャクソンはカウンティ・フェアのあと、コリーンと会っていた。わたしはそれを知っている。だけど、ジャクソンがその事実を認めたのはこれが初めてだ。どうして認めたのだろう？　わたしにはわからなかった。

「コリーンはよりを戻してほしいと頼んできた。それなのに、おれは断った。おまえとの関係はもうおしまいだと告げたんだ。別の相手をもう見つけたからって。われながら本当に愚かだったし、意地を張っていたと思う。コリーンがそばにいる限り、別の子と絶対にうまくいくわけがなかったのに。あんなことを言うべきじゃなかった。それに彼女のことはコリーンの次に好きだっただけだ」

「ベイリーね？」

ジャクソンはバーカウンターから離れ、酒のボトルが並ぶ棚にもたれた。「コリーンはそれを知っていた。おれにはわかる。だからよりを戻そうと言ってきたんだ。そしておれは突っぱねた。妊娠はコリーンひとりの問題だ。つけがまわったんだよ」

わたしはうなずいた。当時、それは知らなかった。だけど、今では知っている。

「くそっ、あのとき、イエスと答えるべきだった。ずっとそのことばかり考えてる。おれは本当に愚かながきだった。イエスと答えるべきだったのに。そうすれば、コリーンは今もここにいたはずだ」

「どうしてわたしに話してくれたの？」

「おまえを信頼してるからだよ」ジャクソンは身動きせずに答えたものの、人懐っこい笑みを浮かべた。「先週のある夜までは、誰にも話すつもりはなかった。その夜、タイラーはデートから戻ってきて、バーカウンターに座ってた。そこへおまえの兄貴がやってきて、みんなに酒をおごってくれたんだ。ダニエルはタイラーにはっきりと、おまえのことを放っておいてくれと言っていた。そのときだ。タイラーの携帯電話が鳴りだした。あいつはダニエルににやりとしてみせると、〝その話は彼女にすべきだ〟と言った。そしてその場で電話に出て、ダニエルをあざ笑うように言ったんだ、〝やあ、ニック〟と。それから顔を伏せて電話に向かって〝落ち着くんだ〟と言って、カウンターに飲み物を置いたまま店から出ていった。その数分後に、おまえの兄貴も店から出ていった。ふたりとも駐車場から急いで走り去って、おまえのもとへ駆けつけたんだ。そしてアナリーズが姿を消した」

バーカウンターの下で、わたしは両手を震わせていた。全身が緊張でぴりぴりしている。「そんなんじゃ――」

「ああ、そんなんじゃないことはおれだってわかってる」ジャクソンは言った。「だけどこの町で噂がどんなふうに広まるか、おまえも知ってるだろう？　そんな話をいくらでも聞いたことがあるはずだ。あるいは、おまえが噂を口にすることだってできる。おれじゃない誰かの子どもをはらんだとき、コリーンがおれによりを戻そうと泣いてすがったといった話をだ。彼女とはもう完全に終わってたのに」

わたしたちはしばし黙りこみ、普段どおりのやりとりをしているふりをした。ジャクソンに威嚇されてもいないし、秘密を打ち明けられてもいないかのように。それからわたしは力なく笑いだした。「わたし、この町が本当に嫌い」

「だが、この町を恋しがっていたはずだ」

「前科者が刑務所にいたときの仲間の受刑者を恋しがるのと同じよ」殴り合いのあとにこぶしにあてる氷のように、切っても切れない関係なのだ。

「この町に戻ろうと考えたことはないのか？」

「一度もないわ」わたしは答えた。ジャクソンの表情を見て、つけ加える。「わたし、もうすぐ結婚するの。フィラデルフィアにいる男性と」

「タイラーは知っているのか？」

「ええ」

「だがあんな真夜中に、おまえが電話をかけた相手はタイラーだった……いや、そうだな。おれには関係ない話だ」

わたしはジャクソンの腕に刻まれたポーの詩の一節に目をとめた。手首にはケルアックの引用が刻まれている。まるでわたしの父が持っている古い書物から言葉を借りて、その言葉の背後に身を隠しているかのようだ。「もう行かないと。朝食をごちそうさま」

「会えてよかったよ、ニック」

わたしはドアのところで立ちどまって振り向いた。まだこちらを見つめたままのジャクソンに向かって言う。「ジャクソン、彼女は死んでるわ」

「ああ、知ってる」彼は答えた。

　帰り道の途中、わたしは車でタイラーの両親の家に寄ってみた。彼のトラックはそこにもなかった。かつてのわたしたちはほとんどの時間をタイラーのトラックの中で過ごしていた。だから彼の両親のことはよく知らない。タイラーは恋人を実家の夕食に招くタイプではなかった。わたしたちが家の中で過ごしたのは天気が悪いときだけだ。あとは常にタイラーのトラックか、森の中で過ごした。一見すると、森には何もないように思える。だけどはっきり言って、森では世界が自分のものになる。実際、森はわたしたちのものだった。空き地ではふたりでテントを張ったものだ。親友同士であるかのように洞窟にも行ったし、川にもよく行った。そう、わたしたちは川の近くでたくさんの時間をともに過ごした。仰向けに寝転んで、指を軽くからめながら。

　その川はわたしたちの家のあいだを分断するように流れていた。今ではそのことに物理的というよりもむしろ、隠喩的な意味があるように思えてしかたがない。もしその川さえなければ、わたしの家からタイラーの家まで難なくたどり着けたはずだ。理屈上では、川に橋代わりとしてかけられた丸太を渡ることは可能だ。ただし暗闇だと、それがたちまち難しくなる。間に合わせの橋の幅は非常に狭く、一歩間違えば川に落ちてしまう。川の水は驚くほど冷たいし、岩も想像以上に鋭い。しかもいくら大声で助けを求めても、夜の漆黒の闇はひどく無関心だ。

そう、そんな危険を冒すよりも、タイラーのトラックに乗ってドラッグストアへ行き、そこを起点にどこかへ出かけたほうがずっといい。時間も短くてすむ。

帰り道の途中、わたしはドラッグストアの前を通り、小学校や警察署、墓地の前も通ってみた。信号待ちをしているあいだにめまいに襲われ、信号が青に変わるまでじっと息を潜めていた。

実家に戻っても、すぐに家やガレージには入らなかった。ジャクソンとあわてて出ていったため、うっかりドアを開けっぱなしにしてしまったのだ。わたしは実家の裏手にある小高い丘をのぼり、眼下に広がる谷を見おろし、この場所で起こりうるあらゆる可能性について想像した。わが家の敷地の隣には、カーター家の敷地がある。干あがった川床の向こう側だ。今、わたしが立っている場所からでも、遠くにある改装されたガレージの一部が見える。そのはるか向こう側に流れている川は、今は隠れて見えない。冬になって木々の葉が落ちると、角度によっては川の流れがちらりと見えることもある。けれども今は、低く一定のリズムでごぼごぼと流れる音が聞こえるだけだ。数日雨が続くと、その音はさらに大きく聞こえるようになる。

この場所はわたしだけのもの。ずっとそう考えてきた。とはいえ、かつてはここにのぼっているダニエルの姿を見かけたこともある。きっとこの町に住んだことのある子どもたちは全員、わたしと同様に丘をよく訪れ、自分だけの場所と考えるようになるのかもしれない。アナリーズもここに座り、自分を取り巻く世界の様子を調べていたのだろう。かつてわたしが自分たちのものだと考えていた空き地の要塞も偶然見つけていたかもしれない。森の中のあらゆる道を把握し、隠れ場所もひとつ残らず知っていたに違いない。昔のわたしのように。

わたしは一番よく知っている道をたどっていった。空き地までまっすぐに延びている道だ。昔、下生えが踏みつけられて土が露出しているのは、わたしやダニエルが数えきれないほどこの道を歩いていたからだと考えていた。だけどわたしたちが歩く何年も前から、さらにわたしたちのあとの何年も、誰かがここを歩きまわっていたのだろう。

この道には、幹に穴の空いた木がある。わたしは穴に手を突っこみ、中にあるどんぐりや石をかきだした。幼い頃、わたしたちがここにしまっていたものだ。この空き地の隅にある一番平らな土地に、わたしとタイラーはよくテントを張っていた。二本の幹のあいだにある付け根には、ダニエルとわたしが長めの枝を数本隠していた。よそ者を撃退する必要があった場合に備えてだ。

少女時代、わたしとコリーンとベイリーの三人でこの空き地でよく遊んだ。ダニエルや男友だちが来てもまだわたしたちがごっこ遊びをしていたとき、少年たちはこの場所を取り戻そうとした。するとコリーンは頭上に大きな枝を掲げ、『ロード・オブ・ザ・リング』――リビングルームで少年たちが見ていた映画――の魔法使いの真似をしたものだ。やがてわたしとコリーンとベイリーはこの空き地を守る役に夢中になり、ダニエルと友だちはつかまることなく空き地に忍びこむという遊びを楽しむようになった。コリーンはよく響く声で〝断じて通さぬ！〟とせりふを言い、わたしたちは思いきり笑いあい、暗くなるまでその遊びを続けた。コリーンは自分を〝空き地の女王〟に見立て、少年たちに忠誠を誓わせようと躍起になった。体の正面に長い枝を枝を掲げ、ヒップを揺らしながらリズムを取っていたものだ。最終的には、ダニエルが肩にコリーンの体を担ぎあげて終わる。コリーンは痩せっぽちだったから、やすやすと担ぎあげられてしまった。髪が地面に届きそうになるのも気にせず、コリーンは叫んだ。「呪いをかけるわよ、ダニエル・ファレル！」当時から彼女は、紛れもないコリーン・プレスコットだった。

今こうしていると、事態ががらりと変わる前の彼らに囲まれているように感じられる。過去が生き生きとよみがえり、現在と肩を並べているかのようだ。この場所を最初に捨てたのはダニエルだった。兄は常に責任感があり、誰よりも成熟しており、子どもの遊びをしている暇がなかった。コリーンとベイリーはひとりでこの場所をうろつくのをいやがった。〝この場所がおもしろいのは、自分のものだと誰かと争ってるときだけ〟コリーンは言った。〝そうでなきゃ、意味ないでしょ?〟

わたしはここに一緒にいたことのある人たち全員の記憶を思いだそうとした。ダニエルとタイラー、コリーンとベイリー。

そして第三者の立場から、自分たち全員を見つめているところを想像した。

当時、わたしたちはよく音――動物や風がたてる音――を聞いて肝を冷やした。

〝怪物だ〟ダニエルがそう言うと、みんなで目をぐるりとまわしたものだ。〝なんでもないよ〟タイラーはそう言うと、テントの中でわたしの体を引き寄せた。〝ほら、こうしているから大丈夫だ〟だけど、もし何かがいたとしたら? もし怪物がただこちらを見つめているだけの子どもだったとしたらどうだろう? もしアナリーズが下生えの中でうずくまっていたら? わたしはできるだけ気弱で臆病な自分になろうとした。彼女になって、彼女の目を通してわたしたちの人生を見ようとした。アナリーズは何を見たのだろう？　何を考えたのだろう？　そして彼女の目を通じて物事を見ようとしているわたしは何者なのだろう？　わたしは立ちあがり、空き地の真ん中を歩きまわりながら、自分たちの姿を心に思い描こうとした。

ほかの人たちの記憶――かつて一緒にこの空間を共有していた人たちの感情――にとらわれすぎていたせいで、現実に存在する誰かの気配に最初は気づかなかった。そう、今ここにいる誰かの気配に。

ふいに小枝を踏みしめる音と、下生えに足を引きずる音が聞こえた。たちまち、うなじの毛が逆立った。

わたしは今、空き地の真ん中に立っている。完全に姿をさらした状態だ。そして誰かに見られているのを感じている。その誰かの呼吸まで聞こえてきそうだ。

「タイラー？」わたしは大声で叫んだ。

何かあると最初に思い浮かぶのはいつもタイラーだ。それがいやでたまらない。真夜中、携帯電話をかけようとする相手はいつもタイラーだ。そして突然、手を止める。正面玄関がきしんで開く音がしたときも、最初に思い浮かぶのは彼の名前だった。

「アナリーズなの？」わたしは尋ねた。ほぼささやき声に近い。

それから携帯電話を取りだした。もし近くに誰かいるなら、男であれ女であれ、その人物にはわたしが携帯電話を持っているのが見えるはずだ。

どこかで物音――足音――が聞こえた。森の奥深くだ。

わたしは木々のあいだを抜けて実家の方角へ戻りはじめた。脇から何か物音が聞こえ、はっとして振り返る。

今やわたしは両手で携帯電話を握りしめていた。携帯電話にはGPS機能がついている。そのありがたい機能のおかげで、わたしはこの地域一帯を網羅しているサービス・プロバイダとつながっている。そのプロバイダが提供するプランで、そのほかにいい点はひとつもない。携帯電話間の通信は途切れがちだし、データ送信も不安定なことがしばしばだ。だけど今、森の中にひとりでいるわたしにとって、これ以上頼りになるサービスはない。

一度、エヴェレットが別の部屋で自分の携帯電話を充電中に、代わりにわたしの携帯電話を使ったことがある。気になるスポーツの試合結果を確認しようとした彼は、なかなかつながらないわたしの携帯電話に欲求不満を募らせた。〝どうしてこんなプロバイダと契約しているんだ？　ひどいサービスじゃないか〟

〝そんなにひどくないわよ〟そのときわたしはそう答えた。だけど、本当はひどいサービスだ。

でも今ならこう思える。まさにこのときのためだったのだ。心のどこかで、万が一に備えていた。そして今、実際にここでこんな事態に陥っている。わたしはこれまで自分がしがみついてきた些細《ささい》なものを思い返してみた。引っ越すたびに手放してきた些細なものたちも。今、実家へ戻るわたしを透明な糸のような電波が導いてくれている。

わたしは携帯電話を耳にあて、ある人物に電話をかけた。何も質問せずに、すぐにこの場へ駆けつけてくれる人物だ。

電話の呼び出し音は鳴りつづけている。二回、三回。わたしはパニックになるあまり、足がふらついた。そのとき、ようやくダニエルが出た。「森の中にいるの」わたしは前置きもせずに伝えた。「空き地に」

「わかった」ダニエルが言う。「大丈夫か?」

風にのって、かすかに何かのにおいがした。たばこの煙だ。漂ったと思ったら、すぐに消えてしまった。

「わからない」わたしは穴の空いた木の幹にそっと手を触れた。ごつごつした木の皮の感触が懐かしく、地に足がついた気分になる。

電話の向こう側から、ダニエルの呼吸が荒くなるのが伝わってきた。きっとあわてて立ちあがっているのだろう。「何か問題が起きたのか?」

わたしは森の中に視線をさまよわせ、たばこのにおいがしたほうを見つめると、声を落とした。「わからない。誰かがここにいる気がする」

ダニエルが小声で悪態をついたのが聞こえた。「すぐに行く。電話は切るな。おまえがずっと電話中だということを相手に知らせるんだ。ニック、もっと大きな声で話せ。話しながら家に戻るんだ」

もしダニエルが家にいるなら、ここへ到着するのに二十分はかかる。もしどこかの仕事場なら、さらに時間がかかるはずだ。

話せと言われても、何を話していいかわからない。結局、自分でもあきれるほど愚かなことを兄に向かって話しはじめた。「実は駆け落ちしようかと考えてるの」なんて意味のない言葉だろう。「盛大な結婚式なんて耐えられそうにない。だって知らない人ばかりなんだもの。全員がエヴェレットの家族の知り合いで、彼の招待客は二百人くらいになりそうなの。だけど、わたしのほうは五人よ。それにお父さんが……ああ、もし結婚式当日、お父さんがわたしのことをわからなくなったらどうすればいい? わたしと一緒に教会の通路を歩けなくなったら? いっそ、リゾートで結婚式を挙げるべきなのかもしれない。家族だけで、どこか暖かいところで」

「今、どこにいる？」

「戻っているところ。あのオークの木の近くにいるわ。覚えてる？」道のどこかです ばやい動きが感じられ、わたしははじかれたように体の向きを変えてそちらを見た。左側から何か物音が聞こえる。落ち葉を踏みしめる音だ。わたしは足を止めなかった。一刻も早く実家に戻らなければ。その一心で歩きつづける。

「話を続けるんだ」ダニエルが言う。

「もしエヴェレットの家族がどうしても盛大な結婚式を挙げたいと言い張るなら、オリヴィアを呼ぼうと思うの。エヴェレットの職場の同僚よ。それにもちろん、出席する意思があるならローラも呼びたいわ。あと、大学時代のルームメイトのアーデンを呼んでもいいかもしれない」それ以外の人の名前は思いつけない。「できればこぢんまりとした式がしたいわ。わかるでしょう？ 無意味に盛大なのよりずっといい」

「話しつづけるんだ」ダニエルが言う。「今、フルトン・ロードだ」

わたしは足を動かしつづけ、電話に向かって話しつづけた。森の中にまだ誰かがいるのかどうかよくわからない。今もわたしのあとをつけているのだろうか？

ダニエルとわたしは個人的な事柄について話しあったことがない。今まで必要最低限の会話しかしてこなかった。兄が電話をかけてくるのは、そうする理由があるときだけだ。わたしがダニエルに電話をかけたのも、新しい住所やクリスマスの計画、それに婚約したことを報告するときだけだった。

「昔、インターンとして働いているときに、そういう盛大な結婚式に出席したことがあるの。元生徒の親の結婚式よ。とても滑稽だったわ。ある生徒から、父親が再婚するから式に出席してほしいと言われたの。今思えば、十八歳の男子生徒が二十三歳の教師をデート相手として誘うなんて不適切だったのよね。でも、当時はそんなことはこれっぽっちも考えなかったわ。彼が高校を卒業したばかりの夏で、実際はデートなんて呼べる代物じゃなかった。ただその生徒がわたしを招待客リストに加えたというだけだったの。だけどあの子はそうすることで、わたしに何かを伝えようとしていたんだと思う。とにかく、滑稽な結婚式だったわ。集まっているのはとんでもないお金持ちばかり。ねえ、兄さん、〝お金持ち〟っていう言葉が控えめに感じられるほど、ばかばかしい式だったの。あの結婚式にかかった費用で大学四年間の学費がまかなえたはずだし、小さな国なら国民全員のお腹も満たせたはずよ。どうしてその生徒がわたしを招待したのかはわからない。彼がわたしに何を見せたがっていたのかも、今、彼がどこにいるのかもね」

「今、クランソン・レーンだ。誰か見えるか?」

わたしはあたりを見まわした。誰かに追われている気配は感じられない。「いいえ。わたしはその生徒と向きあうべきだったのかもしれない。面と向かって尋ねるべきだったのかも。そのあと、その生徒から自分のサッカーの試合を見に来るべきだと言われたの。だから行ってみたわ。学期ごとにサッカーの試合があったから。でもその生徒がわたしに見せたかったのは、自分がプレーしている姿じゃなかったみたい。別の何かを見せたがっていたの。試合が終わったあと、彼の父親はその生徒をこっぴどく叱っていたわ。そうやって息子に重圧をかけていた。あの生徒は、その事実を口に出して言いたくなかったのよ。口で説明するよりも、実際に見せたほうが簡単な場合ってあるでしょう?」

「今、どこだ?」

わたしは肩越しに背後を確認した。だけどアドレナリンのせいなのか、視界が少しぼんやりしている。あるいはパニックのせいかもしれない。「もうすぐ家よ。あの生徒に電話をかけてみる必要があるかもしれない。シェーンなんとかっていう名前だった。ああ、いやだ、彼の姓が思いだせないわ。彼の父親の結婚式にまで出席したのに、その生徒の名前を思いだせないとはね。生徒の名前がごちゃごちゃになりはじめてるの。あまりにたくさんの生徒と会ってきたから。ねえ、家が見えてきたわ」

「ニック、家に入ってドアに鍵をかけろ」

わたしは言われたとおりにした。握りしめていた石を放り投げて走りだす。腕をひと振りするごとに、携帯電話が空気を切り裂くような音がした。森と実家の境目まで走りつづけると、叩きつけるようにして後ろ手にドアを閉め、ダニエルの指示どおりに鍵をしっかりとかけた。

「家の中よ」わたしは息を切らしながら言った。キッチンの窓まで歩いていき、森を見つめてみる。何も見あたらない。生き物の気配がしない。

「大丈夫か？」

「家の中よ」わたしは繰り返し、胸の上に片手を置いた。ほら、落ち着いて。

「そのままでいろ」ダニエルが言う。「着いた」

兄のブルーのSUVが停まるのが見えた。ダニエルは運転席からおりてきたものの、向かったのは家ではない。まっすぐ森のほうに歩きだした。

わたしは玄関から出た。「兄さん！　いったい何をしているの？」

「中に入ってろ、ニック」ダニエルが走りだし、たちまちわたしから離れはじめた。信じられない。ダニエルが森へ行くというのに、家の中でじっと待っている気はさらさらない。そうでなくてもパニックに襲われかけているのに。わたしは実家と森の境目へ戻ると、呼吸を整えて落ち着こうとした。ダニエルの姿が木々のあいだに見え隠れしている。木の背後にちらりと全身が見えたものの、腕が枝に隠れ、足音が風にかき消されていく。わたしは兄の姿が完全に見えなくなった場所を凝視しつづけた。どうか戻ってきてくれますようにと祈る気持ちだった。

そうするうちに、呼吸も動悸《どうき》もふたたび荒くなりはじめた。そのとき、突然手にしていた携帯電話が鳴りだし、わたしは思わず飛びあがった。エヴェレットからだ。すばやくマナーモードのボタンを押すと、背後から近づいてくる足音が聞こえてきた。「兄さん？」伸びあがって、もっとよく見ようとする。もう一度、今度は大きな声で尋ねた。「兄さん？」

最初に兄のブロンドが、続いて肩が見えた。それから顔の半分と長くてひょろっとした脚が。ダニエルは首を振りながらこちらに来た。ズボンの後ろに何か押しこんでいる。

「誰もいなかった」ダニエルは言った。

「それって銃？」

ダニエルは答えようとせず、家を目指して歩きつづけた。わたしが兄にならうのを期待するように。「本当に誰かがいたのか?」ダニエルが尋ねる。

「どうして銃なんか持ってるの?」

「へんぴな場所に住んでいるうえ、警察官がこの家にたどり着くのに時間がかかりすぎるからだ。誰だって銃を持っている」

「いいえ、誰もが銃を持っているとは限らないわ。銃が安全とは言えないもの。ズボンに突っこんでただ歩いているだけでもよ」

ダニエルはわたしのためにドアを開けると、わたしのあとから家へ入り、深く息を吸いこんだ。「ニック、大丈夫か? いったい何があったのか聞かせてくれ」

わたしは兄と目を合わせられなかった。「空き地にいたの。昔、要塞を作って遊んだ場所よ。そうしたら、足音が聞こえた気がしたの」わたしは記憶の中の音を聞き取ろうとした。それなのに、今では無理にそうしているように感じられてしかたがない。落ち葉を踏みしめる音を、あえて音量をあげて聞き取ろうとしているかのようだ。

「それに誰かがたばこを吸ってるにおいがしたように思ったの。でも、自信がない」

もしかすると、誰かがわたしを見つめていたのかもしれない。だけど、見つめていなかったのかもしれない。ダニエルが言っていたように、そこには怪物がいるのだろう。充分に睡眠がとれないと、人の精神は限界に達するのかもしれない。愛する人たちが姿を消し、恐怖を感じているのだからなおさらだ。ここに怪物が住んでいると信じるようになってもおかしくはない。

「電話をかけてきておれを震えあがらせる前に、自分で確かめるべきだったな」

わたしはダニエルをにらみつけた。「本当に震えあがっていたのはわたしよ」

ダニエルは深呼吸を始めた。深く息を吸いこんで、感情を爆発させないようにしている。わたしは肩に力が入るのを感じた。緊張したとき、兄も肩を怒らせる。「目が真っ赤だぞ。ちゃんと寝てるのか？」ダニエルが尋ねた。兄がわたしの言うことを信じられないのも無理はない。今と昔の時間が折り重なるにつれ、わたしも自分自身を信じられなくなっている。

「ええ、少しは……いいえ、本当は眠れない」わたしは答えた。「ここじゃ眠れない――」

「だからおれたちの家に泊まれと言ったんだ。ニック、うちに来い」

わたしは笑いだした。「銃を持っていればすべて解決できるから？」

ダニエルはテーブルの上にあるレシートの山を手に取って目を細め、それをテーブルへ戻した。「ベビーシャワーのとき何があったか、ローラから聞いた。ローラは気がとがめてる。ローラにおまえの面倒を見させてやれ。そうしないと、うるさくてかなわない」

「でも、わたしが突然、兄さんの家に泊まる気になった理由をどう説明するつもり?」

「エアコンのせいにすればいい」ダニエルは口の端を少しだけ持ちあげた。

「そんなことできないわ。それに悪く取らないでほしいんだけど、ローラは口うるさいんだもの」

ダニエルは頭を振ったが、言い返そうとはしなかった。「いいか、明日、おれは現場に出向かなければならない。だが昼前には戻ってきて、おまえの様子を確認するつもりだ。もしおれと連絡がつかなかったら、ローラに電話をかけてほしい。彼女ならうまく対処してくれるはずだ」

「そうね」

「おまえはローラを信用してないんだな、ニック」

わたしは立ち去ろうとしているダニエルの背中を見つめた。ズボンに押しこんだ銃の形が浮きでている。「うちの家族の特徴よ」そう言ったが、ダニエルは頭を振って歩きつづけた。「兄さん?」わたしが呼びとめると、兄は足を止めて振り返った。「来てくれてありがとう」

ダニエルはふたたび背中を向けると、手を振って歩きだした。車の前まで行くと、両手を車の上について尋ねた。「宣誓供述書はできたか?」

「二通のうち、一通はね。今、もう一通のほうを準備してるところ」

ダニエルはうなずいた。「この銃は父さんのだ。これ以上、父さんが持っていると危険だと考えて取りあげた。だから、父さんが自分を傷つけたりすることはない。それに誰かを傷つけることもだ」


そう、わたしたちの父は飲んだくれだった。家に帰ってこなかったことも何度かある。食料品を買い忘れたこともだ。だから結局、父はわたしたちの自由にまかせることにした。わたしたちは運がよかったのだ。人生という壮大な流れの中で、あれから十年経った今ならはっきりとわかる。わたしたちは運がよかったのだと。

コリーンの場合、運がよかったとは言えない。ただ、わたしたちはそのことをずっと知らずにいた。コリーンの父親の正体を明らかにし、彼に秘密をすべて吐かせたのはハンナ・パードットだ。ハンナは駆け引きの達人だった。どこをどうつつくべきか熟知していた。それはきっと、わたしの父が彼女に話したせいだろう。〝家族の問題だ〟父は声を落としてハンナにそう言った。いかにも意味ありげに。

コリーンには年下のきょうだいがふたりいた。彼女が十一歳のとき、弟のポール・ジュニア――コリーンはP・Jと呼んでいた――が、そしてその二年後に妹のライラが生まれた。コリーンが行方不明になったとき、ふたりはまだ七歳と五歳だった。どちらも寡黙で禁欲的で、子どもらしからぬ子どもだった――ハンナ・パードットがブリックス巡査に言ったその言葉は、ブリックスからほかの人たちに伝えられた。ハンナはコリーンの家を訪れ、リビングルームにある組み合わせ式のソファに座った家族に質問した。そのときコリーンの母親はハンナにレモネードを手渡し、母子三人ともが命令を待つかのようにコリーンの父親をおずおずと見つめたという。コリーンが悲しそうだったり混乱したりした様子を見せたことはないか、あるいは何かそれらしい言葉を口にしたのを聞いたことがないかとハンナが尋ねると、三人はまたしても父親を見つめた。〝どんな些細なことでもいいんです〟ハンナはたたみかけた。〝コリーンの精神状態を表すことならなんでも〟三人はもの問いたげに父親を見た。その質問の答えが父親であるかのように。

コリーンの母親は彼女を病院に連れていったことが二度ある。ハンナ・パードットはコリーンの父親の目の前で、そのときの診断書を読みあげた。一度目は肘の脱臼

——コリーンは目をぐるりとまわしながら、わたしたちに話した。〝窓からこっそり抜けだそうとしたの〞二度目は生え際にある傷だ——〝川に飛びこもうとして、つるつるした岩に足を取られちゃって〞

「ああ」コリーンの父親はハンナ・パードットに言った。「おれのせいだ」大粒の醜い涙を流しながら、すすり泣いた。ハンナ・パードットはブリックス巡査とフレーズ巡査を呼んだ。コリーンの父親がこれからすべてを打ち明けようとしていると確信したからだ。

コリーンの父親はわたしの父のようにバーに座ってもの思いにふけるタイプの酒飲みではなかった。自宅のリビングルームでウイスキーを飲み、自分以外の人に腹をたてて八つあたりするタイプだった。

「娘を殴ってはいない」コリーンの父親はそう言い張った。「殴ったことなど一度もない」

そのとおりだとコリーンの母親は言った。「夫は一度もそんなことをしてません。ただコリーンを罰しただけなんです。口答えしようとした娘の体を突き飛ばしました。一度だけ、階段から下に向かって。だけど、たった一度です。あの子が肘を脱臼したときです」

コリーンの父の子どもに対するしつけは厳しく、断固たるものだった。壁に皿を何枚も投げつけた。しかも、子どもたちの頭すれすれのところをめがけてだ。狙いを外したときが一度だけある。そのせいで、コリーンの生え際に傷がついたのだ。とにかく彼は容赦なく子どもを脅しつける威圧的な父親だった。ある時点から、コリーンはそれをなんとも思わなくなった。天窓に小鳥がぶつかって地面に落ち、バタバタと羽を動かしているのを見ても、なんとも思わなくなったのだ。

コリーンは自宅を出て、わたしの家に来たがるようになった。計画があるのだと言っていた。今なら彼女の言葉にどんな意味が隠されていたのかよくわかる。〝ねえ、あんたって人の心を自在に操れる？　実は計画があるの。どうしてもあんたの家に泊まりに行かなきゃ〟

だけど結局、わたしはコリーンに調子を合わせるのをやめてしまった。わたしもまた、コリーンを突き飛ばしたのだ。

警察はコリーンの家を捜査し、血痕が落ちていないかどうか調べあげた。動かぬ証拠を。彼女の父親が隠そうとした、〝もうひとつの事故〟の痕跡を。

コリーンが病院で嘘の話をでっちあげる姿が、わたしには想像できなかった。〝落ちたんです。窓からこっそり抜けだそうとして、落ちてしまったんです〟当時わたしたち全員が信じていたようにコリーンの力は無限ではなく、限界があったのだ。そしてあの家を離れると、コリーンは一歩たりとも譲ろうとはしなかった。それは日々の暮らしで身につけた特性だったのだろう。コリーンはどういうふうに圧力をかければ相手を操れるかを知っていた。父から身をもって学んだのだ——突き飛ばしても、突き飛ばしすぎてはいけない。ひびは入れても、皿を完全に壊してはいけない。どんな人の心にも暗闇が潜んでいる。コリーンはそのことを誰よりも熟知していた。人はふたつの顔を併せ持つものだ。そして彼女はそのふたつを見きわめるまで、わたしたちの心の奥底を見つめていた。

毎年のように、わたしのオフィスにはコリーンのような生徒がやってきた。デスク越しに見ていると、この子がそうだとわかる。意志が強く、冷酷で、周囲から一目置かれている女子生徒。そんな彼女の悲しい横顔が浮きあがってくるのは、まわりにいる人々から切り離されたときだけだ。

切り離してはだめ。

お願い。やめて。

〝彼女は意地悪かもしれない。でも、あなたたちを愛してるのよ〟わたしは彼らに言いたい。〝待ってあげて。もっと彼女の内面を見てあげて〟

わたしにはいつだって見える。いつも長袖の服を着ているその女子生徒が。そして長袖の下に何が隠されているかを知っている。

それに彼女は昼食のトレイにも手をつけない。自分が誰かを冷淡に扱うときのように無視したままだ。

彼女は少年たちを何度もはねつける。彼らがふたたび戻ってきてくれるのを望みながら。なぜなら、彼らは決して彼女と親密にはなれないから。彼女のほうがそれを許せないのだ。

わけもなく、わたしはその女子生徒を自分のオフィスに呼びたくなる。学校生活の重圧や両親の離婚、注目されたいという飢餓感にもがき苦しんでいる生徒たちを差しおいてでも。わたしが求めているのは、まさにこのタイプの少女だ。わたしのファイルには名前があがってこない少女。わたしは彼女を呼びだしたい。そうすれば知らせることができる。成長するにつれ、周囲の誰もが彼女を見捨てるようになること――彼らはそうせざるをえなくなることを。だけど、わたしがここにいるのだということを。

今は、わたしがここにいる。そう伝えたい。

うとうとしかけたとき、携帯電話の着信音で目が覚めた。タイラーからの電話だ。画面に名前が表示されている。たちまち彼の姿が思い浮かんだ。そばにいてくれるととても安心できるタイラー。「もしもし、タイラー？」わたしはベッドから飛び起き、廊下に出た。降りつづく霧雨の中、タイラーのトラックが家の前に停められているかもしれない。

「もしもし、ニック」

「大丈夫？　家にいるの？」夜の闇は暗く、タイラーの姿はどこにも見えなかった。

「ああ。ジャクソンから、きみが心配してたって聞いたんだ」

「心配していたのはジャクソンのほうよ。わたしも心配していたけど。どこに行ってたの？」

「ちょっとした用事をすませてきた」

「どうして携帯電話を置いていったの？」

一瞬、間が空いた。愚かな質問をするなと言いたげな沈黙だ。「忘れたんだ」

タイラーはわたしに嘘をついている。それがいやでたまらない。これまで互いに嘘をついたことはない。自分の本音を口にしないことはあっても、嘘は一度もなかった

——嘘はつかないことを彼に約束させたのだ。「タイラー、本当のことを話して。お願い。あなたも傷ついたと思うけど……」

沈黙が続き、わたしは落ち着きなく身じろぎをした。

「ミシシッピに行ってたんだ」タイラーは早口で答えた。声がかすれている。その答えを聞いただけで、携帯電話を置いて出かけた理由がわかった。

「彼女のお父さんのところへ？」

「自分のために確認したかったんだ。アナリーズの姿はどこにもなかった」タイラーがぽつりとつけ加える。「なんの手がかりもなかった」

わたしは電話の向こう側から聞こえる、タイラーの息遣いに耳を澄ました。

結局、沈黙を破ったのはタイラーだった。「きみの言うとおりだ。おれたちは距離を置く必要がある」

こうして話しているのに、タイラーが遠くに感じられる。「タイラー――」

「あと、何か必要なものはあるか、ニック？」コールセンターのオペレーターみたいな、よそよそしい言葉だ。

本当のところ、わたしは何を必要としていたのだろう？　タイラーの何を？　タイラーのためになることだ。「あなたが無事だとわかったら、それで充分よ」

「おれなら大丈夫だ。じゃあ、またな、ニック」

この町に雨が降ると、わたしは懐かしさと同時に不安を感じる。都市だと雨は建物の窓や通りに打ちつけ、排水路に流れていく。まるでわたしたちの領域を侵害するかのように、雨のせいで交通渋滞が起こり、アパートメントのロビーは滑りやすくなる。だけどここでは、雨は単に風景の一部として感じられる。ずっと前からここに存在していて、わたしたちのほうがこの地に立ち寄った旅人のような気がしてくるのだ。

雨が降ると、自分が取るに足りない、はかない存在に思える。母が生きていて、この家で雨音に耳を澄ましている姿を想像せずにはいられない。科学の授業で出てくる循環図みたいに、母の時代に降った雨と同じ水の分子が再循環され、ふたたびこの地に降り注いでいるような気がしてくる。わたしの祖父はこの土地を買い、何もないところにこの家を建てた。祖父もまたこの窓の前に立ち、同じように雨音を聞いたのだろう。〝時間はめぐりめぐっていると信じている宗教もあるんだ〟かつて父はそう言った。〝時代を超えて繰り返されているんだとね。だが、時間は神のような存在だと信じる人たちもいる。わたしたちにとっての贈り物のようなものだと。自在に延びて、わたしたちをその中に存在させてくれるのだから〟

思いだすと心地よさを感じる。父の声の調子も、すべての辻褄を合わせようとする態度も。

なぜなら降りしきる雨の中、山々に囲まれた家——かつて祖父が建てた家にこうして立っていると、いやでも気づかされるからだ。自分がたいして価値のない存在であるという事実に。

一瞬で、ひとかどの者ではなく、何者でもない自分に変わってしまう。一瞬で、ヒマワリ畑で笑っていた少女が、店のウインドーに貼られた行方不明者のビラの写真に変わってしまう。

なんて恐ろしいのだろう。うつろな瞬間。そして、罪の赦しを与えられるのだ。

昔、雨が降る中、タイラーを外へ連れだして、〝ねえ、感じる?〟ときいたことがある。わたしはタイラーの指に指をからめ、彼が〝ああ〟と答えるのを待った。なんとでも答えられただろう。〝顔に降りかかる雨が冷たい〟とか〝雨水が靴を濡らしている〟とか〝この空は愛と孤独、そしてきみについてささやきかけてくるみたいだ〟とか。とにかく、タイラーはわたしとまったく同じことを感じていると信じたかった。

彼こそがいつもわたしを理解してくれる相手なのだと。

わたしはふたたび眠ろうとした。ベッドに横になって目を閉じ、屋根にあたる雨音に意識を集中させる。そうすることで心が空っぽになり、子守唄を聞いているみたいに夢の世界へいざなわれますようにと祈った。

けれども雨粒が落ちるたびに、ここクーリー・リッジがわたしに話しかけてくる。眠らせるものかと言いたげに。

〝目を開けたままでいるんだ。さあ、こっちを見て〟

時間は糸のように織りなされていく。もしその気になれば、人生の出来事を見せてくれる。きっとこれはそういうことなのだろう。たぶんクーリー・リッジがわたしに見せようとしているのだ。過ぎ去った時がこれまでの出来事を説明しようとしているのだ。

〝早く《チクタク》〟

――その前日――

七日目

家は前よりも明るく、生き生きしているように見えた。ダニエルがペンキを塗ったばかりだからだ。淡いアーモンド色――ローラは自分で選んだペンキの色をそう呼んでいた。だけど家具がひとつ残らず壁から離されて不自然な角度で置かれ、ビニールシートで覆われているため、一階全体がお化け屋敷のようだ。夜のあいだに、わたしはペンキ臭さを感じなくなっていたに違いない。ビニールシートをごみ箱に捨てようと外へ出て家の中に戻った瞬間、そのことに気づかされた。ペンキの鼻を突くにおいが家じゅうに充満している。ぬるぬるとした壁から発せられる悪臭で息が詰まりそうだ。窓を開けたくらいではこのにおいは消えないだろう。家のありとあらゆるフィルターを通じて空気を循環させ、入れ替える必要がある。どう考えてもエアコンが必要だ。

わたしは一階のあちこちにダニエルが持ってきてくれた送風機を置いてスイッチを

入れ、窓という窓を全開にした。

それから家の外へ出た。老朽化したこの実家で起こりうる最悪な出来事は、電気の不具合による壊滅的な事故に違いないと思っていた。だけど、そうではなかったらしい。

〈グランド・パインズ〉では、入所者と家族が一緒に日曜のブランチを楽しめるようになっている。日曜の礼拝へ行ったあと、この施設へ送りこんだ身内を訪れる――まさに罪を償う日にほかならない。一緒に食事をして体重を増やすという苦行に耐える日。オムレツを食べて罪悪感を募らせる日だ。

ブランチはビュッフェ形式だった。父に続いて列に並び、自分のトレイを父のトレイのあとから溝に滑らせると、爪で黒板を引っかくようないやな音がした。

「ベーコンを試してごらん」父が言った。わたしはしかたなく皿にベーコンを一枚のせた。「卵料理はやめたほうがいい」父が口の片端だけ持ちあげて言う。「ビスケットはふたつだ」わたしはひとつしか取らなかった。食欲がまったくない。無駄に多く取って食べ残すことはしたくない。

肩からかけたバッグの中には、受付でもらった医師の署名入りの書類が入っている。

父が精神上の疾患を抱えており、後見人が必要だという事実を裏づける宣誓供述書だ。裁判所へ提出する前に、宣誓供述書がもう一枚必要だった。施設内の医師からは、すでに専門医を紹介してもらっている。

言われたとおり皿にベーコンをのせながらも、わたしは父に嘘をついているような気がしてならなかった。あたかも父と一緒に食事をするのが目的のようなふりをして今日ここに来た。もちろんここへ来たのは書類を受け取るためだけではないが、父と食事をするのが第一の理由でもない。ダニエルとローラは定期的に父とブランチをとっているのだろうか？　きっとそうなのだろう。わたしがここへ入ってきたとき、父はそれがしごく当然のように笑みを浮かべていた。その姿を見て、心のどこかで、宣誓供述書に書かれていることが間違いだったらどうすればいいのだろうと思う自分もいる。もし父の状態がこれからよくなったとしたら？　すべてが正反対の流れになったとしたら？　認知症の恐ろしい症状が一時的なもので、これから徐々に時計の針を巻き戻すように改善していったとしたら？　ねえ、お父さん。わたしたちのことを思いだせなかったときを覚えている？　あれには本当にぞっとしたわ。

わたしたちはテーブルについた。先週、父と会ったときと同じテーブルだ。明らかにここが父のいつもの席なのだ。「ローラのお腹を見せたかったわ」わたしは父に話しかけた。「昨日、ベビーシャワーに行ってきたの。今にもはじけそうだったんだから」

父が笑った。「子どもはどっちなんだろう？」

父はその答えを知っていた。知っていて当然だったはずなのに。「女の子よ」父がかすかにうなずいた。「名前はシャナ」わたしがそう言うと、父はわたしの目を見つめたあと、ゆっくりと視線をそらした。言ってはいけないことだったのだろう。父の意識が現在から遠のいていく。母とともにはるか前の時代へ消えかけている。

「おまえの母さんに初めてここへ連れてこられたとき、わたしは恋に落ちたんだ」

今回はわたしが父にここへ連れてこられたことになる。

「クーリー・リッジに？」わたしは尋ねた。

「ほら、そんないやそうな顔をしてはだめだ、ニック」父がにやりとした。「だが、答えはノーだ。クーリー・リッジじゃない。わたしはシャナと恋に落ちたんだ。なぜなら、そこで彼女のすべてを見ることができたからだ。シャナはうまくはまらないパズルのピースのようだったが、結局わたしが彼女というピースをもといた場所に置いたんだ。わたしはそう理解している。シャナは本当に美しかった」

わたしが一番鮮やかに覚えている母の記憶は、すでに消えかけている。母は病に冒され、四六時中寒がっていたため、黄色とブルーのキルトを脚にかけて車椅子に座っていた。ダニエルはいつも母の前でストロー付きのカップを掲げていた。母もダニエルもみるみる痩せて、顔色が悪く、顔つきが鋭くなっていたものだ。写真で見ると、母は美しい。癌になる前の母は鋭さとやわらかさを完璧に兼ね備えた、相手の心を温かくするほほえみの持ち主だった。

「おまえは本当にシャナに似ている。おまえもダニエルもだ。彼女のイメージがあちこちに重なるよ」

「兄さんが似ているのはお父さんだわ」わたしはベーコンを試したが、すぐに吐き気に襲われた。なんとかかみ砕いてのみこんだため、父には気づかれなかったはずだ。

「ああ、今ではみんながそう言う。だが子どもの頃、おまえたちはふたりともシャナにそっくりだった」父はわたしを見つめた。「シャナが子どもを産んでいなかったらと想像してみてほしい。今頃、彼女のすべてが失われてしまっていたんだ」

「そうね」わたしは答えた。父がわたしを見つめている目つきがどうも好きになれない。まるで母がまだ生きているかのような目つきだ。うまくはまらないパズルのピースのような母――その母の一部を、わたしの左目や下唇、背骨の突起にあてはめるかのような目つき。そんなに見つめられると、かつてのコリーンを思いだす。あのとき、コリーンはわたしたちの中に怪物を見つけたふりをしていた。

「わたしたちは子どもを作る気はほとんどなかった。あの事故でシャナが両親を失ってひとりぼっちになったとき、彼女はわたしに子どもをひとりだけ持つことはないと言ったんだ。子どもはひとりもいないか、あるいはひとり以上がいいとね。議論の余地はなかった」父は食べ物を咀嚼しながら目をぐるりとまわした。「シャナはとても頑固だった。わたしは長いあいだ、子どもはできないと考えていたんだ。本当だ。だから、ダニエルを授かって不意を突かれた。知っているだろう？」

「いいえ、知らなかったわ」わたしたちが生まれたとき、両親はさほど若くなかった。だけどわたしは両親が計画的にそうしたのだろうと考えていた。まず優先すべきは仕事、それから家族。それが両親の考え方だったのだろうと。

「ここに戻ってきたときだ。シャナはなるべく早くおまえを産みたがった。わたしは混乱したよ。どうしてそれがそんなに大事なことなのか、理由がわからなかった。だがシャナは心を決めていた。自分の身に起きたことを、絶対にわが子の身に起こさせるわけにはいかないとね。つまり、家族全員を亡くしてひとりぼっちになる運命のことだ。もうひとり子どもを産めば、おまえたちにはいつも互いがいるから大丈夫なんだと言い、頑として譲らなかった。こうしてシャナが亡くなった今、わたしにも彼女が正しかったことがよくわかるよ。ダニエルはおまえを必要としているからね」

「兄さんがその意見に同意するとは思えないわ」わたしは笑った。「兄さんにとって、わたしは目の上のこぶだもの」

「ニック、そんなことはない。ダニエルが必要としているのはまさしくおまえだ。あの子もそれを知っている。だがダニエルがどんな性格か、おまえも知っているだろう？」

　もはや安全な話題はひとつもない。宣誓供述書の中で、わたしの父が認知症だとはっきり宣言している医師たち。行方不明になった女性たち。秘密だらけの実家。うっかりできた子ども。ダニエル。人の目はどこにでもあるものだ。森の中だけではない。この場所もだ。ふと気づくとわたしは視線をさまよわせ、テーブルを指先でコツコツ叩いていた。父と話せるのは、あたり障りのない話題だけだ。あまり深い話はせず、表面的な話題だけを心がけなければ。父に何かを思いださせてはだめだ。むやみにつついて、表面下にあるものをあふれださせないようにしなければ。だけどあることを知るために、わたしには父が必要だった。きちんと理解するために、わたしは父を必要としている。

「タイラーが家の修理を手伝ってくれているの」ビスケットをかじりながら、わたしは言った。

「それはいい。彼はいいやつだ」

「わたしたちが子どもの頃、お父さんはタイラーが好きじゃなかったのに」わたしはからかうように言った。

「そんなことはない。タイラーは仕事熱心だし、おまえを愛していた。好きになって当然だろう？」

「十代の娘を持つ父親は、その娘がつきあっている恋人を嫌うものよ。それが鉄則でしょう」

「わたしはそういう手引書のたぐいは一度も読んだことがない。わかるだろう？」父は椅子の背にもたれた。「ニック、おまえに何をしてやればいいのか、わたしはずっとわからなかった。つまり、おまえへの接し方という意味だ。それなのに、おまえは自分の力で本当にいい子に育ってくれた」

「わたしはいい子になんか育ってないわ」わたしは答えた。半ば笑いながらビスケットを粉々に割り、手つかずの料理の上に落とした。

「いや、実際そうだ。おまえを見てるとそう思う。今の自分をよく見てみるんだ」

そろそろ会話の流れをもとに戻す必要がある。さりげなく、慎重に。「タイラーがガレージの仕上げがすめば、家の価値がもっとあがるだろうって言ってたわ」何気なくつけ加えた。「お父さんと兄さんがガレージを改装したときのことを覚えてる?」

父がわたしの目をのぞきこんで笑みを浮かべた。「彼がわたしに頼んだんだ」おそらく今の話題とは関係ないこと、それも全然関係ないことを考えているのだろう。「それか、彼がわたしにそう言ったんだ。タイラーはそういう子だ。彼はおまえと結婚したいと言った」

わたしは顔がかっと熱くなり、指先がちりちりした。そんなことは今の今まで知らなかった。心底、驚いていた。いったい父とタイラーはどんな会話を交わしたのだろう? 「タイラーが? それでお父さんはなんて言ったの?」

「もちろん、おまえたちはまだほんの子どもだと言ったよ。彼に、まずは世界をよく見るんだと教えた。それに時間についても……」父はふと目をそらした。わたしは父の心がさまよいはじめたのを感じた。

「時間について?」父の意識を引き戻そうとして、わたしは尋ねた。

父はふたたびわたしに意識を戻した。「もしその気になれば、時間は人生の出来事を見せてくれる」

わたしは頭を横に傾けた。「それってお母さんがよく言っていた言葉ね」母が病気になったのを嘆き悲しむわたしに母は言った。〝わたしにはおまえが見える。おまえとダニエルの姿が。おまえたちが美しい大人になっている姿が見えるわ〟

「ああ、わたしがシャナに教えたんだ。ダニエルを身ごもったとき、彼女はとても心配していた。おまえを身ごもったときもだ。だから、わたしたちはよくそういうストーリーを作ったものだ……」父は思い出の中に引きこまれつつある。もし今、引きとめなければ、しばらくはまともな話ができなくなるだろう。

「タイラーはお父さんになんて答えたの？」正直に言えば、わたしは心から答えが知りたかった。きっと長椅子に座ったタイラーは会話の流れを見きわめるべく、自分の椅子に腰をおろした父の様子をこっそり観察しただろう。

「なんだって？」父は顔をあげ、肩をすくめた。「何も言わなかった。タイラーはわたしに許しを求めてはいなかった。だから彼にこう言ったんだ。娘からノーと言われても怒るなよと」

わたしはほほえんだ。

「おまえはそのことを知っておくべきだったと思う。あの日はプレスコットの娘が……いや、そのあともっと重要なことが起きて、おまえはこの町を出ていった。だが、わたしはおまえにそのことを知っておいてほしかった。タイラーはいいやつだ。とてもいい男だ。だが、彼はまだわたしに腹を立てていると思う。おまえの新しい電話番号を教えなかったからね」

「お父さんはいい父親ね。本当にいい父親だわ」

「いや、わたしはどうしようもない父親だ。自分でもわかっている。ただ肝心なときは正しいことをしようとしてきた。それがよかったのかどうかはわからないがね」

「お父さん、今のわたしを見て。もう終わった話よ」わたしは父の目を見つめた。「どうか父がこの会話を覚えていますように。「当時何が起きたにせよ、過ぎたことだわ。もう終わったことなの。今はあの家を売りに出すべきときなのよ」

父はビスケットを割りながら、バターナイフの先をわたしの心臓に向けた。「さあ、朝食をとるんだ。おまえはこの世から消えかけている」

わたしにはわかっていた。アナリーズが行方不明になった原因は、彼女が十年前に目撃したこと——警察もまだ気づいていないこと——にあるはずだ。そしてその原因が判明すれば、すぐにすべてが解決するであろうこともわかっていた。コリーンの身に何が起きたかがはっきりしなければ、アナリーズの身に起きたこともわかるはずがない。警察も、わたしも。

過去に戻らなければならない。

戻る必要がある。それも、捜査の焦点がまだコリーンがどういう状態にあるかに絞られていた時期に。そのあとすぐに捜査はもっと別の、何か悪い方向へねじ曲げられてしまった。

十年前、この町の出身ではないハンナ・パードットが突然やってきた。鮮やかな赤い口紅を塗って厳しい表情を浮かべ、職務を遂行しに来たのだ。その瞬間から、捜査の目的が少女を見つけることから、事件を解決することに変わってしまった。そのふたつはまったくの別物だ。まるで異なる前提の上になりたっている。

アナリーズが姿を消してから一週間が経ち、またしても同じ変化が起きようとしている。わたしにはそれが感じられた。

アナリーズの視点からあらゆることを見て理解しなければならない――ひとつ残らず、すべてを。十年前のあの夜に始まったことから、彼女があのカウンティ・フェアで目撃したことからすべてが始まっている。

カウンティ・フェアといっても、正式な入場口があるわけではない。フェアの最中だけ駐車場となる草地に車を停め、ずらりと並ぶ厩舎《きゅうしゃ》の馬房――フェア開催中は乗り物やゲームのチケット売り場として使われる――に沿って歩いていくと、会場に入れるのだ。厩舎の脇には救急用品などがしまわれている小屋がある。その小屋の向こう側は、ひたすら木が続くだけだ。

古い厩舎だが、年に一度、フェアの期間中の二週間だけ開放される。各ブースで出し物が催され、威厳のある大きな観覧車が堂々とまわるのだ。ちなみに秋になると、ここで大地にロープでつながれた熱気球もあげられる。空へ一歩近づける場所に変わるのだ。

今夜、あたりは喧騒に満ちていた。はしゃいだり駄々をこねたりする子どもたち。笑ったり叫んだりしている大人たち。乗り物施設からは音楽の調べが、ゲームのブースからはにぎやかなベルの音が聞こえている。あちこちにティーンエイジャーたちが散らばり、呼びかけあっている。ピクニックテーブルや簡易トイレの前、観覧車の上からも彼らの声が聞こえている。駐車場の真上にそびえる大きな観覧車を目のあたりにし、わたしは思わず息をのんだ。大人になると子どもの頃に大きく見えたものが小さく感じられるものだが、この観覧車は昔よりも大きくて、手が出せない神聖なもののように見える。ひとりの少女が観覧車のゴンドラから飛びおりる姿を想像したとたん、たちまちパニックに襲われた。気分が悪い。それに激しい怒りも感じていた。

ここに来て、今までの長い歳月の中でコリーンを一番身近に感じられた気がする。わたしの肘をつかむコリーンの冷たい手の感触や、耳元にかかる彼女の息、ささやきにまじるスペアミントガムの香りまでありありと感じられる。もしこのまま目を閉じて時を超えられたら、コリーンの手首をしっかりと握りしめられるのに。特別な理由なんてなくても、彼女の体を抱きしめたい。当時はそんな気にならなかったのに。ただの一度も。

誰かが体の脇にぶつかった。小さな男の子だ。たぶん三歳くらいだろう。ほかの誰かのもとに駆け寄ろうとして、わたしに衝突したらしい。彼の両親はあわてて申し訳なさそうな表情でわたしを見ると、男の子のあとを追いかけていった。今では太陽が低く沈み、もう少しで隠れそうだ。わたしが立ったままあたりを見まわしていると、照明がいっせいに点灯された。地面が突然浮きあがったように見え、わたしはまぶしさに思わず目を閉じた。

チケット売り場を歩いてみる。人に踏み荒らされているせいか、ここはいつも草が生えていない。むきだしの土にわずかばかり緑の部分があるだけだ。出入口近く、ちょうどこのあたりでわたしは倒れた。観覧車が見渡せるこの場所で、ダニエルに殴られたのだ。わたしは振り返り、建物の脇に寄りかかるアナリーズの姿を想像してみようとした。イチゴのアイスクリームを食べながら、わたしたち全員を見つめている姿を。

わたしはタイラーに駆け寄ろうとしていた。

タイラーはわたしを待ち受けていた。

そのとき、ダニエルに腕をつかまれ、顔を殴られた。

タイラーは胸の奥から絞りだすような声を出し、ダニエルの顔を殴りつけると、わたしの横にかがみこんだ。両手でわたしの片腕をそっと取りながら言う。「大丈夫か？　ニック、大丈夫か？」

「わからない。わたし……」地面からどうにか立ちあがり、タイラーの体にもたれた瞬間、すべてがおさまるべきところにおさまったように思えた。殴られた痛みも、あの瞬間のつらさも、すべてリセットされた気がした。「大丈夫」わたしが答えると、タイラーはわたしの全身に両手を滑らせた。ほつれた髪を脇に押しやり、顔を挟みこんだあと、頬から首、腕、腰までやさしく手を這わせていく。それからタイラーはわたしの肩越しに向こうを見て、顎に力をこめた。ちょうどコリーンがわたしたちに向かって走り寄ってくるのが見えたのだ。ベイリーは離れた場所で、人々のあいだからこちらを見ていた。

アナリーズはまだそこにいたのだろうか？　わたしにはわからない。あの夜は彼女の姿を二度と見なかった。きっと出入口の外側にいたに違いない。今のわたしと同じように、建物の背後に隠れて厩舎の羽目板越しにわたしたちの姿を見ていたのだろう。あのシカのように大きな目で。そう、アナリーズはわたしたちのアリバイを証明した。だけど、彼女がその次に起きたことも目撃していたかどうかはわからない。

タイラーはわたしの体を引っ張りあげると、大丈夫かと何度も尋ねながら、もう一度異状がないかどうか確認した。「ここで待っていてくれ」タイラーはそう言うと、わたしの兄のそばに立って見おろし、腕をだらりと垂らしながらかがみこむと、兄の耳元で何かささやいた。ダニエルはわたしをまっすぐに見つめた。あまりにまっすぐな視線だったため、わたしは思わず目をそらしてしまったほどだ。

「ニック」ダニエルは懇願するように言ったが、すでにコリーンが到着していた。

「ベイリー、氷を探さなきゃ」コリーンが近づきながら大声で叫んだ。わたしには、コリーンが圧倒的な存在感でその場の支配権をあっさり握ったことがわかった。

わたしはタイラーと一緒にそこから歩み去った。救急小屋に行くと、折りたたみ式の椅子に男性係員が座っていた。口の端にたばこをくわえている。

「大丈夫か？」彼は座ったまま尋ねた

「氷、あるかな？」タイラーが尋ねる。

男性は足元にあるブルーの保冷ボックスを開け、プラスチックのカップで氷をすくいあげてジップロックの袋に入れると、わたしに手渡した。

タイラーがふたたびわたしの全身を確認しはじめる。大丈夫かと尋ねながら、両手を至るところに滑らせていく。

「タイラー、あなたの手」指の関節が二箇所裂けている。まるで間違った角度で、ダニエルの鋭い顔を殴ってしまったかのように。それにタイラーの指は変色していた。わたしは男性係員に絆創膏《ばんそうこう》を頼んだ。

彼はタイラーの手に目をとめた。「骨が折れてるかもしれないぞ」

「大丈夫」タイラーはそう答えると、わたしに言った。「さあ、行こう」

だけど、わたしにはその男性が正しいことがわかっていた。患部がすでに腫れているし、真っ赤になっている。それにタイラーはさっきから、手を体の脇にだらりと垂らしたままだ。

「タイラー――」

「おれにも氷を頼む」タイラーがささやく。

「せめて傷口を洗ったら？」

タイラーはうなずいた。「わかった。どこにも行かないよな？」

「ええ、ここで待ってる」わたしは答えた。けれどもタイラーの姿が視界から消えた瞬間、脳裏に浮かんだのは土にまみれ、鼻血を流しながら座りこんでいるダニエルの姿だった。先ほどの光景がありありとよみがえってくる。わたしの名前を呼んだ兄の声。こちらを見ていた目つき。わたしはダニエルと話さなければならない。わたしたちふたりで話す必要がある。このことについて。それも、今すぐ。当時でさえ、わたしはすでにこれがいかに重要な瞬間か感じ取っていた。わたしたちの未来がどうなるかは、これからする会話にかかっているとわかっていた。

ダニエルを捜しにさっきの場所へ戻ったが、もう誰もいなかった。きっと係員がつき添って全員を追い払ったのかもしれない。あるいは誰かが警備員を呼んだのかもしれない。厩舎を歩いて通り抜けたが、そこにも駐車場にもダニエルの姿は見あたらなかった。

わたしはタイラーがいる救急小屋へ戻ることにした。その瞬間、どこからかコリーンのやさしい声が聞こえてきた。わたしは厩舎の前を通りながら右側を見た。ちょうど彼女の声や笑い声が聞こえている方向だ。

最初に見えたのはコリーンだった。フェア会場の外側にある建物の背後で、濡れたペーパータオルをわたしの兄の顔に押しあてている。コリーンはダニエルの肩に頭を休めていた。彼女の空いたほうの手は、ダニエルのシャツの下、ちょうどベルトのあたりに置かれ、彼の素肌をたどっている。わたしが見守る中、コリーンはそっとダニエルの顎に唇を押しあて、耳元で何かささやいた。彼女の様子からしても、壁にもたれてリラックスしている兄の様子からしても、これが初めてではないのだろう。兄がわたしに気づいたのはすぐにわかった。あわててコリーンから手を離し、彼女の体をぎこちなく押しのけたからだ。わたしはふたりに背を向けて立ち去った。コリーンが不満げにあげた声はすぐに途切れた。ダニエルがふたたび彼女の体を引き寄せたのだろう。だけど、もはや遅すぎた。

ダニエルは嘘をついた。わたしがその事実を知っていることを、兄は知っている。ダニエルはまた、わたしが兄のために嘘をついたことも知っている。〝ありえません〟わたしはそう言ったのだ。〝絶対に〟

アナリーズはあれを見たのだろうか？　もし木々のあいだのどこかにいたら、見たかもしれない。あるいは駐車場の車のあいだにうずくまっていたとしても。当時アナリーズはまだ中学生だったから、帰宅するには大人の手を借りる必要があったはずだ。きっと近くにいたに違いない。

十三歳のアナリーズの目にはどう映っただろう？　遠くから、彼女が隠れている場所から見たら、何が起きていると考えたのだろうか？　そしてもし大人になってからふたたびこの場所を訪れたら、当時の記憶に変化は起きたのだろうか？　まったく違う理解に達した可能性は？　コリーンとダニエルの関係を知っているのはわたしだけ――ずっとそう考えてきた。でも、そうではなかったのかもしれない。

あのふたりのあいだに何があったのか、わたしは正確に知っているわけではない。そのあと、兄とベイリーのあいだに起こったこともだ。ひたすら走って救急小屋にたどり着いたとき、ちょうどタイラーが出てきた。わたしたちは彼のトラックに乗って会場をあとにした。タイラーはわたしに運転をまかせた。手に怪我をしていたからだ。トラックに乗り、学校から帰る子どもたちの集団の脇を通り過ぎると、子どもたちはタイラーをからかった。「うわっ、女にトラックの運転をさせてるの？」ひとりの少女が続けた。「これこそ、本物の愛ってやつね」

あのあとダニエルとコリーンがどうして別行動を取ったのか、コリーンがいつどうやってジャクソンと会ったのか、ダニエルがなぜベイリーを車で自宅まで送ったのか、わたしは何も知らない。あえて尋ねようともしなかった。わたしたちの誰もが尋ねようとしなかった。

わたしはしばらく、出入口から周囲の人たちを眺めた。カメラのレンズを通すと、この瞬間がどんなふうに見えるのか想像してみる。もしこの瞬間が凍りついたとしたら、わたしには何が見えるだろう？　そしてどう考えるのだろう？　子どもの腕をつかんだ母親が一歩踏みだして人々の中へと消えていく。ティーカップの列に並んだティーンエイジャーたちが、ほかの人たちに気づかれないようにキスを盗んでいる。小さな女の子の手を握った長い黒髪の女性が、人々の中で体をこわばらせ、わたしを見つめている。

その女性の顔には見覚えがあった。ふいにはっきりと思いだし、わたしは考える間もなく動いていた。彼女に近づいていったのだ。「ベイリー！」わたしは叫んだ。彼女は顔をそむけ、黒髪を波打たせながら背を向けて……。

わたしが神を信じるのは教会にいるときではなく、こういう瞬間だ。混沌とした状況になんらかの秩序と意味が感じられる瞬間。偶然にも、心から必要としている人たちや、今後愛するようになる人たちと出くわす瞬間。そういう瞬間には、すべてを解決する理由のようなものが隠されている。今夜ベイリーがフェア会場の真ん中に立っていた瞬間、偶然わたしもそこに居合わせた。わたしが町を出て以来、一度も会っていなかったベイリー。わたしたち全員がばらばらになったあの夜、一緒にここにいたベイリー。

今夜わたしがここにいるのは何か意味のあることだった。今や、そんな直感で全身がうずいている。宇宙がわたしのためになんらかのピースを並べてくれている。時間がわたしに何かを示そうとしてくれている。

わたしと同じく、ベイリーも体を凍りつかせたのがわかった。けれども、彼女は人だかりから遠ざかろうとした。わたしは次の乗り物に乗ろうと走っている子どもたちをかき分けながら、ベイリーに追いつこうとした。

「ベイリー！」わたしはふたたび叫んだ。

もう少しで手が届くという瞬間、ベイリーは足を止め、肩越しに振り返ると、驚いた顔でわたしを見た。「ニック？　わあ、久しぶり」

わたしたちは無言のまま、しばし見つめあった。小さな女の子はベイリーの手を握ったままだ。「あなたの娘さん？」わたしは尋ね、女の子に笑みを向けた。女の子はベイリーの脚にしがみつき、半分顔を隠しつつも、片方のはしばみ色の目でわたしを見あげた。

「パパはどこ？」女の子がベイリーをあおぎ見ながら尋ねる。

「わからないわ」ベイリーは人だかりに目を走らせた。「ここに来るはずなんだけど」

「結婚したとは知らなかったわ」

「ええ、そうよね。だけど、離婚したの。とにかく一度は結婚したのよ」ベイリーがまたしても人だかりに目を走らせる。おそらく元夫を捜しているのだろう。「あなたは？」ベイリーはまだ目で捜しながらわたしに尋ねた。「結婚は？　子どもは？」

「結婚も子どももまだよ」ベイリーが聞いているとは思えなかったが、わたしは答えた。

「あそこだわ」ベイリーは小声で言うと、片手をあげた。「ピーター！」

ピーターはこざっぱりとした髪型で、髭をきれいに剃《そ》った、四角い顎の男性だった。身長も平均より高い。だけどわたしは見た瞬間、彼を嫌いになった。たぶん歩き方のせいだろう。自分は注目される価値のある男だと言いたげな歩き方をしている。あるいは娘が自分に駆け寄ってきたときに、ベイリーに向かってにやりとしたせいかもしれない。まるで親としての得点争いで、自分の勝ちだとでも言いたげに。

「遅いじゃない」ベイリーは一泊旅行用のバッグをピーターに突きつけながら言った。「十時から水泳のレッスンなのよ」

「わかってる」ピーターはそう答えると、わたしを見て笑みを浮かべた。「やあ、ぼくはピーターだ」わたしが思いきり眉をあげてみせると、ピーターは笑みを消した。

「オーケイ、さあ、行こう。ママに楽しい時間を過ごさせてあげるんだ」

ベイリーは地面にしゃがみこみ、女の子の体を強く抱きしめた。「じゃあ、また明日ね」そう言うと、ふたりがフェア会場の奥へ向かうのを見守った。「久しぶりに会えてよかったわ、ニック。もう行かないと」

「あなたにきかなければならないことがあるの。コリーンのことよ」

ベイリーが目を大きく見開いた。それから背を向けると、出入口に向かって歩きだした。

「ベイリー」わたしはティーカップのそばで彼女に追いついた。カップが危険なほど近づいてきたかと思うと、離れていった。

「お断りよ、ニック。わたしはもうあのことにはけりをつけたの。わたしたち全員が、そうしたはずよ」

わたしは目をきつくつぶった。「ベイリー、お願いだからひとつだけ質問に答えて。そうしたらすぐに行くから」わたしは、かつてのコリーンみたいな口調でベイリーに話しかけた。口からとっさに言葉が飛びだし、止められなかった。

しかも、ベイリーは待っていた。いつものように。彼女に無理強いしたくはないが、どうしても知る必要がある。

「アナリーズ・カーターを覚えてる？」

ベイリーは腕組みした。「行方不明だって聞いたわ」

「アナリーズはあなたに何か話そうとしなかった？　コリーンについてとか、あの夜についてとか？」

ベイリーはかぶりを振りはじめたが、動きを止め、目を光らせた。

「どうしたの？」わたしは尋ねた。

「本当に奇妙だったの」ベイリーは答えた。「わたしは当時、彼女のことをほとんど知らなかったし、もうこの町にも住んでいなかった。それなのに二、三カ月前、ばったりアナリーズと会ったのよ。グレンシャーの農産物直売所で？」ベイリーはいつもこんなふうに語尾をあげて話を終わらせる。まるでわたしたちが知らないことを知っている言い訳をするように。わたしはうなずき、ベイリーの話の続きを待った。「というか、アナリーズが偶然わたしを見つけたの。正直に言うと、わたしは彼女を見ても誰だかわからなかった。それなのに、アナリーズったらこう言ったのよ。〝ベイリー？　ベイリー・スチュワートよね？〟まるでずっと前から友だちだったみたいに。実際のところ、話すのはそれが初めてだったはずなのに」

「アナリーズは何を知りたがったの？　コリーンについてきかれなかった？」

「いいえ、全然」ベイリーは顔をしかめた。「一緒に昼食をとろうって誘われたわ。それにリーナの子守が必要じゃないかって。まるで……わたしと友だちになりたがってるみたいだった」

「そうしたの？　一緒に昼食をとった？　彼女に子守を頼んだの？」

「いいえ。そんなふうに友だちになるには年が離れすぎてるし……それに彼女がこの町の出身者だったから」ベイリーはわたしの目を見つめた。「ニック、わたしも大人になったの。もうあの頃と同じじゃないわ」

「ねえ、覚えている――」

ベイリーが片手をあげた。「質問はひとつだけだと言ったはずよ。ひとつ質問に答えたらすぐに行くからと言ってたわ……」急に自信を失ったように、声が尻すぼみになった。口をかすかに開き、通り過ぎた何かをわたしの肩越しに目で追っている。

わたしが振り返ると、歩み去る男性の背中がちらりと見えた。片手にたばこを持ち、顔のまわりの髪がカールしている。背中を丸めて歩くその姿には見覚えがあった。

「あれはジャクソン？」

「なんですって？」ベイリーはまたわたしとの会話に戻った。「さあ、わからない。

彼とはもうずっと会ってないから」

「最近聞いた噂では、〈ケリーズ・パブ〉で働いてるそうよ」

ベイリーが肩をすくめる。「もうあの店にはまったく行ってないの」

「彼がやったんじゃないわ、ベイリー」

ベイリーが一歩あとずさりする。彼女の背中がホットドッグの屋台の脇にぶつかった。「わかってるわ」ベイリーがぽつりと言う。わたしはその答えに驚いた。当時、ジャクソンへ疑惑の目が向けられるきっかけとなったのはベイリーの言葉だったのだ。ハンナ・パードットの質問に対する彼女の答えだった。そう、彼女の非難の言葉だった。

「それならどうしてジャクソンがやったとみんなに思わせたの？」

「警察からコリーンが妊娠してたと聞かされたからよ！　ジャクソンはその点に関して、わたしに嘘をついてたの。それから警察官が次々にやってきて答えを要求した。ええ、そうよ、わたしは未熟な子どもだったのよ！」

「いいえ、あなたはすでに十八歳だった。わたしたち全員が十八歳だったわ。当時あなたが話したすべてが証拠になったのよ。文字どおり、すべてがね。あなたがジャクソンを破滅させたのよ」

「誰にだって動機があったわ。ねえ、ニック、もしジャクソンじゃないなら、誰が犯人だと思ってるのよ？」

ベイリーは当時わたしが考えていたよりもはるかに賢くなっていた。でも、彼女の人を欺こうとする能力はわたしの記憶どおりだった。「本当にそう？　だったらベイリー、あなたの動機は何？　あなたって本当にひどいわ」だけど、わたしはベイリーの動機を知っている。今さっき、わたしたちの後ろを歩いていた男だ。ジャクソン・ポーター。〝怪物はあんたにどんなことをさせると思う？　ねえ、怪物のせいであんたは毎晩、夢を見るの？　自分のものじゃない男の夢を？〟

「わたしじゃないわ。彼女が怪物だった。今だってそう思ってるでしょう？　彼女がいなかったら、わたしたちはみんな、もっといい状態でいられたはずよ」ベイリーは言った。

「そんなことは言わないで」

正直に言うと、ベイリーは運がよかったのだとわたしは考えている。ベイリー・スチュワートにとって、コリーンと過ごす日々がどうなるかは異なるふたつのストーリーが考えられた。ベイリーは華やかだ。人を惹きつける魅力が備わっている。だけど当時、クーリー・リッジはコリーンのものだった。人々の注目はいつもコリーンに集まった。ベイリーはそんなコリーンに服従して振りまわされるか、あるいはコリーンに破滅させられるかのどちらかしかなかった。ただし運のいいことに、ベイリーは弱かった。とにかく簡単にひとひねりで屈服させられたり、妥協させられたりした。それこそドアマットよりひどい扱いを受けても、反発することがなかった。

とはいえ、ベイリーにも暗い一面はあった。相手に操られることで、いやな現実から逃れようとしたのだ。コリーンに愛されたのは、ベイリーの運がよかったからとしか言いようがない。

〝真実か挑戦か《トゥルース・オア・デア》、ベイリー〟コリーンはソーダのストローを口の端からもう片方の端まで動かしながら言った。

挑戦《デア》。わたしはそう考えた。挑戦《デア》にしなさいよ。

〝真実《トゥルース》にするわ〟ベイリーが答える。

コリーンは笑みを広げた。〝ジャクソンとタイラーならどっち？　理由も説明して〟

正解なんてあるわけがない。絶対に。

〝気が変わったわ〟ベイリーが言う。〝挑戦《デア》〟

〝だめ、だめ、だめ、ベイリーったら。真実《トゥルース》にして。そうしたら帰れるわ。さあ、教えて。あんたはあたしたちの恋人のどっちを自分のものにしたいと思う？〟

わたしは肘をついて後ろにもたれかかり、ベイリーが落ち着きなく身じろぎするのを見守った。コリーンがわたしと目を合わせ、にやりとする。

〝挑戦《デア》って言うのよ、ベイリー〟わたしは言った。

〝タイラーよ〟ベイリーはそう言うと、高い頬骨を赤く染めた。

わたしは笑い声をあげた。〝嘘つき〟

ベイリーはわたしの目を見据えた。〝ニック、あんたはどこに行っても顔パスだわ。それはタイラーのおかげで、周囲があんたのことを実際よりよく思っているからよ。それがわたしの理由。タイラーを選んだ理由よ〟

コリーンは笑いだした。〝よくやったわ、ベイリー〟ベイリーの体を引き寄せ、脇から強く抱きしめた。〝ああ、あんたのことが死ぬほど好き。あんたたちどっちもよ。本当に最高〟

今のベイリーは、あのときのことをすっかり超越したみたいに振る舞っている。そして自分はもう関係ないと言いたげに、コリーンを怪物呼ばわりしている。それが不快でたまらない。「ねえ、ベイリー、自分にどう言い聞かせるかはあなたの自由だけど、あなたはいつだって嘘の達人よ」

「わたしが何を話してるのかわからないふりをするのはやめて。わたしはコリーンの言葉を聞いてたのよ」ベイリーは言った。「観覧車の上で、彼女が言った言葉をね」

その瞬間を思いだせないかのように、わたしはかぶりを振った。

「あんなことを言う人はほかにいない。そうでしょう？」ベイリーは言った。「コリーンは病気だったのよ、ニック。しかも、どんどん周囲の人たちに広がっていく伝染病にかかっていた」

「何を言ってるのかわからないわ」

ベイリーはわたしが冗談を言ったかのように笑い声をあげた。「もう行かないと」

「待って」わたしは引きとめた。「また会えない？　どこか別の場所で。こういうことなしで」〝こういうこと〟という言葉に、このフェアや今わたしたちを見おろしている巨大な観覧車を含めたつもりだった。どちらもわたしたちを手厳しくさせ、身構えさせてしまう。

「いいえ」ベイリーはそっけなく答えた。「もう放っておいて」

ベイリーはまだ何か知っている。わたしはそう確信していた。エヴェレットがここにいればいいのに。彼ならベイリーを追及して秘密を暴露させられたはずだ。わたしは手近なブースからナプキンをつかむと、バッグに入れていたペンを取りだし、携帯電話の番号を走り書きした。「もし気が変わったら電話して。家の片づけを手伝うためにしばらく町にいる予定なの」

ベイリーは尻ポケットにナプキンを突っこんだ。ああ、彼女はなんて美しいのだろう。体のあらゆる動きが振りつけられたように完璧だ。「さよなら、ニック」

「あなたの娘さん、きれいね」わたしは言った。

立ち去りかけたベイリーは髪を翻して肩越しに振り向き、最後にわたしに鋭い一瞥をくれた。「あの子がわたしたちみたいにならないことを願うわ」

わたしは背後で回転する乗り物の音を聞いていた。ギアが変化し、鉄と鉄がきしむ音とともに乗り物が突然停止し、反対方向へ回転しはじめる。乗客たちの悲鳴が聞こえてきた。わたしはその場で聞こえるあらゆる音に神経を集中しようとした。そうすれば考えなくてすむからだ。あの日、わたしとベイリー、コリーンで観覧車のてっぺんにたどり着いた瞬間のことを。

ベイリーの目に、わたしはさぞ哀れで痛ましい姿に映ったに違いない。こんなところに突ったって、ベイリーが何を言っているのか思いだせないふりをしたのだから。実際は歳月が経つにつれ、あのときのコリーンのささやきが頭にこびりついて離れなくなっているというのに。今ではコリーンのことを考えると、そのささやきしか思いだせないときもある。

わたしの肘をつかむコリーンの冷たい手。耳元にかかる彼女の息。背後に聞こえるベイリーの神経質そうな硬い笑い声。コリーンのスペアミントガムの香り。彼女はわたしの腕に指先を滑らせて言った。〝跳んで〟

彼女はわたしに観覧車から飛びおりろと言ったのだ。

——その前日——

六日目

教会の地下室で行われるローラのベビーシャワーに出席するまで、あと二、三時間ある。だけど、わたしはあの地下室について考えるたびに、フレーズ巡査によってわたしたちが捜索隊として集められたときのことを思いださずにはいられなかった。頭の中に思い浮かぶのは、あの部屋の壁にとめられたアナリーズとコリーンの写真だ。もはやわたしの中では、とめられている写真がアナリーズのものでもコリーンのものでも同じことだ。

「昼頃に行くのか？」ダニエルは家の外にいる。高圧洗浄機を手に、建物の脇に立てかけた梯子を二段あがったところだ。

「ええ、そのつもり」

「やることのリストを見せてくれ」ダニエルが片手を突きだした。

「本気？　まだこの家の修繕に取りかかったばかりよ。そんなに早く売却したいの？」

ダニエルはまたしても片手を突きだした。「ほら、早く。とにかく、おれはベビーシャワーに行くのを許されてないんだから」

わたしが紙を手渡すと、ダニエルはざっと目を通した。「高圧洗浄機はこれでよし。このあと、グラウト材を使って塗り固める予定だ。もしタイラーが手伝いに来たら、ペンキを塗る」

「タイラーが来るの？」

「わからない。来てもおかしくないが、連絡があったわけじゃない」ダニエルはわたしを鋭く一瞥した。「だから手伝ってほしい。家具を全部、壁から離してくれ。おれはもっと大きなものを移動させる。あと、トランクからビニールシートを取ってきてくれ」

ダニエルがふたたびスプレー洗浄に取りかかるのを見て、わたしは感慨にとらわれた。わたしたちはこの実家を売却しようとしている。そのための準備に取りかかっている。自分たちの人生を生きようとしている。これから前へ進むのだ。

「ニック」ダニエルは言った。「ほら、早くトランクから取ってきてくれ」

兄の車へ向かう途中、わたしはめまいを起こしたかのように足がふらつくのを感じた。ここ数日、まるで眠れていない。常に頭の中で何かを考えてしまう。ここには調べるべき空間が多すぎる。それなのに、まだ確固たる事実をひとつも把握できていない。わたしはトランクからビニールシートを取りだした。鼻を突く悪臭に気分が悪くなる。胸に掲げようとしたところ、シートはわたしの顔の前で大きく波打った。よく犯行現場で遺体が包まれているさまを思いだし、このシートの中で窒息するところを想像してみる。思えば母はビニールシートをキッチンの床に広げ、イーゼルを立ててダニエルとわたしが自由に絵を描けるようにしてくれたものだ。絵を描き終えると、シートには色とりどりの絵の具のしみがたくさんついていた。

わたしは突然息苦しさを覚え、ポーチの階段の下にシートを落とした。ダニエルがこちらを見ている。「ニック、本当に早くしてくれ」うんざりした口調だ。わたしが兄の人生の最大の失望であるかのように。

「気分がよくないの」

ダニエルが洗浄機のスイッチを切り、梯子をおりてきた。「ここの手伝いができないなら、教会に行ってあっちを助けてやってくれ」

わたしはうなずいた。「帰りは遅くなると思う。ベビーシャワーのあと、予定があるから」

「予定があるのか？」

「ええ」わたしは答えた。「予定があるの」ここではないどこかに行く予定が。

「今夜はおれのうちに泊まればいい。ペンキがにおうから。おれだって、こんなにおいをひと晩じゅう嗅ぎたくはない」

「そうするかもしれない」

ダニエルはうなずいた。「よかった。じゃあ、またあとで」

教会にいると落ち着かない気分になる。ここが警察署に近いせいだろう。あるいは裏手に墓地があるからかもしれない。墓地にはわたしの祖父母が、その横には母が眠っている。でも、この場所にはわたしを不安にさせる何かがある。木製の信徒席から漂ってくる大地のにおいも、地下室に行くまでの長い道のり――狭い通路を通って、祭壇を過ぎ、階段をおりていかなければならない――もだ。子どもの頃、毎週日曜は教会で過ごしたものだ。だけど母が亡くなってから、わたしもダニエルも日曜の礼拝に参加することはなくなった。父はもとから熱心に教会へ通うたちではなかった。土曜に大酒を飲んで眠りこけていたからだ。あるいは、飲まなくてもずっと寝ていることもあった。タイラーが教会に来たのは、わたしが一緒に行ってほしいと頼んだときだけだ。わたしにとって、この尖塔状の屋根のついた建物はもはやなんの意味も持たないものと化していた。

教会はこの町でのわたしの生活のほんの一部にすぎなかった。お楽しみはむしろ、朝の礼拝のあとにやってくる。コリーンとベイリー、そしてそのときつるんでいた別の友人たちと一緒に、ドラッグストアで軽食をとるのだ。夏には車のボンネットに座り、天気が急に変わると店内で体を寄せあった。店のレジの背後にいたルーク・アバディーンは、いつも抜け目ない視線でわたしたちを観察しつづけた。それなりの理由があったからだ。

最後にこの教会へ来たのは、三年前のダニエルとローラの結婚式のときだ。当時もまた、ひどく落ち着かない気分だった。わたしはローラが選んでくれたスイカの色に似たピンクのドレス姿で祭壇の背後に立っていた。ローラはわたしのスリーサイズがそのくらいだと推測してドレスを選んだに違いない。わたしがスリーサイズを教えようとしなかったからだ。ドレスの丈は長すぎた。膝下すぐではなく、すねまである長さだった。それなのに上半身はきつすぎるうえ、袖ぐりが大きく開きすぎていた。わたしは場違いな気分を感じていた。実際、ひどく場違いに見えたはずだ。

そのあと招待客たちを迎えるあいだに、わたしは地階へこっそり忍びこんだ。タイラーに見つかったときには、娯楽室でひとりでダーツをしていた。片目を閉じてダーツの的に狙いを定めていると、彼の足音が角を曲がり、手近な椅子にブレザーを放り投げる音が聞こえた。「すてきなドレスだな」

「うるさいわね」

「外に出ないか？」タイラーはいつも教会からこっそり抜けだす方法を教えてくれた。裏手にあるクローゼットから階段をあがって抜けだすのはもちろん、がっちり鎖がかかっている部屋からでも、嵐に降りこめられた場合でもだ。だけど、あの嵐のあと、タイラーは教会で過ごすことが少なくなった。でもとにかく、彼はあらゆることから逃げだす方法を知っていた。

披露パーティを欠席したわたしを、ダニエルは許そうとはしなかった。

「ニック！」わたしを見るなりローラは叫び、飾りを吊《つる》している姉のケイティや母親を押しのけて近づいてきた。

わたしは笑みを浮かべた。「兄さんから、あなたが助けを必要としていると言われたの」

「あら、そうなのね。うれしい」ローラは身を乗りだしてささやいた。「母さんったら頭がどうかしてしまったみたい。母さんがぼんやりしないように、姉さんが次々とすることを与えてるんだけど、結局はうわの空になってしまうの。まったく、母さんがおばあちゃんになるのを喜んでいるのか怖がっているのか、よくわからないわ」

わたしはうなずいた。うなずくのが早すぎたかもしれない。こういう些細な瞬間、どこからともなく悲しみに襲われてしまう。悲しみはそっと忍び寄り、最初は悲しみだともわからない。すでに心を占領されたときに、初めて気づく。そういう悲しみは平凡でありふれた日常生活の中に感じられるものだ。わたしの母は、わたしのベビーシャワーのためにピンク色の飾りリボンを吊すことが一度もなかった。それに今後わたしが身を乗りだして、誰かに〝母さんったら頭がどうかしてしまったみたい〟とささやくこともないだろう。わたしの母は一度もおばあちゃんになることなく他界したのだ。

ローラが鋭く息をのみ、胃のねじれを押さえるように腹部の上のほうに手をあてた。

「パンチでも飲んで」

「ありがとう。だけど、いいの。わたしは手伝いに来ただけだから」

「わかったわ。ねえ、姉さん？」ローラが肩越しに叫ぶ。「ニックに何をしてもらえばいい？」

わたしはケイティの指示どおりに手伝いをした。看板を掲げ、ゲームを設置し、折りたたみ式のテーブルにカップケーキを並べる。その合間も、ケイティは警察官たちが使っていた部屋の隅をちらちらと見ていた——壁にはアナリーズの写真がまだ貼られている。捜索に使われた白い方眼紙もだ。方眼紙には、捜索にあたって森をどう区切るかという配置図が記されている。捜査範囲にはそれぞれ、アルファベットが割りあてられていた。捜索活動の日、ブリックス巡査とフレーズ巡査はわたしたち全員をここへ集め、複数のグループに分けた。わたしが割りあてられたのは、カーター家がある地域の捜索にあたったチームCだった。ダニエルはチームAで、パイパー家（空き家も含めて捜査された。捜索後ダニエルは、あそこには本当に何もなかったと話していた）とマケレイ家、そして実家がある地域だ。タイラーはカーター家とはまるで違う方角にある地域を担当したチームEで、その近隣や小学校の裏にある土地を調べた。それが意味することに気づかない人がいるはずがない。

わたしは壁にあった捜査関連の資料をすべてはがし、テーブルの下に伏せてしまいこんだ。

「ありがとう」ケイティが言う。「あの資料をはがしたら悪いような気がしてたの。だけどベビーシャワーのあいだじゅう、あんなものを見たい人がいるとは思えないわ」彼女は頭を振った。ケイティの髪はローラと同じく長くてつややかだが、頭のてっぺん近くの髪をふくらませている。ケイティはすでに離婚を二度しているけれど、薬指に指輪をはめていた。

「おめでとう」わたしは言った。

「三度目の正直ってやつね」ケイティが歌うような声で答える。「あなたは？　北部のやり手の弁護士と婚約したって聞いたけど？」

わたしは指輪をはめていない薬指を、ケイティが穴が空くほど見つめているのを感じた。「ええ。でも婚約指輪はクリーニングしてもらってるの」

「結婚に関して忠告が必要なら誰にきけばいいか、あなたならよくわかってるわよね」ケイティはひとり笑いをしながら言った。

「ありがとう、ケイティ」

一時間後、招待客たちが到着しはじめるにつれ、会場はプレゼントであふれ返りはじめた。「いけない！」ケイティが言う。「プレゼントをのせるテーブルを用意しないと」彼女は部屋の隅にあるテーブルに包装されたプレゼントの箱を重ねた。ピンクとグリーンのミントキャンディがあたりに散らばっている。

「娯楽室に置いてある自分のプレゼントを取ってくるわね」わたしは言った。娯楽室はキッチンを抜けたところにあり、隣はトイレだ。用意したプレゼントが入った紙袋をつかんだとき、トイレで水が流れる音が聞こえた。わたしは目を閉じ、最後にもう一度紙袋に手を入れて感触を確かめた。

完璧なギフトを探す目的で、わたしは〈ベビーザらス〉を訪れた。だけど、すぐに店内の品物の多さに圧倒されてしまった。通路という通路にありとあらゆる品物が詰めこまれていた。ベビー市場はまさに一大産業と言っていい。赤ちゃんの成長に合わせた商品がこれでもかとばかりに並べられていて、どこから手をつけたらいいのかわからなかった。それにダニエルとローラが何を欲しがっているのか、何を必要としているのかもわからない。ドアの近くにあった端末装置でデータベースを調べてみたが、やはりわからない。そこでベビードレス一式を買うことにした。小さなピンク色のギンガムチェックのドレスに小さなピンク色の帽子、そして小さなピンク色の靴下だ。そのあと職場の女性教師に、ベビーシャワーでもらって一番気に入ったプレゼントはなんだったか尋ねてみた。〝搾乳器よ〟彼女は答えた。〝服は絶対に買っちゃだめ〟

その夜、自分のものを保管するために箱に詰めていたとき、実家から持ちだしてきたグレーのプラスチックケースを開けてみた。中に入っていたのは母の私物だ。ずっとケースにしまいっぱなしだった。実家を出るときに引き出しの中を引っかきまわして集めたのに、一度も使っていなかった。それなのに結局、ケースを捨てないまま何度も引っ越しを繰り返した。母の私物をケースに入れっぱなしにしていたのは壊してしまうのが恐ろしかったからだ。アパートメントに忍びこんだ誰かに盗まれるのが恐ろしかったからでもある。

今になって、お祝いカードを忘れたのに気づいた。なんて間が抜けているのだろう。ローラがトイレから出てくると、頭を少し傾けた。髪を両方の肩に落としながら尋ねる。「わたしに？」

「カードを忘れてしまったの」

「そんな、いいのよ」ローラはわたしから紙袋を受け取ろうとした。だけど、わたしは渡すことができなかった。テーブルの上に山積みにされているギフトの中に、これを埋もれさせたくない。ローラは両手をわたしの腕に置いた。「今、ここで開けてもいい？」

わたしがうなずくと、ローラはほほえんだ。ローラがやわらかな包み紙を取りだすあいだ、わたしは紙袋を押さえていた。最初にピンク色の小さなドレスを出すと、ローラは笑みを大きくした。それから紙袋のより奥に手を伸ばし、ひんやりとした金属の手触りを感じたとたん、顔をかすかにゆがめた。きっとそこに彫られた文字を指でたどっているのだろう。ローラが取りだしたのは、蓋に母の名前が彫られたシルバーの宝石箱だった。両親が結婚した日、父が母にあげたプレゼントだ。〝シャナ・ファレル〟完璧な文字でそう刻されている。装飾的な文字だが、読みにくいわけではない。格式高い印象の宝石箱だけれど、もったいぶった雰囲気はみじんも感じられない。

ローラは無言のままだ。表面に刻された文字を見た瞬間、彼女の頬に涙がこぼれ落ちた。「ああ、ニック」そう言うと片手を口に押しあて、それから腹部にあてた。「あら、どうしよう。今、産気づいたらだめよ。わたし、そういう知識はゼロだから」

ローラは笑みを浮かべ、かぶりを振った。「これは受け取れないわ。あなたのものよ」

「いいえ、わたしはシャナ・ファレルのものを受け取るつもりはないの。お願い、もし母がここにいたら、あなたにこれを渡してるはずよ。わたしにはわかるの」本当のことだ。母がローラにこれを手渡している姿をありありと頭に思い描くことができる。まさにこの場所に立ってローラに手を伸ばし、彼女の髪を撫でている姿が感じられる。

ローラはまたかぶりを振ったが、両手で宝石箱をしっかりと持って口を開いた。

「ありがとう」

「ローラ？」ケイティが奥から顔を出した。「お客様が待ってるわ。準備はいい？」

ローラは頬をぬぐうと、わたしの手を取って握りしめた。「わたしたち、この宝石箱を大切にするわ、ニック」そして言葉を続けた。「一緒に戻る？」

「すぐ行くわ。先に戻っていて」

わたしはしばしトイレで過ごした。トイレはいつだって思いきり泣くにはうってつけの場所なのだ。


ベビーシャワーは陽気な雰囲気に包まれていた。ローラの友人たちはパンチを手にいくつかのグループに分かれ、カップケーキやミニサンドイッチをつまんでいる。ローラの母親と姉はトレイを積み重ねながら、そのグループのあいだを軽やかに行き来していた。招待客たちは出産日を予想して賭けをし、その日付を書いた紙を、プレゼントをのせたテーブルに吊している。わたしは入口にもたれながら、彼女たちの前に姿を見せる心の準備を整えていた。感じよく接するのだ。ローラのために。

「ふたつの失踪事件に関連性があるとは思えないわね」ローラの友人のひとりがそう言い、テーブルの下に伏せてあった紙を数枚引きだした。わたしは彼女を知っていた。

少なくとも見覚えがあった。記憶の中の彼女と同じ髪の色だ。真っ赤に染めた髪。モニカ・ダンカン。旧姓はそうだったはずだ。「アナリーズはコリーン・プレスコットと全然似てないもの」

彼女たちは格子状に区切られた捜索範囲が書かれた紙とアナリーズの写真のまわりに集まっている。準備を手伝っているときに、わたしが壁から外したものだ。わたしがこの町で忌み嫌っているすべて——お節介な態度や詮索好きな目——を避けるために。

ローラは友人たちの向かい側に立ち、わたしには背中を向けていたが、肩越しにこちらを見て口を開いた。「やだ、モニカ、しいっ」

ローラがふたたび振り返るのを待って、モニカが声を潜めて言った。「いったい何？　本当のことじゃない。あなた、覚えてないの？　コリーンはわたしたちのパーティによく顔を出していたでしょう。まだ十四歳だったくせに……たったの十、四、歳よ。あの子とその友だちもそうだったわ。覚えてるでしょう？」ローラがまたしても肩越しにこちらを見た。頬を赤くし、探るような目で室内を見まわしている。わたしはあわててキッチンのほうへ引っこんだ。「わたしたちの恋人に言い寄っては、甘い言葉をかけていたわ。まるで自分たちがこの町を取り仕切っているみたいにね。あのままだったら、あの子たちがどうなっていたと思う？　十八歳になった姿を想像してみてよ。いいえ、想像する必要さえないかもしれない。当時言われていた以上にとんでもないことになってたはずよ」

彼女たちがローラのベビーシャワーでそんな話をしているのが、わたしは信じられなかった。ローラはダニエル――非公式ではあるが、この失踪事件の容疑者――と結婚しているのだ。しかもコリーンの親友だったわたしの義理の姉でもある。

「それにひきかえ、アナリーズはいい子だったわ。決して騒ぎを起こしたりしなかったし、自分の立場をわきまえていた。だけど、プレスコットのところの子の場合は違ってた。彼女はとんでもないことが起きるのを待ちわびてたわ。みんなだってそう思っていたでしょう？」

「さあ、どうかしら？」別の誰かが言う。「アナリーズはタイラー・エリソンと会っていたらしいじゃない」耳障りな笑い声が起こった。「つまり、彼女もさほどいい子だったとは言えないんじゃないの」ローラの友人たち全員が笑っている。

「マーティンから聞いたんだけど、今朝、警察が何かききにタイラーの家へ行ったそうよ。だけどタイラーは家にいなかったの」また別の女性がつけ加えた。

なんてことだろう。また噂だ。陰謀だ。こうしてすべてが始まる。こうして人は誰が無罪で、誰が有罪か決めつけていく。そろそろわたしはみんなの前に出ていったほうがいいだろう。わたしの存在に気づけば、彼女たちも口をつぐむはずだ。結局のところは、礼儀正しい南部の女性たちなのだから。

「ベビーシャワーの席で、そういう話をするのはやめてもらえないかしら？」ローラが言った。

「あら、あなたを困らせるつもりはなかったのよ！」モニカはそう言うと、ローラの腰に片方の腕をまわした。「わたしが言いたかったのは、わたしたちが心配する必要は何もないってことよ。同じじゃないわ。全然違うもの。ふたつの事件に関連があると考える理由なんてどこにもないわ」モニカがささやく。それを聞いてわたしは思った。彼女たちはアナリーズがマーク・スチュワート巡査の携帯電話に、コリーンの事件について話したいというメールを送っていたことを知らないに違いない。もう姿を現さなければ。わたしは角を曲がり、パンチを取りに行った。その瞬間、モニカがふたたび口を開いた。「コリーンは当然の報いを受けたのよ。あんなことになってもしかたがなかったわ、そうでしょう？」

ローラは真っ青になり、わたしをまっすぐに見ると言った。「モニカ」

「何よ？」モニカが答える。

ローラはモニカから離れ、わたしのほうへ来ようとした。だけど、わたしはもう一度、キッチンへ引っこんだ。

「あっ、いけない」モニカが言うのが聞こえた。

このベビーシャワーが平穏無事に終わるはずがなかった。ひと騒動起きて当然だった。ローラにも彼女の友人たちにも気まずい思いをさせてしまった。

ローラは顔面蒼白のまま、キッチンまでわたしを追いかけてきた。

「本当にごめんなさい」バッグを探しながらわたしは言った。「もう行かないと」

「ニック、行かないで、お願い」

わたしは黒のバッグのストラップを手に取り、肩にかけると言った。「おめでとう、ローラ」

彼女たちはしごく正しい。ここはわたしのいるべき場所ではない。わたしは自分がいるべき場所を知っている。そしてそれはここじゃない——クーリー・リッジにわたしの居場所はない。

ローラはそれ以上わたしを引きとめることができなかった。わたしは収納室のクローゼットに入ると、裏階段をのぼりはじめた。ふと三年前の記憶がよみがえる。

〝なんだかなあ。人って本当に信じやすい生き物だよな〟タイラーはそう言っていた。

そして鍵のかかっていない暴風避難用地下室《ストームセラー》のドアを通って表へ出ていった。

コリーンに責任があったわけではない。だけど、まったく罪がなかったとも言えない。モニカ――そしてほかのみんな――はそうほのめかしていた。コリーンは熱情や欲望や怒りを駆りたてる少女だった。相手のそういう感情を駆りたてずにはいられない人もいる。だけどコリーンの場合、駆りたてていたのは明らかに自分の感情だった。だからこそ、彼女を知る人は確信を持って言えるのだ。自分とは全然違うと。

コリーンは身のほどを知らなかった。

コリーンはあまりに多くの激情を駆りたてすぎた。

激情に駆られた末に人を殺してしまうのは、男によくあることだ。男はわたしたち女のほっそりとした首のまわりに、自ら指をかけて思いきり力をこめる。男は自分自身の意思など超越し、無意識のうちに、わたしたち女のもろい頬骨に向かってこぶしを振りあげる。まさに激情のなせるわざだ。あるいは本能の。

女はもっと意識的だ。相手に無視された瞬間を無言のうちに心に刻みつけ、侮辱された瞬間を数えあげ、証拠を集め、また内側に引きこもる。

激情は男のものだ。統計上でも、無計画な攻撃を仕掛けるのは男が多い。コリーンの失踪事件の捜査もそういう前提から始まったのだろう。怪しいのは男。ジャクソン、タイラー、ダニエル、そしてコリーンの父親だと。

だけど、そもそも警察は最初から間違っていた。統計を信じたのが間違いだったのだ。彼らはまずコリーンを調べるべきだった。そうしていれば警察も、事件の背景にあるのは激情――そう、自分自身ではなくほかの誰かを愛する激情――にほかならないという事実に気づいたはずだ。たとえ誰であろうと関係ない。ひとたびコリーンを愛した者は、激情しか感じられなくなる。

刑事たちは何より事実を求めた。具体的な名前や出来事。無視されたり侮辱されたりした恨みつらみ。それらが鬱積したせいで、カウンティ・フェアの日にコリーンが行方不明になる事態に発展したのではないかとにらんだ。ハンナ・パードットはそういうコリーンの姿を見事にあぶりだしてみせた――具体的な姿を。けれどもそれが本当に重要なことだったのかどうか、わたしにはわからない。それにハンナ・パードットがあぶりだしたコリーンと、わたしが知っているコリーンのどちらが現実的に見えるのかも、たいした問題ではないように思えた。わたしの頭の中にあるのは、ヒマワリ畑でくるくるとまわるコリーンのぼんやりとしたイメージだ。わたしはコリーンを本当の意味で理解できたことが一度もないけれど、彼女はわたしが知る中で一番身近に感じられる人だった。

〝跳んで〟コリーンはそう言った。そして身を乗りだし、わたしにしか聞こえないように続けた。〝もしあたしがあんたなら跳んでみせる〟

事実。事実は流動的だ。誰の視点に立つかによって、またたく間に変わってしまう。事実は簡単にねじ曲げられてしまう。事実が必ずしも正しいとは限らない。

〝彼女ならどうしたと思う？〟警察はそう質問すべきだったのだ。

わたしがノーと言ったあとに。

ダニエルがコリーンを押しやったあとに。

ジャクソンがコリーンを捨てたあとに。

たった一日でわたしたち全員から突き放され、コリーンならどうしただろう？ もしほかに行くところがどこにもなかったら？ 彼女ならどうしただろう？

いまだに肘をつかんだコリーンの指先の冷たさを感じることができる。彼女のあのささやきが叫び声のように聞こえる。〝跳んで〟

人は誰しも、自分が地球上で最も悲しい人間だとは思いたくないものだ。もっと悲惨な思いをしている誰かがどこかにいるのだと思いたいはずだ。自分以外にも、底知れない暗闇の中でもがき苦しんでいる誰かがいるのだと。

〝跳んで〟コリーンはそう言った。わたしにはもはや未来がないように。

だけど、彼女は間違っていた。それも大きな間違いだ。

なぜなら観覧車のゴンドラの縁を乗り越えて外に立ち、風に吹きつけられてうまく息ができなくなっていても、わたしには観覧車の真下でタイラーが待っていてくれたから。そう考えると、すべてが驚くほど明白になった気がした。

わたしはあの夜のことを誰かに話したかった。コリーンについて。彼女から言われたことについて。

わたしについて。

でも、どうすればいいのかわからない。はっきり言って、それは不可能だ。そういうことはばらばらにはできない。すべてが関連している。ある出来事は別の出来事とつながっていて、ひとつのストーリーだけを短くまとめて話すなんてできない。そういう出来事は、わたしたちの心の中で永遠にからまりつづける。

カウンティ・フェアの二日前、コリーンは妊娠検査キットを手にバスルームに立っていた。「九十秒」検査キットを見せようとしないまま、コリーンがわたしに言う。彼女のベッドルームのナイトテーブルに置かれた時計が時を刻む音が聞こえてきた。

「早《チクタク》く、ニック」

「あなたがあまり深刻になっていなくてよかった」わたしは答えた。

「さあ、真実の瞬間ね」コリーンが先に検査キットの結果を見た。その瞬間、わたしはふいに衝動を覚えずにいられなかった。今すぐコリーンの両手から、あの検査キットを奪い取ってやりたい。

コリーンはほほえみ、検査キットをひっくり返してわたしに見せた。

ブルーの二本の線が入っている。わたしはふたたび気分が悪くなった。真っ白なタイルの床に膝をつき、便器に覆いかぶさる。コリーンはわたしの背中の上部をさすった。「しいっ」彼女が言う。「大丈夫だから」

わたしは床に座りこみ、コリーンがすでにごみ箱に入っていた〈スキットルズ〉の箱の奥深くに検査キットを押しこむのを見つめた。「心配しないで」コリーンが口元をゆがめて笑った。「母さんがあたしを妊娠したのも十八歳のときだった」

こんなことを許すべきではなかった。コリーンの家のバスルームで検査の結果を知らされた直後、しかもこんなふうにそばに立って見おろされながら、彼女にこんな話を聞かされるなんて耐えられない。そもそもコリーンは存在すべきではなかったのだ。タイラーの前に。

「わたし、行かないと」わたしは言った。コリーンは引きとめなかった。わたしはよろめきながらコリーンの家を出て、川にたどり着いた。そこに座りこみ、激しい流れを見つめながら声をあげて泣いた。誰にも泣き声を聞かれる心配がないとわかっていたからだ。わたしはタイラーに電話をかけ、そこで会おうと言った。彼に告げるときには、どうにか涙を止めることができた。

二日後、観覧車のてっぺんから真下にいるタイラーを見て、一瞬すべてを手にしているような万能感を覚えた。

あろうことか、コリーンはわたしに観覧車のゴンドラの縁を乗り越えて外に立つように仕向けた。でも、わたし自身もそうしたかった。それがコリーンを手放して拒絶するのと同じくらい簡単なことだと、身をもって証明したかったのだ。わたしは力を、希望を、ほとばしる何かを感じたかった――自分の人生のあらゆる面でそう感じたかった。

でもそのとき、耳元にコリーンの吐息を感じた。〝跳んで〟彼女はそう言った。その瞬間、わたしはコリーンという人間が恐ろしくなった。本当の彼女は心に計り知れないほど深い闇を抱えているのだと思い知った。わたしの人生なんて、コリーンにとってはただのゲームの一部にすぎない。動かすべき駒のひとつだ。わたしの心を粉々にし、どれほど屈服させられるか見たかったのだろう。コリーンはわたしを嫌っていたに違いない。心の奥底でわたしたち全員を忌み嫌っていたに違いない。

恐れていたのはコリーンに突き飛ばされることだ。たとえ現場を目撃していたとしても、ベイリーが真実を話すとは思えない。みんなは、わたしがこの瞬間に生きるよりも死ぬことを選んだのだと考えるだろう。だから自分から飛びおりた。観覧車の下にいるタイラーのために、わたしたちがこれから過ごす人生のために。わたしの前にはあらゆる可能性が広がっている。突然そのすべてが見えた気がした。

だけど、わたしはバランスを崩した。世の中が突然、斜めにゆがみ、顔にこぶしの痛みを感じた。

コリーンはその崩壊の一部始終を目撃するために駆け寄ってきた。

もうひとり、アイスクリームを食べていた少女も一部始終を見ていた。その記憶が彼女の脳裏から消えることは決してないだろう。

倒れこんだとき、わたしは本能的に腕で腹部をかばった。その瞬間、理解したからだ。すべてがあまりにももろいのだと。それにわたしたちは全員、身がすくむほどはかない存在であるのだと。そしてわたしの中で何かが始まりつつあるのだと。そう、しっかりとしがみつく価値のある何かが。

ローラの家で開かれたベビーシャワーのあと、わたしはその日の午後じゅう、川のほとりで過ごした。暗くなるまでずっとだ。ダニエルが自宅へ戻ったと確信できるまで、実家に戻りたくなかった。あの家が完全に無人になり、壁がペンキでぬらぬらとして、それが窒息しそうなにおいを放つまで。

ダニエルからの電話は無視した。でも、短いメールを送った。〈今、実家に戻ったところ〉

〈うちに来ないか？〉ダニエルが返信してきた。

〈いいえ、もう寝るわ〉

だけど、眠れなかった。何もできなかった。

その夜、わたしは自分自身を思う存分悲しむことにした。今夜ひと晩だけだ。思いきり悲しもう。コリーンとわたしの母のために。ダニエルとわたしの父のために。そしてわたしとタイラーと失われたすべてのために。

明日になれば、また元気が出るはずだ。明日になれば、絶対にもう泣かない。明日になれば、わたしは思いだすだろう。自分は前進しつづけられるのだと。

――その前日――

五日目

ここにいてはいけない。ここにいてはいけない。ここにいてはいけない。

わたしはテレビをつけ、淹れたてのコーヒーが入ったマグカップを両手で持ち、ソファの上で体を揺らした。昨日と同じ服を着ていて、生地が肌に触れてちくちくする。ベッドルームで目覚まし時計が鳴った。次に展開される場面を思い浮かべる――彼はスヌーズボタンを二回押したあと、何度も悪態をつきながら急いでシャワーを浴びに行く。服を着ると、まだ髪が濡れているのに帽子を目深にかぶり、温め直した前日のコーヒーを保温できるトラベルマグに注ぐ。

わたしはソファの上で脚を折りたたんで座ると、〝ECC〟というロゴの入ったマグカップから淹れたてのコーヒーをすすった。

ところが予想に反して、タイラーはすぐさまベッドルームから出てきた。音量を絞っておいたにもかかわらず、テレビの音が聞こえたのかもしれない。彼は黒いボクサーパンツ姿のままだが、ブルーの目はすっかり覚めている。わたしは日に焼けた胸と腹部に思わず見とれた。わたしが前回帰省したときよりも、いくらか体重が増えたようだ。服を着ているときには気づかない程度だけれど。タイラーの体にくまなく触れ、この十年間の変化に気づくことができるのはわたしだけだ。そしてタイラーの手も、わたしの体を覚えていた。

わたしはテレビに注意を戻し、マグカップを持った手で画面を示した。「ニュースをチェックしておこうと思って」リポーターの口の動きを見つめる。女性リポーターはアナリーズ・カーターのビラの前に立ち、事件の概要をもう一度説明した――彼女が森に入っていくのを弟が目撃したのを最後に行方不明となった。捜索活動は二日目に入り、ヘリコプターも投入されたが、手がかりは見つかっていない。可能性を否定できる情報も、進展もまったくない。

「てっきりもう帰ったと思ってたよ」タイラーがソファに歩み寄る。

わたしは画面を食い入るように見つめていた。「車で帰らないといけないから、コーヒーを淹れたの。さっき淹れたばかりよ。キッチンにあるわ」

「眠れなかったのか？」タイラーの声とともに、キャビネットを開ける音が聞こえた。それほど広い空間ではない――リビングルームとベッドルームとアイランドキッチン。

コーヒーテーブルに置かれたノートパソコンは閉じてある。

「そんなことないわ」それは必ずしも事実ではなかった。たしかに、昨夜はあっという間に深い眠りに落ちた。この町に戻ってきてから、最も心地よく眠れた。ところが閉店時間にバーから引きあげる客たちの騒々しい声ではっと目を覚まし、そのあとは眠れなくなった。タイラーがとりとめのない話を聞いてくれて、気を紛らわせてくれたものの、この数時間はずっと胃がむかむかしている。

タイラーはソファの上のくしゃくしゃになったブランケットを手に取って肘掛けに戻すと、わたしの隣に腰をおろした――わずかに体を寄せるようにして。片手でマグカップを持ったまま、右腕をわたしの後ろにまわし、何気なく指で髪をもてあそぶ。わたしは緊張がほぐれ、体の力が抜けていくのを感じた。つかの間、目を閉じ、タイラーがコーヒーをすする音を聞いた。

これだ。これがわたしたち。安らぎ。週末にわれを忘れて求めあう関係。

そのとき、テーブルに置いていたわたしの携帯電話が鳴った。ダニエルがかけてきたのだろうと思ってすばやく手に取ったが、画面にエヴェレットの名前が表示されているのに気づき、顔から血の気が引いた。マグカップを置いて電話に出る。「すぐにかけ直すわ」彼の声を聞くより早く言った。「十分後に」

「事務所に向かっているところなんだ」エヴェレットが答えた。「昼休みにこっちからかけ直すよ」

「わかった。じゃあ、あとで」わたしは電話を切ると、うつむいて頭を抱えた。

タイラーが立ちあがる。「仕事に行く準備をしないと。ついでに送ってくよ」バスルームに向かいかけて、ベッドルームのドアのところで立ちどまった。「ひとつだけ頼みがある。おれがシャワーを浴びに行ったとたん、電話をかけ直すのだけはやめてくれ」

わたしは目を細めてタイラーの背中を見つめた。「そんなつもりはなかったわ」

「へえ、そうかい」

「やめて、そんなふうに――」

タイラーはすばやく振り向いて戸枠に手をつき、もう一方の手でわたしを指さした。

「誰のせいでこんなふうになってると思う?」

「あわてていたからよ!」

「ああ、知ってるよ。この目で見てたからな」

「深く考えずに言ってしまっただけだわ」

「さあ、どうだか」

タイラーがにらみつけてくる。わたしはリポーターの口元に視線を戻した。「あなたと喧嘩したくない」

「そうだな、きみがおれに何を求めてるのかよくわかったよ」辛辣な口調など、タイラーの表情に比べればなんでもなかった。昨日の夜に正しいと思えたことが、夜が明けたとたんに取り返しのつかない過ちに変わってしまった。

「ごめんなさい。でも、あなたはわたしに何を求めてるの？」

タイラーの目が大きく見開かれた。「冗談だろう」頭を振り、片手で顔を撫でる。「なあ、ニック、きみは何に対して謝ってるんだ？　教えてくれよ。今のこの状況にか？　去年のことか？　その前のことか？　それとも、最初に何も言わずに去っていったことに対してか？」

わたしは立ちあがった。アドレナリンが全身を駆けめぐり、手足が震えた。「ねえ、もうやめて。今さらそんな話を蒸し返さないで」

ふたりのあいだでは暗黙の了解だったはずだ。だから、一度も話しあわなかった。過去を振り返ることも、将来に目を向けることもできなくなってしまったのだから。

高校を卒業したら、一年間待つという計画だった。お金を貯《た》めて、ふたりで一緒にこの町を離れるつもりだった。しかしコリーンが行方不明になり、すべての計画がめちゃくちゃになった。ダニエルはガレージの改装を中止し、その資金をわたしの学費にあててくれた。わたしはひとりで故郷を離れ、コミュニティ・カレッジに一年間通ったあと、学生寮と奨学金制度のある四年制大学に編入した。外の世界から隔離されたキャンパスのある大学に。遠く離れた安全な場所に。

「それとも電話番号を変えたことを謝ってるのか？」タイラーが一歩近づき、さらに言う。「さもなければ、五カ月後に何事もなかったかのように帰省したことか？」

「もうやめて。わたしたちは子どもだったのよ、タイラー。まだ子どもだった」

「だからといって、現実味のない計画でもなかっただろう」タイラーが声をやわらげた。「ふたりでなんとかできたはずだ」

「できたはず。できたかもしれない。仮定の話だらけね。でも、実際にはそうならなかったのよ、タイラー。わたしたちは実現させなかった」

「きみが姿を消したからだろう！　文字どおり」

「姿を消したわけじゃないわ。家を出ただけよ」

「昨日までそこにいたのに、次の日にはいなくなってた。それのどこが違うっていうんだ？　おれはきみの兄貴から知らされたんだぞ、ニック」

「この町で暮らすのがつくづくいやになってたのよ」わたしは今にも消え入りそうな

声で言った。

「気持ちはわかる。でも、あれはその場限りのことじゃなかっただろう。それとも、きみにとってはその場限りの約束だったのか？　おれは本気だったんだ」

あのときはタイラーの手が使い物にならなくなっていたので、わたしが彼のトラックを運転していた。わたしはしきりに自分の顔に触れていた。殴られて赤くなった頰と腫れた唇以外にも、何か重大な怪我をしたのではないかと思って。

〝ニック、本当に大丈夫か？〟

〝ええ〟わたしは答えた。〝もう絶交よ。兄さんともコリーンとも。彼女のお遊びにつきあうのはもうたくさん。お父さんとも縁を切るわ。この町にはもううんざり〟

〝車を停めてくれ〟

〝どこに？〟通りは薄暗くてカーブが多いため、車を停められそうな路肩はほとんどなかった。しかし岩場に突きだした狭いスペースにはガードレールが設置されていて、谷を見おろせる場所がいくつかある。

〝どこでもいい〟

タイラーが車を停めさせたがった理由はわかっているつもりだったので、通過する車のヘッドライトに照らされたくないと思った。〝もうすぐ洞窟に着くわ〟洞窟の駐車場にトラックを乗り入れると、道路から離れ、岩壁の先端の空き地に車を停めた。木々にさえぎられた、人目につかない場所に。

わたしはエンジンを切り、シートベルトを外した。ところがタイラーはわたしを抱き寄せようとしなかった。それどころか、こちらに顔を向けようともしなかった。

「言うまでもないが、きみを大事にする」やがてタイラーが言った。「きみにやさしくする。きみを永遠に愛しつづけるよ、ニック」

「ええ、信じてるわ」わたしはそれだけは確信できた。

タイラーがグローブボックスに手を伸ばし、指輪を取りだした。シンプルで、美しくて、完璧な指輪だった。二本のシルバーをよりあわせたデザインで、ブルーの宝石が並んでいた。

〝永遠に〟人がその言葉を口にするとき、たいていは片手で数えられるぐらいの年数でしかない。なぜなら何十年という歳月を経る前に、マトリョーシカのように新たな自分を古い自分の上に重ねてしまうからだ。

わたしはどこか子どもじみていた。強く望めば、すべてが手に入ると思いこんでいた——タイラーはエヴェレットの代わりになれるし、エヴェレットもタイラーの代わりになれる。わたし自身も入れ子になって次々と違う自分に変化していけば、そのうちすべてを受け入れてくれる人が見つかるはずだと。でも、そんな考えは子どもじみている。人は知らず知らずのうちに人生を選択しながら生きている。何かを手に入れるためには、何かをあきらめなければならない。あらゆる可能性を秤《はかり》にかけ、自分が何を望んでいるのかよく考えて取捨選択をしなければならない。

わたしは十年前、互いのために選択した。絆創膏をむしり取り、皮膚まで一緒に引きはがした。後腐れのない別れ方だと当時は思っていた。けれども実際は、タイラーに選択肢も発言権も与えなかった。〝姿を消した〟と言われるのも無理はない。

「家を出たのは悪かったわ。だけど、もう十年も前の話よ。すんだことはしかたがないでしょう」

「きみは何度も戻ってきたじゃないか、ニック」

クーリー・リッジに戻ってきたという意味なのか、タイラーのもとに戻ってきたという意味なのか、わたしにはわからなかった。「遅刻するわ」

タイラーは自分の髪をゆっくりとかきむしった。「きみのせいで頭がどうにかなりそうだ」向きを変えてバスルームへ向かう。シャワーの音とともに、キャビネットを手荒く開け閉めする音が聞こえた。閉じたドアの向こうで、冷静さを失っているようだ。

よくあることだ——男が激情に駆られてわれを忘れる。わたしたち女が追いこむからだ。彼らが悪いわけじゃない。

わたしは目を閉じ、冷蔵庫の脇のカウンターに寄りかかると、手のひらに爪が食いこむほど両手を握りしめて、ゆっくりと百まで数えた。

わたしたちはバーカウンターの脇にある正面玄関から外に出なければならなかった。わたしは頭を低くしたまま、タイラーのあとに続いて彼のトラックに乗りこんだ。車が走りだすと、頭を窓にもたせかけた。

家まで送ってもらうあいだ、車内は静まり返っていた。トラックが私道に入ると、わたしはドアハンドルに手をかけ、おそるおそる窓の外に目を走らせた。

「本当にここでいいのか？」タイラーが尋ねる。

家。骨と皮ばかりになって傾いた家がわたしを待っている。その向こうにあるカーター家の敷地では、行方不明の女性の捜索が行われている。わたしが車からおりると、タイラーが助手席の窓を開けた。

「ニック？」

一瞬、振り返ってから歩きはじめる。タイラーにしてみれば、わたしを家に送り届けるたびに身近な女性が行方不明になっているのだ。この町のどこにいても、わたしの亡霊につきまとわれつづけてきたに違いない。なぜ彼はわたしと体を重ねたのだろう？　今回だけは違うと本気で考えたのだろうか。今度こそわたしがこの町にとどまるはずだと。この町を離れるたびに、わたしは何度も何度もタイラーを傷つけてきた。こんなことはもうおしまいにしよう。置き土産として。彼を混乱させてしまった謝罪のしるしとして。

結局、わたしはこの町に戻れなかった。ふたりの距離は離れるばかりだ。

「もう終わりにしましょう」

「そうか、わかった」わたしの言葉を信じていない口調だ。

「タイラー、お願い。こんな関係は続けられないの」

沈黙が流れ、彼がハンドルを握りしめた。

「わたしはあなたの人生をめちゃくちゃにしてる。わかるでしょう？」

タイラーは無言のまま、わたしが庭を通り抜けてポーチの階段をのぼり、家に入って玄関のドアに鍵をかけるのを目で追っていた。

目を凝らせば、彼にはドアの向こうにいるわたしの姿まで見えたかもしれない。

家の中が以前とは違って感じられた。見知らぬ場所みたいだ。危険が迫っているような感覚。いつ何が起きてもおかしくない。四方の壁からささやき声が聞こえてきそうだ。リビングルームの窓から見えるガレージは陽光を浴びてひっそりとしている。その向こうにははるか彼方《かなた》まで森が広がっている。

だめだ、ここにはいられない。

車で教会へ向かった。地階におりると、フレーズ巡査が捜索活動のボランティアをいくつかのグループに分けていた。前日に比べると、人数は十分の一程度に減っている。フレーズ巡査はオレンジ色の蛍光ペンで捜索区域を記した地図をわたしに手渡すと、ふたりの黒髪の若い男女を示した。ふたりは前日に差し入れられた焼き菓子を念入りに選んでいる。

「おはよう」わたしは少女の背中に声をかけた。

少女は振り向くと、パウンドケーキを頬張りながら返事をした。「おはようございます」思っていたほど若くなかった。わたしより年下だけど、もう少女と呼ばれる年でもなさそうだ。「あたしたちと一緒のグループですか?」

〝あたしたち〟というのは彼女自身と、彼女と同じ年頃の青年のことらしい。青年のほうは二日分ほどの無精髭以外、これといって特徴のない顔だ。髪の色から察するに、ふたりはきょうだいなのだろう。

「そうみたい」わたしは言った。

「ブリットです」彼女は言った。「彼はセス」ブリットが地図に視線を落とすと、髪の根元の部分だけが明るい色合いのブラウンなのが目に入った。どうやらきょうだいではないらしい。「あたしたちは川沿いを捜索するみたいですね。そんなに大変じゃなさそう」

「ドラッグストアに車を停めよう」セスが言った。「鎮痛剤《アドヴィル》か何か買わなきゃ」痛そうに顔をしかめた。

「二日酔いなんです」ブリットは小声で言うとケーキをひと切れ手に取り、セスの口に入れた。

セスのピックアップトラックのあとに続いて車を駐車場に入れ、彼がドラッグストアから出てくるのを待った。セスはアドヴィル以外にもキャンディか何かを買ったらしく、通りを渡って森に入るまでのあいだ、カサカサと包み紙を開ける音が聞こえていた。まもなく蛇行する川筋が見えてくると、大きな音をたててキャンディをかむ音は、川の流れる音にかき消された。

わたしは川面《かわも》を見つめ、水中に何か潜んでいないかどうか捜しながら、川岸すれすれを進んだ。それほど深い川ではないので、木陰にいても川底の石や木の根が見える。開けた場所まで来ると、明るい日差しに目を細めた。川面に反射する光のまぶしさに視界がぼやけはじめた。

「大丈夫ですか?」わたしがバランスを崩しかけた瞬間、ブリットがわたしの袖に手をかけた。

「ええ」わたしは答えた。「アナリーズは川に落ちたのかもしれないと思って」

ブリットはわたしを川岸から引き離した。「気をつけてください。最終的には川の中も捜索することになってるらしいですよ。でももし川に落ちたんだとしたら……」土手を指さす。「急いで見つけたところで、どうしようもないですね」

セスがふたつ目のキャンディを開け、包み紙をズボンのポケットに突っこんだ。「まあ、彼女らしいと言えば彼女らしいけどな。まるで『ハムレット』のオフィーリアじゃないか。いかにもアートって感じでさ。すごく意味ありげだ」

「あなたたちはアナリーズと親しかったの?」

ブリットがうなずいた。「ええ、まあ。でも、ものすごく親しかったわけじゃないです。つまり昔はそれなりに仲よくしてたけど、彼女は〝美大生のアナリーズ〟になっちゃったから」

「それまでの彼女はどんな感じだったの？」

「普通の子でしたよ」ブリットは川から少し離れると、いくらか踏み固められた道へとわたしを導いた。

「目立たないタイプの子だった記憶があるんだけど」わたしは言った。

「アナリーズが？　ええ、そうとも言えるし、そうでないとも言えますね。彼女は得意な美術ではひどく無遠慮だったから。たとえば文化祭で劇の背景画を描いたとき、アナリーズは絵の中にこっそりと、ぞっとするものを細々と描きこんでたんです。すぐにはみんな気づかなかった。まさか嫌っている子たちへのお悔やみとも取れる絵を描いてたなんて」セスが笑い声をあげたが、ブリットはにこりともしなかった。

「ぱっと見にはわからないように描かれてたんです。それにほら、描かれているのが自分だと指摘すれば、それが事実だと認めるも同然でしょう？　アナリーズは陰険な笑みを浮かべて廊下を歩いていたわ。優越感に浸ってるみたいだった。そんなふうに、心の中に悪意を隠し持っているような子だったんです」

誰もがそうだ。わたしたちはそのことをコリーンから教わった。

「だから答えはノーです」セスは横から言った。「ぼくたちは親しくなんかなかった」

「アナリーズの行きそうな場所に心あたりはない？」

セスは奥歯でキャンディをかみながら言った。「森には入ってないと思うけどな」

「でも彼女の弟が——」わたしは言いかけた。

「アナリーズの弟は」セスが言った。「どうしようもないくずだ。真夜中過ぎに、なぜブライスが窓から身を乗りだしていたと思います？　たぶん、マリファナのにおいを母親に気づかれたくなかったからですよ」

「高校も中退したって聞いたわ」ブリットが言い添える。

将来にまったく希望が持てない若者。姉とは対照的だった。アナリーズが闇に消えていく姿をじっと眺めていたのだろうか。

「ブライスの話を本気で信じるやつなんかいませんよ。もっとも、ほかには手がかりがないみたいだけど」セスが言った。

「あなたたちは信じてないの？　彼女が森に迷いこんだという情報を」

「真夜中過ぎに？　バッグを持って森の中を散歩？　まさか」ブリットが言う。

「じゃあ、なぜここへ来たの？」

セスは肩をすくめると、三つ目のキャンディの包み紙をはがした。「捜索に参加すれば、仕事を休む口実になるからですよ」

ブリットはわたしの顔に浮かんだ表情に気づいたらしい。「それに、ヘリコプターも投入されてるそうだから、アナリーズがここにいれば空から見つけてくれるはずだもの」

わたしは頭上に生い茂る木の葉を見あげてから、川の流れに視線を落とした。滅入った気分をやわらげるために、ブリットが無関心を装っているだけならいいけれど。森の中ではすぐに道に迷う。そして自分自身も見失ってしまう。十年ものあいだ、誰にも見つからずに秘密を抱えて生きることだってできるのだ。


家を出てから初めて帰省した冬、わたしはこの川を訪れた。

この町から百五十キロほど東にあるコミュニティ・カレッジに入学し、ダニエルが用立ててくれたお金でルームメイトが三人いる安い部屋を借りていた。教務課でアルバイトを始め、夏休み中はフルタイムで働いた。クリスマス休暇で初めて帰省したとき、吹雪で足止めを食い、一週間の予定が結局二週間過ごすことになった。

わたしはスノーブーツとダウンジャケットを身につけると、赤く染めたばかりの髪に帽子をかぶり、大きく息をあえがせながら、重い足取りで川へ向かった。土手からつららがさがり、キラキラと光っていた。

そのとき、ほかにも人がいることに気づいた。

わたしが土手をくだりはじめると、彼も向かい側の土手をゆっくりとおりてきた。やがて川幅が狭くなったところに渡されている丸木橋の前まで来た。タイラーは丸太の上でバランスを取りながら進んだ。タイラーが足を滑らせたのを見て、わたしは笑ったけれど、彼はどうにか体勢を立て直した。

タイラーが丸太を渡りきると、わたしはほほえんだ。

「似合ってるよ、その髪」タイラーが言った。

「お世辞なんか言わなくていいのよ」

タイラーの手袋はウールのにおいがした。彼の手袋と顎の無精髭がわたしの肌をこすった。タイラーの唇はひび割れていた。凍える寒さの中でも、彼の肌は温かかった。わたしたちはあの日、暗黙のうちに約束を交わした。起こってしまったことについても、ふたりが失ったものについても、二度と口にしないという約束を。

ブリットとセスとともに川沿いに進んでいくと、やがて川がふたつに分かれた。地図のしるしによると、そこが捜索範囲の終点になっていた。セスは引き返そうとしたが、わたしは枝分かれした小道を見つめ、それぞれがどこに続いているのか記憶を呼び起こした。一方は洞窟の裏側へ出る。もう一方の道はカウンティ・フェアの会場をまわりこみ、今では寂れてしまったリヴァーフォール・モーテルに向かうための近道だ。

「ニック」ブリットに呼びとめられた。彼女に名前を教えただろうか？　わたしが誰だか知っていたのだろうか？「ちょっと、しっかりしてくださいよ」

「このまま先へ進んでみるわ」わたしは言った。

「だめですよ。注意事項を読まなかったんですか？　単独行動は禁止です。全員一緒に戻って報告しないと」

わたしはふたりのあとについて、来た道を引き返し、無事に戻ったことをフレーズ巡査に報告した。そして行方不明のビラを一枚手に取ると、ひとりで車を走らせてリヴァーフォール・モーテルへ向かった。

リヴァーフォール・モーテルは道路から奥まったところにあり、同じ造りの部屋が二十室並んでいて、それぞれの部屋の前に斜めに駐車スペースが設けられている。黄色いドアは今にも壊れそうだが、駐車スペースには車が何台か停まっていた。カウンティ・フェアがあるからだろう。季節労働者も泊まっているのかもしれない。十年前、ハンナ・パードットは夏のあいだじゅう、このモーテルに宿泊していた。わたしはときどきモーテルの前を車で通り過ぎては、彼女の車がまだ停まっているかどうか確めていた。

わたしが事務所の前に車を停めて中に入ると、カウンターの奥の男性がテレビを消そうともせずに、テレビドラマから視線だけ引きはがした。

「いらっしゃい」

アナリーズのビラをカウンターに置いた瞬間、彼女がこちらを見あげているような感覚に襲われ、わたしはあわててビラを男性のほうへ向けた。「この女性に見覚えはありませんか？」

「アナリーズ・カーターだろう？　警察がここにも来たよ。いや、見た覚えはないね」言い終わらないうちから、彼はまたテレビに顔を向けた。

「そうですか。ありがとう」

わたしは客室のドアを順番にノックしていった。ほとんどの部屋は──車が前に停めてある部屋でさえ──まったく返事がなかった。人は誰しもプライバシーを大切にしたいし、隠しておきたい秘密を抱えている。

三つ目の部屋から足音が聞こえ、ドアの下の隙間から人影が見えた。誰かがのぞき穴からこちらを見ているのはわかるが、ドアノブがまわされる気配はない。わたしはのぞき穴に向かってビラを掲げてみせた。「この女性を捜してるんです」ドアがわずかに開いた。部屋からすえたにおいがする。アルコールと牛乳がカーペットにしみこんでいるかのようだ。

世の中は情報を与えたがっている人であふれている。何かの手がかりになるのではないかと期待して、もっともらしい話をでっちあげる人さえいる。しかしその一方で、警察とはかかわりたくないという人も大勢いる。彼らは何かを目撃しても、その情報を伏せておこうとする。その気になれば、事実の断片をつなぎあわせられる人たちだ。男性はドアを最後まで開けなかったが、にきび跡と顎髭が見えた。わたしはこの男性がなぜここにいるのか知らないし、知ろうとも思わなかった。

「警察ではありません」わたしは言った。「アナリーズの友だちです。彼女の行方を捜してるだけなんです。もしかしたら、ここに来たかもしれません。彼女を見ませんでしたか？」

男性はわたしをじろじろ眺めまわした――泥のこびりついたスニーカー、着古した

Tシャツ、ポニーテールからほつれた髪を。彼は頭を傾け、身を乗りだした。「見たかもな」ドアの隙間から返事が返ってきた。「友だちだと言ったか？」男性は顔を近づけ、わたしを見据えた。

わたしはあとずさりせず、男性の視線を受けとめた。「いいえ、本当は友だちじゃありません。でも、どうしても彼女を見つけなければならないんです」

男性がにやりとした。歯が黄ばんでいるけれど歯並びがいいのは、矯正したからだろうか。「もしかしたら、若い娘が森から逃げてくるのを見たかもしれないな。その娘は一番奥の部屋の窓を開けた気がするよ。ひょっとしたら、部屋に入ったかもな。まあ、おれの知ったこっちゃないが」

「ありがとう」わたしがそう言った次の瞬間、ドアが閉められた。「ありがとうございます」

ほらね、アナリーズ。必ず誰かが見ているものよ。

建物の裏手にまわり、窓を確かめてみると、鍵がかかっていなかった。身をよじって窓枠を通り抜けた瞬間、わたしはがらんとした部屋の中にいた。アナリーズがいる気配は感じられない。シャワールームとクローゼットとベッドの下を確認する。誰もいない。わたしは目を閉じ、アナリーズが全速力で森を駆け抜けて、わたしと同じように窓からこの部屋に侵入する様子を思い浮かべた。彼女はなぜここに来たのだろう？　何が目的だったのだろうか？

ひと息つくため。考えをまとめるため。計画を立てるため。ベッドを使った形跡はないし、バスルームのタオルもまっすぐにかかったままだ。

電話の受話器を取り、発信音を聞いた。そうだ、電話番号案内だ。わたしならオペレーターに電話をかける。携帯電話を持っていなかったら、オペレーターを呼びだして番号を尋ねるだろう。電話機の脇に置いてあるメモ帳に目を凝らすと、筆圧の跡は見て取れるものの、何も書かれていない。アナリーズが電話番号を書きとめていたとしても、判別するのは不可能だ。

わたしはリダイヤルボタンを押してみた。

呼び出し音が四回鳴ったあと、留守番電話につながった。〝はい、ファレルです。ただ今、留守にしております。メッセージを残していただければ、こちらからご連絡いたします〟ローラの声だ。アナリーズはわたしの兄に電話をかけていた。彼女はこのモーテルから兄に電話をかけたあと、行方不明になったのだ。

わたしが車で家に帰ると、ダニエルが家の片づけをしていて、ガレージの脇の地面にホースで水をまいたり、がらくたを車に積みこんだりしていた。

「何か進展は？」前庭から投げつけられる鋭い視線を避け、わたしは尋ねた。

「いや、何も」ダニエルが伸ばしたホースをリールに巻きながら、家の脇へ向かう。

わたしはもぞもぞと足を踏み替えた。「アナリーズについて、わたしに何か隠し事をしているわね？」

ダニエルが動きを止め、ホースのリールを落としてわたしをにらみつける。「おれを疑ってるのか？」

コリーンについて何を隠していたの？　わたしに話すつもりはあったの？　それとも、あくまで自分の供述を押し通すつもりだったの？

「わたしに話して」

ダニエルがまたリールを手に取った。そのとき森のほうから人の話し声が聞こえ、ダニエルは振り向いた。「警察が森を捜索してる。食事はしたのか？　ローラが残り物を持たせてくれた。中に入るんだ、ニック」

わたしはうなずき、家に入った。こんろに火をつけ、鍋のシチューを温め直しながら、窓からダニエルを見た。姿が見えないのに、なぜダニエルは警察だとわかったのだろう――警察の動きをずっと監視していたからだ。家の外に出て、森に目を光らせ、耳を澄ましていたに違いない。

兄さんは何を隠しているの？

わたしたちはいつも言葉を使わずに互いの意思を伝える。今はなんと伝えようとしているのだろう。

――その前日――

四日目

雨は小降りになり、やがてやんだが、木々の葉からしたたり落ちる雨粒が屋根を叩いている。時を刻むかのように。〝早く《チクタク》、ニック〟キッチンの時計は午前五時を指しているが、ダニエルも、タイラーのトラックも戻ってくる気配はない。

「兄さんから連絡は？」わたしは蛇口をひねってグラスに水を注いだ。

「連絡のしようがないだろう、ニック？」

ダニエルの携帯電話はキッチンテーブルに置かれたままだ。震える手でタイラーにグラスを手渡すと、彼は粉だらけの指でグラスを持ち、喉を鳴らして飲んだ。地平線上の空が白みはじめている。

「家に帰らないと」タイラーは言った。わたしと同様に彼も土と埃にまみれ、両手も真っ白になっている。「捜索活動に参加する前に着替えなきゃならないし、シャワーを浴びたくてたまらない。きみの車を借りてもいいか？　ダンがおれのトラックで帰ってきたら、あとでまた立ち寄るよ」

タイラーがグラスを返してきたので、わたしは残りの水を飲み干した。「人に見られたらどう思われるか。わたしの車があなたの家の前に停まってたら、町じゅうの噂になるわ」

「噂を立てられるのには慣れてる」

「今は状況が変わったのよ」

「きみに婚約者がいるからか？　おれたちは友だちになれる。そうだろう？」

わたしたちが友だちだったことは一度もない。あの事件の前であろうと、あとであろうと。どんなふうに始めればいいのか見当もつかない。「あなたの恋人が行方不明になってるのよ。賢く立ちまわって、タイラー」

彼ははっとした。〝賢く立ちまわって〟タイラーは身をそらし、冷凍庫に頭をもたせかけた。「まさかこんなことが起きるなんて。頼むから嘘だと言ってくれ」

「でも、現実に起きているの」

「アナリーズがこのまま見つからなかったら、おれが容疑者になるってことか？」

「タイラー、あなたは間違いなく容疑者になるわ」ジャクソンがそうだったように。

恋人。最も簡単に説明がつくからだ。

タイラーがきつく目を閉じた。わたしは彼の髪に指を差し入れ、親指で首の後ろをもんであげたかった。仕事で首が凝ったときに、よくマッサージしてあげたように。

「ここのシャワーを使って。父の服の中から着られそうなものを見つけるから。そんな姿で家に帰らないほうがいいわ」

タイラーは自分の服と足元と両手に視線を落とした。「ああ、そうだな」

わたしは濡らした雑巾で床を拭いた。筋状の汚れや靴の跡をどうにかきれいに拭き取り、雑巾を洗濯機に放りこんだ。水道管がうなる音とシャワーカーテンを開ける音が聞こえたので、わたしは父の古い服を探しに行った。

父の服はタイラーの体格には小さすぎた。結局、父が施設に持っていかなかったグレーのすりきれたスウェットパンツと、たまの庭仕事の際に着ていたしみがついた古いシャツで手を打つことにした。

わたしがドアを開けてバスルームに入ると、鏡が曇っていた。湯気が肌にまとわりつく。「入るわよ」わたしはそう言うと、洗面台の上に着替えを置いた。

「ちょっと待ってくれ」タイラーの声がした。

わたしはドアに背中をつけ、グレーと黒のストライプのシャワーカーテンが動くさまを眺めた。タイラーの影はよく見えない。わたしはカーテンで隔てられているほうが話しやすい気がした。顔を合わせる必要がないからだ。

「引っ越したんだ」

「どこに？」

「〈ケリーズ・パブ〉の階上《うえ》だ。部屋を借りた。そんなに広くないが、ソファとブランケットはあるから、うちに泊まればいい。下心があって言ってるわけじゃない。ここに泊まる必要はないだろう」

わたしは思わず耳障りな笑い声をあげた。「ひどい考えね。まずいことだらけよ」

「今週起きたことを考えれば、最悪の考えってわけでもないだろう」タイラーが言い、わたしは彼の汚れた服の山を抱えあげた。

バスルームのドアを開けたとたん、涼しい空気が流れこんできた。

「服を洗濯しておくわね。わたしにもお湯を残しておいて」

わたしがふたたび部屋に戻ったときには、タイラーは父の服に着替え、タオルで髪を拭いていた。彼が窓からガレージを眺めていたので、わたしも隣に立った。タイラーはわたしのほうを向き、わたしの顔に残った汚れを親指でぬぐった。

「何がなんだかさっぱりわからない」ふいに涙がこみあげた。タイラーがわたしの顔をあげさせた。「いったいどうして――」

「なあ、自分だけでどうにかしようと思わなくていい。もう対処したんだ。そうだろう？」

わたしはタイラーの言葉をどうにか頭に取りこもうとした――十六歳のときの〝もう逃がさない〟や、十七歳のときの〝愛してる〟や、十八歳のときの〝永遠に〟を。どの言葉もはるか彼方から聞こえてくるかのようだ。もうあの頃には戻れない。そのとき、家の外から聞き覚えのあるタイラーのトラックの音がした。「兄さんが帰ってきたわ」わたしは勢いよく部屋から飛びだし、ポーチの階段へ向かった。

ダニエルの乗った車が私道に入ってくると、わたしは階段を駆けおりた。タイラーもひと足遅れてついてくる。ダニエルは運転席から滑りでると、わたしのことは見もせずにタイラーに車のキーを投げ、まっすぐ自分の車へ向かった。「もう行かないと」目を合わせずに言う。

「兄さん、待って」

「行かなければならないんだ」ダニエルはまた言った。

わたしは兄のあとを追って庭を横切ったが、言うべき言葉が見つからなかった。わたしが助けを求めてタイラーを見ると、彼は自分のトラックに機材を積みこみ、荷台を防水シートで覆っていた。

「ローラにはなんて言ってあるの？」わたしは尋ねた。

ダニエルは車のドアを開けた。「ここにいると。おまえと一緒に遅くまで家の片づけをすると言ってある」

「じゃあ、捜索活動で」タイラーがわたしたちに呼びかけ、トラックに乗りこむ。

わたしはあわてて家の中に戻ると、キッチンで嘔吐した。シンクが水と胆汁と白い粉末にまみれた。

キッチンをきれいに洗い、やけどするほど熱いシャワーを浴びてから、モップでもう一度床を拭いた。

乾燥機が止まると、タイラーの服をたたんで、わたしの部屋のチェストの一番下の空の引き出しにしまった。人目につかないように。

わたしたちは教会の地下室でふたたび顔を合わせた。クーリー・リッジの住人のほとんどが仕事を休んで集まっているようだった。娯楽室にたくさんの人がひしめきあい、キッチンや階段にまであふれている。

この町の人々は危機のときは結集し、悲劇には一丸となって立ち向かう。誰かが亡くなれば死をともに悼み、一年間は食べ物を届けつづける。そして行方不明事件が起きれば、見つかるまで徹底的に捜しまわる。

ブリックス巡査がみんなの前に出て、椅子の上に立った。丸刈りに近い短髪のため、生え際が後退しだしているのが見て取れる。

わたしは爪先立ちになってやっとの思いで人ごみをかき分けて進むと、ブリックスが指さしている方向に目を向けた。彼は何を話しているのだろう。周囲から聞こえてくる会話の断片に気を取られ、ブリックスの話を聞きそびれてしまった。聞こえたのは、〝行方不明〟〝コリーン・プレスコット〟〝迷いこんで〟〝連れ去り〟〝怪物〟だった。

「捜索範囲を格子状に区切って――」肩に手を置かれた。話に集中しなければならないのに。ローラだった。わたしが肩越しに見ると、ローラは片方の眉をあげた。

〝ちょっといい？〟声に出さずに尋ねる。

わたしはうなずいた。ブリックスはクーリリー・リッジの地図を指している。その先に森があり、曲がりくねった川が流れている。

「警察はどう考えているのかしら？」ローラは小声で言った。「アナリーズが森で道に迷ったと思ってるの？」

体がじっとりと汗ばんだ。ダニエルの姿は見えないが、ローラがここにいるということは、どこか近くにいるに違いない。タイラーも見あたらなかった。ブリックスは全員が署名した紙を掲げた。「ひとりひとりに担当エリアを割り振り、各チームにリーダーを置きます」紙は紫色のクリップボードに挟まれている。「名前を呼ばれたら、ここにいるフレーズ巡査の指示に従ってください」

ブリックスがチーム分けを始めると、ローラが身を乗りだした。「あなたたちはあの家の片づけに根を詰めすぎよ。もっと気楽に構えたほうがいいわ。ふたりとも」

「ええ、そうね」わたしはブリックスに視線を注いだまま答えた。

「それに」ローラがさらに言う。「ダニエルは子ども部屋にペンキを塗らなければならないのよ。まったくもう。いつ生まれてもおかしくないっていうのに」

わたしは振り向いた。

「安心して。今、この場で生まれそうって意味じゃないから」

「ここにいて大丈夫なの？」わたしは尋ねた。

「ニック・ファレル……」

わたしは人ごみを押し分けて進み、フレーズ巡査の指示を聞きに行った。わたしのグループには、家族ぐるみのつきあいをしている人以外に知っている顔はいない。チームのメンバーは全部で八名だ。

「地面が湿っているので」フレーズは説明を始めた。「足元に充分注意してください。隣の人の位置を常に確認しながら、全員が同じ速度で進んでください。戻ってくる前に、必ず点呼を行うように。無線機の数が足りないので……」彼はグループの面々に目をやり、年配の男性に無線機を手渡した。たしかわたしの同級生の父親だ。「何か見つけたら、その無線機で連絡してください」

「ちょっと待って」わたしが声をかけると、フレーズはいったんこちらを向きかけたが、すぐさま次のグループへ向かおうとした。「アナリーズの父親には連絡したんですか？　大学時代の友人には？」

「ああ、そっちのほうも今、あたってるところだ。捜査の進め方なら心得ているよ。それとも何かつけ加えたい情報でもあるのか？　きみが戻ってきてたとは知らなかったよ、ニック」

わたしはうなじの毛が逆立つのを感じた。「いいえ、しばらくのあいだだけです」

フレーズは一瞬考えこんだ。必要な情報をより分け、何かを思いだそうとするかのように。「親父さんが暮らしてた家に泊まってるのか？」

「ええ」

「火曜の午前一時頃、森で何か見かけなかったか？　妙な音を聞かなかったか？　何か不審なことは？」

わたしはかぶりを振った。〝いいえ、何も見てないし、聞いてもいません。まったく何も〟

フレーズは必要以上に長くわたしを見つめていた。「さあ、行った行った」そう言うと、人ごみにすばやく視線を走らせてから次のグループに移った。

フレーズが誰を捜しているのか、わたしにははっきりとわかった。

わたしたちはアナリーズの家の裏手から捜索を開始し、川を目指して進んだ。遅れがちなひとりの年配女性のせいで、しまいには捜索活動はこのうえなく退屈な作業となった。ただでさえのろのろ進んでいるのに、場違いに見えるものを発見するたびに、その女性がいちいち立ちどまって手に取ってみるからだ。動かされた石、小枝の山、木の幹につけられたしるし。無線機を渡されたリーダーの男性が何度も言い聞かせる。

「われわれはアナリーズを捜してるんだ。犯行現場を捜査してるわけじゃない」

互いの距離を保って歩いているので小声で会話を交わすこともできないし、そもそも耳を澄ましていなければならない。助けを求める声か何かが聞こえるかもしれないからだ。若い女性がときおりいらだった様子で声を張りあげた。「アナリーズ？　アナリーズ・カーター？」ひょっとしたら、森の中で迷った〝アナリーズ〟が複数いるかもしれないと言わんばかりだ。

川のそばまで来たとき、別のチームと出くわした。「わたしたちが遠くまで来すぎたのね」わたしは言った。

リーダーのブラッドが地図を見つめる。「いや、われわれは川岸まで捜索することになっている。捜索区域を外れたのは彼らのほうだ。おい！　捜索区域を外れてるぞ！」

「なんだって？」男性が大声できき返す。

「場所を間違えていると言ってるんだ！」

ふたりのリーダーは離れた場所からわめきあっていたが、やがて互いに歩み寄り、地図を突きあわせながら口論を始めた。わたしは木の切り株に腰をおろし、言い争いが終わるのを待つことにした。こんなことは時間の無駄だ。正しい捜索区域をまわっているかどうかなんて判断できるわけがない。みんながみんなこの森に精通しているとは限らないし、誰もが正しい境界線を知っているわけではない。

「あっ、何か見つけたかもしれないわ！」川から三メートルほど離れた場所で、年配女性が山のように積もった落ち葉の上にかがみこんだ。わたしの隣にいた若い女性が目をぐるりとまわした。年配女性が何かを拾いあげて頭上にかざすと、日差しを受けてそれがきらりと光った。彼女は目を細めた。「何かしらね?」

わたしは立ちあがり、みんなのもとに向かった。

「ベルトのバックルね」誰かが言った。「妖精のものみたいじゃない? ちっちゃいもの」

「あら」年配女性が言った。「ブレスレットの飾りにも見えるわ」手の中でひっくり返す。円の内部にふたつの文字が浮かんでいて、端のほうが泥まみれになっていた。

「イニシャルが〝M・K〟だから、アナリーズのものではないわね」

「勘弁してください」わたしは言った。「森の中に落ちているがらくたをすべて拾って歩くつもりですか? こんなのはばかげてるわ」

「触っちゃだめなんじゃないですか?」ティーンエイジャーが口を開いた。どうやら刑事ドラマの見すぎらしい。

年配女性は眉をひそめ、拾ったものを地面に戻すと、落ち葉をあちこち動かして不自然に見えないように細工した。

「そんなことをしたって無駄ですよ」わたしはそれを拾いあげ、自分の手の中でひっくり返した。「きっと犬のリードから落ちたんだわ。アナリーズは犬を飼っていた?」

「たぶん飼っていなかったと思います」ティーンエイジャーが答えた。

ブラッドがUターンするよう身振りで示した。「よし、引き返そう」

わたしはみんなより数歩後ろを歩きながら、周囲の地面に目を走らせた。バックルらしきものを尻ポケットに滑りこませながら。犬のリードや首輪やブレスレットから落ちたものではない。そのロゴマークには見覚えがある。あるバッグについていたものだ。

遠まわりをして家に戻る途中でドラッグストアに立ち寄った。ソーダを買うと、トイレに入ってバッグのチャームをごみ箱に捨ててから、店員のルーク・アバディーンに手を振って店を出た。

生まれ育った家の前に立ち、小首をかしげ、縁もゆかりもない人になった心持ちで家を見てみた。地味でぱっとしない家だ。ぬかるみに足が沈みはじめたので両足を引きあげると、スニーカーが脱げそうになった。重い足を引きずってポーチへ向かい、玄関先でためらった。進んで中に入りたいと思えたらどんなにいいだろう。

この家は多くの秘密を隠しつづけてきた。わたしの秘密、兄の秘密、父の秘密、自分たちより前の世代の秘密。壁にも、床下にも、土の下にも。コリーンが容器に入ったガソリンをまき、わたしが火のついたマッチをポーチの端のささくれだった木に近づけるところを思い浮かべる。わたしたちは間近で見ていた——ポーチの床板がたわんでパンとはじける瞬間を。建物にも火がつき、がれきとなって全焼するまでの一部始終を。長く伸びた木の枝にも飛び火し、木々に燃え移る様子を。

「何をしてるんだ？」

わたしが肩越しに振り返ると、タイラーがトラックからおり、こちらへ歩いてくるのが見えた。彼の足取りも重かった。

わたしは家のほうに向き直ると、勾配がついた屋根の上にある自分の部屋の窓を見あげた。「火事を思い浮かべてたの」

「そうか」タイラーも隣に立ってわたしの腰に手をあて、同じものを見つめた。彼も同じ光景を思い浮かべているのがわかった。「最後に食事をしたのはいつだ？」

「わからない」

「一緒においで。夕食に何か買っていこう」

バーは薄暗かったが、数人の客がいるのが見えた。タイラーはテイクアウトの中華料理の入った袋を脇に抱え、わたしとドアのあいだに立ちはだかって視界をさえぎった。建物の入口を通り抜け、彼のあとに続いて狭い階段をのぼる。タイラーはわたしに袋を預け、鍵でドアを開けると、わたしのために足で押さえた。

「これがわが家だ」タイラーが言った。

わたしは中華料理の入った袋をアイランドキッチンに置いた。室内は設備が新しく、ペンキも塗り直され、傷だらけの床には小さなラグが二枚敷かれている。いかにもタイラーらしい部屋だ。彼が生活するのに必要最低限のものがそろっている――ソファ、テレビ、キッチン、ベッドルーム。タイラーは自分に必要なものしか置かない主義だ。彼が中華料理を袋から取りだして皿に盛っているあいだに、わたしは部屋の中をあちこち見てまわった。

ベッドは整えられていた。クイーンサイズのベッドで、上掛けはベージュの無地だ。部屋の隅にはタイラーが昔から使っているチェストの隣に、まったく違うデザインのチェストがうまく調和するように置かれている。バスルームのドアは開いたままで、洗面台にシェービングクリームと石鹸入れが見えた。ベッドルームを出る途中でクローゼットものぞいてみた。男物の衣類のみ。片隅にキャンプ用品がしまってある。

「検査は合格か？」彼の声が聞こえたのでキッチンに戻った。タイラーが調理台の向こうから皿を差しだしてくる。

「わたしの好物を買ってくれたのね」

「そうしたつもりだ」タイラーはソファの前の床に座ってクッションに寄りかかると、目の前のコーヒーテーブルに二本のビールを置いた。

わたしもタイラーと並んで床に座った。「椅子は好きじゃないのね」

「ここに越してきてからまだ半年しか経ってないんだ。椅子は今度買おうと思ってる」タイラーはそう言って、チャーハンを口に運んだ。「ニック」自分のフォークでわたしの皿を指し示す。「本当に何か食べないとだめだ」

気前よく盛られた食べ物を見たとたん、わたしは胃が締めつけられた。ビールをひと口飲み、ソファにもたれかかった。「アナリーズはどんなバッグを使っていた？」

隣にいるタイラーの体がこわばるのを感じた。「アナリーズの話はしたくない」

「大事なことなの。どうしても知る必要があるのよ」

「わかったよ。ええと……」彼はしばらく黙って考えた。「よく覚えてないな。ダークグリーンだった気がするけど」

「でも、どこのブランドだったかは覚えてるでしょう？」

「いや、ブランドまではわからない。なぜそんなことをきくんだ？」

「捜索活動中にあるものを見つけたの。バッグのチャームを。〈マイケル・コース〉のバッグの。川のそばで」わたしは大きく息を吸いこんだ。「アナリーズのもので間違いないと思う」

タイラーは皿をコーヒーテーブルに戻し、喉を鳴らしてビールを飲んだ。「それは今、どこにあるんだ？」

わたしはタイラーのほうを向き、充血した目をのぞきこんだ。「ドラッグストアの女性用トイレのごみ箱に」

タイラーが鼻梁《びりょう》をつまんだ。「ニック、そんなことをしちゃだめだ。警察の捜査を混乱させるのはまずいし、きみが疑われる。アナリーズはきっと無事だ」

「無事なわけがないわ。人が行方不明になるのは、何か問題が起きたときよ、タイラー」

「おい、泣かないでくれ」

「泣いてないわ」両腕の上に顔をのせ、涙の跡をぬぐい去る。「ごめんなさい。ろくに寝てないの。もう三日近くになる。眠れないのよ」

「眠れないほど心配しなくていいんだ。おれがそばにいる。大丈夫だ」

わたしは声に出して笑った。「この状況のどこが大丈夫だっていうの？　世界がひっくり返ったみたいに思えるのに。もう頭がどうにかなりそう。知らないうちに崖っ縁に立たされた気分だわ」

「でも、おれがついてるだろう」

わたしは首を振ると、ポークロールをひと口かじり、無理してのみこんだ。「あなたは大丈夫？」

「そうでもない」

ふたりの皿はコーヒーテーブルに置かれたままで、ビールのボトルは半分空いている。

「わたしはここで何をしてるのかしらね」

「おれたちはただの友だち同士で、ひどい一日の終わりに一緒に食事をとってるだけだ」

「そうなの？　本当にただの友だち同士？」

「どんな関係と呼ぶかはきみ次第だ、ニック」

「もうやめましょう」

「何を？」

「ごまかさないで」

「そうだな」タイラーはソファに片腕を置き、わたしが座る場所を空けた。わたしがそばに寄ると、彼はわたしの体に腕をまわした。ふたりで体を寄せあって座ったまま、何も映っていないテレビを見つめた。

「あれがアナリーズのバッグから落ちたものだとしたら」わたしは口を開いた。「彼女は無事じゃないってことだわ。あの場所に戻らないと。アナリーズのバッグを捜さないと」

「ニック、落ち着くんだ」タイラーがゆっくりと吐きだした息が額にかかるのを感じた。

ふたりとも黙って座っていると、階下のバーを出ていく客の話し声が窓から聞こえてきた。

「あの家をどうしたらいいかわからない」夕食をひと口食べたのが間違いだった。わたしは深呼吸をして、必死に吐き気をこらえた。「あの家で眠れないのよ」

「だったら眠らなきゃいい。このソファは伸ばしてベッドにできるんだ。きみはおれのベッドを使えばいい。少しやすまないとだめだ」

「妙な噂を立てられたら――」

「今夜だけだ。きみがここにいることは誰も知らない」

わたしは彼の肩に頭をもたせかけた。わたしが目を閉じると、タイラーはわたしの髪の先を何気なく指でもてあそんだ。ほとんど触れられていないのに、その仕草がやけに親密に感じられた。

もっとも、自分の秘密をすべて知られていることのほうがよほど親密だとも言える。好きな食べ物を買ってくれて、ただ隣に座って、眠れるように指で髪を撫でてくれる人。

「ところで」タイラーが口を開いた。「きみの髪が好きだ」

わたしはほほえみ、明日のことは考えないようにした。いつかわたしがこの町に戻ってきて、タイラーのほうが去っていくかもしれない。いつかわたしが森を歩いていて、バッグのチャームだけを残して忽然と消えてしまうかもしれない。結局のところ、わたしたちは警察署にある証拠保管箱の中や土の下で、見つからずに放置されているにすぎないのだ。

タイラーの肩から頭をあげると、わたしは彼の膝の上にのった。首にしがみつき、タイラーの髪に指を走らせる。

「待ってくれ。こんなことはやめたほうが……おれはそんなつもりで――」

わたしは着ているシャツを頭から引き抜いた。タイラーの視線がむきだしの肩の傷跡に向けられたとたん、彼の呼吸が浅くなった。

故郷に帰ってきたという感慨があるとすれば——たとえば母の手料理や、ベッドの足元で眠るペットや、庭の木に吊されたハンモックのように、安らぎと懐かしさを感じられるものがあるとすれば——わたしにとってはこれがそうだ。タイラー。わたしのすべてを知っている人がいるという感覚。過去の自分の上に現在の自分を次々と重ねていくわたしを見守りつづけてくれる人。わたしが選んだもの、失ったもの、わたしがついた嘘まですべて知っている人。

「わたしに懇願させるつもり？」

肩と首のあたりに吐息を感じ、やがてタイラーの唇が動いた。「いや、そんな真似はさせない」タイラーはそう言って、わたしの頭を引き寄せた。

わたしが望んだとおりのものを与えてくれる。それがタイラーという人だ。

――その前日――

三日目

警察は朝一番に、アナリーズは行方不明になったと非公式に判断したものの、嵐が山々を吹き抜けているため、今日は捜索は行われないことになった。二十三歳の女性がたった一日行方がわからないというだけのことだが、彼女が行方不明になったときの状況に警察は関心を示した。弟の証言によれば、アナリーズは真夜中過ぎに森へ入っていったという。昼頃に、彼女の母親が進路候補の大学院を一緒に訪ねるために迎えに行ったときも、娘の姿はなかった。携帯電話にかけてもすぐに留守番電話に切り替わり、バッグも見あたらないらしい。

さらにメールの件もあった。アナリーズはマーク・スチュワート巡査の携帯電話に、コリーン・プレスコットの失踪事件について話せないかというメールを送っていた。

タイラーは朝食後すぐに、カーキ色のズボンにボタンダウンシャツという服装でわたしのところへ来た。彼は雨に濡れた靴で一階の部屋を行ったり来たりして、床に靴跡を残した。「そのメールのことを知ったら、町じゅうのみんなが不安になるだろうな」

「アナリーズがなぜそんなメールを送ってきたのか、警察は心あたりがあるの？」

「いや、ないらしい。それにしても、とんでもない偶然だと思わないか？」タイラーがさらに何か言おうと口を開いたとき、タイヤが雨に濡れた砂利を踏みつける音が聞こえた。

「誰か来たみたい」わたしは窓辺に近寄った。

見覚えのない赤いSUVが私道に入ってきて、タイラーのトラックの後ろに停まった。父と同年輩の女性が車からおりてくる。父とよく似た白髪まじりの髪に、ぽっちゃりした丸顔。彼女は傘を差すと、森に視線を注ぎながらポーチの階段に近づいた。アナリーズよりもずんぐりした体つきだが、大きな目は彼女と同様に不安げな色をたたえている。

「アナリーズのお母さんだわ」わたしは玄関に向かい、ドアに背中を押しつけた。タイラーはドアの向こうを透かし見るような目つきで見つめている。

「あなたがここにいる理由は？　タイラー、あなたがここにいる理由は何？」

タイラーは目をしばたたいてから答えた。「おれはエアコンの修理をしに来たんだ」

「だったら、すぐに修理をしに行って」わたしは引きつった声で言うと、玄関のドアを開けた。

アナリーズの母親は私道のほうを向いていた。ポーチの屋根の下に入ってもまだ傘を差したままで、傘の骨から雨が垂れ落ちている。「おはようございます、ミセス・カーター」わたしは網戸を押し開け、戸口に立った。

彼女は長々と私道に視線を注ぎながら、ゆっくりとこちらに顔を向けた。タイラーのトラックを見ているのだ。「おはよう、ニック。あなたが戻ってきてくれてうれしいわ」どんな場合でも、礼儀が優先されるらしい。

「ええ、わたしもお会いできてうれしいです。聞きました、アナリーズのこと。何かわかりましたか？」

ミセス・カーターはかぶりを振ると、傘を脇におろした。「あの子が森へ入っていくのを息子が見たらしいの。でも、いつものことでしょう？　ひとりで散歩に出かけるのは。わたしもあの子が森を歩いているのを何度も見たことがあるもの。だからそれほど不自然でもないのよ。でも、昨日は一緒に出かける予定があったものだからなおさら……携帯電話もつながらないし……」口を引き結んだ。「それに真夜中過ぎにだなんて、いくらなんでも遅すぎるわ。お隣同士だから、あなたにもちょっときいておこうと思って。もしかしてあの子を見なかった？　そうでなければ、ほかの誰かは？　何か見ていない？」

「いいえ、残念ながら。ずっと家の片づけをしていて疲れたので、早々に寝てしまったんです。何も気づきませんでした」

彼女はうなずいた。「ねえ、あれはタイラー・エリソンのトラックじゃない？」

「ええ、そうです。兄が家の修理を依頼したんです」

「彼にも話を聞きたいんだけど、電話番号を知らなくて。ちょっと話をさせてもらってもいい？」ミセス・カーターは開いたままの傘を地面に置き捨て、ずかずかと家に入ってきた。

「もちろんです。今、呼んできますね。蒸し暑くてすみません。エアコンが壊れてしまって。それで彼に修理してもらっているところなんです。タイラー？」玄関から呼びかけた。「タイラー、あなたにお客様よ！」

タイラーが階段をおりてくる足音がした。まだ互いの顔が見えないうちに、彼が口を開く。「おそらく冷却器のファンが原因だな。交換用の部品を買っておいてくれたら、おれが取りつけて……あっ、どうも」タイラーは歩みを緩めた。

「あなたに連絡を取ろうとしていたのよ」ミセス・カーターが言った。

「すみません、仕事が入ってたんです。とんでもなくきつい工期の案件を請け負ってしまったもので。実を言うと、十時から郡書記官事務所で会議があるんです。そろそろ行かないと」

「わかったわ。アナリーズから連絡があったかどうか、きこうと思って」

「いいえ、ありません」

ミセス・カーターはさらに一歩、家に足を踏み入れた。「あの子と最後に会ったのはいつ？　何か言っていなかった？」

タイラーは立ちどまって帽子を取ると、髪をかきあげて、またかぶり直した。「月曜の夜です。一緒に食事をして映画を見に行ったあと、十時より少し前に家まで送り届けました。次の日はおれが朝早くから用事があったので」

「あの子は何か言ってなかった？　何か予定があるとか？」

「いいえ。それ以来、会ってません」

「大学院を見に行くという話は？」

「いえ」

「あの子が森で何をしていたか知らない？」

「いえ、すみません」

矢継ぎ早の質問に、タイラーは次々と答えた。「本当に心配ですね」わたしは言い、ミセス・カーターのために網戸を開けた。「何かわかったら教えてください」

「ええ」ミセス・カーターはようやくタイラーから視線を引き離した。「明日の朝までに見つからなかったら、捜索隊が組織されるって……」声が途切れた。

「おれも参加します」タイラーは言った。「でもきっと、無事に帰ってきますよ」

コリーンが行方不明になって一週間後、みんなで森や川や洞窟をくまなく捜索してまわったあとに、彼女の母親がわたしを訪ねてきた。「ねえ、ニック、教えてちょうだい。わたしが知りたくないことでもかまわない。あの子を見つける手がかりになりそうなことを教えて」

コリーンの母親に何か言ってあげたいと思ったことを覚えている。すっかり成長した娘を失うには、あまりにも若すぎると思ったことも。

けれども、わたしは首を振った。本当に何も知らなかったからだ。ハンナ・パードットがコリーンの秘密を暴く以前のことだったから、彼女の母親にこう言えばすむ話だった。〝コリーンは心の中に悪意を隠し持っていました。闇を抱えていたんです。彼女はわたしを愛すると同時に憎んでもいた。わたしも同じ気持ちでした〟でも、わが家の玄関先で打ちひしがれている女性にそんなことは言えなかった。それに父はキッチンにいて、兄は二階の自分の部屋にいたけれど、ふたりとも窓の外から聞こえてくる会話に耳をそばだてているに違いなかった。

「もうひとつだけ聞かせて。あの子は無事だと思う？」

さすがのコリーンでも、一週間も茶番を演じつづけるなんて、いくらなんでも長すぎる。「残念ですけど、そうは思えません」わたしは答えた。コリーンにしてあげられることはもうそれぐらいしかなかった。

一年後、コリーンの失踪事件が未解決のまま風化しはじめた頃、ミセス・プレスコットは離婚し、子どもたちを連れてクーリー・リッジを離れた。彼女たちがどこへ行ったのか知らないけれど、もしかすると通り抜ける森や潜りこむ洞窟のない場所ではないだろうか。コリーンを階段から突き飛ばしたり、頭すれすれのところに皿を投げつけたりする男のいない場所。ほかの子どもたちが町でわがもの顔に振る舞ったりしない場所。わたしはその場所では、彼女たちが二度と見捨てられないでほしいと願わずにいられなかった。

アナリーズの母親が車で走り去ると、タイラーもポーチに出てきた。「もう行かないと。土地測量の会議に出なきゃならないんだ。でも、あとで戻ってくるよ」

「わかったわ。いってらっしゃい」

額にキスをされるかと思うほど、タイラーが近寄ってくる。しかし最後の最後になって、動きを変えざるをえなくなったようだ。彼はわたしの肩に腕をまわすと、元気づけるように力をこめた。ダニエルがときどきする仕草だ。「そんな目で見ないでくれ。きみを仕事場に連れていくわけにいかないんだ」

「そんなことを頼んだ覚えはないわ」

「いや、顔にそう書いてある」

わたしは彼の腕を小突いた。「さあ、行って」

タイラーは考え直したらしく、わたしを胸に抱き寄せて言った。「大丈夫だ」わたしはずっとこうしていたかった。何から何まで大丈夫とはほど遠い状況だけど、タイラーといると大丈夫だという気がしてくるから不思議だ。

婚約者がいる女と、恋人が行方不明になっている男にしては長すぎる抱擁だった。

「今夜、また来る」タイラーはそう言って、体を引き離した。

「やめておいたほうがいいと思うけど」

「なぜだ？　アナリーズの母親に、おれのトラックがここに停まっているのを見られたんだ。どのみち噂になる」

「恋人が本当に行方不明になったとなれば、笑い事ではすまされないわ」

「行方不明になったわけじゃない。ちょっとどこかへ行ってるだけだ。アナリーズが姿を現したら、彼女とはもう終わりにするつもりだ」

「ちょっと、冗談はやめて」

タイラーがため息をつく。「ほかにどうしようもないんだよ、ニック」

わたしはうなずき、タイラーの手を強く握った。そして彼の後ろ姿を見送った。

タイラーのトラックが見えなくなると、家の中に戻ってキッチンの引き出しを開け、中身を床にぶちまけた。父のこの十年間の人生の断片をなんとかつなぎあわせるつもりだった。


雨で暑さがやわらぐだろうと思っていたが、予想は見事に外れた。じめじめした雨で、これ以上ないほど蒸し暑い。この雨のせいで、森の捜索はまだ行われずにいる。

わたしは昼食をすませ、車で図書館へ向かった。片隅に置かれたコンピュータの前に座ると、職業別電話帳のサイトにアクセスし、質店のリストを検索した。車で一時間以内の距離にある店の電話番号と住所を走り書きすると、図書館の裏庭に出た。もともと邸宅の裏庭なので、煉瓦造りの高い壁に囲まれている。壁に沿って植物が生い茂り、真ん中にベンチがいくつか置かれているが、雨が降っているので今日は人けがなかった。わたしは目の前十五センチほどのところに雨がしたたり落ちてくる軒下の壁に背中を押しつけ、リストの一番目の店に電話をかけた。

「はい、ファースト・レート質店です」男性が電話に出た。

「あるものを捜しているんですが」わたしは声を落として説明した。「昨日、質に入れられた可能性があるんです。あるいは今日か」

「もう少し詳しい情報を教えてもらわないと」男性は答えた。

「指輪です。二カラットのダイヤモンドの。ブリリアント・カットです」

「婚約指輪ならいくつか置いてますが、最近は入ってきてないな。警察には届けましたか？」

「いいえ、まだ」

「もし盗難品が質に持ちこまれていたとしても、警察に届けが出されていないものを引き渡すわけにいかないんですよ。とにかく警察に届けでたほうがいい」

「わかりました。ありがとう」

「質に入ってきたときのために、いちおう電話番号をうかがっておきましょうか？」

わたしは一瞬考えた。「いえ、結構です。どうもありがとう」

ああ、もう！　雨に濡れないように店のリストをバッグに突っこむと、図書館の中を通って車に戻った。どうやら自分の目で確かめるしかないらしい。雨の中、車を走らせ、がらくたが並ぶ店を一軒一軒見てまわらなければならないなんて――〝ちょっと見ているだけです〟〝たまたま通りかかったものだから〟〝看板がふと目にとまって〟

五時間後、夕食の時間になっても指輪は見つからなかった。指輪が見つからなかったことと空腹のせいで、家の私道にダニエルの車が停まっているのを見たとき、わたしはいらだちが募るのを感じた。静かに考える時間が欲しかった。この問題にどう対処すべきか考えなければならないのに。

バッグを頭の上にかざし、雨の中を駆けだした。「兄さん？」玄関に入ると、大声で呼びかけた。しかし聞こえてくるのは屋根を打つ雨の音と、窓を揺らす風の音、遠雷のとどろきだけだ。「兄さん！」今度は階段の下から呼びかけた。またしても返事がないので、わたしは階段を一段飛ばしでのぼると、兄の名前を呼びながら、二階の廊下を歩いてまわった。

どの部屋にも人の気配がない。

一階に戻って、自分の携帯電話から兄の携帯電話にかけた。聞き覚えのある着信音が家のどこかから聞こえてきた。耳から電話を離し、音を追ってキッチンに向かう。テーブルの端に、兄の携帯電話と財布と車のキーが置いてあるのが目に入った。「兄さん！」わたしはさらに大きな声で呼んだ。

裏口のドアを押し開け、食い入るように森を見つめた。こんな嵐の日に森へ入るはずがない。裏のポーチの明かりをつけて雨の中に立ち、兄の名を呼んだ。階段をおりて家の脇にまわったが、ダニエルの姿はなかった。ダニエルの車に駆け寄り、びしょ濡れになりながら窓から車内をのぞいた。後部座席に工具がいくつか見えるものの、特におかしいところはないように見える。そのとき、雷鳴とともにハンマーを地面に打ちつけるような鈍い音が聞こえた——ガレージからだ。そちらに目をやると、側面の窓からかすかな明かりがもれている。わたしは目に手をかざして雨をさえぎり、ガレージに近づいた。

ガレージに通じる引き戸は閉ざされている。窓も何かで覆われているらしい。わたしは脇にまわり、通用口のドアを叩いた。「兄さん！」わたしは大声で言った。「そこにいるの？」

物音がやんだ。

「家に入るんだ、ニック」ドアの向こうから叫ぶ声がした。

わたしはさらに強くドアを叩いた。「ちょっと、開けてよ！」

ドアノブの錠が外され、ドアが引き開けられた。ダニエルの両手は白い粉にまみれている。わたしが兄の背後に目を向けると、床の一部が砕かれ、コンクリートの塊が脇にどけられて、土があらわになっていた。

「いったい何事なの？」わたしは兄を押しのけてガレージに足を踏み入れた。「ここで何をしてるの？」

ダニエルがドアを閉めた。「おれがここで何をしてるように見える？　掘り返してるんだよ」ダニエルが片手で顔をさすると、汗とともに白い粉が筋状に伝って流れた。「捜してるんだよ」

「捜してるって……何を？」

「なんだと思う、ニック？」

埋められたもの。この十年間、埋まったままのもの。

「兄さんはここに埋まっていると思ってるの？　ねえ、どういうこと？」わたしがダニエルの胸に指を突きつけると、兄はあとずさりした。「どうしてそんなことがわかるの？　ねえ、兄さん、こっちを見て！」

「わからないんだ、ニック。確信があるわけじゃない」

「じゃあ、どうして床なんか引きはがしてるのよ。よっぽど確信があるからでしょう？」

「そうじゃないが、家の床下も庭もすでに掘り返してみた。あとはここしか考えられない。コリーンが行方不明になった日に、おれたちは床にコンクリートを敷く用意をしてた。だが、その日は完成しなかった」

「兄さんが仕上げたんじゃないの？」

「いや、おれじゃない。てっきりタイラーと父さんがふたりで仕上げたんだと思っていたが、正確にはどっちが仕上げたのかは知らない。なんだかいやな感じがしないか？」

ダニエルの顔に影が差した。わたしは雨に濡れて震えていた。とにかくここではないどこかへ行きたくてたまらない。

「さあ、ここから出るんだ。ローラの様子を見に行ってくれないか。おれは家の片づけをしてると伝えてくれ。心配はいらないからって」

わたしは雨の中を走って家に戻り、一階の部屋を行ったり来たりした。タイラーに電話をかけると、彼は最初の呼び出し音で電話に出た。「もしもし、ちょうど今、仕事が終わったところだ。ちょっとそっちに寄るよ。いいかい？」

「兄さんの頭がどうかしてしまったみたいなの。ガレージを掘り返してるわ」

一瞬の沈黙のあと、タイラーは声を潜めた。「ダンが何をしてるって？」

「ガレージの床を掘り返してるのよ。十年前に、誰が床を仕上げたのかわからないかって」わたしは携帯電話を握りしめ、納得できる説明と筋の通った答えをタイラーが返してくれるのを待った。

沈黙。

「あなたなの、タイラー？　あなたがコンクリートを敷いたの？　お父さんと一緒に？」

「おいおい、十年も前の出来事だぞ。よく覚えてないよ」

「じゃあ、思いだして。あなたが仕上げたの？」

電話の向こう側から息遣いが聞こえ、やがてタイラーは答えた。「いや、やったのはおれじゃないよ、ニック」

「兄さんはハンマーとシャベルでうちの敷地の至るところを掘り返してるわ。頭がどうかしたみたい」

「待ってろ。今、そっちに行く」

ふたりでダニエルに対処するために、わたしは四十五分間、タイラーが現れるのを待ちつづけた。ガレージに戻ることはできなかったし、兄とふたりきりで話らしい話をする気にもなれなかった。何をどう話せばいいのかさっぱりわからない。兄は妄想に取り憑かれている。正気を失ってしまったのだろうか。ハンマーを持って床を掘り返している理由を信じていいのかどうかもわからない。

ポーチに立っていると、タイラーのトラックの音が聞こえた。彼はトラックの荷台から何か取りだすと、まっすぐガレージに向かった。わたしもタイラーのあとを追った。「それはいったい何？」

しかし、タイラーはすでにドアをノックしていた。ドアが開き、ダニエルが一瞬ぎくりとしたが、タイラーの背後にいるわたしをにらみつけた。「タイラーを呼んだのか？　なんてことをしてくれたんだ、ニック」

ところがダニエルはさっきのわたしと同じように、タイラーが手に持っているものに目をとめた。携帯用削岩機《ジャックハンマー》だった。

「最後まで続けさせてやろう、ニック。もう始めてしまったんだ」タイラーはガレージに足を踏み入れると、目の前の光景に見入り、やがて目を閉じた。「よし、やろう」

わたしは両手を振りあげた。「どうかしてるわ、ふたりとも」

「どうしてもはっきりさせなきゃならないんだ」ダニエルが言う。

「いいえ、そんなことない！」わたしは両手で頭を抱え、どうすれば理解できるか答えを探した。「なぜこんなことが起きてるの？　どうしてこうなったの？」

ダニエルがシャベルをコンクリートに打ちつけた。「そんなことをきいてもしょうがないだろう。〝なぜ〟とか〝どうして〟とかばかり言ってたら、息が詰まっちまう！　父さんの言葉に耳を傾けるんだ……家を売るなというのはどういう意味だと思う？　ここだよ。ガレージの床。仕上げたのはおれじゃない。ある日ここへ来たら、もう作業は終わっていたんだ」

「だからといって、お父さんだとは言いきれないでしょう。お父さんがやったとは限らないじゃない！」わたしはそう言うと、ガレージを飛びだした。

ドアを勢いよく閉めると、頭上でとどろく雷鳴がジャックハンマーの音にかき消された。ダニエルがガレージを空っぽにしたので、さまざまなものが裏手で雨ざらしになっていた。園芸用品に工具類、そして手押し車。

わたしは手押し車の持ち手をつかむと、それを押してドアのほうに戻った。心の中でダニエルとタイラー、さらに自分自身と父を罵りながら。だいたい、もとはといえば行方不明になったコリーンが悪いのだ。わたしがふたたびドアを開けると、タイラーとダニエルが手を止めてわたしを見た。わたしはコンクリートの塊を拾って、手押し車に運びはじめた。「ちょっと、これはどうすればいいの?」両手を腰にあて、作業に集中しようとした。これは単なる作業だ。

タイラーがわたしと視線を合わせた。「おれのトラックの荷台にのせてくれ」

わたしは手押し車を押して雨の中に出て、防水シートを持ちあげ、ダニエルのように手を白い粉まみれにしながら、トラックの荷台にコンクリートの破片を運び入れた。わたしがガレージに引き返そうとすると、タイラーがすぐそばに立ってわたしを見ていた。「きみはダンの家に行ったほうがいい」ふたりは土砂降りの雨の中に立っていた。タイラーの髪から流れ落ちる雨粒が彼の服を濡らしている。

「兄さんにそう言ってこいと言われたの?」

タイラーが一歩前に出た。暗がりと雨のせいで表情は読み取れない。「ああ、そうだ」さらに一歩。「いいか、何もないかもしれないんだ」

「そう思っているなら、あなたはここにいないはずよ」

タイラーはわたしに近寄ると、背後のトラックに手をついた。頭を低くして息を吐く。わたしは額に彼の吐息を感じた。タイラーがほんの一瞬、自分の額をわたしの額と合わせた。「きみに電話をもらったからおれはここに来た。単純なことだ」雨の中、タイラーが唇を重ねてくる。わたしはいてもたってもいられなくなり、トラックの荷台にもたれかかってタイラーを引き寄せ、彼の髪に指をからめた。そのとき、ジャックハンマーがふたたび作動する音が聞こえた。「すまない」タイラーが体を引き離す。「おれたち、よりを戻せたらいいのにな」

わたしは両手が震えた。わたしのすべてが震えていた。雨脚がますます強くなっている。

「きみはここにいないほうがいい」タイラーはそう言い残し、うつむいてガレージに引き返した。

タイラーの忠告に従えばよかった。そうしたかった。そうしたくてたまらなかった。でも、そんなのはフェアじゃない。ダニエルとタイラーに対しても、コリーンに対しても。自分の目で確かめなくては。わたしは当然の報いを受けなければならない。

それから数時間、ダニエルとタイラーはコンクリートを砕いて取り除き、わたしは破片を手押し車に積み、タイラーのトラックに運びつづけた。三人とも白い粉まみれになった。

誰も口をきかなかった。互いの体に触れるほど近づくこともなかった。

床が粉々になると、タイラーは一歩後ろにさがり、荒い息をしながら腰に手をあてた。むきだしになった地面が、掘り返されるのを今か今かと待ちわびているように見える。

タイラーがトラックからシャベルを持ってきた。ダニエルはガレージの隅に置いていたシャベルを手に取った。わたしはガレージの裏手にあった園芸用の小さなスコップを使うことにした。そして三人で土を掘り返しはじめた。

聞こえるのはわたしたちの息遣いと、シャベルが土を削る音、土が落ちる音、雨と雷の音だけだった。

コリーンがわたしの耳元でささやいた言葉と、スペアミントガムの香りと、彼女の冷たい指の感触がふとよみがえり、全身に鳥肌が立った。土をもう一度掘ると、スコップが何かにあたった——土でも石でもないものに。

手を伸ばしてみると、ビニールらしきものに指が触れ、わたしははじかれたように体を引いた。震える手で土を払いのける。ブルーの防水シートだ。今この瞬間にもタイラーのトラックの荷台に積んであるのとそっくり同じものだ。

やっぱりわたしだ。

小さなスコップでガレージの隅のほうを掘っていただけなのに。わたしが引き受けるべき役目だということだ。コリーンを見つけるのはわたしでなければならない。

勢いよく立ちあがったとたん、立ちくらみがして壁にもたれかかった。タイラーとダニエルが手を止め、わたしが見つけたものを確かめようと近寄ってくる。ふたりはわたしが掘っていた場所に立った。ダニエルがシャベルの側面を使って防水シートから土をさらに払いのけ、そっとつついた瞬間、キルトの端があらわになった。

ダニエルがはっと息をのむ。「くそっ」

ブルーの生地に黄色いステッチ。

母が車椅子に乗るときに膝掛けとして使っていたキルトだ。

母は結局、この家で死を迎えなかった。本人はそれを望んでいたが、ある時点までは生き延びるつもりでいたからだ。母が生きる意志を持ちつづけたのは立派だったけれど、人はときとして、現実よりも希望に基づいた行動を取ることがある。

冬だった。冬は風邪がはやる季節だ。そしてわが家も全員が風邪を引いた。最初に父が寝こんだが、いわゆる普通の風邪だった。次にダニエルとわたしがほぼ同時に水痘にかかった。母に言われてオートミール風呂に浸かり、カラミンローションを塗られたことは記憶しているが、きょうだいのどちらが先にかかったのかは覚えていない。とにかく、そのときにはやっていた風邪のせいだ。夜になると、父の空咳が家じゅうに響いた。わたしたちは母にマスクをつけさせ、父はソファで眠った。その後、ダニエルとわたしが水痘になり、母にも風邪がうつってしまった。

わたしたちはすぐに治ったが、母だけが肺炎にかかった。病院に連れていくと、肺に水がたまっていることがわかり、点滴を受けたものの、治療のかいなく急死した。母は末期癌患者だった。末期癌で何年も闘病していた。それにもかかわらず、予期せぬ死だった。わたしたちは不意打ちを食らった気分だった。わたしはたぶん、いまわの際に、母から賢明な教えを授けてもらいたかったのかもしれない。人生の指針となるような意味深い言葉を。将来、自分の子どもたちに語って聞かせられるような話を。座右の銘となるような重みのある言葉を。

そういう機会を奪われたような気がした。

もとはといえば父のせいだ。父自身もそう自覚しているようだった。でも内心ではわかっている。悪いのはウイルスで、それ以前に癌細胞のせいだったのだと。たまたま父の風邪が母にうつってしまっただけで、誰がその立場になってもおかしくなかった。でも例によって、父は見えない糸をたぐり寄せた。父はそういうタイプの人だった。どんなウサギの巣穴だろうと、見えない糸をたどっていって自分から落っこちてしまう。なぜか糸はいつも父とつながっているのだ。
もしかしたら父は、どこでウイルスをもらったのか気づいていたのかもしれない。学校の教え子、職員室の同僚、コーヒーショップの店員、道を尋ねてきた女性。ひょっとしたら、父も誰かのせいだと考えたのではないだろうか。恋人と一緒にいる男性だとか、隣に停まった車の中で笑っている人だとか、ぼんやりと窓の外を眺めている人だとかを見て、〝おまえが妻を殺したんだ〟と思っていたかもしれない。でも彼らにわかるはずがない。存在すら知らない悲劇を自分のせいだと思う人がいるわけがない。

そのキルトが目に飛びこんできたとき、わたしはそんなことを考えた。一瞬でも自分を守りたかったのだろう。怒り、母、悪いのは誰か、責任、突然の死――ずっと心に引っかかっているけれど、考えてもしかたのないことに意識を集中してでも、キルトの下にあるものに目を向けたくなかった。

ダニエルがもう一度防水シートをつついた。ビニールがカサカサという音をたてた瞬間、わたしはわれに返った。コリーン。

わたしはガレージの外に飛びだした。草の上に膝をつき、胃の中のものを地面にぶちまけ、手の甲で口をぬぐった。

ダニエルがそばに立って、わたしの肩に手を置いた。わたしはその手を振り払った。ダニエルは家の脇からホースを引っ張ってきて、雨が降っているにもかかわらず、わたしが汚した場所を洗い流しはじめた。今度ばかりは実際に起きていることについて、きょうだいで話しあいたい。とりあえず口に出して言い、事実を受け入れなければならない。わたしたちはどうしたらいい？ 何をすべき？ わたしは口を開いたけれど、言葉が出てこなかった。

ところがダニエルのほうは、すでにすべきことのリストを作っていたらしい――〝汚れた場所をきれいにする〟「ガレージを焼き払おう」

「それで」ガレージの中からタイラーの声がした。「ここに来た警察官たちが死体を見つけるってわけか？ 捜査が始まってもいいんだな？」

ドアの向こうが薄暗いせいで、タイラーの姿ははっきりと見えないが、まだキルトを見おろしている。あのキルトが出てきた以上、この家の誰かが関与していることはほぼ間違いない。そして防水シートとコンクリートの床によって、タイラーも疑われる可能性がある。

タイラーは悪態をつき、床に転がっている道具を蹴飛ばすと、わたしたちの脇を急ぎ足で通り過ぎ、トラックの荷台から防水シートを引きはがした。防水シートを持ってガレージに引き返すと、土の下から現れた防水シートの上にかぶせ、シャベルで端をたくしこんだ。わたしはまだ外にいたが、ダニエルはタイラーが土の下の防水シートをめくりあげるのを手伝いに行った。

ダニエルが端をめくってシートの下にあるものを確認したとたん、わたしの隣に戻ってきた。

「コリーンなの？」わたしは尋ねた。

ダニエルはすぐに答えなかった。自分の腕を口にあてたかと思うと、草の上で盛大に吐いた。答えは明らかだった。髪の長い死体がガレージの床下に埋まっていたのだ。もちろんコリーンに決まっている。「彼女の服だった」ダニエルはそう言うと、また吐き気を催し、草の上に吐いた。

「ニック」タイラーの声がした。「森から目を離すなよ」

わたしは森を見つめ、めくりあげたシートとその下のキルトと、その下のコリーンがガレージからタイラーのトラックの荷台に運ばれるのを必死に見ないようにした。あの頃の彼女の姿を頭に思い浮かべないようにした。事件の真相が隠されていたあの場所に、自分がこれまでに何度も立ったことも考えないようにした。

ダニエルがタイラーの肩に手を置き、タイラーの手から車のキーを取りあげた。

「あとはおれがやる」

タイラーは片手で自分の顔をさすった。「作業中の現場がいくつかあるんだ」

「おまえに迷惑をかけるわけにはいかない」ダニエルは言った。「すまなかった」

「兄さん」

「場所ならたくさん知ってるんだ、ニック。この界隈《かいわい》はおれの庭みたいなものだからな。放棄された土地があちこちにある」

わたしたちがこんなことをしているなんて。本当にこんなことを……。この先どうなるかもわからずに、死体を動かそうとしている。警察と弁護士のことが頭に浮かんだ。この家に死体が埋まっていたことがばれたら、事態はますます複雑になる。エヴェレットがパリートの事件で、通話記録の証拠を取りさげようとしていたことを思いだした。

「携帯電話は持っていかないで」わたしは言った。「GPS機能がついてるから」

「キッチンに置いてある」ダニエルは言うと、軽く首を傾け、汚れた草の上を示した。

「あれの後始末を頼めるか？」わたしはあてにできないと思ったらしく、今度はタイラーを見た。タイラーがうなずく。

ダニエルがトラックで走り去ると、わたしは泣きだした。雨が涙を隠してくれればいいけれど。

「きみの車が必要だ」タイラーはわたしの涙に気づかないふりをして、ガレージに視線を注いだまま言った。

「なんのために？」

「砂利とコンクリートがいる。床を埋め直さなければならない」

「朝まで待ったほうがいいんじゃない？」

「それはどうかな。あの場所をきれいにして、床を平らにしないと。手伝えるか？」

それが仕事。仕事をこなすことならできそうだ。「わかった。やるわ」

わたしは泣きやんだ。

ひたすら集中していればいい。コンクリートの破片と土埃に。高圧洗浄機と雷に。些細なことに意識を集中するのだ。

今、起きていることは考えないようにして。

しっかりしなさい、ニック。
さあ、立ちあがって動くのよ。
〝早《チクタク》く〟

―― その前日 ――

二日目

深夜零時をまわった。新たな一日。長い道のりを運転して帰省した日はもう過ぎ去った。わたしとクーリー・リッジはふたたびゆっくりと順応しつつある。日の出前まで眠ったら、改めて新鮮な目で見てみよう。そして父をどうにか説得し、何を見たのか思いだしてもらうためにすべきことをする。次は違う角度から問題に対処してみるつもりだ。話を徐々に昔に戻していき、この十年間、何が隠されてきたのか、真相を突きとめてみせる。コリーンの幽霊が脳裏に浮かび、くるくるとまわりながらぼんやりとかすんだ。

〝おまえに話すことがある。あの娘。あの娘を見た〟

廊下の明かりを消したとたん、家じゅうが暗闇に包まれた。壁に手をつき、隅のペンキがはげた部分の懐かしい感触を確かめた。ここから階段までは五歩。勝手知ったるわが家。

しまった、指輪。また置き忘れてしまった。掃除用品に紛れてしまわないように、キッチンテーブルの真ん中に置いていたのだ。

照明のスイッチを入れようと思い、一歩戻って床板がたわんだキッチンの入口に立ったとき、外の暗闇の中でかすかな光が揺らめいているのに気づいた。明かりを消したまま、窓辺に一歩近づく。

人影が丘をのぼっていた。そうだとわかったのは、その人物が懐中電灯を使っているからだ。細い光の筋が木々のあいだを通り抜けている。わたしは窓に顔を押しつけた。人影が今度は丘をくだりはじめた。ほんの一瞬、胸が高鳴った。またタイラーが来たのだろうか。

でも、そのわりには人影は小さくて細長い。人影が裏庭までやってくると、月明かりがブロンドを照らしだした。彼女は華奢な指で懐中電灯を消した。

そのとき気づいた。彼女も明かりの消えた窓をのぞきこんでいる。わたしが様子をうかがっているのが向こうからは見えないのだ。

彼女はオフホワイトの封筒のようなものを小脇に挟んでいる。どうやら身をかがめたらしく、視界から消えた。次の瞬間、裏口のドアの下に紙を差し入れようとする、かすかな音が聞こえた。何度かねじこもうとしたが、うまく中に入らなかったようだ。

やがて彼女は体を起こすと、ドアノブをゆっくりとまわしはじめた。ちょっと、いったい何を――。

わたしは思わずノブをつかみ、ドアを引き開けた。照明のスイッチを入れたとたん、ふたりともが光に照らしだされた。彼女は飛びあがって胸元で封筒を握りしめ、目を大きく見開いた。そして表情ひとつ変えずにゆっくりと目をしばたたいた。

「あら、こんばんは」わたしは彼女を招き入れるために後ろにさがった。「アナリーズ」〝ご用件は？〟や〝何かあったの？〟と尋ねるのはこの場にはそぐわない気がした。何しろ彼女はこんな遅い時間にノックもせずに、裏口のドアを開けようとしていたのだ。

アナリーズはためらいがちに家へ足を踏み入れた。指の関節が白くなるほど、封筒をきつく握りしめている。

「それをわたしに？」封筒にはボールペンの四角張った文字で、わたしの名前が記されている。ただ〈ニック〉とだけ。「わたしの恋人に近づかないでという手紙？　それなら、わざわざ来てもらわなくてもよかったのに。タイラーとわたしはとっくの昔に別れてるわ。彼は完全にあなたのものよ」

アナリーズは咳払いをして、封筒を握る手を緩めた。「いいえ、そういう用件じゃないの」尻ポケットから携帯電話を取りだしてキッチンテーブルに置くと、椅子に座って脚を組み、膝の上でそわそわと手を動かした。「そういう問題じゃないのよ」彼女は大きな目でわたしを見つめ、満面に笑みを浮かべた。わたしはあっけに取られた。記憶に残っている十三歳の頃のアナリーズとはまるで別人だ。彼女は封筒を開封すると、すばやくひっくり返し、中身をテーブルにぶちまけた。

一枚の紙には印刷された文字で、〈口止め料とUSBメモリの買い取り料を、パイパー家の空き家に置いておけ〉と記されていた。わたしはテーブルにばらまかれた不穏な情報を必死に理解しようとした。

「これはどういうこと?」光沢のあるほかの紙に触れてみた。写真だった。全体的に黒とグレーで、画像が荒くてぼやけている。とにかく真っ暗でよく見えない。身を乗りだしてさらによく見てみたが、窓からもれる明かりと木の枝の形だけしか判別できなかった。それでも、わが家だとわかった。

「何がなんだか……これはなんなの?」

「取引よ」アナリーズがきっぱりと言った。

わたしがさらに顔を近づけ、逆光に反射している部分をまじまじと見ると、写真の下のほうのポーチに何かの塊のようなものが置かれていた。カーペット? それともキルト？　写真の片側には人影らしきものも写っている。さらにキルトの端からヤナギの葉のようなものが出ている。髪だ。濃い色のキルトから赤っぽいブラウンの髪がのぞいているのだ。わたしは写真をテーブルに放りだし、すばやく手を引っこめた。

「いったい何が――」

「質問が間違ってるわ。それを言うなら〝誰〟でしょう？　わたしにはコリーン・プレスコットの死体に見える。わかってると思うけど、殺人に時効はないのよ」わたしは自分の顔に恐怖と理解の色が浮かぶのがわかった。ここにあるのが、わたしたちがずっと探し求めていた答えだ。コリーン・プレスコットの死体はここにある――この家に。

「まさかわたしが犯人だと――」

アナリーズは手を振ってわたしの言葉をさえぎった。「わたしは何も考えない。ていうか、お金を払ってくれたら、何も考えないことにするわ」

わたしは親指と人差し指で写真をつまみあげ、人影のあたりに目を凝らした。片方の腕と黒い人影……だめだ、それしか判別できない。女性の長い髪、家の裏口のポーチ、暗がり。一瞬、ダニエルがやったのかもしれないと思った。でも、父の可能性もある。いや、誰であってもおかしくない。あのふたりであってほしくないだけで。

「それは警察が判断することよ」アナリーズが別の写真に写っている人影をコツコツと叩いた。

「この写真をどこで手に入れたの?」がらんとした家に、わたしの甲高い声が響き渡った。

「ずっと前から持ってたの。気づいてなかっただけで」アナリーズの話に集中しなければならないのに、煙のようにとらえどころがない。「コリーンが行方不明になる前の週に、わたしは新しいカメラを手に入れた。夜に写真を撮りたくて、あれこれいじってたの。木々のあいだからあなたの家が見えるたびに、幽霊が出そうな場所だとずっと思ってたのよ」彼女は肩をすくめた。「あなたのお母さんが亡くなって、庭の花も枯れてしまったせいかもしれないわね。どうかすると、伝染するんじゃないかと昔は思ってたわ」死がこの家を中心に四方八方へと広がっていくとでも言いたげだ。「だからあの夜、カウンティ・フェアのあとで何枚か写真を撮ったんだけど、そのときは何も写っていないと思ったの。でもそれからしばらく経って、大学四年のときに新しいパソコンとソフトウェアを買って、データを全部新しいパソコンに移したの。古いデータは消去しようと思ったんだけど、ソフトをいじっていたら、あるものが現れたというわけ」

まるでポラロイド写真のように、それは影の中から浮かびあがってきた。

「顔色が悪いわよ。本当に知らなかった？　一度も疑ったことはないの？」

わたしは吐きそうだった。室内の空気が足りない感じがする。アナリーズは十八歳のときにこの写真を見ていた。危険な年頃だ。少年は抑えがたい情熱を抱き、衝動的に行動し、自ら感情をこじらせる。少女はとらえどころのないものや、不可解なものに憧れを抱く。

「ええ」わたしはどうにか気を落ち着けようとしながらアナリーズに言った。「もう帰って」

アナリーズが小首をかしげた。「わたしが誰にもしゃべらないとでも思ってるの？」携帯電話を手に取ると、意地の悪い笑みを浮かべてテンキーに指を――。

「ちょっと待って。やめて、何をしてるの？」

アナリーズはわたしに見えるように携帯電話の向きを変えた。「ベイリー・スチュワートの弟と同級生なの。マーク・スチュワート巡査を知ってるでしょう？」

わたしは視界の隅がぼやけはじめ、必死に携帯電話の画面に焦点を合わせた。〈コリーン・プレスコットがいなくなった事件について、いくつか疑問に思っていることがあるの。ちょっと話せない？〉

「彼が朝、目を覚ましてこのメールを見るまでなら、考え直すこともできるわよ」

喉がひりひりする。もう一度写真を見つめた。こんなことが起きるなんて。こんなとんでもないことが実際に起きるなんて。室内に張りつめた空気が流れた。「あなたがこの写真を送らないという保証はないわ」

「だって、まだ送る気はないもの」

「まだ？」

「何年か前にも、あなたのお父さん宛てにこの写真とメモを残したの」アナリーズは椅子から身を乗りだした。「そしてあなたのお父さんはお金を払った。ううん、今もずっと払いつづけてるのよ。ねえ、ニック、なぜお父さんはそんなことをしたのかしらね？」

父は口止め料を払っていた。なぜお金を払ったか？　何か後ろめたいことがあるからだ。

わたしはもう一度手紙を取りあげた。手の中で紙が震える。「こんな大金は払えないわ」口止め料が一万ドル。USBメモリの買い取り料が二万ドル。

「タイラーから聞いたわ。結婚するんですってね。あなたがもらった指輪は、この家以上の価値があるらしいじゃない。それにあなたは名門私立学校でスクールカウンセラーをしてて、今は夏休み中なんでしょう?」

「お金はないのよ、アナリーズ。自分の財産と呼べるものは何も持ってないの。あなたのほうがよっぽどお金を持ってると思うけど」

アナリーズは目をぐるりとまわして立ちあがったが、それでもわたしは彼女を見おろさなければならなかった。「あなたはこの家を売るために戻ってきたのよね?」

わたしはうなずいた。

「それなら少し猶予をあげる」アナリーズは尻ポケットに携帯電話を戻した。

「正気の沙汰とは思えないわ。あなたの頭がどうかしていることをタイラーは知ってるの?」

アナリーズが両手をあげた。彼女がわが家の様子をうかがっているときに、わたしが窓から見ていた姿勢にそっくりな仕草だった。「わたしはこの町から出ていきたいだけよ、ニック」

「仕事を見つければいいでしょう」そう言った瞬間、兄がお金を用立ててくれたことを思いだした。兄のおかげで、わたしはこの町から逃げだせた。わたしには助けてくれる人がいた。

「もちろん、ちゃんと考えてるわ」アナリーズはドアの前に立った。「二週間よ、ニック。二週間だけ待ってあげる」

「そんなの無理に――」

「あら、そう」アナリーズはテーブルの真ん中に置いてある指輪をつかんだ。「この指輪はこの家以上の価値があるものなんでしょう?」わたしは答えられなかった。価値はわからない。アナリーズが指輪に自分の人差し指を滑りこませる。「お金を払ってくれるまで、これはわたしが預かっておくわ」

「あなたはとんでもない思い違いをしているわ。それを持っていっても無駄よ」

アナリーズはドアを開けた。「警察を呼んだらどう? やれるもんならやってみなさいよ。これは保険として預かっておくから」

わたしを挑発しているのだ。さあ、どうするの、ニック? 過去と未来のどちらを取る? また逃げだすの? それともここにとどまって、借りを返すの?

なぜアナリーズがこんな真似をするのか理解できなかった。なぜこんなことができると彼女は思ったのだろう。アナリーズは目立たないタイプだった。おどおどした内気な少女。どこか心細げな少女。

断片的な記憶を思い起こしても、そういうイメージしかない。

アナリーズのほうは、わたしをどんな人間だと思っているのだろう?

母が亡くなったあと、アナリーズが食べ物を届けに来たとき、ドアの向こう側に立っていたわたしは悲しみに打ちひしがれ、押し黙っていたはずだ。カウンティ・フェアの会場でダニエルに殴られ、地面に倒れていたわたしは弱々しくて、ひどく動揺しているように見えただろう。

わたしは陰気で口数が少なく、手荒な扱いを受けていた。

アナリーズの目には、打ちのめされた娘として映っていたに違いない。

でも彼女はわたしのほかの部分を知らない。つまり、わたしをまったく知らないも同然だ。

洞窟の駐車場にトラックを停めると、タイラーがわたしの指に指輪をはめた。わたしは彼の膝の上に這いあがって――。

そのとき木々のあいだから、コリーンの姿がちらりと見えた。駐車場の隅にジャクソンの車が停まるのが、タイラーの肩越しに見て取れた。

「どうかしたのか？」タイラーが尋ねた。

「別になんでもないわ」わたしは答えた。「ジャクソンとコリーンが見えただけ。あのふたりのことは放っておけばいいわ。向こうからわたしたちの姿は見えないはずだから」

コリーンは車のドアを勢いよく開けると、ジャクソンに向かって何か怒鳴った。ジャクソンがくぐもった声で怒鳴り返すのが聞こえたかと思うと、彼の車が土煙をあげて走り去った。コリーンは森を通って、わたしの家に向かおうとするだろう。

ところがコリーンはカーブを曲がって道路を歩きはじめたらしく、わたしからは彼女の姿が見えなくなった。

「コリーンを追いかけようか?」同じ光景を目撃していたタイラーがシートの上で体をひねった。

〝跳んで〟コリーンの言葉がわたしの頭の中を駆けめぐった。それに、わたしが殴られたあと、彼女が兄のもとへ行ったことがこれ以上ない裏切りに思えた。コリーンはわたしではなく、兄を慰めに行った。しかもわたしが見ているのを知っていて、これ見よがしに兄にもたれかかってみせたのだ。「放っておきましょう」わたしはそう言うと、タイラーの顔を自分のほうに向けた。彼は喜んで応じた。

それからまもなく、わたしたちは家路に就いた。駐車場からトラックを出し、暗い道路に出るとヘッドライトをハイビームにした。わたしの指にはタイラーから贈られた指輪がはめられていた。最初のカーブを曲がった次の瞬間、あるものが目に飛びこんできた。親指を立てて、スカートをそよ風になびかせながら立っているコリーン・プレスコットの姿が。

彼女は何も持たずに道端に立っていた。バッグをわたしの家にわざと置いてきたからだ。誰が自分の代わりに勘定を払ってくれるか確かめるために、コリーンがよく使う手だった。たいていは店の人におごってもらうか、わたしたちの誰かに支払わせるかのどちらかで、観覧車のチケット代はわたしが払った。いや、それだけではない。すべての費用をわたしが払っていた。なぜなら、わたしがまだ打ち明ける覚悟ができていない事実をコリーンがばらしてしまいそうだったから——最後の切り札として。心理的な脅迫。挑発。

ベイリーが彼女の父親のコレクションの中から、ウイスキーのミニボトルを何本かこっそり持ちだしていた。観覧車のゴンドラがてっぺんまでのぼりきると、ベイリーはボトルを一本取りだし、ひと口飲んでからコリーンにまわした。コリーンはわたしに差しだして眉をあげた。わたしは差しだされたボトルを受け取り、口に運んだ。舌と喉の奥が焼けるようにひりひりした。まさにその瞬間にくだそうとしていた決断が振り出しに戻った。

コリーンがわたしに向かってにやりとした。「タイラーがいるわ」人ごみを指さす。

わたしはコリーンと一緒になってゴンドラの縁から身を乗りだした。「タイラー！」

わたしは叫んだ。

コリーンはふたたびウイスキーを飲むと、スペアミントガムをひとつ口に入れた。

「真実か挑戦《トゥルース・オア・デア》か、ニック」コリーンがゴンドラをゆっくりと前後に揺すりはじめると、ベイリーがくすくす笑った。

「挑戦《デア》」わたしは即答した。そうしないと、あまりに多くの真実が浮かびあがってしまいそうだった。

「ゴンドラの縁を乗り越えて、そこに立ってみて。外側に」

その少しあと、コリーンは親指を立てて、フロントガラス越しにわたしと視線を合わせた。〝さあ、やってみなよ。あたしを見てないふりをして。やれるもんなら、やってみれば〟

アナリーズは知らない——どんな場合でも、わたしは挑戦を受けて立つ人間だということを。

わたしはまだタイラーの電話番号を覚えていた。彼は電話に出た。電話の向こうから低いざわめきが聞こえてくる。どうやらバーにいるらしい。「やあ、ニック。どうしたんだ？」

キッチンの明かりを受けて、光沢のある写真の表面が光って見える。わたしはきつく目をつぶった。「知ってたの？　あなたの恋人がわたしの父を恐喝していたって」

「なんだって？」

「そうよね」わたしは言った。「どうしてわかったか知りたい？　さっき、うちに来たからよ。今度はわたしをゆすろうとしているの」

「落ち着けよ。ちょっと待ってくれ。何がどうしたって？」

「あなたの恋人よ！　あなたのろくでもない恋人！」彼女は写真を持ってるのよ、タイラー」テーブルに置かれた写真にふたたび目をやる。半泣きになって息を吸いこんだ。「ある女性の写真を。死んでる女性が写ってるの。どう見ても死体にしか――」

「まさかそんな。今からそっちに行く」

わたしが見つめているうちに、写真がぼやけてきた。どうにかうまい言い訳を探そうとした。その写真が何を意味しているのか。画質が荒くて、判別しにくいけれど、間違いなくわが家のポーチだ。そして女性はキルトにくるまれている。

それで充分だった。

真夜中にポーチの階段で待っていると、タイラーのトラックが私道に入ってきた。彼を連れてまっすぐキッチンに引き返すと、わたしは言った。「見て」

タイラーは写真を一枚手に取ると、目の前にかざし、あちこち向きを変えた。「どういうことだ？　アナリーズがこの写真をきみに？」

「五年前から、ずっと持ってたのよ！」

「これは――」

「なんだと思う、タイラー？　そうよ、間違いないわ」必死に嗚咽《おえつ》をこらえた。「いったいコリーンはうちのポーチで何をしてるの？」

わたしが尋ねたとき、父はこのことを言っていたのだろうか？　〝彼女は裏のポーチにいた。だが、ほんのわずかなあいだだった……〟

「この人影は誰なの？」わたしは尋ねた。父がコリーンの死体をポーチに運びこんだのだろうか。それとも、この写真を見て知ったのだろうか。でも、これが父でないとすれば――。

「ニック？」玄関のドアが勢いよく開く音が聞こえ、わたしは写真に飛びついた。急いでかき集めてひとつにまとめたとき、ダニエルがキッチンに入ってきた。

「何がどうしたっていうんだ？」ダニエルがきいた。

タイラーが顔をこすり、わたしたちの顔を交互に見た。「ダンはバーで隣に座ってたんだ。すまない」

「兄さんは帰ったほうがいいわ」わたしはなんとかして写真を隠そうと思い、テーブルに背を向けた。

「ニック、テーブルから離れろ」ダニエルが言った。

写真に写っている人影のことを考えた。ふたりのうちのどちらかだった可能性がある。「ローラが待ってるわ」わたしたちは押し広げようとしている。最後の亀裂を。もう見て見ぬふりはできない。

ダニエルの眉間のしわが深くなった。兄はふらふらした足取りでゆっくりと前に進みでた。テーブルの上にあるものを本当に確かめたいのかどうか、自分でもわからないようだ。ダニエルはわたしのそばまで来ると、テーブルから写真を一枚取りあげ、目を細めていろいろな角度から眺めた。「これはなんだ？」さらに大きな声で怒鳴った。「これはなんなんだ！」まるでわたしが悪いと言わんばかりだ。タイラーがダニエルをわたしの前から押しのけようとしたので、わたしはタイラーを押しとどめた。どうしても、あることを確かめなければならない。

「コリーンの写真よ！」わたしは怒鳴り返した。目に涙がこみあげる。

ダニエルは手を震わせて写真を見つめていたが、やがてゆっくりと顔をあげ、わたしと視線を合わせた。わたしたちは暗い写真を挟んでにらみあった。この期に及んでも、わたしは面と向かって尋ねることができなかった。わたしは声に出さずに尋ねた。

〝兄さんなの？〟

ダニエルは一度だけ首を振った。

タイラーが振り向き、肩越しにダニエルを見てからわたしに視線を戻す。「これは誰なんだ？」人影を指さしてきいた。

「父さんだ」ダニエルが答えた。

そうに違いない。さもなければ、ダニエルということになる。

「兄さんはこのことを知ってたの？」

「いや」ダニエルは別の写真を見て眉をひそめた。「いや、まったく」

〝森に目あり、だ〟

「どこからこんな写真が？」ダニエルが尋ねる。

タイラーが無言のまま、芝生の向こうにある森の奥を見つめた。

「アナリーズ・カーターよ」わたしは言った。

ダニエルが表情をこわばらせた。「燃やしてしまえ」

「USBメモリを持ってるらしいの。父さんは口止め料を払っていたそうよ。そして今度はわたしをゆすろうとしてる。アナリーズはスチュワート巡査に、コリーンの失踪事件について話したいことがあるとメールを送ったの。彼が朝起きてメールを見る前に態度を決めるようにって。イエスと言わざるをえなかったわ」こみあげる涙を必死にこらえた。

ダニエルが顔をこすり、頭を振った。「いいだろう」ゆっくりと言った。「よし、言ってみろ。アナリーズはいくら払えと言ってるんだ？」

「口止め料として一万ドル。さらに二万ドル払えば、USBメモリを渡すって」

「二、二、二万ドルだと？」ダニエルは声を張りあげた。「二万ドルなんて大金を、おれたちがどうやって調達できると彼女は思ってるんだ？」

わたしがタイラーをにらみつけると、彼は床に視線を落とした。「兄さん、わたしたちが家を売ろうとしていることは誰もが知ってるわ」

「おれたちには金が必要なんだ」ダニエルが言った。「父さんが入ってる施設の費用を払わなければならないのに、アナリーズに金を払う余裕なんてあるわけがない」

「わかってるわよ」

「おまえがわかってるのか？」

まったく最高だ。わたしたちはコリーン・プレスコットの写真とまったく関係のないことで喧嘩を始めようとしている。原因はいつもと同じで、わたしがわが家の財政状況を理解していないこと。この十年間、家族の問題をないがしろにして、責任をすべて兄に押しつけてきたことだ。

「こんなのはただの写真にすぎない」タイラーが口を開いた。「しかもよく見えない写真だ。なんの証拠にもならない」

「でも、再捜査を始めるには充分よ」

「まあ、大丈夫だ」ダニエルは部屋の中を歩きまわった。「そうだ、少しは時間があるはずだ。この家に買い手がつくとしても、契約を結ぶのに数カ月はかかる。そのあいだにアナリーズと交渉すればいい。おれが話をつける。父さんにも相談してみよう。なんとか解決できるはずだ」

わたしは笑いだした。大きく息を吸いこむと、目に涙があふれてきた。わたしは左手をあげた。「猶予は二週間だそうよ。アナリーズはわたしの指輪を持っていったわ」

「なんだって？」タイラーが声を張りあげた。

「本当よ。保険として預かっておくと言われたわ。なるべく早くお金を受け取ろうって魂胆よ。わたしが盗難届を出さないと踏んでるのね」

「あの指輪はどれくらいの値打ちがあるんだ？」タイラーが尋ねた。

「ねえ、本気で言ってるの？　指輪を売ったお金を取っておいてなんて言えるはずがないでしょう？　あの指輪には鑑定書がついているし、保険もかけてあるはずよ。エヴェレットがあきらめるとは思えない」

「エヴェレット」タイラーが小さく繰り返した。

「ねえ、タイラー。もとはといえば、あなたがぺらぺらしゃべったりするから、わたしがお金を持ってるとアナリーズが勘違いしたんでしょう」

「そんなばかな。彼女はそんな子じゃない」

「本当にそうだと言いきれる？　じゃあ、どんな子なのよ？」

人は誰しも表と裏の顔を持っている。わたしはそのことをコリーンから学んだ。

「タイラー、彼女に電話しろ」ダニエルが言った。

「なんですって？」動揺するあまり、わたしは声がうわずった。

「アナリーズに電話をかけて、ここへ呼ぶんだ。そうすれば、この厄介事にすぐにけりをつけられる」ダニエルは言った。

「それもそうね」わたしは言った。「やあ、きみはずっとファレル家を恐喝していたんだって？　その件で今からちょっと話しあえないかなって言えばいいのよ」

タイラーは携帯電話を耳に押しあてながら、わたしを見据えた。「やあ、起こしてしまったかな」彼はわたしから視線を外し、部屋を出た。「こんな遅くにすまない。ちょっと頼みたいことがあって」しきりに歩きまわる足音が聞こえる。「ファレル家にトラックを置いてきたんだ。朝になったら、ダンが不用品をごみ集積場まで運べるように。それで車のキーを置いてきたんだが、もしかしたら財布も一緒に置いてきたかもしれないんだ。どこにも見あたらなくて」窓に額をもたせかけ、相手の話を聞いている。「もしあったら、車で届けてもらえないかな。電話は切らないでおいたほうがいいかい？　オーケイ、ありがとう」

タイラーが電話を切った。何が起きようとしているのかわからないけれど、今現実に起きているのだ。わたしたちの心の準備ができていようといまいと。三人はキッチンに集まった。

「明かりを消せ」ダニエルが言った。

室内が暗くなると、タイラーがわたしの背後に近づいた。「すまない」彼はささやいた。

「よし、行こう」ダニエルが言った。

家の外壁に張りついて様子をうかがっていると、アナリーズがやってくるのが見えた。バッグを肩にかけ、ヨガパンツをはき、髪をポニーテールに結んでいる。まるでベッドから起きだしたばかりのような格好だ。懐中電灯を持ったまま裏庭を横切ると、彼女は家の脇を通ってまっすぐ私道に向かった。そしてすぐに気づいたようだ――タイラーのトラックの後ろに、ダニエルの車も停まっていることに。アナリーズは歩調を緩めたかと思うと、立ちどまった。どうやら思案しているらしい。やがてそろそろとあとずさりした。

「待って」わたしはアナリーズの背後にまわりこんだ。タイラーはトラックの脇に立っている。彼はトラックのドアを開けると、天井のルームライトをつけて互いの姿がよく見えるようにした。わたしのところからアナリーズの輪郭は見分けられるけれど、顔はよく見えない。驚いているのか、怯えているのか、腹を立てているのか、悲しんでいるのか判別がつかなかった。ダニエルの姿は見あたらなかった。

アナリーズがすばやく頭をめぐらし、わたしとタイラーを交互に見た。「いったいどういうこと？」彼女は問いかけたが、すでに状況をのみこんでいた。自分の身に起きたことを正確に理解しているようだ。

「きみは過ちを犯した」タイラーが言った。「指輪だよ。さあ、返すんだ」

アナリーズは肩にかけたバッグをしっかりと胸に抱きかかえた。「彼女があなたに話したのね？　それじゃあ、写真のことは？」

「きみは過ちを犯した」タイラーは繰り返した。

「本気なの、タイラー？」アナリーズが振り返った。「ダニエルはどこ？　別に驚かないわ。どうせここにいるんでしょう？」さらに大声で言った。「じゃあ、わたしが何に気づいたのか、みんな知ってるわけね。あの晩、あなたたちは嘘の証言をした。あなたたち全員が。つまりこういうことよ。あなたたちは誰かをかばっている」

タイラーがはじかれたように頭をあげ、全身に力をこめたのがわたしにはわかった。

「あの写真では何も証明できないわ。でも、恐喝は不法行為よ」わたしは言った。

「だから匿名の手紙にしたのよ。差出人不明の封筒の中から、あなたの家の裏のポーチに置かれた女性の死体の写真が出てくるってわけ」

「指輪を返して、ＵＳＢメモリを渡してくれたら、あなたが父のなけなしのお金を搾り取ったことは大目に見てあげるわ」

「本気なの、ニック？　あなたは黙って……見逃すつもり？　なぜかしらね」

「アナリーズ、減らず口はやめるんだ。いいから指輪を返して、とっととおれたちの人生から消えてくれ」タイラーが言った。

〝おれたちの人生〟

アナリーズは意地悪く憎々しげに笑った。「タイラー、もっと現実的になったほうがいいわ。ファレル家の中に人殺しがいるのよ」

「きみは勘違いしている」タイラーが言い返す。「あんなぼやけた写真ではなんの証拠にもならないし、どうせ細工したに決まってる。何しろ日付さえ入っていないんだからな。きみに証明できるのはなんだと思う？　恐喝だよ。きみは何年にもわたって、精神に変調をきたして頭が混乱している男性から金を奪ってきたんだ。きみの将来が台なしになるぞ、アナリーズ」

「それだって証明できないでしょう。だいたい、どんな証拠なのか知ってるの？　死体よ。心あたりがあるんじゃないの？」

わたしは身を硬くした。〝彼女は裏のポーチにいた。だが、ほんのわずかなあいだだった……〟コリーンはどこへ行ったのだろう？　父はコリーンをどこへ運んだのだろう？　「あなたはわたしの指輪を盗んだ。そのことはわたしが証明できるわ」

そのとき森の縁のほうから物音がして、アナリーズが振り向いた。木々のあいだからダニエルが姿を現す。「どうにかして丸くおさまる方法を考えよう。これじゃあ、らちが明かない」常に理性的で、責任感の強いダニエルらしい言い方だった。

「何よ、その顔。いつも自分だけが正しいと思ってるみたい。偽善者ぶるのもいいかげんにして」

「まずは指輪を返してくれ。それから話しあおう」ダニエルは言った。

アナリーズは身をこわばらせた。交渉は行きづまっていた。ふたつの犯罪が起きたというのに、誰も警察に通報できない。ひとつの犯罪を通報すれば、もうひとつの犯罪も明るみに出てしまうからだ。「今は持ってないの」アナリーズはそう言うと、ブランドもののバッグのストラップを引き寄せた。

ダニエルはうなずいた。「それなら一緒に取りに行こう」

「わかったわ」アナリーズはゆっくりとした足取りでわたしたちから離れた。彼女がダニエルの数歩前を歩き、わたしとタイラーがそのあとからついていく。タイラーの手がわたしの腰に置かれた。大丈夫だ、万事うまくいく、事態は収拾に向かっていると請けあうように。アナリーズは今、どんな心境なのだろう。わたしたち三人に追われて怯えているのか、それとも逃げるしか打つ手がなくなり、自分の世界と将来がだんだん小さくなっていくように感じているのか。ところが木立の中に足を踏み入れたとたん――枝を踏み敷く乾いた音が聞こえ、あたりが暗闇に包まれたとたん――彼女は逃げだした。

「くそっ」タイラーがあとを追って走りだす。

「ここで待ってろ、ニック」ダニエルもそう言い残し、別の場所から森に入った。

わたしは互いの家が見える丘の上に立った。タイラーのトラックのルームライトの光を除けば、周囲は真っ暗だ。わたしはアナリーズのアトリエの玄関がよく見える位置まで静かに近づき、森の中の物音に耳を澄ました。怪物や悪魔や、森にある目が暴れたり、ささやいたり、叫んだりしていないかと。

わたしがしゃがんだ姿勢でいると、足音がゆっくりと近づいてくるのが聞こえた。緊張で筋肉がびくっと震えた。わたしは即座に動けるよう体勢を整えた。

「ニック？」

タイラーの声が聞こえたとたん、わたしは緊張を解いた。「丘の上よ。アナリーズは見つかった？」

「いや、そっちは？」

わたしがかぶりを振ると、タイラーは隣にしゃがみこみ、アナリーズの家にじっと視線を注いだ。

さらに二十分近く経った頃、ダニエルが別の方向から現れた。「見失ったよ」兄はそう言い、幽霊でもつかもうとするかのように片手を伸ばした。「川の近くまで行ったんだが、そこで見失った」

「戻ってくるかもしれない」タイラーが言った。

「もう帰って」わたしはダニエルに言った。「ローラが待ってるでしょう」

ダニエルは腕時計に目をやり、顔をしかめた。「アナリーズが戻ってきたら、電話をくれ」兄はポケットに両手を突っこんで立ち去った。

「あなたもよ」わたしは今度はタイラーに言った。「もう帰ったほうがいいわ。わたしが彼女の動きを見張っておくから」

「いや」タイラーは丘の上でわたしの隣に腰をおろした。「きみのそばにいる」

わたしたちは日の出まで待ちつづけたが、結局アナリーズは戻ってこなかった。わが家のキッチンに戻り、コーヒーを淹れているあいだ、タイラーはキッチンを行ったり来たりしていた。「くそっ、くそっ」

わたしは窓の外に目をやり、爪をかんだ。またしても室内に張りつめた空気が流れている感じがした。何かが起こりそうな予感がする。わたしたちはじりじりしながら待った。パトカーのサイレン、警察官、アナリーズからの電話、とにかく何かが起きそうだ。わたしは暖炉に火をつけ、炎の中に写真を投げ入れると、さっさと消えてなくなってほしいと願いながら印画紙が燃えて丸まる様子を眺めた。しばらくしてダニエルが仕事に向かう途中でふたたび立ち寄ったときも、まだ何も起こっていなかった。このまま何も起こらないのではないかとわたしは思いはじめていた。

「あれから変わりないのか？」ダニエルが尋ねた。

「アナリーズは戻ってこなかったわ」わたしは答えた。「ローラにはどう説明したの？」

「何も。おれが帰らなかったから、機嫌を損ねて出かけたみたいだ。おそらく姉の家にでも泊まったんだろう。まったく。今度はだんまりを決めこむことにしたらしい」

「ここにいたって言えばいいじゃない」

「おれがここにいなければならないようなまずい事態ってなんだ？」

わたしはため息をついた。「言い訳ぐらい何か思いつくでしょう？」

「くそっ」ダニエルは髪をかきあげると、何度も小さく悪態をついた。テーブルの端をつかむと、深呼吸をしてどうにか気を落ち着かせた。「父さんと話さないと」

「わたしが話すわ」

「気をつけるんだぞ」わたしは兄の言葉にうなずいた。慎重を期さなければならない。父が別の考えにとらわれ、もの思いにふけらないように。この件を持ちだして取り乱したりしないように。核心に触れるのを避け、それとなく探りを入れる必要がある。

「さあ、ふたりとも仕事に行って。普段の生活に戻りましょう。何も問題はないわ。もし何かわかったら電話して」

わたしは正午まで、誰もいないアナリーズのアトリエを観察していた。ミセス・カーターがドアを何度もノックするのを眺めていた。彼女がポケットから鍵を取りだし、アトリエの中に入るところも、ふたたび外に出てきて戸口に立ち、うつむいて携帯電話を握りしめるところも見ていた。娘がいなくなったことに気づいたまさにその瞬間も、わたしはこの目で見ていた。


車で〈グランド・パインズ〉に向かうあいだ、わたしは前日から一睡もしていないのに緊張で体に力がこもり、筋肉が小刻みに震えていた。足が重く、だるかった。

受付で名前を告げ、看護助手の若い男性の案内で部屋に行くと、父の姿はなかった。

「散歩中みたいですね」看護助手が言った。「中庭に出ていらっしゃるのかもしれません。いい天気ですから。といっても、明日はひどい嵐になるらしいですけど」彼はわたしのかたわらに立ち、窓にもたれかかった。どうやら窓に映るわたしの姿をさりげなく観察しているようだ。看護助手がわたしの手元に視線を落とす。「はじめまして」片手を差しだした。「アンドルーといいます。ここのスタッフです」アンドルーはブルーの目をしていた。おそらくわたしよりも年下で、誰に対しても愛想よく振る舞える人らしい。

「ニコレットよ。今はフィラデルフィアに住んでるの」

「そうでしたか。当分はこの町に？」

「いいえ」わたしは窓の外を指さした。「あそこにいたわ」父は中庭の端のほうにあるベンチに座り、本を読んでいた。茶色いズボンの上に両肘をつき、より大きな意味を持つ言葉を探してじっと考えこんでいるように見える。「どうもありがとう、アンドルー」わたしはどうにか作り笑いを浮かべ、部屋を出た。

わたしが中庭に行くと、数人の女性がカフェテーブルを囲み、発泡スチロール製の容器に入った昼食をとっていた。ふたり組の男性はチェスをしている。やけにゆっくりとした足取りで中庭を歩きつづけている人も何人か見える。わたしは父の隣に腰かけた。

「こんにちは、お父さん」

父は本から顔をあげ、わたしをちらりと見た。

「何を読んでるの？」

「ナボコフだ」父は答え、わたしに表紙を見せた。「来学期の教材なんだ」

父はここではないどこかにいる。でも、さほど遠くない場所だ。

わたしは咳払いをすると、横目で父を見た。「昨日、わたしの友だちのコリーンを見たと言ってたでしょう。ずっと前に。うちの裏のポーチで」

「そんなことを言ったか？　覚えていないな」父はページの端に親指をあて、ぱらぱらとめくった。

「そう。ただなんとなく……ふと思ったものだから。コリーンがどうやって来たのか、お父さんは知ってるのかなって」

父は無言のまま本に顔を向けているが、目は文字を追っていない。ただぼうっと見ているだけで、心はどこか別のところにあるようだ。「わたしは飲んだくれだった」

「そうだったわね。だけど、もういいのよ」

「おまえを迎えに行こうとしたんだ。電話がかかってきてな。おまえのことで。娘が観覧車で愚かな真似をしてると。わたしは行けないと言ったが、結局は行くことにした。わたしは腹を立てて車に乗りこんだ。無謀な振る舞いがエスカレートして、ついにこんなことになってしまったと思ったからだ」父は本を置き、きつく目を閉じた。

「おまえの悪ふざけがどんどんひどくなっていったのは、わたしが止めなかったからだ。ただの一度も。だから、わたしは車で向かうことにした。父親らしく振る舞おうと思って」

わたしはしきりに首を振った。話がいやなほうへ向かっている気がした。父はしゃべりすぎているし、話の内容が生々しすぎる。このままでは、ふたりとも逃げ場がなくなってしまう。

「とにかく、洞窟の手前の道路がカーブしているところまで車を走らせた。だが、そこでふと思ったんだ……こんなのはちっとも父親らしくない。酔っ払って運転なんかしたらだめだと。だから、わたしは車を停めた。ただ……停めただけなんだ」

「どこに停めたの、お父さん？」わたしは声を詰まらせながら小声できいた。

「洞窟のすぐ手前だ。ほら、連絡道路の先が行き止まりになっているだろう。そこに車を入れて停めたんだ」父がわたしを見た。「泣くのはよせ。気分が悪かったから、新鮮な空気を吸いたかった。ただ空気を吸おうとしただけだった」

もう話をやめさせなければ。

「それで車の窓を開けた。寝て、酔いを覚まそうと思ってな」父は膝の上で両手を組みあわせ、指先でそわそわと関節を叩いた。「そうしたら、聞こえてきたんだ。人の叫び声が……」

ここまで来たら、すべてを聞かないわけにはいかない。「お父さん」わたしは言った。「お父さんは何をしたの？」

父が体をこわばらせ、びくっと震えた。「なんの話だ？」周囲を見まわし、目を細めた。「ここはウサギの巣穴だ」

そしてコリーンはウサギだった。わたしたちは彼女のあとをひたすら追っていた。ところがコリーンはわたしたちを置いてどこかへ行ってしまった。

やがて父がわたしに向かって言った。「ここは好きになれん。もう行きなさい。さっさと出ていくんだ。ニック、もう帰ってくれ」

わたしは立ちあがった。父の言葉が静電気のごとくまとわりつき、空気が重苦しく感じられる。記憶がぐるぐるとまわってぼやけていく。あの写真のように。幽霊のように。立ち去るとき、わたしは父の目をまともに見ることができなかった。

わたしが家に戻ると、タイラーのトラックが私道に停まっていたが、家の中に彼の姿は見あたらなかった。家の裏手にまわってみると、タイラーはポーチの端に腰かけ、草の上に足を投げだしていた。「まだ何もない？」わたしは声をかけた。

「ああ。親父さんに会ってきたのか？」

わたしもタイラーの隣に腰をおろした。膝を抱えてうつむき、自分の影の中の草だけを見つめる。「何が起こったのかさっぱりわからない。あの写真の意味もわからないし。どうも要領を得ないのよ。お父さんは車で洞窟のそばまで行ったらしいの。あの場所にいたって。でも、それだけ。それしか話してくれないのよ」タイラーが手を伸ばして、わたしの手を取った。「もしかして、あなたはわたしに嘘をついたの？」

「おれは嘘をついたりしない、ニック」

「でも……それじゃあ、コリーンはどうなったんだと思う？」このポーチに、ここから数十センチと離れていない場所にコリーンがいたのだと思うと、わたしはうなじの毛が逆立った。キルトから髪が垂れ落ち、ポーチの端に人影が見えていた。

タイラーは鋭い視線でわたしを見やると、手を握りしめた。「わからないのか？コリーンの身に何が起きたかなんて、おれにとってはどうでもいいんだ」

「でも、もう見て見ぬふりはできないわ」わたしは深く息を吸いこんだ。「写真が出てきたんだもの。コリーンは死んでいた。ねえ、教えて。何が起きたのか」

「きみは何も悪いことはしていない。本当だ。だからもう考えるのはよせ」

わたしがうなずくと、タイラーがわたしの肩を抱いた。わたしは彼の言葉を必死に信じようとした。

なんだかとりとめのない告白になってしまったけれど、どうにかここまでたどり着いた。いや、どうにかここまで戻ってきた。醜い話をする前に、どうしても美しいものを見せなければならないと思ったから。

わかってほしいのは、コリーンがめちゃくちゃな人だったということだ。

そして何よりもまず、わたしは間違いなく彼女を愛していた。

コリーンは親指を立てて、道端に立っていた。でも、わたしはスピードを緩めなかった。

「車を停めなくていいのか?」タイラーは尋ねた。

「いいの」わたしは答えた。

わたしは彼女の目を見た。コリーンは親指をさげ、まっすぐに見つめ返してきた。

わたしはアクセルをさらに踏みこんだ。あなたなんか、くそくらえ、コリーン。次の瞬間、わたしはまばたきをした。一度だけ。その一度のまばたきのあいだに、彼女は道の真ん中に出ていた。トラックのすぐ前に。

わたしが急ブレーキをかけるのと同時に、タイラーが両手を前に伸ばす。思いきりハンドルを切り、目をきつくつぶったとたん、タイヤが甲高い悲鳴をあげた。シートベルトに体を真っぷたつに切られたような気がした。まともに息もできない状態のまま、車体がスピンし、窓ガラスがひび割れた。やがて金属がぶつかる鈍い音とともにトラックが停止した。

わたしは必死に状況を確認しようとした。アドレナリンが全身を駆けめぐり、にわかに周囲の様子がはっきり見えるようになった。厄介な事態に陥っていた。トラックは反対方向を向き、道路脇のガードレールに乗りあげていた。フロントガラスを突き抜けた枝の先がわたしの肩に刺さり、深い切り傷ができている。タイラーが何やら言葉を発したが、わたしの頭にはまったく入ってこなかった。身動きが取れなかった。何も感じなかった。

しかし次の瞬間、一気に事態をのみこんだ。

吐き気がこみあげ、腹部の痛みが背中にまで達した。両手で必死にシートベルトを外そうとしたがうまくいかず、結局タイラーに外してもらわなければならなかった。トラックが今にも転落しそうなほど崖の縁すれすれに停まっていたので、タイラーがわたしを車の外へ引っ張りだした。

わたしは耳鳴りがして、周囲の景色がまわって見えた。というよりもコリーンの姿を捜して、わたしがきょろきょろと見まわしていたからだろう。トラックのボンネットに手をつくと熱かった。まだエンジンがかかっている。あちこちに衝撃の余韻が残っていた。

「彼女はどこ？」わたしはかすれ声できいた。

タイラーもボンネットに両手をついた。ばらばらに飛び散ってしまうのではないかと思うほど、彼の両腕も激しく震えていた。

「コリーン！」わたしは声を張りあげた。「返事をして！　ねえ、いったい何がどうなってるの！」

タイラーがあわててトラックの下を確認した。わたしは胃が喉元までせりあがってくるのを感じた。道路は暗くて人けがなく、森はさらに暗い。トラックのヘッドライトはわたしたちが走ってきた道を照らしていた。

「コリーン！」わたしはもう一度大声で呼んだ。前かがみになり、彼女の名前を思いきり叫ぶ。

タイラーが崖の縁から下をのぞきながら道路沿いをゆっくりと走り、また戻ってきた。「どこにも見あたらない」

「わたしが轢《ひ》いてしまったの？　わたしがあの子を轢いたっていうの？　いやだ、嘘よ、そんなの嘘」わたしは死に物狂いになって岩場をおりはじめたが、すぐにつまずき、尖った岩で膝をすりむき、両手で冷たい石を握りしめた。崖は険しく、暗がりの中では何も見えない。

「やめろ、ニック。やめるんだ」タイラーもわたしのあとを追って岩場をおりてきた。コリーンの姿はどこにもない。

「コリーンはどうしてあんな真似を？　目の前に飛びだしてきたのよ！」

「ああ、おれも見た」タイラーはわたしの両腕をつかみ、それ以上先に進めないようにした。「肩を怪我してるじゃないか」彼が傷口に手を押しあてた。けれども、腹部と背中の痛みのほうがますますひどくなっていた。

わたしは両手が震えていた。「コリーンがわたしの前に飛びだしてきたのよ。わたしの話を信じてもらえると思う？」

タイラーが顔をゆがめ、一瞬、手の力を緩めた。

「９１１に電話して」わたしは言った。何しろ彼女の姿が見つからず、応答もないのだ。

タイラーは怪我をしていないほうの手で携帯電話を取りだすと、わたしの目をじっとのぞきこんだ。またしてもわたしの体に痛みが押し寄せた。「おれが運転していたんだ」

「何を言ってるの？　わたしが運転していたのよ。その手を見て。運転なんてできるわけがないでしょう！」

「きみは酒を飲んでいた。運転してたらまずい」

「あんなのは飲んだうちに入らないわ。本当よ」

「酒のにおいがぷんぷんしている。だめだ、おれが運転してたんだ」

「どうしてそんな話になるの？　わたしが運転してたのよ」わたしは思わず声を荒らげた。「あなたじゃない。そんなことは言わせないわ。だいいち会場を離れるときに、わたしがハンドルを握ってるのをみんなが見ていたのよ。覚えてるでしょう？」

タイラーは首を振り、携帯電話をポケットに戻した。そのとき木々のあいだから物音が聞こえ、わたしはびくっとして振り向いた。

「コリーンなの？」わたしは呼びかけた。返事はなかった。気配もない。

タイラーが目を細め、木々のあいだに視線を注いだ。「風が吹いただけだ」

「彼女はどこにいるの？　ねえ、タイラー」

タイラーはわたしの目を見つめたが、わたしの周囲の景色はまだぐるぐるまわっていた。「きみはコリーンを轢いてなんかいない。またいつもの手のこんだ悪ふざけだ」

「じゃあ、コリーンはどこにいるの？」

「どこかに隠れてるんだ。おれたちをからかってるんだよ。今この瞬間にも、腹を抱えて笑っているに違いない」

わたしは目を閉じて想像してみた。その様子が容易に頭に浮かんだ。いかにもコリーンらしい。もちろん、彼女ならこれくらいのことはやりかねない。コリーンはどうしても、わたしの人生に幸福をもたらすものをめちゃくちゃにしたいらしい。

「トラックは修理できる」タイラーが静かに言った。

息を吸いこむと、またしても痛みに襲われ、わたしはうなずいた。

わたしたちはその瞬間に決断をくだし、暗黙の協定を結んだ。ドミノ碑をつくように、何かを倒しはじめてしまったのだ。

「ここで待っててくれ」タイラーが洞窟の鍵を手渡してきた。「おれが戻るまで洞窟にいればいい。父さんの車を取ってくる」

「ここからなら歩いて帰れるわ。道もわかってるし」

とはいえ、無事に帰れるかどうか自信がなかった。また痛みが襲ってきた。わたしは今夜、すべてを失ってしまうのだ。

タイラーが振り向いた。「本当に大丈夫なんだな？」

「ええ、大丈夫」

タイラーがトラックに乗りこむ音が聞こえると、わたしは洞窟に向かって駆けだした。洞窟の前を通って家に帰るために。しかしそのとき、コリーンが呼んでいる姿が目に浮かんだ。〝わたしたちを見つけてみなさいよ〟いつものように洞窟の中へ引き入れようとしている。みんなでよく肝試しをしたときのように。わたしは鎖と南京錠を外した。コリーンは鍵をかけたりするだろうか？　わたしをからかっているのだとすれば……そうだ、鍵をかけても不思議はない。洞窟に静かに入るとロープをつかみ、彼女の名前を呼んだ。暗闇に向かって何度も名前を呼びつづけた。「悪ふざけはいいかげんにして、コリーン！」ロープから離れ、携帯電話の明かりで目の前を照らしながら、コリーンの姿を捜した。彼女の息遣いが聞こえるはずだと思ったけれど、何も見つからなかった。人っ子ひとりいない。

またもや痛みが押し寄せ、恐怖が怒りに変わった。コリーンは悪びれもせずに、わたしの人生をめちゃくちゃにしようとしている。

わたしはロープを伝って引き返し、洞窟から出た。

その夜、かなり遅い時間にひとりになってから、ようやく気づいた。わたしはタイラーからもらった指輪をなくしていた。

コリーンは寸前で飛びのくべきだった。隠れているべきだった。何か別の方法で命を落とすべきだった――ほかの車とか、ほかの事故とか、崖から身を投げるとか。そうすれば父がわたしたちの叫び声を聞き、わたしの声だと気づくこともなかった。わたしたちが立ち去ったあとにコリーンを見つけ、遺体をあの場所から運び去ることもなかった。わたしが起こした事故が発覚しないように。わたしの人生がめちゃくちゃにならないように。

わたしは何も悪いことはしていないとタイラーは言ってくれた。だとすれば、真相は違うのかもしれない。

そうでなければ、あまりに単純で残酷すぎる。

あれから十年経っても、過去はまだ風化していなかった。それどころか写真によって真実に焦点があてられ、記憶は日ごとに鮮明さを増している。暗闇から何者かがささやきかけてくる。〝ねえ、見て。ニック、わたしよ。わかる?〟

そろそろ目を開けなければならない。

――その前日――

一日目——夜

長時間の運転と父を訪問したことで疲れきっていた。夕方から埃まみれになって家の掃除に励んでいるのに、すべきことがまだ山のようにある。兄さんのように責任感を持ちなさいと自分に言い聞かせた。でも、わたしだってきちんと責任を果たしている。そろそろダニエルも気づいてくれればいいのに。わたしがダニエルにはほとんど理解できないような約束を交わし、仕事をきちんとこなし、決断をくだしながら日々を送っている立派な大人だということに。

キッチンの蛇口と排水口が錆びて茶色くなっていた。わたしはダニエルが持ってきた掃除道具の入った段ボール箱を引っかきまわして錆《さび》取り剤を見つけると、排水管に流しこみ、化学反応によって発せられる音にじっと耳を傾けた。

黄色の分厚いゴム手袋をはめ、たわしで蛇口をこすって洗いはじめる。ところが指を曲げるたびに指輪がくるくるまわり、大きなダイヤモンドがゴムの内側に引っかかってしまう。わたしは手袋を外して指輪を抜き取ると、キッチンテーブルの真ん中に置いた。常に目の届く場所に。この指輪を見るたびに、自分がクーリー・リッジから出ていった人間であることを思いだす。外の世界との唯一の接点だ。

シンクとカウンターの掃除に手をつけたら、なんとなく自分に満足して、隅々まで磨きあげた。そろそろ息抜きをしたいと思っていた頃、タイミングよく電話が鳴った。目がかすみはじめていた。額にかかった髪を腕で払いのけ、片方の手袋を脱ぐ。「もしもし？」

「やあ。かけ直すのが遅くなってすまない」エヴェレットだった。

わたしはキッチンの椅子に身を沈めると、歯を使ってもう一方の手袋も外した。

「気にしないで。あなたが忙しいのは知ってるから」

「無事に着いたんだね？」

「ええ」

「ここまでの調子は？」

「何もかも相変わらずよ。父も兄も変わりないわ。ドクターに書いてもらう書類を施設に持っていって、家の掃除に取りかかったところ」椅子から立ちあがると、そそくさと掃除道具を片づけ、二階へ向かった。

「売りに出すまで、どれくらいかかりそうだい？」

「わからないわ。家じゅうきれいにしてから売りだしたいから。第一印象がすべてでしょう」あくびが出た。まもなく深夜零時だ。

「もう寝たほうがいい」

「ええ、そうするわ」階下に戻って明かりを消すと、あとずさりして部屋から出た。暗がりに立って窓のほうを向き、月明かりに照らされた森と山々に目をやった。じゃあねと胸の内でつぶやく。

一瞬、木々のあいだで光が揺らめいた気がした。

「父を説得して書類に署名してもらうつもりだけど、なんだか気が進まないわ。父からこの家を取りあげるみたいで」

「そうだね」エヴェレットもあくびをしたので、わたしはほほえんだ。「でも、すべきことをしないと」

「いつものようにね」わたしは答えた。

十年前、わたしはよろめきながらあの森を抜け、なんとか家に帰ろうとした。壁で囲まれた安全な場所を求めて。とにかく家にたどり着きたかった。もしかしたら、避けられないことを避けられるのではないかと思って。父の車もダニエルの車も見あたらなかった。腕で腹部を押さえ、全速力で庭を横切った。肩の傷も腹部もずきずき痛んだ。ポーチのランタンが揺れ、網戸がきしむ。大きく息をあえがせながら、ひとりで家に入った。

ひとりきりだった。

このあとに起きたことは、断片的に思いだすぐらいならなんとか耐えられるだろう。自分でも記憶があいまいだ。頭の中でコリーンの目を何分間も見つめ返すことはできても、この件と向きあうのは簡単ではない。真正面から向きあえば、あちこちに傷を負ってしまうから。今まで打ち明けてこなかったのは、現実を直視するのがつらすぎたからだ。どうしても遠まわしな伝え方になってしまうけれど、ようやく核心に触れようと思う。

わたしはパニックに襲われながらバスルームで服を脱ぎ、自分ではコントロールできないことを必死に止めようとした。それでも止められないことに怒りがこみあげた。やがて激しい怒りが静かな虚無感に変わり、わたしは降伏した。その瞬間、世界は自分の思いどおりにならないのだと悟った。そもそも一度も思いどおりになったためしなどなかった。そして終わりを迎えた世界は二度と始まることはない。

熱い湯を出すと、バスタブの中に座った。膝を抱え、腕の上に頭をのせて目をきつく閉じ、熱い湯に打たれた。

二日。たった二日前にコリーンの家のバスルームで、その存在を知ったばかりだったのに。わたしは期待に胸をふくらませていたのに。それなのに、もういなくなってしまった。まるで初めから存在しなかったかのように。


しばらくして、ダニエルがドアをノックした。「ニック？　大丈夫か？」さらにノックが続く。「そこにいるんだろう」

わたしは息を止め、泣くのをやめた。

「返事をしないなら、中に入るぞ」

ドアノブがまわされ、ひんやりした空気とともにダニエルが入ってきた。はっと息をのむ音が聞こえ、兄の影が床に脱ぎ捨てた服のそばに立った。

「大丈夫か？」

わたしは長いため息とともに嗚咽をもらした。「全然大丈夫じゃないわ」

「どうすればいいか教えてくれ。おれに何をしてほしい？」ダニエルがわたしを殴ったあと、妊娠のことをタイラーが伝えたに違いない。兄の目に深い後悔の色が浮かんでいた。

「もう手遅れよ」

「バスタブから出るんだ、ニック。そこから出てこないことには助けようがない」

「兄さんの助けなんかいらない」

「悪かった。本当にすまなかった」

兄の影が遠ざかり、ドアが閉まる音がした。

湯がだんだん冷たくなってきたので、わたしは立ちあがってタオル掛けからタオルをつかんだ。

脱ぎ捨てた服を拾うと、階下へ持っていき、洗濯機に放りこんだ。冬物のフリースのパジャマに身を包むと、ベッドの真ん中に座り、ダニエルが自分の部屋で電話をかける声を聞いた。「違うんだ、タイラー、そうじゃない。とにかく来てくれ」

互いの部屋のあいだにあるバスルームに向かってわたしは叫んだ。「彼は来られないわ」

ダニエルは電話を切ると、わたしの部屋の入口に立った。わたしと同じく途方に暮れた表情を浮かべて。「おれはどうすればいい？　何かできることはないか？」

わたしはまた泣きだした。あの夜の出来事はすべてが複雑にからみあっていて、うまく考えがまとまらない。ただ何年も、何十年も、時計の針を戻したかった。限りない可能性に満ちあふれていた頃に。「お母さんに会いたい」最も理不尽な要求だった。兄は顎を引きしめたが、表情は読み取れなかった。鼻が腫れ、目のまわりにうっすらと青痣ができている。「そうだよな。おれしかいないもんな」ダニエルは部屋に入ってくると、わたしの隣に座った。

タイラーはどうにかやってきた。徒歩で。川を渡って。しばらくすると、タイラーがダニエルと話す声が階下から聞こえてきた。

階段の吹き抜けまで歩いていってタイラーに伝えよう。もう泣くのはやめると。指輪をなくしてしまった。何もかも失ってしまった。それでもプロポーズはまだ有効なのだろうか。彼がまだそのつもりでいるなら、何もなかったふりをしたほうが気が楽だ。

警察署のあの箱に保管されている証拠は、すべてわたしのものだった。妊娠検査キットも、指輪も、噂話でさえも。考えようによっては筋が通っている。カウンティ・フェアの最終日の夜に、カーブした道から忽然と消えた女性。彼女は行方をくらました。そして髪型も、訛りも、電話番号も、住所も変えた。過去をいっさい振り返らなかった。

すべきことをしないと、ニック。

さあ、立ちあがって。

また最初からやり直せばいい。

第三部

前進

哲学は真実を語る――人生はさかのぼることでしか理解できない。
しかし、われわれはもうひとつの原理を忘れがちだ――
人生は前を向いてしか生きられない。

セーレン・キルケゴール

――二週間後――

十五日目

遠くでかすかに鳴っていたサイレンの音が、しだいに大きくなってくる。部屋を横切りながらタイラーが口にした、〝ジョンソン農場で遺体が見つかった〟という言葉が頭の中で何度もこだましている。ヒマワリが頭に思い浮かんだ。コリーンの幽霊がヒマワリ畑でくるくるとまわっている光景が。あれから十年経った今、彼女の遺体があのヒマワリ畑で見つかった。

でも、ダニエルは放棄された土地に遺体を運ぶつもりだと言っていた。観光地であるジョンソン農場で発見されたのがコリーンであるはずがない。

「アナリーズなの？　彼女が死んでいたの？」

「ああ。ヒマワリ畑の真ん中に横たわってた」

「銃で撃たれたの？」そう尋ねたのは、ダニエルが父の銃を持ちだしていたからだ。しかもダニエルはアナリーズのあとを追って森に入り、わたしがバッグのチャームを見つけた川のそばで彼女を見失った。しかも兄はアナリーズのアトリエの鍵を持っていた。あの鍵は彼女のバッグに入っていたに違いない。

タイラーがうなずいた。「ジョンソン家の子どもたちが発見したらしい。その場から走って逃げたあと、ビラの写真を見て……」タイラーは言葉を途切れさせ、髪をかきむしった。「おれの仕事仲間の奥さんが警察で通信指令係をしていて、彼女が通報を受けたそうだ。知らせを聞いて、おれは一番に現場に駆けつけようとしたんだが」

「なんてこと。兄さんがやったの？」

「それはわからない、ニック」タイラーはそう言ったものの、わたしを見ようとしなかった。

エヴェレットはそろそろフィラデルフィアの空港に着く頃だろう。だけど、もう彼に助言を求めて電話をするわけにはいかない。この件については。ましてや、あんなことがあったあとでは。

ダニエルは何を考えていたのだろう？　死体とあらゆる証拠が兄につながってしまう。まさかアナリーズを……そういえばジャクソンが教えてくれた。兄とアナリーズの仲を疑って、ローラが何日か家を出たという噂があると。根も葉もない噂がまことしやかにささやかれているだけかもしれない。けれども、ダニエルがたちの悪い女に引っかからないとは言いきれない。過去に一度、まんまと引っかかったのだから。でも、仮にふたりが本当に不倫関係にあったとしても、アナリーズがふたりの関係がばれるような写真を撮ることを兄が許すとは思えない。とはいえ何者かが深夜に彼女のパソコンをこっそりと調べて、何カ月か前に撮られた写真のデータを消去していたのは事実だ。何しろ、森を抜ける足音をこの耳で聞き、アナリーズのアトリエの中で人影が動くのをこの目で見たのだから。暗闇でも道に迷わずに歩けるほど、森を知りつくしている人物。ダニエル。きっと知らないうちにアナリーズに写真を撮られていたのだ。さもなければ、眠っているあいだに。彼女のパソコンのファイルに入っていたほかの写真データも、女性を隠し撮りしたものばかりだった。彼女たちは自分が誰かに見られているとは気づいてもいないようだった。大きな目を見開いてカメラを構えるアナリーズは周囲に溶けこんでしまう。カメラを向けられても誰も気がつかないほどに。

ダニエルはもっと頭を働かせるべきだったのだ。

ダニエルは川のそばでアナリーズに追いついてバッグをつかんだが、その勢いでチャームが切れてしまった。兄はバッグと携帯電話をその場から持ち去った。おそらくどこかに埋めたか、自分の車に投げこんだに違いない。家の裏に戻ってきたときには何も持っていなかったのだから。そしてアトリエの鍵だけは手元に置いておくことにした。もっとも、今は父のスリッパの中に隠してあるけれど。欠けた部分に兄をあてはめてみると、すべて辻褄が合う。

兄が彼女をつかまえて、そして……。

いや、違う。ちょっと待って。アナリーズは兄の追跡からは逃れたはずだ。彼女は川沿いを進んであのモーテルにたどり着くと、裏手の窓から忍びこみ、ダニエルにまた電話をかけている。モーテルの部屋の電話を使ったのは、自分の携帯電話がバッグの中にあったからだ。

さっぱりわけがわからない。なぜダニエルの自宅に電話をかけたのだろう。兄から逃れようとしていたはずなのに。それに、どのみちダニエルはこの家にいたのだ。どう考えてもおかしい。でも、わたしはたしかにあのモーテルの部屋でリダイヤルボタンを押した。留守番電話の声を聞いたのだ。陽気で感じのいいローラの声が頭を駆けめぐった。〝はい、ファレルです。ただ今、留守に……〟

ローラ。アナリーズはダニエルの携帯電話にかけたわけではない。自宅に電話をかけたのは、兄が家にいないのを知っていたからだ。

アナリーズはローラに電話をかけたのだ。そこではたと気づき、わたしは思わず手を口にあてた。

「兄さんじゃない」わたしは小声で言った。

タイラーはうなずき、自分が汚した床を見つめた。わたしの言葉を信じたのだろうか。それとも、単なるわたしの希望的観測にすぎないと思っているのだろうか。

ようやくパズルのピースがそろった気がした。すべてのピースが裏返しに並べられているとはいえ。

アナリーズの世界はどんどん小さくなるばかりで、これが彼女に残された最後の切り札だったに違いない。唯一の逃げ道。ローラに知らせること。恐ろしい夫と、恐ろしい夫の家族についてばらすこと。ローラがしゃしゃりでてくるよう仕向けるのに、脅迫材料の写真を持ちこむ必要さえなかったに違いない。

〝ご主人が今どこにいると思う？　教えてあげましょうか。森の中を追いかけて、わたしを黙らせようとしたのよ。彼にバッグと携帯電話を奪われたわ。あなたの身も安全とは言えないわね。何しろ、あの家の誰かがコリーン・プレスコットを殺したんだから。あなたにも知らせておくべきだと思って〟

ローラが電話を取り、アナリーズの話を黙って聞いている様子を想像してみた。

ローラはアナリーズの話を信じたのだろうか？　話にじっと耳を傾けたのだろうか？

ダニエルが家に帰ったとき、ローラは家にいなかったと言っていた。おそらく姉の家に泊まったのだろうと。機嫌を損ねているようだと。もし噂が本当なら、ローラは以前にも同じような理由で外泊したことがあったはずだ。

でも、実際はそうでなかったのだとしたら？　電話を取り、アナリーズの話を聞いたとしたら？　ローラはどうするだろう？

もし兄の話が本当なら――アナリーズを川のそばまで追いかけて、そこで見失ったのだとしたら。ダニエルは腕を伸ばし、バッグの端をつかんで引っ張った。持ち手が壊れ、バッグが地面に落ち、チャームが泥に埋もれる。兄はバッグと携帯電話と鍵だけをその場から持ち去り、どこかに隠して様子をうかがうことにした。

アナリーズが戻らないまま日が経つにつれ、包囲網が狭まっていくような感じがしただろう。秘密がすべてばれてしまうと――過去の秘密も、現在の秘密も。警察が本格的な捜査に乗りだすと、兄は鍵を使ってアナリーズのアトリエに忍びこみ、パソコンのファイルを調べて彼女の人生から自分の痕跡を消し去った。さらに念のために、自分の仕事場のデスクの引き出しに鍵を隠した。ローラに見つからない場所に。そしてわたしがその鍵を見つけたというわけだ。ダニエルは噂になっていた不倫関係を隠そうとしただけだった。兄はいやというほどわかっていたからだ。アナリーズとの関係が明るみに出れば、自分が厄介な立場に追いこまれることを。

ところがどういうわけか、アナリーズはヒマワリ畑で遺体となって発見された。畑の真ん中に横たわっていた。

ダニエルなら彼女をどこかに埋めたはずだ。仕事で訪れたことのある放棄された土地のどこかに遺体を運んだに違いない。

わたしは目を閉じた。すべてがありありと目に浮かんでくる。

ローラはモーテルまでアナリーズを迎えに行った――〝今どこにいるの？　迎えに行くわ〟――車のグローブボックスには父の銃が入っている。ローラはアナリーズを車に乗せてあてもなく走りまわるうちに――〝とにかく話を聞かせて〟――町を離れて、いつのまにかジョンソン農場に向かっていた。アナリーズが自分の夫とその家族を声高になじるのを聞きながら。ローラはすでに何度も自尊心を傷つけられていた。アナリーズに関する噂と、ひょっとしたらほかのことでも。だから数カ月前にダニエルを置いて何日か家を出たのだろう。そこへこれだ。アナリーズはローラの人生設計をぶち壊そうとした。臨月のローラは前途洋々で、彼女の人生設計の中にはダニエルも含まれていた。もう少しで手に入るところだったのだ。望んだとおりの人生が。報われた人生が。

庭の土を掘ることさえできない身重のローラに遺体を埋められるはずがない。でもどうしても、アナリーズを家族から遠ざける場所が必要だったのだろう。

わたしはローラという人を過小評価していた。兄と、わたしの家族と、自分自身の未来に対する彼女の愛情を甘く見ていた。甘く考えたのがいけなかった。この町の人たちは互いのためならどんなことでもする。

本心では、わたしはこの町に戻りたくてたまらなかったのだ。

タイラーが窓の外に目をやった。サイレンの音がますます大きくなっている。彼は身震いした。

「一番に現場に駆けつけようとしたんだ、ニック。実際、おれが一番だった。だけど指輪を捜そうとしてたら、サイレンの音が聞こえて……時間切れになった」

「大丈夫よ」わたしは言った。サイレンは目的地に向かってますます近づいている。

タイラーはキッチンの真ん中で身を震わせていた。

「いや、大丈夫なわけがないだろう」彼の手も震えている。アナリーズの遺体に触れたのだろうか？　きっとそうに違いない。「もし警察が……」タイラーが両手で顔を撫でた。

「指輪を見つけたら？」わたしは尋ねた。視界がぼやけてきた。

タイラーは首を振った。「手紙を」

「アナリーズは手紙を送ったの？」

「いや、彼女のヨガパンツのウエストバンドの下に突っこんであったんだ。内容は見てない。サイレンが聞こえて、すぐに走って逃げたから」

「それじゃあ、どうして手紙だとわかったの？」タイラーは逃げたと言った。そしてその足でまっすぐここへやってきたはずだ。

「誰もが知ってる話だ！ ここに着く直前にジャクソンから電話をもらったんだ。いちおうおれに知らせておくって」タイラーは顔をゆがめ、両手で頭を抱えた。「小さく折りたたんだ紙で、宛名はクーリー・リッジ警察署だったらしい」わたしを見つめた。「封筒には入ってなかったそうだ。アナリーズは警察署に置いてくるつもりだったんだ。匿名の手紙を」

モーテルにあった白紙のメモ帳が思い浮かんだ。アナリーズは必死の思いでメモに走り書きし、ローラが迎えに来る前にウエストバンドの下にしまったに違いない。あとで警察署に持っていくつもりで。「手紙にはなんて書いてあったの？」わたしは消え入りそうな声で尋ねた。さまざまな恐ろしい可能性が頭をよぎる。ダニエルがうろたえた様子で電話をかけてきて、わたしに早く逃げろと言ったのは、よほどの理由があったからに違いない。

ここにはもう何もないのに。

タイラーは一瞬黙りこんだあと、声を潜めた。「パトリック・ファレルの敷地からコリーン・プレスコットの死体が見つかるかもしれないから、ニック・ファレルとタイラー・エリソンを詳しく調べたほうがいいって」

タイラーと同じように、わたしの体にも震えが走った。「なんてこと」

本当なら、その手紙とアナリーズを関連づける証拠はないはずだった。匿名の手紙とローラ。アナリーズはどうにか無傷で切り抜けるために、その両方に望みを託していた。

「いいか、きっと誰かがおれのトラックを目撃したと思う。アナリーズの遺体を見つけた家族は、警察が到着するのを道路で待っていた。たとえ警察がおれの姿を見ていないとしても、誰かにトラックを見られたはずだ。警察はおれがあの畑にいたことを突きとめるだろう。こんなに花粉まみれなんだ。どう見てもまずい。おれはここを離れなければならない。テネシー州に山小屋を持ってるんだ。何年か前に自分で建てたんだが、おれ名義じゃない。とにかく、しばらく雲隠れする必要がある。万一の場合に備えて、この週末に手はずを整えておいた」

タイラーはヒマワリ畑にいた。アナリーズの遺体のそばに。わたしたちが事件に関与していると書かれた手紙とともに。アナリーズの件は釈明して言い抜けることはできるだろう。ひょっとしたら、無実を証明できるかもしれない。でもそうなれば必然的に、十年前に起きた事件まで明るみに出る。コリーンがわたしたちのもとに舞い戻ってきてしまう。

わたしのもとに。

わたしが運転していたのはタイラーのトラックだ。タイラーはずっと前からわかっていたのだ。それなのに、わたしに落ち度はなかったと彼はわたしに信じこませた。わたしたちが立ち去ったあと、道端にいたコリーンの身に何か別の問題が起きたに違いないと。わたしは無実だと思いこませたのだ。

あの証拠保管箱にはたくさんの嘘が詰まっているけれど、これほど深刻な嘘はほかにはない。わたしたちは最も危険で重大な嘘をついた。自分たちが生き残るために必要不可欠な嘘を。

わたしはタイラーの胸に指を突きつけた。必死の懇願が喉にこみあげ、うめき声となって口からもれる。「わたしはコリーンを轢いてなんかいないと断言してくれたじゃない。何も悪いことはしていないと請けあってくれたじゃない。あなたは断言したはずよ」

タイラーは目を閉じ、ゆっくりと息を吸いこんだ。ひと呼吸置いて時間を引き延ばし、わたしに一瞬だけ猶予を与えようとするかのように。「ああ、きみは本当に何も悪いことはしていない、ニック。コリーンがトラックの前に飛びだしてきたんだ。あれは自殺だった。彼女は自ら命を絶ったんだよ」

そういえばエヴェレットが言っていた。〝ふと気づいてしまう瞬間がある。そのときには、もはや引き返すことができない〟

あの写真を見る前なら、あらゆる可能性がまだあった。コリーンがこの町を出ていった。逃げだした。別の車が彼女を轢いた。コリーンが飛びおりた。

コリーンが跳んだ。

彼女はそうしたに違いないとわたしは信じた。観覧車のてっぺんで、コリーンが耳元でささやくのを聞いたから。わたしの運転する車の前に進みでてくるのを見たから。ハンナ・パードットが彼女の秘密を暴いたあとだったから。だからなおさら信じた。コリーン・プレスコットは、わたしが知る中で最も用意周到な人物だった。彼女ならそうするだろうと思った。

でも、原因はわたしだったのだ。わたしが運転していた車がコリーンの命を奪った。そして、タイラーがその代償を払おうとした。

「ここから出ていくんだ、ニック。今すぐに。まっすぐフィラデルフィアに帰ったほうがいい。今ならまだ間に合う。振り返るな」

いいえ。その瞬間、わたしは自分が何をするべきか悟った。

どうすればこの町はわたしが戻ってくるのを許してくれるだろうか。どうやって最後の代償を払えばいいだろう。

今度はわたしの番よ、ニック。

「あなたはジョンソン農場になんか行ってないわ」わたしは言った。「あなたのトラックを見たという人がいたとしても、ただの見間違いよ。あなたはずっとここにいた。いいわね、タイラー。わたしの話を聞いて、言うとおりにして」

サイレンの音はますますはっきり聞こえるようになっていた。タイラーの予想は外れた。時間はまだある。わたしがこの時間を使ってうまくやれば、わたしたちは助かる可能性がある。

今度はわたしが代償を払うべきだと今ならはっきりとわかる。十年間。それが代償だ。それと引き換えにする。コリーンはいつも何を引き換えにするかを秤にかけて判断し、価値を見いだしていた。わたしはこの十年という歳月を手に入れた。それが何よりの負い目だ。ほんの一瞬であり、無のようにも感じられる。

みんなと同じく、わたしも代償を払うのだ。

父はコリーンの死体を隠した。ジャクソンはコリーンとよりを戻さなかった。タイラーはわたしの悪事を見逃した。

公平性。ギブ・アンド・テイク。善悪の帳尻合わせ。この家にコリーンの存在を感じる。なぜ今まで気づかなかったのだろう。彼女はずっとここにいたのだ。当然のなりゆきとして。

今度はわたしの番だ。わたしが代償を払うべきだ。けれども、コリーンのためではない。

「シャワーを浴びてきて」わたしは言った。

「ニック、もう手遅れ――」

「脱いだ服はバスルームに置いておいて。いいからシャワーを浴びて」

「まだ真っ昼間だし、ここはおれの家じゃない。どう考えてもおかしいだろう。おれはきみに別れを告げに来たんだ」

わたしはタイラーの腕をつかんだ。「それはわかってる。でもとにかく、さっさとシャワーを浴びてきて。タイラー、お願いだからわたしを信じて」

わたしはペーパータオルを使って、タイラーが泥の足跡をつけた床をきれいに拭いた。サイレンの音がどんどん近づいてくる。やはり警察はここに向かっている。わたしたちのもとへ。

「急いで」タイラーはわたしの指示に従った。

わたしは彼の作業靴を父のクローゼットの奥にしまいこんだ。いかにも父のものらしく見えるように。スリッパの中から鍵を取りだし、通気孔の奥深くに投げ入れる。

それから走ってバスルームへ向かった。わたしが指示したとおり、服が床に脱ぎ捨ててあった。それらを拾って洗濯室に駆けおり、自分の洗濯物と一緒にして洗濯機をまわした。タイラーが先週着ていた服は、わたしの部屋のチェストの引き出しに入れたままだ。それらをベッドルームの床に投げ捨てると、自分の服も引っ張りだしてきて、同様に床に放った。

「これでいいわ」わたしはバスルームに足を踏み入れた。「これで万事うまくいくはず」

警察が真っ先に目にするものがすべてだ。わたしたちが真っ先に言う言葉も。第一印象が捜査の行方を左右する。そこからストーリーが始まるはずだ。彼らが真っ先に目にする必要があるのは、わたしとタイラーが一緒にシャワーから出てきた姿だ。それこそが警察が求めているストーリーだ。タイラーを逮捕するための動機。わたしと彼がよりを戻したせいでアナリーズが死んだ。つまりアナリーズの行動の動機は嫉妬心だったというわけだ。

玄関のドアをノックする音が聞こえた。窓から光が差しこみ、ベッドルームの奥の壁に赤と青の光が点滅しているのがバスルームから見えた。わたしはタオルをつかんで自分の体に巻きつけると、タイラーにもタオルを渡して同じようにさせた。わたしはバスローブをはおって重い足取りで階段をおり、ドアを開けた。マーク・スチュワート巡査とフレーズ巡査とジミー・ブリックス巡査、それから州警察の警察官——なんという名前だっただろう？　チャールズ刑事？　いや、そんなことはどうでもいい。本当にどうでもいいことだ。

わたしの髪から水滴がしたたり落ちると、沈黙が流れた。マーク・スチュワートが顔を赤らめ、わたしのバスローブから視線をそらす。

「どうかしたんですか？」わたしは尋ねた。「何か問題でも？　もしかして父の身に何か起きたんですか？」

タイラーもわたしのあとから階段をおりてきた。水滴を垂らし、ズボンのボタンをとめながら。「どうした？」はっと動きを止める。「いったい何事だ？」

「ニック、タイラー」フレーズがわたしたちに向かって順にうなずいた。

フレーズの背後で州警察の刑事が顔をしかめた。「たしかあなたたちはもうつきあっていないはずでしょう」

わたしは腕組みした。「あなたには関係ないと思うけど」

「捜査の過程で嘘をついたとなると……」チャールズの声がしだいに小さくなった。彼らの後ろに一台の車が停まったからだ。わたしが首を伸ばして目をやると、刑事の肩越しにダニエルの車が見えた。

「なぜ兄がここに？」わたしは尋ねた。「あなたたちがここで何をしているのか、誰か説明してくれる？」

「いくつか尋ねたいことがあります。ちょっと家の中を見せてもらえますか？」チャールズが言った。

タイラーがわたしの肩に手を置いた。「どういうことだ？」

「残念ながら悪い知らせだ」ブリックスが口を開いた。「アナリーズの遺体が発見された」

タイラーはわたしのバスローブの生地を握りしめた。「それでおれに尋問しに来たんですか？」

「いや、そういうわけじゃない」ブリックスが答えた。

チャールズ刑事が肩越しに振り返った。ダニエルが小走りでこちらに向かってくる。

タイラーのトラックはわたしの車の後ろに停まっていた。「あなたは何時頃ここに来ましたか？　差し支えなければ教えてください」

エヴェレットが去ってからどのくらい経ったか、わたしは必死に計算した。なるべく長めにタイラーのアリバイを作っておきたかった。「一時間ほど前？　それとも、もっと前だった？」タイラーを見あげる。彼はかすかに唇を開き、わたしの目を見つめた。わたしの頭の中のストーリーを読み取れば、それが現実になるとでも言わんばかりに。

タイラーがうなずいた。「ああ、それぐらいだ」

ダニエルが驚きを隠しながら警察の連中をかき分け、シャワーから出たばかりでずぶ濡れのわたしとタイラーを交互に見つめた。「エヴェレットが今、こっちに引き返してる。空港に着く直前でつかまえた」

わたしは胸をえぐられた。隣でタイラーが身を固くする。

ダニエルは刑事のほうを向いた。「弁護士から何も話すなと言われてる。きみたちを家の中に入れないようにとも」兄は両手をあげた。〝おれの指示じゃない。ただ指示に従っているだけだ〟とばかりに。「悪いな」


ダニエルとタイラーがポーチで警察官たちと話をしているあいだに、わたしはベッドルームへ行って服を着ると、窓を少しだけ開けた。ポーチを歩く足音が聞こえたかと思うと、ブリックスとフレーズが家のまわりを歩き、窓から家の中をのぞきこんでいるのが見えた。そこかしこに目がある。

チャールズ刑事もガレージに近づき、窓から室内をのぞいたり、かがみこんで何やら地面を調べたりしている。わたしは心臓が早鐘を打ちはじめた。玄関ポーチで絶えず目を光らせているダニエルにローラについて尋ねることさえできなかった。

やがてエヴェレットの乗ったタクシーが戻ってきて、私道の途中で彼をおろして走り去った。タクシーからおりたエヴェレットは一瞬、身をこわばらせたが、すぐにスーツケースを持った。この状況にうまく対処するために気を落ち着けようとしているのだ。ダニエルともうひとりの男がポーチにいる。二台のパトカーと一台の覆面パトカーが道沿いに停まっている。制服警官と私服警官が敷地の中を歩きまわっている。

わたしは家の外に出た。網戸がきしみをあげて開いたとたん、エヴェレットがすぐさまわたしを見た。彼は事務的な口調で警察官たちに自己紹介した。フィラデルフィア流のそっけない態度は、正直言って最善の方法とは言えないけれど、言いたいことははっきりと伝わるはずだ。「捜索令状はあるんですか?」刑事に尋ねてから、わたしにうなずいた。仕事モードのエヴェレット。有能なエヴェレット。

「今、手配中です」刑事は言った。

「ということは、まだ持っていないわけですね」エヴェレットは答えた。

「彼らにいくつか尋ねたいことがありましてね。別に同席してもらってかまいませんよ。令状はもうじき出るはずですから」

「なるほど。だったら、令状が出てから出直してもらいましょうか。彼らは質問には答えません。さあ、後ろにさがって。全員、敷地内から出てください」今度はわたしに向かって言う。「中に入るんだ、ニコレット」わたしも含めて誰ひとり動こうとしなかった。「いいだろう。敷地から出ていかないなら、州警察に苦情を申したてるまでだ」

この町ではそんなやり方は通用しない。わたしたちに後ろめたいことがあるように見えるだけだ。すべては印象で決まる。

「ここはわたしの敷地じゃないわ」わたしは言った。「今のところは。だって父がどうするつもりかもわからないし――」

「ニコレット」エヴェレットがぴしゃりと言った。「家に入るんだ」

ブリックスが眉をあげたが、あとずさりはしなかった。ほかの警察官たちはゆっくりと自分たちの車に戻っていったものの、立ち去るつもりはないらしい。覆面パトカーは道沿いに停まったままで、フレーズが窓越しに刑事と話している。

「とにかく家の中へ……」エヴェレットはわたしたちに身振りで示した。「ところできみは……」家に入ってドアを閉めると、彼は尋ねた。

「タイラー・エリソンだ」耐えがたいほど長い沈黙が流れた。ダニエルが家の中を行ったり来たりしはじめ、エヴェレットの関心をそらした。

「警察は立ち去るつもりはないみたいね」わたしは言った。

「捜索令状が出るのを待っているんだろう。それまでは、きみたちが何も処分しないように監視しているんだ。まったく、なんてことだ」エヴェレットはそう言うと、ドアのそばにスーツケースを乱暴に置いた。「どうしてこんなとんでもない事態が起きたのか説明してもらおうか。ぼくが出ていってから、まだいくらも時間が経っていないじゃないか」未開封のままテーブルに置かれている処方薬を見て取ると、わたしの濡れた髪と、タイラーの素足に目をやった。

「アナリーズの遺体が見つかったの」わたしは説明した。「撃たれていたそうよ」ダニエルがはっと身を固くしたのがわかった。「彼女は手紙を持ってたらしいわ。コリーンが行方不明になった事件にわたしたちが関与しているって」

「関与しているって誰が？」エヴェレットが尋ねた。「きみのお父さんか？　それともきみたち全員か？」

「これにはこみ入った事情があるのよ」

「いいから説明してくれ」

わたしはエヴェレットの顔を見ることができなかった。彼は理解したいと思っている。まだ一縷の望みを捨てきれずにいる。

でも、わたしは代償を払わなければならない。

わたしは壁を背にして立っているダニエルのほうを向いた。「兄さんはもう帰って。ローラの様子を確かめたほうがいいわ」ダニエルはどこまで気づいているのだろう。すでに疑いを抱いているのだろうか。自分のデスクから鍵がなくなったことには気づいているに違いない。ローラが鍵を見つけて持ち去ったと思い、ひょっとしたら心の中で自分を責めているのかもしれない。何しろあの晩、ローラは家にいなかったのだ。兄さんはローラに尋ねるだろうか？　家に帰って、銃があるかどうか確認するだろうか？　それとも、何も言わずに知らん顔を決めこむつもりだろうか？

わたしは歩み寄り、ダニエルを抱きしめた。「来てくれてありがとう」それから兄の耳に口を近づけた。「兄さんはバーに寄ってから家へ帰った。ローラは家にいた。ふたりはずっと一緒だった」ダニエルはわたしの背中に手をやると、頭をわたしの肩に近づけ、耳をそばだてた。「絶対に父さんの銃が発見されないようにして」

ダニエルがその言葉の意味を理解した瞬間、わたしは兄の全身がこわばるのを感じた。ダニエルはわたしのほうを見ずにうつむいて髪をかきあげると、重い足取りで玄関から出ていった。

わたしが兄の後ろ姿を見送っていると、自分の車に近づこうとしたダニエルに向かって、フレーズが片手を差しだした。ダニエルが両腕をゆっくりと大きく広げた。「彼らは兄さんに何をしてるの？」わたしが窓に手のひらを押しあてて様子をうかがっていると、フレーズがダニエルの全身を上から下へと叩いて調べ、後ろにさがってうなずいた。

「武器の不法所持容疑で令状を取ろうとしているのかもしれない。ダニエルが銃器を携帯していないかどうか確認しているんだ」エヴェレットがひと呼吸置いて言った。

「この家には銃があるのか、ニコレット？」

「なんですって？」わたしはエヴェレットのほうを向いた。「いいえ、銃なんか置いてないわ」

エヴェレットはふたたび窓の外に目をやり、太陽のまぶしい光に目を細めた。「さあ、そろそろ話してくれ。いったいここで何が起こっているのか」

わたしは窓から離れると、今度は黙ってソファに座っているタイラーのほうを向いた。「あなたも帰ったほうがいいわ」

タイラーは首を振ると、わたしからエヴェレットへとちらりと視線を走らせた。

「おれは外に出てる」タイラーは網戸を乱暴に閉めると、ポーチの一番下の階段に腰をおろし、頬杖をついた。

わたしがキッチンに向かうと、エヴェレットもあとを追ってきた。わたしが振り返ると、彼がすぐそばに立っていた。

「わかったわ、こういうことよ。アナリーズ・カーターが死んだ。彼女はわたしたちを破滅に追いこもうとして手紙を残していた。コリーンの身に起きたことについて、わたしを詳しく調べたほうがいいって。この家からコリーンの死体が見つかるかもしれないって」

「なぜアナリーズがそんな真似を？　どうしてそんな話をでっちあげようしたんだ？」

「なぜって、彼女は頭がどうかしていたからよ。世の中は頭がどうかした人だらけだわ、エヴェレット。わたしが一日に何人、頭がどうかした人に出会うと思う？　そのうちのひとりに出会ってしまっただけよ」

「でも、アナリーズは死んでいたんだろう、ニコレット。何者かが彼女を殺害し、手紙を残した。それがどう見えるかわかるだろう？」

「ええ、わかってるわ。わたしを愚か者だと思ってるの？」

「警察は捜索令状を取ろうとしているんだぞ。捜索令状を。彼らは何を突きとめるつもりなんだ？」

「そんなのわからないわ！」

　エヴェレットがさらに近づいてきたので、わたしはあとずさりした。「きみのお父さんはなんと言ったんだ？　なぜ警察をお父さんから遠ざける必要があった？　しゃべられたら困ることでもあるのか？」

「さがって」わたしは思わずエヴェレットの胸を押した。冷蔵庫を開けて缶入りのソーダをつかむと、頭をはっきりさせるために時間を稼いだ。

エヴェレットはいったん口をつぐみ、両手をだらりとおろした。「よし、それじゃあ、きき方を変えよう。これは弁護士としての質問だ。いったい何があったんだ？ コリーン……」

「プレスコットよ」

「コリーン・プレスコットの身に何が起こった？ 宣誓したうえで証言台に立ったとしたら、きみはなんと答える？」

わたしは缶を開けてソーダを口に運んだが、エヴェレットは後ろにさがろうとしない。炭酸が口元で音をたてながら泡立った。「そうね、黙秘権を行使するんじゃないかしら」

「これは刑事ドラマじゃないんだぞ、ニコレット。それに、そもそも黙秘権は自分を守るために認められている権利だ」

わたしは裏口の窓の外に目をやり、声を落とした。「ねえ、エヴェレット、あなたは宣誓に縛られてるの？ それともこれはここだけの話なの？」わたしはソーダの缶をテーブルに置くと、彼の目を見つめた。頭を傾けてそんな目で見ないでほしかった。

エヴェレットは何を求めているのだろう？　何を確かめようとしているの？　エヴェレットがよろめきながらあとずさりした。それともわたしが彼を押したのだろうか。電流に貫かれたかのように手がしびれ、自分でもよくわからなかった。

「きみは何をしたんだ、ニコレット？」エヴェレットが声を潜めてきく。

エヴェレットはわたしとはまったく別の世界に住んでいる。彼はどこか遠くで――自分が住む世界よりもちっぽけな世界で――起きている不正を目にしているにすぎない。エヴェレットの倫理基準は決して揺るがないし、彼の世界には白か黒しか存在しない。闇をのぞきこむこともなければ、その闇を家に持ち帰ることもないし、もちろん愛することもない。怪物を心の中に迎え入れたりしない。エヴェレットは自分の娘のために死体を隠したりするだろうか？　妹のために死体を動かしたりするだろうか？　エヴェレットの世界は書類の上に存在している。なぜなら一度も試された経験がないからだ。彼はわたしになんと言った？　誰にも打ち明けたことのない心の暗い部分は？

誰かが死ぬ瞬間を目撃したことだ。

それにひきかえ、わたしは何をした？　エヴェレットは知りたがっている。いろいろなことを。たぶんわたしがコリーンを殺したのだ。誰のせいだったにせよ、そうとしか解釈のしようがない。そして彼女を道端に置き去りにした。昔も今も、警察に嘘の証言をした。わが家の土の下でコリーンと一緒に暮らした。それが原因でタイラーと故郷から逃げだした。困難な事態を放置したままで。

だけど、エヴェレットに本当のことを話す義務はない。

代償を払いなさいと自分に言い聞かせる。みんなに対して。

その瞬間、ふと思い浮かんだ――カラフルに塗り直したアンティーク家具を置いたアパートメント、自分のネームプレートが置かれたデスク、薄暗いエヴェレットの部屋で目覚めたとき、隣に感じる彼の存在。

「タイラーと寝たわ」わたしは言った。

その瞬間、エヴェレットのすべてがこわばった。これは不意打ちだったようだ。そんな話はまったく予期していなかったらしい。わたしは一瞬の間を置き、自分が発した言葉が充分に理解されるのを待った。

「今、なんて言った？」

わたしがあとずさりすると、ひんやりした壁にぶつかった。「タイラーと寝たわ」もう一度言った。心臓が激しく打ち、肌がちりちりする。

タイラーは外にいるので、今はエヴェレットとわたしのふたりだけだ。わたしはエヴェレットの出方をうかがった。家から飛びだし、タイラーを殴りつけるだろうか。わたしの肩をつかんで激しく揺さぶるだろうか。わたしの脳裏に焼きつくような鋭い言葉を浴びせてくるだろうか。ところがエヴェレットは目を閉じ、うつむいてあとずさりしただけだった。彼はそういう人ではないのだ。人を殺したり、死体を動かしたり、罪や責任から逃れるために嘘をついたりしない。わたしたちよりも立派な人だから。

「吐きそうだ」エヴェレットが言った。

わたしが浮気をしたせいだと、ふたりともが信じようとした。

エヴェレットはタクシーを呼んだ。彼の携帯電話は電波が届いていないため、わたしの電話を借りなければならなかった。その言葉を口にするのでさえ、エヴェレットにとっては耐えがたい苦痛のようだった。タクシーの到着を待つあいだ、エヴェレットはわたしのほうを見ようともせず、ひと言も口をきかなかった。わたしは彼の向かい側に座り、指先でテーブルをコツコツと叩いていた。

やがて車が停まる音が聞こえた。エヴェレットはスーツケースをすばやく持って玄関へ向かうと、タイラーには目もくれずに玄関のドアを通り抜けた。やはり暴力に訴える人ではない。

「ごめんなさい」わたしはポーチに出ると、網戸の脇に立った。

「いや、ぼくが悪かったんだ」エヴェレットは去り際にそう言うと、わたしの腕を取り、耳元でささやいた。〝きみを心から愛していた〟と言ったあと、さらに〝よくもこんな〟とか〝きみが幸せならいいが〟とか口先だけの決まり文句を。でもわたしにははっきりと聞こえなかった。肌に深く食いこむ彼の指に意識を集中していたからだ。腕の腱《けん》が押しつぶされ、神経が圧迫され、膝から力が抜けそうになった。痛みのあまり、わたしは声も出せずに口を開けた。

エヴェレットが立ち去ると、腕に痣ができていた。

タイラーと一緒にポーチの階段に座り、エヴェレットが立ち去るのを見送った。

「大丈夫か?」タイラーは尋ねた。

「さあ、急いで。中に入って」

警察官たちは戻ってくるはずだとエヴェレットが言っていた。捜索令状を持って戻ってくるだろうと。しかも、彼らは今もわたしたちを監視している。家に入ってドアを閉めたとたん、わたしはタイラーに身を寄せた。タイラーもわたしの体にゆっくりと腕をまわした。「通気孔に鍵を隠してあるの。あの鍵を処分しないと」

わたしたちは鍵をトイレに流すことにした。水が逆流して鍵が戻ってこないように吸引具《ラバーカップ》を使って。〝A〟の文字がデザインされたキーホルダーの複雑な模様を見つめながら、ダニエルの家で鍵を見つけた経緯をタイラーに話して聞かせた。ダニエルとローラについてわたしが確信していることをひとつ残らず。水音に紛れて声を潜めて話すあいだに、タイラーは作業靴についた泥を洗い落とした。

そのときわたしは、キーホルダーに細い筋のようなものがあることに気づいた。直感に導かれて、キーホルダーをそれぞれ反対方向に引っ張ってみた。すると蓋が外れ、USBメモリが現れた。

指輪の代わりに、USBメモリが戻ってきた。結果として、これもまた代償のひとつだ。

アナリーズはいつからコリーンとのあいだに強いつながりを感じるようになったのだろう。あの写真を目にしてからだろうか。あるいはそれよりずっと前からだろうか。ひょっとしたら、あのカウンティ・フェアの夜までさかのぼるのかもしれない。

あの晩、ダニエルに押しのけられて、コリーンは横を向いた。その様子を見ていたアナリーズと、コリーンが見つめあう様子を想像してみた。アナリーズは、コリーンがひとりで泣く姿を目撃したのかもしれない――わたしが目にしたことのないコリーンの姿を。さもなければコリーンのほうがアナリーズの目をのぞきこみ、心の奥に抱える闇を見抜いたのだろうか。ふたりを結びつける何かを。

いや、おそらくほかの多くの瞬間と同じように、わたしたちが一方的に重要視しているだけだ。コリーンはアナリーズがその場にいたことにさえ気づいていなかったけれど、アナリーズは自分の見たいものを見ていたのだろう。自分に似ていると感じたり、慰めを見いだしたりして。あのコリーンでさえ、元気をなくすことがあるのだと。あれほど強い人でさえ、孤独を感じているのだと。あれほど崇拝されている人でさえ、悲しむことがあるのだと。あの瞬間、アナリーズがコリーンに好意を抱いていたことを願わずにはいられない――せめてアナリーズだけでも。

おそらくあのときはまだだったはずだ。アナリーズはあの写真を見て初めて、コリーンと強いつながりを感じたに違いない。

この町を去り、ふたたび戻ってきたものの、うまくなじめない。それがどういうことなのか、わたしにはわかる。自分が知っているありとあらゆるものに距離を感じるのだ。それにアナリーズは自分の居場所を見つけられなかった。自分を解き放つことができなかったのだろう。孤独な少女が大人の女性になり、ますます孤独になった。

彼女は昔の自分に戻っただけだった。

人は誰しも、自分が世界で最も悲しい人間だとは思いたくないものだ。そんなとき、アナリーズは写真に写っているコリーンを見つけた。孤独で悲しい女性を。昔の暗い写真の中に、キルトにくるまれている彼女を見つけたのだ。でも、アナリーズはそれだけでは満足しなかった。ジャクソンとダニエル、ベイリーとタイラーの中にもコリーンを見つけようとした。父が犯した罪からコリーンを救いだそうとした。さらにわたしが現れ、糸がもう一本増えると、今度はわたしからコリーンを奪おうとした。アナリーズがコリーンのぐったりした死体の写真に一心に見入っている姿を思い浮かべた。恐怖と羨望のまなざしで。そしてアナリーズは尋ねる。〝わたしはあなたなの？　わたしたちはこうなるしかないの？　だんだん色褪せていって、最後には消えてなくなってしまうの？〟

森に目あり、だ。そして怪物がいて、噂話もある。

わたしたちがそれらであり、それらがわたしたちでもある。

日没前になってようやく、一台の車が家の前に停まった。庭にホタルの光がちらちらと見える。チャールズ刑事が捜索令状を持ってポーチの階段をあがってきて、何を捜すのか事細かに説明した。

エヴェレットの言ったとおりだ。警察官たちは銃を捜している。銃と死体を。わたしは脇にどくと、台帳とレシートをすべて燃やしておいてよかったと思った。父がわたしに頼んできた、度重なる借金。アナリーズへの口止め料。〈グランド・パインズ〉で父はわたしに言った。〝手遅れだ《アイム・レイト》〟あれはアナリーズを救うには手遅れだという意味ではなく、口止め料の支払いが遅れてしまったという意味だった。〝わたしの娘が危ない〟

マーク・スチュワートがわたしと一緒にダイニングテーブルについた。タイラーはわたしにつき添っている。しかし、巡査はわたしたちを直視しようとしなかった。

一時間後、新たなチームが機械類を携えてやってくると、わたしは玄関ポーチに出た。警察官たちはガレージの新しい床を引きはがした。真新しいコンクリート床が充分な証拠だと言わんばかりに。庭も掘り返した。警察犬を連れてきて、家の前の道路から干あがった川床に至るまで、敷地内をくまなく捜索させた。しかし最終的に、彼らは引きあげていった。

警察官たちがひとしきり家じゅうを引っかきまわした頃には深夜になり、わたしとタイラーはキッチンに座っていた。するとハンナ・パードットが姿を見せた。髪を以前より長く伸ばし、カールした髪を濃い色に染めている。赤い口紅は落ち着いた色合いのえび茶色に変わっていた。体つきはふくよかになったけれど、顔つきはいっそう険しくなったようだ。そして相変わらずにこりともしない。「ニック・ファレル」ハンナが言った。「これで全員がここに舞い戻ったというわけね」まるで時間が止まっていたかのようだ。ついさっきまでしていた会話をただ再開させたみたいに。

「ここには何もありません」

ハンナはわたしの向かい側の椅子に座った。「アナリーズ・カーター、彼女を覚えているわ。たしかあなたのお兄さんのアリバイを証言した子だったわね？　厳密に言うと、あなたたち全員のアリバイを」

「ええ」

ハンナがファスナーつきのビニール袋に入った一枚の紙を取りだした。現場から押収した証拠だ。「アナリーズの殺害現場にこれが残されていたのよ、ニック。説明して」〝説明できるものなら、説明してごらんなさい〟

小さな長方形の紙にきれいな文字が書かれていた。モーテルにあったメモ帳だと思われた。しかし雨でインクがにじみ、紙がふやけてところどころ破れている。

「わたしがここに戻ってきて、アナリーズはタイラーにふられた。それで、わたしたちふたりに腹を立ててました。彼女は決して立派な人柄ではなかったんですよ、刑事さん」

ハンナが頭を傾けたとき、チャールズ刑事がやってきて、彼女の背後に立った。

「あなたはタイラーとの関係について虚偽の証言をした。前に事情聴取したときか、今のどちらかで、あなたは嘘をついている。いずれにしても、あなたの言葉を鵜《う》のみにするわけにはいきません」

「先に嘘をついたのは刑事さんでしょう。あなたがうちの前庭で学芸会を始めて、タイラーを面倒に巻きこもうとしてるわけじゃないと言ったからだわ。勘弁してよ」

ハンナが渋い顔でチャールズ刑事を見てから、わたしに注意を戻した。「だったら、わたしに説明して。この手紙に書かれているあなたたちふたり以外に、アナリーズを殺害する動機がある人がいるっていうの？」

「あら、彼女のことをよく知らないんですか？　アナリーズを目の敵にしている人はたくさんいたはずです」わたしはふたたびハンナのほうを向いた。「彼女の同級生にきいてみてください。アナリーズはみんなの秘密を暴くのが好きだったんです。仕返しされてもしかたがないようなやり方で。だからきっと余計なことに首を突っこんで、面倒に巻きこまれたんだと思います。何せ、人を見くだした態度を取る人だったから。

またアナリーズの秘密も暴けばいいじゃないですか、コリーンのときと同じように」

「そう」ハンナ・パードットは言った。

「そうなんです」タイラーが言った。

〝なあ、おれの声が聞こえるか？　アナリーズは人を怒らせ、神経を逆撫ですることばかりしていた。彼女に落ち度はなかったが、彼女が罪を犯していないとは言えない。ある意味、自業自得だ〟

「オーケイ、それじゃあ、詳しい話を聞かせてもらいましょうか。手順はわかってるわね」ハンナがテーブルにボイスレコーダーを置く。「アナリーズが行方不明になった日の夜、あなたたちふたりはどこにいたの？」

「ここで家の掃除をしていました」わたしは答えた。

「それを証明できる人は？」

「タイラーです。わたしが電話をかけたとき、彼はバーで飲んでいたんですけど、手伝いに来てくれたんです。アナリーズと別れたばかりだったので、正しいことをするために真向かいの部屋で作業してくれていました。タイラーもひと晩じゅうここにいました」

「つまり、お互いがお互いのアリバイの証人というわけね？」

タイラーが椅子の背にもたれた。「ニックから電話をもらったとき、ジャクソン・ポーターがそばにいました。ジャクソンはおれが店を出るのを見ていたし、ここに来ることも知っていました」

ハンナがテーブルに身を乗りだした。「あなたのお父さんは自分名義で登録した銃を持っているの？」

「父が銃を？」

「ええ。どこにあるか心あたりは？」

「見た覚えはありません」わたしは肩をすくめた。「父は去年、施設に入ったんです。少し前から裏口のドアの錠が壊れていたみたいで、修理しようと思っていたところです。つい先日も、誰かが侵入した形跡があって」わたしはチャールズ刑事を見つめた。

「誰かしらね」

ハンナが顎を引きしめた。「ガレージのコンクリートの床が新しくなっていたけど、あそこで何をしていたの、ニック？　タイラー？　ニックに手を貸した人がいるんじゃない？」

「おれたちふたりで仕上げたんです」タイラーが答える。

「父を家に連れて帰ろうと思って」わたしは言い添え、彼女に向かってほほえんだ。

「父はずっとあなたのことを気に入っていたんですよ、ハンナ」

ハンナが眉をひそめた。「あなたはフィラデルフィアで弁護士と結婚する予定じゃなかった？」

「指輪が見えますか？」

ハンナは椅子に座ったまま、そわそわと身じろぎした。「家を売却するために、後見人になる申請を出しているはずでしょう。書類を確認したわ」

わたしは頭がぼんやりしたが、ほんの一瞬だけだった。首を振り、内心でほくそえんだ。「いいえ、この家を売るつもりはありません。父が書類に署名してないので、売りには出されていないはずです。たしかにわたしは裁判所に出廷して、父の後見人になるつもりです。でも、父はわたしと一緒にここで暮らします」いかにも始めからそのつもりだったと言わんばかりに告げた。

時間と同じく、距離もわたしたちが勝手に作りだした概念にすぎない。

こうしてすべてのパズルのピースがぴたりとはまり、わたしは無事に家に戻ってくることになった。

――三カ月後――

貸し倉庫はカラフルに塗り直したアンティーク家具で埋めつくされている。転居先の住所を知らせていないので、前払いした賃料が底をついてもわたしのもとに送り届けられることはないだろう。オークションで売られるか、裏の駐車場のごみ捨て場に運びだされるかのどちらかだ。

その人物は姿を消し、人々の記憶の中で亡霊となる。電話番号も変えた。これが一番簡単だ。

結局、指輪は出てこなかった。ひょっとしたら、警察が一斉捜索する前に、アナリーズの弟が見つけたのかもしれない。彼女の母親がよくわからないものから娘を守るために埋めたのかもしれない。あるいはほかのものと一緒にバッグの中にあるのかもしれない。ダニエルがバッグをどう処分したのか知らないけれど。もしかしたらある日、新しい車や、改装したガレージや、大学の一年分の学費という形になって出てくる可能性もある。

この町には永遠に見つからないものなど何もない。

警察はアナリーズの人生をばらばらにし、ふたたびもとの状態に戻した。彼女の家族や同級生の秘密を暴き、大学時代の足跡をたどり、過去をほじくり返した。一方、わたしはといえば、事情聴取が終わって、もう話す必要はなくなった。エヴェレットからは多くを学んだ。

タイラーも口を閉ざした。ジャクソンとダニエルとローラも。わたしたちは徐々に声なき住民になった。前回の事件のこともある。警察は今度こそわたしたちに責任を負わせるつもりだろうか？

わたしたちに関する噂話も広まった。でも、噂ならうまく対処できる。

アナリーズ失踪事件の証拠が箱の中に入っているとすれば、こういうものが保管されているはずだ――クーリー・リッジ警察署宛ての折りたたんだ手紙。単純明快な検視報告書――胸の銃創と出血。それ以外の証拠はすべて排除された。携帯電話の通話記録については、ダニエルがうまく言い抜けた。生まれたばかりのわが子を抱いてあやしながら。〝電話をかけてくるのはやめてほしいと何度も言ったんだ。アナリーズにしつこくつきまとわれてた〟ローラも証言した。〝夫はわたしと一緒に家にいました。彼が〈ケリーズ・パブ〉から帰ってきたのは真夜中過ぎです。出産が近いせいで眠れなくて、まだ起きていたんです。わたしの胃を落ち着かせるために、夫はパスタを作ってくれました。夜が明けるまで、わたしたちは一緒にいました〟

家の改装は順調に進んでいる。わたしたちはまず、父のためにガレージを完成させた。父はどこも悪いところはないように思えることがある。家に戻ってきて症状が改善したのは、見慣れたものに囲まれているからだろう。それでもときどき町を徘徊《はいかい》することがあるが、必ず誰かが連れ戻してくれる。どうかすると朝にキッチンテーブルにつき、わたしをシャナと呼ぶことがある。まるで別の時代を生きているかのように。父はわたしのお腹に目をやり、こんなことを言ったりする。〝今度は女の子がいいな。あの子には妹が必要だ。守るべき存在が。そうすればよりよい人間になれる〟

父を家に連れ帰って一週間後に、四日分のピルをのみ忘れていることに気づいた。それから二週間後、覚えのある吐き気と倦怠《けんたい》感に襲われた。何もかもが一変する二日前に、コリーンの家のバスルームで襲われたのと同じ感覚だ。

わたしたちが暮らしやすいように、タイラーが各部屋を順番に改装している。わたしのベッドルームは子ども部屋になる予定だ。ダニエルが昔使っていた部屋は、タイラーが事務所として使う。わたしが眠れるように、彼は両親の部屋を全面的に改装しなければならない。ペンキを塗り替え、カーペットと新しい家具を入れるのだ。わたしはローラのことを考えた。彼女がダニエルに火の輪をくぐり抜けさせた気持ちがわかる気がした。

倦怠感を覚えているにもかかわらず、わたしはまだ長時間まとめて眠ることができなかった。昼と夜、睡眠と覚醒の区別がつかなくなることがときどきあった。右手が震えだすこともある。そんなときはお腹に右手をあてて、気持ちを落ち着かせる。わたしはいまだにびくびくしている。真実が浮かびあがってしまうのではないかと。軽くつついただけでもろいストーリーは崩れ、ぱっくりと割れ、わたしたちがあらわになるのではないかと。

でも、まだ大丈夫。

わたしたちはきっとうまくいく。

どうすれば眠れるのだろう？　あんな経験をしたあとで。

こんなことを今さら誰に話せばいいだろう。コリーンは美しい怪物だった。一度は愛したけれど、最終的にはほかのみんなと同じように、わたしも彼女を見捨てた。そして最終的に、コリーンはわたしに自分を殺させた。

そういう話だ。これがわたしの告白。コリーンはわたしが知る中で最も用意周到な人だった。彼女は自分が何をしているのかわかっていた。そうに違いない。そんなふうに考えて、わたしは夜に眠りに就く。

だけど、ときどきコリーンのことしか考えられなくなる。あの夜がぐんぐん迫ってくるのだ。眠っているときに、ヘッドライトの中に彼女の目が浮かびあがり、わたしを見つめてくる。

そんな夜は、いつもタイラーがすべてを察してわたしを抱き寄せてくれる。

故郷に帰ってきたという感慨があるとすれば、わたしにとってはこれがそうだ。過去についても自分自身についても、隠し事や胸におさめていることが何もない場所。どんな自分にもなれる場所。昔と変わらぬ階段や廊下や部屋を歩きながら、ありとあらゆることを思い返せる場所。キッチンテーブルで母の亡霊を感じ、夕食をとりながら、堂々めぐりする父の言葉を聞く。兄が立ち寄り、わたしがいくらか元気を取り戻しているか確かめに来る。そしてタイラー。もちろんタイラーだ。

過去の自分や、自分がしてしまったことが四方の壁からこだまのように響いてくる。それでも人は同じ場所にとどまる。ずっとそこに。だからこそ。

もう真実に怯えるのはやめて、自分の一部にしてしまえばいい。真実をベッドに持ちこみ、腕に抱えて穴が空くほど見つめればいい。

それが真実なのだから。

実際のところ、わたしは失うことを恐れている。今にも失いそうな感覚を。でも、もうすんだことだ。わたしはなんとか生き延びた。

エヴェレットはわたしの中にそういう面を見つけたのではないだろうか。タイラーも知っているに違いない。わたしは生き延びる強さを持った人間なのだと。ただそれだけの話だ。けれども、それがすべてでもある。

さあ、立ちあがって。

また最初からやり直せばいい。

謝辞

たった一文だけのアイデアを奨励し、ここに至るまでに貴重な助言を与えてくれたエージェントのサラ・デイヴィスに感謝します。あなたの変わらぬ支持とこのプロジェクトへの信念のおかげで、物語に命が吹きこまれました。

どうすれば本書がより説得力のあるものになるか正確に理解し、そこにたどり着くための道筋を示してくれた編集者のサラ・ナイトにもお礼を。あなたの鋭い観察眼と洞察力に大いに助けられました。またサイモン&シュースターのチーム全体に、中でもトリッシュ・トッドとケイトリン・オルソンに心からの感謝を。

数えきれないほどたくさんあった本書の草稿に何度も目を通してくれたミーガン・シェパードにもお礼を申しあげます。エル・コシマーノとアシュリー・エルストンとジル・ハザウェイは、ブレインストーミングでアイデアを出し、さまざまな意見や感想を述べてくれました。あなたたちの友情に感謝します。バット・ケイヴ二〇一四のみなさん、あなたたちの優れた見識と励ましに深い感謝の意を表します。

最後に、夫のルイスと両親――全面的に支援してくれた家族へ、本当にありがとう。

訳者あとがき

春の宵に時間を忘れて没頭できる極上のミステリー『ミッシング・ガール』をお届けします。

著者のミーガン・ミランダはアメリカのニュージャージー出身でマサチューセッツ工科大学卒。現在は家族とともにノースカロライナに暮らしています。もともとはヤングアダルト小説の作家ですが、二〇一六年に本書が発表されたことによって一躍名が知られ、『ニューヨーク・タイムズ』のベストセラー作家になりました。本作品は『エンターテイメント・ウィークリー』の〈スリラー・ラウンドアップ〉、『ウォールストリート・ジャーナル』の〈二〇一六年ベスト5ブック〉、『ハリウッド・リポーター』の〈ホット・サマー・ブックス・ベスト16〉に選出されています。

多くのミステリー愛好家をうならせたこの物語、内容について少しだけ触れておきます。

主人公ニックことニコレットは、高校卒業と同時に田舎を離れて進学し、現在はスクールカウンセラーとしてフィラデルフィアで暮らし、弁護士の婚約者もいます。ある朝、故郷に暮らす兄から連絡が入り、認知症を患う父の預金が底を尽き、介護施設の費用を払うために実家を売却しなければならなくなったと知らされます。時を同じくして、ニックのもとに介護施設で暮らす父から、〝おまえに話すことがある。あの娘。あの娘を見た〟という謎めいた手紙が届きます。

〝あの娘〟とは誰のことか、ニックはすぐに見当がつきました。十年前、地元で開かれた催しの夜に忽然と姿を消した幼なじみのコリーンに違いありません。小さな田舎町を恐怖と混乱に陥れ、ニックが故郷を出ていくきっかけともなったコリーン失踪事件は、ニック自身がこれまで封印してきた過去のさまざまな記憶と結びついていました。

父の手紙によってふたたび故郷と向きあわざるをえなくなったニック。認知症が進行した父から手紙の意味を聞きださなければなりません。新しい世帯でもうすぐ赤ちゃんが生まれる兄に代わり、父の後見手続きと実家の片づけを兼ね、夏休みを利用して帰省を決意しました。

ところが、不安を抱えて帰ったニックを予想外の事態が待ち受けていました。また若い女性が行方不明になり、十年前の悪夢が繰り返されることになったのです——。

本書は三部構成になっており、主人公ニックの一人称で語られます。第二部からは時系列が反転し、物語は事件が発生した十五日後から逆再生のように進んでいきます。新たな失踪事件の全容が明らかになるにつれて十年前の事件の謎も解き明かされていく緻密な構成にはぐいぐい引きこまれてしまいます。単純な善悪だけでは測れない人間の本質もきちんと描かれ、読後も深い余韻が味わえます。どうぞじっくりとお楽しみください。

二〇一九年二月

ザ・ミステリ・コレクション

ミッシング・ガール

著者　ミーガン・ミランダ
訳者　出雲《いずも》さち

発行所　株式会社 二見書房
東京都千代田区神田三崎町2-18-11
電話 03(3515)2311［営業］
03(3515)2313［編集］
振替 00170-4-2639

印刷　株式会社 堀内印刷所
製本　株式会社 村上製本所

落丁・乱丁本はお取り替えいたします。
定価は、カバーに表示してあります。

ISBN978-4-576-19040-2
https://www.futami.co.jp/

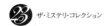

二見文庫 ロマンス・コレクション

夜の彼方でこの愛を
ヘレンケイ・ダイモン
相野みちる［訳］

行方不明のいとこを捜しつづけるエメリーは、レンという男が関係しているらしいと知る…。ホットでセクシーな男性とのとろけるような恋を描く新シリーズ第一弾！

許されない恋に落ちて
ヘレンケイ・ダイモン
相野みちる［訳］

弟を殺害されたマティアスはケイラという女性を疑い、追うが、ひと目で互いに惹かれあう。そして新たな事件が…。禁断の恋に揺れる男女を描くシリーズ第2弾！

恋の予感に身を焦がして
クリスティン・アシュリー
高里ひろ［訳］〔ドリームマン シリーズ〕

グエンが出会った〝運命の男〟は謎に満ちていて…。読み出したら止まらないジェットコースターロマンス！超人気作家による〈ドリームマン〉シリーズ第1弾

愛の夜明けを二人で
クリスティン・アシュリー
高里ひろ［訳］〔ドリームマン シリーズ〕

マーラは隣人のローソン刑事に片思いしている。でもマーラの自己評価が2.5なのに対して、彼は10点満点で…。〝アルファメールの女王〟によるシリーズ第2弾

ふたりの愛をたしかめて
クリスティン・アシュリー
高里ひろ［訳］〔ドリームマン シリーズ〕

心に傷を持つテスを優しく包む「元・麻取り官」のブロック。ストーカー、銃撃事件……二人の周りにはあまりにも問題が山積みで…。超人気〈ドリームマン〉第3弾

危ない夜に抱かれて
レイチェル・グラント
水野涼子［訳］

貴重な化石を発見した考古学者モーガンは命を狙われはじめる。陸軍曹長パックスが護衛役となるが、死と隣り合わせの状況で恋に落ち……。ノンストップロ・ロマサス！

悲しみは夜明けまで
メリンダ・リー
水野涼子［訳］

夫を亡くし故郷に戻った元地方検事補モーガンはある殺人事件に遭遇する。やっと手に入れた職をなげうって元恋人のランスと独自の捜査に乗り出すが、町の秘密が…

二見文庫 ロマンス・コレクション

死角
キャサリン・コールター
林 啓恵［訳］
あどけない少年に執拗に忍び寄る魔手！ 事件の裏に隠された驚くべき真相とは？ 謎めく誘拐事件に夫婦FBI捜査官S&Sコンビも真相究明に乗りだすが……

追憶
キャサリン・コールター
林 啓恵［訳］
首都ワシントンを震撼させた最高裁判所判事の殺害事件。殺人者の魔手はサビッチたちの身辺にも！ 夫婦FBI捜査官サビッチ&シャーロックが難事件に挑む！

失踪
キャサリン・コールター
林 啓恵［訳］
FBI女性捜査官ルースは休暇中に洞窟で突然倒れ記憶を失ってしまう。一方、サビッチ行きつけの店の芸人が何者かに誘拐され、サビッチを名指しした脅迫電話が…！

幻影
キャサリン・コールター
林 啓恵［訳］
有名霊媒師の夫を殺されたジュリア。何者かに命を狙われFBI捜査官チェイニーに救われる。犯人捜しに協力する同僚のサビッチは驚愕の情報を入手していた…！

眩暈
キャサリン・コールター
林 啓恵［訳］
操縦していた航空機が爆発、山中で不時着したFBI捜査官ジャック。レイチェルという女性に介抱され命を取り留めるが、彼女はある秘密を抱え、何者かに命を狙われる身で…

残響
キャサリン・コールター
林 啓恵［訳］
ジョアンナはカルト教団を運営する亡夫の親族と距離を置き、娘と静かに暮らしていた。が、娘の〝能力〟に気づいた教団は娘の誘拐を目論む。母娘は逃げ出すが……

幻惑
キャサリン・コールター
林 啓恵［訳］
大手製薬会社の陰謀をつかんだ女性探偵エリンはFBI捜査官のボウイと出会い、サビッチ夫妻とも協力して真相に迫る。次第にボウイと惹かれあうエリンだが……

二見文庫 ロマンス・コレクション

閃光
キャサリン・コールター
林 啓恵［訳］

若い女性を狙った連続絞殺事件が発生し、ルーシーとクープの若手捜査官が事件解決に奔走する。DNA鑑定の結果犯人は連続殺人鬼テッド・バンディの子供だと判明し!?

代償
キャサリン・コールター
林 啓恵［訳］

サビッチに謎のメッセージが届き、友人の連邦判事ラムジーが狙撃された。連邦保安官助手イブはFBI捜査官ハリーと組んで捜査にあたり、互いに好意を抱いていくが…

錯綜
キャサリン・コールター
林 啓恵［訳］

捜査官の妹が何者かに襲われ、バスルームには大量の血が!? 一方、リンカーン記念堂で全裸の凍死体が発見された。早速サビッチとシャーロックが捜査に乗り出すが…

謀略
キャサリン・コールター
林 啓恵［訳］

婚約者の死で一時帰国を余儀なくされた駐英大使のナタリーは何者かに命を狙われ、若きFBI捜査官デイビスに助けを求める。一方あのサイコパスが施設から脱走し…

略奪
キャサリン・コールター&J・T・エリソン
水川 玲［訳］〔新FBIシリーズ〕

元スパイのロンドン警視庁警部とFBIの女性捜査官。謎の殺人事件と〝呪われた宝石〟がふたりの運命を結びつけて——夫婦捜査官S&Sも活躍する新シリーズ第一弾!

激情
キャサリン・コールター&J・T・エリソン
水川 玲［訳］〔新FBIシリーズ〕

平凡な古書店店主が殺害され、彼がある秘密結社のメンバーだと発覚する。その陰にうごめく世にも恐ろしい企みに英国貴族の捜査官が挑む新FBIシリーズ第二弾!

迷走
キャサリン・コールター&J・T・エリソン
水川 玲［訳］〔新FBIシリーズ〕

テロ組織による爆破事件が起こり、大統領も命を狙われる。人を殺さないのがモットーの組織に何が? 英国貴族のFBI捜査官が伝説の暗殺者に挑む! 第三弾!